D1735601

BIBLIOTECA DI NARRATORI

VOLUME 2

LE INVENZIONI DELLA NOTTE

Romanzo di
THOMAS GLAVINIC

Traduzione di
RICCARDO CRAVERO

 **LONGANESI**

PROPRIETÀ   LETTERARIA   RISERVATA
Longanesi & C. © *2007 - Milano*

www.longanesi.it

ISBN   978-88-304-2472-2

Titolo originale
Die Arbeit der Nacht

Visita *www.InfiniteStorie.it*
il grande portale del romanzo

La citazione tratta da Milan Kundera, L'immortalità,
traduzione di Alessandra Mura, © *Adelphi Edizioni, Milano, 1990,*
è pubblicata per gentile concessione dell'editore.

LE INVENZIONI DELLA NOTTE

Vivere: nel vivere non c'è alcuna felicità.
Vivere: portare il proprio io dolente per il mondo.
Ma essere, essere è felicità.
Essere: trasformarsi in una fontana,
in una vasca di pietra,
nella quale l'universo cade come una tiepida pioggia.

Milan Kundera, *L'immortalità*

«Buongiorno!» disse ad alta voce in cucina.

Mentre apparecchiava per la colazione accese il televisore. Mandò un SMS a Marie: DORMITO BENE? TI HO SOGNATA. POI MI SONO ACCORTO CHE ERO SVEGLIO. TVB.

Lo schermo riluceva vuoto. Cambiò dal canale ORF all'ARD. Non c'era immagine. Fece zapping su ZDF, RTL, 3sat, RAI: niente. La televisione locale di Vienna: niente. CNN: niente. Il canale francese, quello turco: non prendeva.

Sullo zerbino davanti alla porta invece del *Kurier* c'era solo un vecchio dépliant pubblicitario che per pigrizia non aveva ancora raccolto. Scuotendo la testa sfilò dalla pila in corridoio un giornale della settimana prima e tornò al suo caffè. Disdire l'abbonamento, prese nota mentalmente. Era già la seconda volta in un mese che non gli consegnavano il giornale.

Si guardò intorno. Per terra giacevano sparsi camicia, pantaloni e calze. Sulla credenza c'erano i piatti della sera prima. La pattumiera puzzava. Jonas fece una smorfia. Gli venne una gran voglia di qualche giorno di mare. Avrebbe dovuto accompagnare Marie, a dispetto della propria avversione per le visite ai parenti.

Quando fece per tagliarsi un'altra fetta di pane, il coltello gli sfuggì ferendogli un dito in profondità.

«Accidenti! Ahi! Ma che...»

Mise la mano sotto l'acqua fredda e strinse i denti finché non uscì più sangue. Guardò la ferita. La lama era arrivata in profondità, ma sembrava non aver danneggiato nessun tendine. Non sentiva nemmeno dolore. Nel suo dito si apriva un taglio netto, Jonas poteva vedere l'osso.

Sentì nausea. Fece un respiro profondo.

Quel che stava vedendo non l'aveva mai visto nessuno. Nemmeno lui. Viveva con quel dito da trentacinque anni senza sapere che aspetto avesse all'interno. Né aveva idea di che aspetto avesse il suo cuore, o la milza. Non che fosse particolarmente curioso di saperlo, anzi. Però quell'osso scoperto era una parte di sé. Che vedeva solo quel giorno.

Una volta bendato il dito e passato un colpo di spugna sul tavolo, non aveva più appetito. Sedette al computer per scaricare la posta elettronica e dare una scorsa alle notizie dal mondo. La pagina iniziale del browser era la homepage di Yahoo! Al suo posto apparve un avviso di errore del server.

«Maledizione!»

Visto che aveva ancora un po' di tempo, fece il numero della Telekabel. Il nastro che metteva in attesa le chiamate non partiva. Jonas lasciò suonare a lungo.

Alla fermata dell'autobus prese dalla valigetta gli inserti del giornale del fine settimana che non aveva ancora trovato il tempo di leggere. Il sole del mattino lo accecava. Cercò nella tasca della giacca, ma poi ricordò di aver lasciato gli occhiali da sole sul ripiano dell'attaccapanni. Controllò se Marie aveva già risposto al messaggio. Riprese il giornale e lo sfogliò in cerca della sezione «Abitare».

Faceva fatica a concentrarsi sull'articolo. C'era qualcosa che lo infastidiva.

Dopo un po' si accorse che stava leggendo e rileggendo la stessa frase senza registrarne il contenuto. Infilò il giornale sottobraccio e fece qualche passo. Quando sollevò la testa si rese conto che oltre a lui non si vedeva in giro nessuno. Che non c'erano passanti e non transitavano macchine.

Uno scherzo, pensò. E poi: dev'essere un giorno di festa.

Sì, questo spiegava molte cose: un giorno festivo. In un festivo i tecnici della Telekabel se la prendono più comoda a riparare i guasti alla linea. E gli autobus passano a intervalli più lunghi. E c'è meno gente per strada.

Solo che il 4 luglio non era un giorno di festa. Almeno, non in Austria.

Camminò fino al supermercato all'angolo. Chiuso. Appoggiò la fronte alla vetrina e schermò gli occhi con le mani. Nessuno in vista. Allora era davvero festa. O uno sciopero di cui si era perso l'annuncio.

Mentre tornava alla fermata si guardò intorno, per vedere se per caso il 39A non stesse svoltando l'angolo proprio in quell'istante.

Chiamò il cellulare di Marie. Lei non rispose. Nemmeno partì la segreteria.

Fece il numero di suo padre. Non rispose neanche lui.

Provò con l'ufficio. Nessuno sollevò la cornetta.

Non riuscì a trovare né Werner né Anne.

Confuso, infilò il telefonino nella tasca della giacca. In quel momento divenne conscio che c'era un silenzio totale.

Tornò nel suo appartamento. Accese il televisore. Accese il computer. Errore del server. Accese la radio. Fruscio.

Si sedette sul divano. Non riusciva a mettere in ordine i pensieri. Aveva le mani sudate.

Da un biglietto macchiato appuntato sul pannello lesse le cifre che Marie gli aveva annotato anni prima. Il numero della sorella che era andata a trovare in Inghilterra. Chiamò. Il suono era diverso da quello delle telefonate in Austria. Più basso, formato da due note brevi. Dopo che l'ebbe sentito per la decima volta, riagganciò.

Uscì di nuovo di casa, lanciando occhiate a destra e a sinistra. Tirò dritto verso la macchina. Si voltò un paio di volte per guardarsi alle spalle. Si fermò ad ascoltare.

Non sentì niente. Niente passi che si allontanavano in fretta, niente colpetti di tosse, nessun respiro. Nulla.

L'aria nella Toyota era soffocante. Il volante era caldo, poteva solo sfiorarlo con la base della mano e l'indice ripiegato. Abbassò il finestrino.

Fuori non si sentiva nulla.

Accese la radio. Fruscio. Su tutti i canali.

Attraversò il ponte deserto di Heiligenstadt, su cui di solito le macchine viaggiavano attaccate l'una all'altra, e prese il lungofiume in direzione della città. Cercò segni di vita. O almeno un indizio che gli rivelasse che cosa era successo. Ma tutto ciò che vedeva erano macchine ferme, parcheggiate in modo regolarissimo, come se i proprietari si fossero infilati solo un momento in un androne.

Si diede dei pizzicotti alle gambe. Si graffiò le guance.

«Ehi! C'è nessuno?»

Sul Franz-Josefs-Kai scattò il flash di un rilevatore di velocità. Correre gli dava sicurezza, perciò stava andando a più di settanta. Entrò nella Ringstrasse, la circonvallazione che separa il centro di Vienna dagli altri quartieri, e continuò lanciato. Nella Schwarzenbergplatz prese in considerazione l'idea di fermarsi e fare un salto su in ufficio. Passò a novanta all'ora davanti all'Opera, al Burggarten, alla Hofburg. All'ultimo momento frenò e attraversò la porta per la Heldenplatz.

Nemmeno una persona in giro.

A un semaforo rosso si fermò con uno stridore di freni. Spense il motore. Non sentì nient'altro che il leggero crepitio sotto il cofano. Si passò le dita tra i capelli. Si asciugò la fronte. Intrecciò le mani e fece scrocchiare le ossa delle dita.

A un tratto si rese conto che non c'era in giro nemmeno un uccello.

Girò intorno al Primo distretto ad alta velocità finché fu di nuovo nella Schwarzenbergplatz. Svoltò a destra. Poco dopo l'angolo successivo si fermò. Al secondo piano di quel palazzo c'era la ditta Schmidt.

Guardò intorno da tutte le parti. Si fermò, ascoltò. Camminò qualche metro verso l'incrocio, frugò con gli occhi nelle strade vicine. Macchine parcheggiate. Nient'altro. Con una mano sulla fronte guardò in alto verso le finestre. Gridò il nome della sua capa. Spinse la pesante porta del vecchio palazzo e fu investito da una folata di aria fredda, stantia. Accecato dal chiarore esterno, socchiuse gli occhi. L'androne era buio, sporco e abbandonato come non mai.

La ditta Schmidt occupava per intero il secondo piano. Erano sei stanze in tutto, Jonas le attraversò. Non notò niente di strano. Sulle scrivanie c'erano i monitor; accanto, pile di carte. Alle pareti erano appesi i quadri sgargianti della zia pittrice di Anzinger. La pianta di Martina stava al suo posto vicino alla finestra. Nell'angolo per i bambini allestito dalla Pedersen c'erano palle, mattoncini per costruzioni e locomotive di plastica, come fossero stati lasciati da poco. Mucchi di pacchi con i cataloghi appena consegnati intralciavano ovunque il passaggio. Anche l'odore non era cambiato: nell'aria aleggiava il misto di legno, tessuto e carta al quale uno o si abituava subito oppure era costretto a licenziarsi dopo pochi giorni.

Arrivato alla sua scrivania avviò il computer. Cercò di collegarsi in rete.

«Impossibile visualizzare la pagina. Probabilmente si è verificato un problema tecnico; controllare le impostazioni del browser.»

Cliccò nella barra dell'indirizzo e digitò:

www.orf.at
Impossibile visualizzare la pagina.
www.cnn.com
Impossibile visualizzare la pagina.

<u>www.rtl.de</u>
Impossibile visualizzare la pagina. Premere il tasto AGGIOR-
NA *o riprovare più tardi.*

Il vecchio pavimento di legno scricchiolò sotto le scarpe
mentre Jonas ripassava da una stanza all'altra. Scrutò attento
in giro in cerca di qualcosa di diverso rispetto al venerdì sera.
Al telefono di Martina chiamò un paio di numeri in memoria. Risposero segreterie telefoniche. Disse qualcosa di confuso, balbettando, infine lasciò il suo numero di telefono.
Non sapeva nemmeno con chi stesse parlando.

Nel cucinotto prese una bibita dal frigorifero. La vuotò
senza posarla.

Dopo l'ultimo sorso si voltò di scatto. Non c'era nessuno.

Prese una seconda lattina senza staccare gli occhi dalla
porta. Tra un sorso e l'altro fece delle pause per ascoltare. Ma
sentì solo il frizzare dell'anidride carbonica.

«Per favore chiamami subito! Jonas.»

Attaccò il post-it allo schermo del computer di Martina.
Senza ricontrollare le altre stanze, si affrettò alla porta. Questa aveva una serratura a scatto, perciò non si fermò a chiudere a chiave. Scese le scale tre gradini alla volta.

Da anni suo padre abitava nel Quinto distretto, in Rüdigergasse. Jonas la trovava una bella zona, ma l'appartamento
non gli era mai piaciuto, fin dall'inizio. Troppo cupo, situato
troppo in basso. Lui amava guardare la città dall'alto, suo padre preferiva farsi sbirciare in casa dai passanti. Del resto, era
abituato così da prima. E poi, da quando era morta la mamma, il padre cercava la comodità. Lì viveva accanto al supermercato e al piano di sopra c'era lo studio di un medico.

Durante il tragitto verso il Quinto distretto, a Jonas venne
in mente di fare rumore. Suonò il clacson come fosse in un

corteo di matrimonio. Intanto l'ago del tachimetro vibrava
sui venti. Il motore balbettava.

Percorse alcuni tratti di strada due volte. Guardò a destra
e a sinistra se per caso si apriva il portone di una casa, se si
spalancava una finestra. Così per quel breve tragitto impiegò
quasi mezz'ora.

Arrivato sotto la finestra di suo padre si sollevò sulla punta
dei piedi. La luce era spenta. Il televisore non andava.

Prese tempo per osservare la strada. Una macchina toccava il bordo in pietra del marciapiede, un'altra sostava troppo
vicino alla carreggiata. Da un cassonetto dei rifiuti spuntava
una bottiglia. Un pezzo di nylon calcato sulla sella di una bicicletta si muoveva dolcemente nel vento. Jonas contò le
moto e i motorini davanti alla casa e cercò persino di memo-
rizzare la posizione del sole. Solo allora tirò fuori il doppione
delle chiavi e spinse il portone di casa.

« Papà? »

Chiuse in fretta la serratura in alto e quella sotto. Accese la
luce.

« Papà, ci sei? »

Prima di entrare in una stanza, chiamava. Cercò di confe-
rire forza e profondità alla voce. Dal corridoio passò in cucina. Da lì, ancora attraverso il corridoio, in salotto. Poi in camera da letto. Non dimenticò bagno e WC. Infilò la testa nella dispensa, dove c'era un odore freddo di fermentazione, di
mele e verdura.

Suo padre, l'accumulatore e il risparmiatore, che spalma-
va il burro sul pane ammuffito e metteva a bagnomaria le
conserve scadute, non c'era più.

Come tutti gli altri.

E come tutti gli altri non aveva lasciato traccia. Ogni cosa
dava l'impressione che lui fosse appena uscito. Persino i suoi
occhiali da lettura erano posati come al solito sul televisore.

Nel frigorifero Jonas trovò un vasetto di cetriolini che
sembravano ancora mangiabili. Pane non ce n'era. In com-

penso sulla credenza trovò un pacco di fette biscottate. Gli sarebbe bastato. Non aveva voglia di aprire una seconda volta la porta della dispensa.

Mentre mangiava cercò senza grandi speranze un canale televisivo. Valeva comunque la pena di tentare, perché gli era venuto in mente che l'apparecchio di suo padre era collegato a una parabola satellitare. Forse era un problema della rete via cavo, mentre il satellite trasmetteva regolarmente. Niente.

In camera da letto il vecchio orologio a muro del padre ticchettava flemmatico. Jonas si stropicciò gli occhi. Si stiracchiò.

Guardò fuori dalla finestra. Da quel che poteva riconoscere, non era cambiato nulla. Il nylon si muoveva nel vento. Nessuna delle macchine si era mossa. Il sole se ne stava sospeso al solito posto e sembrava seguire il suo cammino.

Appese camicia e pantaloni a una gruccia. Ascoltò ancora una volta se per caso riusciva a udire qualcosa oltre all'orologio a muro. Quindi si infilò sotto la coperta. Aveva l'odore di suo padre.

Penombra. In un primo momento non capì dove si trovava.

Nel dormiveglia prima di destarsi completamente, il ticchettio dell'orologio che conosceva dall'infanzia lo aveva cullato nell'illusione di essere in un altro tempo e in un altro luogo. Da bambino sentiva quel ticchettio quando stava sdraiato sul sofà del salotto per il riposino pomeridiano a cui lo costringevano. Raramente chiudeva occhio. In genere sprofondava in fantasie finché sua madre veniva a svegliarlo con una cioccolata o una mela.

Accese la lampada sul comodino. Cinque e mezzo. Aveva dormito più di due ore. Il sole evidentemente era così basso che i suoi raggi giungevano solo ai piani più alti della stretta viuzza. Nell'appartamento era come tarda sera.

Si trascinò in mutande in salotto. Sembrava che qualcuno fosse stato lì fino a un momento prima. Che avesse lasciato l'appartamento in punta di piedi per non disturbargli il sonno. Jonas quasi percepiva le impronte che questo qualcuno aveva lasciato dietro di sé nella stanza.

«Papà?» chiamò, pur sapendo che non avrebbe avuto risposta.

Mentre si rivestiva, guardò fuori dalla finestra. Il nylon. Le motociclette. La bottiglia nel cassonetto.

Nessuna traccia di cambiamento.

A casa trovò su uno scaffale una scatoletta di conserva. Mentre il piatto girava nel microonde, si chiese quando sarebbe andato di nuovo in un ristorante. Guardò sul display il conto alla rovescia dei secondi. Ancora sessanta. Ancora trenta. Venti. Dieci.

Osservò il cibo. Aveva fame, ma non gli andava di mangiare. Coprì il piatto, lo spinse da una parte e si mise alla finestra.

Sotto di lui si stendeva la Brigittenauer Lände. Una sfilza di alberi verde brillante copriva un po' la vista dell'acqua torbida che scorreva silenziosa nel canale del Danubio. Sull'altra sponda si levavano gli alberi che fiancheggiavano la Heiligenstädter Lände. A destra del palazzo della BMW-Vienna ruotavano come sempre i due grandi logo della Ö3 sul tetto della stazione radiofonica, ammutolita come tutte le altre. All'orizzonte i monti locali, coperti di boschi, chiudevano la città: la Hermannskogel, il Dreimarkstein, l'Exelberg. Dal Kahlenberg, dove più di trecento anni prima Jan Sobieski aveva marciato contro i turchi, sorgeva la gigantesca antenna della televisione.

Jonas fece scorrere lo sguardo sul panorama. Era per quella vista che due anni prima si era trasferito qui. La sera si metteva lì e guardava il sole che calava dietro le montagne mandandogli i suoi raggi fino all'ultimo.

Controllò che la porta dell'appartamento fosse chiusa a chiave. Si versò un whisky e tornò alla finestra con il bicchiere. Non riusciva a trovare una spiegazione. Una catastrofe, forse? Ma se tutti erano fuggiti sotto la minaccia di un attacco nucleare – per dire – dov'erano finite le bombe? E chi si sarebbe mai dato la pena di sprecare della tecnologia così costosa per quella vecchia città ormai priva di importanza?

La caduta di un asteroide. Jonas aveva visto dei film in cui dopo una calamità del genere si abbattevano sulla terraferma onde alte chilometri. Che fossero scappati tutti per quello? Magari sulle Alpi? Ma allora sarebbe dovuta rimanere qualche traccia degli sfollati. Non si poteva evacuare una città con più di un milione di abitanti in una notte e dimenticare solo lui. E tutto senza che lui si accorgesse di nulla.

Oppure sognava. O era diventato matto.

Bevve meccanicamente un sorso.

Guardò in alto il cielo blu. Non credeva all'ipotesi di extraterrestri che avessero viaggiato anni solo per far sparire tutti i viennesi tranne lui. Non credeva a niente di quella roba.

Sfilò la sua agenda da sotto il telefono. Chiamò tutti i numeri che conteneva. Chiamò ancora una volta Werner e i parenti di Marie in Inghilterra. Fece il numero della polizia, dei pompieri, dell'ambulanza. Provò il 911, il 160 604, il 1503. Niente pronto intervento. Niente taxi. Niente segnale orario.

Cercò nella sua raccolta di video qualche film che non avesse mai visto o che non aveva più guardato da molto tempo. Eresse davanti al televisore una pila di commedie. Fece calare le veneziane.

2

Si svegliò con il mal di gola. Posò una mano sulla fronte. Febbre non ne aveva. Fissò il soffitto.

Dopo essersi accertato durante la colazione che il televisore non trasmetteva niente e la strada era deserta, si mise al telefono. Marie non rispose né al cellulare né dai suoi parenti. Non riuscì a contattare nessun altro.

Svuotò per metà la cassetta dei medicinali finché trovò un'aspirina. Mentre la compressa si dissolveva frizzando in un bicchiere d'acqua, Jonas entrò sotto la doccia. Poi indossò abiti sportivi. Vuotò il bicchiere in un colpo solo.

Quando uscì dall'ombra della casa guardò a destra e a sinistra. Fece un paio di metri, voltò di scatto la testa. Si fermò. Ascoltò. Al suo orecchio giungeva solo il mormorio del canale del Danubio, attutito. Allungò il collo in cerca di qualche movimento dietro le finestre nella fila di case.

Niente.

Tornò nel palazzo e scese in cantina. Nella sua cella mise sottosopra la cassetta degli attrezzi senza trovare qualcosa di adatto. Dopo un po' si ricordò della pinza piegatubi che aveva appoggiato accanto a una pila di copertoni.

«C'è qualcuno?»

La sua voce risuonò ridicolmente flebile nella vasta biglietteria della stazione Ovest.

Arrancò con la pinza in spalla su per le scale che conducevano all'atrio. Il chiosco dei cambi, l'edicola, i bar, era tutto chiuso.

Uscì sui binari. C'erano molti treni, come fossero pronti a partire. Rientrò nell'atrio. Tornò sui binari.

Dentro.

Fuori.

Saltò sull'InterCity per Bregenz. Perlustrò il treno vagone per vagone, scompartimento per scompartimento. Con la pinza stretta in mano. Entrando nei vagoni maleodoranti chiamava forte. Ogni tanto tossiva, si raschiava così forte la gola come se pesasse trenta chili in più. Batteva la pinza contro le pareti cercando di fare più rumore che poteva.

Per mezzogiorno aveva esplorato la stazione fino all'ultimo angolo. Tutti i treni, tutti gli uffici delle Ferrovie. Le sale d'attesa. Il ristorante in cui un paio di volte aveva mangiato malissimo e dove aleggiava ancora puzza di fritto. Il supermercato. Il tabaccaio. Il News & Books. Con la pinza aveva infranto vetrine e porte a vetro e staccato impianti d'allarme ululanti. Aveva controllato un retrobottega dopo l'altro. Aveva trovato del pane vecchio due giorni, e da quello aveva capito quand'era l'ultima volta che qualcuno era stato lì.

Il tabellone al centro dell'atrio non annunciava treni in arrivo né in partenza.

Gli orologi funzionavano.

Il bancomat dava soldi.

All'aeroporto di Schwechat non si diede la pena di portare la macchina nell'autosilo e farsi tutto quel pezzo di strada a piedi. Parcheggiò proprio davanti all'ingresso principale, in divieto di sosta, dove di solito facevano la ronda poliziotti e forze speciali.

Là fuori la temperatura era un po' più fresca che in città. Bandiere sventolavano rumorosamente nell'aria. Schermandosi gli occhi con una mano, Jonas scrutò il cielo in cerca di aeroplani. Tese le orecchie. Lo sbatacchiare delle bandiere fu tutto ciò che riuscì a sentire.

Con la pinza in spalla marciò attraverso passaggi debolmente illuminati fino al piano delle partenze. Sui tavolini davanti al bar le liste delle bevande svettavano infilate nei supporti. Il bar era chiuso, e così anche il ristorante e il pub. Gli ascensori funzionavano. L'accesso alle sale d'attesa era aperto. I tabelloni non annunciavano voli. Gli schermi erano bui.

Passò al setaccio l'intero settore. Mentre superava una transenna di sicurezza, partì un allarme. Nemmeno alcuni colpi di pinza misero fine all'urlo. Si guardò nervosamente intorno. Alla parete c'era un quadro di comando. Schiacciò qualche pulsante. Finalmente tornò il silenzio.

Al piano degli arrivi si piazzò davanti al terminale di un computer. Cercò di scoprire quand'era stata l'ultima volta che era partito o arrivato un aereo, ma il computer era guasto, o forse era lui che non era capace di farlo funzionare. Lo schermo mostrava inutili tabelle che nessuna manovra al mouse e alla tastiera riuscì a cambiare.

Girò un po' a vuoto finché trovò una tromba delle scale. Uscì sulla pista.

La maggior parte degli aerei collegati ai finger erano della Austrian Airlines. C'erano un Lauda, un Lufthansa, un apparecchio dallo Yemen, uno dal Belgio. Più dietro c'era un 727 della El-Al. Più di tutti lo interessò questo aereo. Perché era così distante? Era stato in procinto di partire?

Arrivato all'apparecchio si accovacciò. Guardò ansimando in alto e poi indietro, verso l'edificio. Era deluso. Non era poi così distante: le dimensioni della pista dovevano avergli giocato uno scherzo. Non c'era alcun segno che il pilota fosse diretto alla pista di decollo.

Jonas si mise a chiamare. Lanciò in alto la pinza, cercando di colpire prima il cockpit e poi un finestrino della cabina. L'ottava o nona volta che la pinza ripiombò con un rumore di ferraglia sull'asfalto, si ruppe in due.

Rovistò tutte le hall, tutte le sale d'aspetto, tutte le stanze accessibili. Nell'area dello scarico bagagli fece una scoperta che lo elettrizzò: decine di borse e valigie.

Aprì ansioso la prima valigia. Biancheria intima. Calze. Camicie. Prodotti da bagno.

Né quella né le altre contenevano indizi di che cosa fosse capitato ai loro proprietari. Non era nemmeno un numero talmente grande di bagagli da far pensare che fosse il carico di un intero volo. Era più probabile che quelle fossero borse e valigie dimenticate o non ancora ritirate. Potevano risalire a chissà quando. Non gli diedero alcun aiuto.

Nella Karolinengasse, davanti alla casa all'angolo con la Mommsen, scese dalla macchina. Attraverso il finestrino abbassato infilò il braccio nell'abitacolo e suonò il clacson. Guardò in alto, le finestre intorno. Sebbene continuasse a strombazzare senza sosta non se ne aprì nessuna, non una tenda fu tirata indietro.

Non si diede nemmeno la pena di suonare il citofono. La porta consisteva in gran parte di vetro, che Jonas sistemò con un paio di colpi di un braccio della pinza. Incassando la testa, entrò nella casa attraverso la cornice della porta.

Werner abitava al secondo piano. Sotto lo spioncino era attaccata la foto di uno yak stracarico. Il visitatore veniva accolto dalla linguaccia dei Rolling Stones sullo zerbino. Non poté fare a meno di ripensare a tutte le volte che si era ritrovato lì con una bottiglia di vino e aveva sentito avvicinarsi i passi di Werner.

Batté con la pinza contro la porta. Aprirla era impossibile. Per quella serratura ci voleva almeno un piede di porco. Cercò in tasca carta e penna per attaccare un biglietto sotto lo spioncino. Trovò solo un fazzoletto usato. Tentò di scribacchiare qualche parola con la matita sulla nuda porta, ma si ruppe la mina.

Quando arrivò alla stazione Sud si accorse di avere una gran fame.

Nella biglietteria trottò di sportello in sportello, di negozio in negozio. Ruppe i vetri con il braccio della pinza. Questa volta non disattivò gli allarmi. Dopo aver frantumato la finestra del chiosco dei cambi aspettò espressamente per sentire se partiva l'allarme o se doveva proseguire la sua opera di distruzione. Forse c'era ancora qualcuno che si occupava di mantenere l'ordine e interveniva quando le banche venivano assaltate.

Accompagnato dalla musica assordante delle sirene salì con la scala mobile fino ai binari. Prima esplorò l'ala est, con i binari 1-11. Lì era stato poche volte. Fece le cose con calma. Quindi imboccò la seconda scala mobile.

Frantumò anche le vetrine dei negozi ai binari sud. Non erano muniti di sistemi d'allarme, cosa che lo stupì. Prese un sacchetto di patatine e una bibita dal chiosco, e anche un pacchetto di fazzoletti per il naso che colava. All'edicola arraffò una mazzetta di giornali di due giorni prima.

Senza controllare preventivamente vagone per vagone, entrò nel primo scompartimento del treno con destinazione Zagabria. Il sedile era caldo, l'aria soffocante. Abbassò il finestrino in un colpo solo. Sedette. Appoggiò le gambe sul sedile di fronte, senza levarsi le scarpe.

Infilandosi meccanicamente in bocca le patatine, sfogliò i giornali. Non trovò il minimo accenno a un imminente avvenimento particolare. Beghe di politica interna, crisi estere, orrori di cronaca e banalità. Alle pagine televisive, talk-show, telefilm, film e programmi di attualità.

Mentre leggeva, quasi gli si chiusero gli occhi.

Nel vagone penetrava attutito l'urlo monotono degli allarmi.

Spinse via dal grembo i giornali. Un minuto di pace poteva concederselo. Rimanere sdraiato un minuto con gli occhi chiusi, le note sfumate delle sirene nell'orecchio. Un minuto sdraiato...

Saltò in piedi e si fregò il viso con foga. Cercò la sicura alla porta, ma poi gli venne in mente che l'avevano solo gli scompartimenti con le cuccette.

Uscì in corridoio.

«Ehi! C'è nessuno?»

Saggiò con la punta delle dita la qualità delle tendine nello scompartimento. Era una stoffa sporca e intrisa di fumo, che in un'altra situazione non avrebbe mai toccato. Ci si aggrappò con tutto il peso finché udì un rumore secco e si ritrovò per terra con la stoffa in mano. Con l'aiuto di quel che rimaneva delle pinze riuscì a strappare la tenda in alcune strisce. Le legò alla maniglia della porta e alle sbarre del portapacchi.

Costruì un letto con i sei sedili e vuotò la lattina. Si coricò.

Ora si sentiva un po' più in forze. Rimase lì sdraiato a occhi aperti, con il braccio per cuscino sotto la testa. Passò le dita sulla fodera di velluto del sedile. Tastò il buco di una bruciatura.

Ripensò al tempo in cui d'estate aveva viaggiato per l'Europa con alcuni amici. Su un materasso viaggiante come quello si era messo alle spalle molte migliaia di chilometri. Da un odore sconosciuto a un altro. Da un evento al successivo. Da una città eccitante a una ancora più invitante. Erano passati quindici anni.

Dov'erano in quel momento le persone con cui aveva dormito nelle stazioni e nei parchi?

Dov'erano in quel momento le persone con cui aveva parlato solo due giorni prima?

Dov'era lui? Su un treno. Scomodo. Fermo.

Doveva aver dormito una mezz'ora. Da un angolo della bocca gli colava della saliva. La pulì di riflesso sul bracciolo del sedile. Lanciò un'occhiata alla porta. La chiusura improvvisata era intatta. Chiuse gli occhi e rimase in ascolto. Non era cambiata neanche una nota. Gli impianti di allarme ululavano senza nemmeno una sfumatura diversa. Soffiò il naso intasato dal raffreddore e dalla polvere dello scompartimento, poi si accinse a sciogliere le strisce di tenda dalla maniglia della porta. Risultò che aveva svolto il lavoro troppo bene. Armeggiò intorno ai nodi, ma era troppo impaziente e non aveva le dita agili. Provò con la forza. La porta non si mosse di un centimetro. In compenso, i nodi si strinsero in modo definitivo.

Non gli rimaneva altro da fare: doveva liberarsi con la violenza. Distrusse il vetro della porta con il braccio della pinza e scavalcò attento dall'altra parte. Lanciò un'occhiata nello scompartimento per imprimersi la scena nella mente, casomai si fosse trovato a ripassare di lì.

Saccheggiò il supermercato.

Prese bibite e scatolette di zuppa, snack, cioccolato, mele e banane. Infilò carne e salsicce nel cesto metallico. Presto il cibo sarebbe andato a male. Non osò pensare a quando sarebbe stato di nuovo in condizione di mettere le mani su una bistecca fresca.

Prima di salire in macchina le girò intorno. Non era sicuro di averla parcheggiata esattamente in quel modo.

Guardò in ogni direzione. Si allontanò di qualche passo, tornò alla macchina.

3

Si svegliò vestito come per uscire.

Gli sembrava di ricordare che la notte prima aveva indossato il pigiama. Anche se non l'aveva fatto, in casa portava sempre abiti comodi. La sera doveva essersi sicuramente cambiato.

O no?

In cucina trovò cinque lattine di birra vuote. La birra l'aveva bevuta, questo lo ricordava.

Dopo la doccia, prima ancora di sottoporsi al deprimente giro di perlustrazione alla finestra, al televisore e al telefono, gettò un paio di magliette e di mutande in una borsa. Aveva fame, ma gli mancava la voglia di mangiare. Decise che avrebbe fatto colazione da qualche parte lungo la strada. Si soffiò il naso, passò della pomata sulle mucose infiammate. Rinunciò a farsi la barba.

Guardò irritato l'attaccapanni. Dal giorno precedente era cambiato qualcosa. Come se ci fosse stata appesa una giacca in più. Ma non era possibile. E poi aveva chiuso a chiave. Nessuno era stato lì.

Era già sullo zerbino fuori della porta quando fu costretto a tornare indietro. Fissò i ganci dell'attaccapanni. Non si capacitava.

L'aria era tersa, il cielo privo di nuvole in modo quasi irreale. Di tanto in tanto si alzava un colpo di vento. Tuttavia, in macchina sembrava che il cruscotto dovesse fondersi. Abbassò tutti i finestrini. Schiacciò scoraggiato qualche pulsante della radio: non gli riuscì di strapparle qualcosa che non fosse un fruscio, a volte più forte, altre ovattato.

Nell'appartamento del padre trovò tutto immutato. L'orologio a muro ticchettava. Il bicchiere da cui aveva bevuto dell'acqua stava mezzo pieno sul tavolo. Il letto era sfatto. Quando guardò fuori dalla finestra, gli occhi finirono sulla bicicletta con il sellino ancora coperto dal nylon. Dal cassonetto spuntava la bottiglia, le moto erano al loro posto. Stava per andarsene quando gli venne in mente il coltello. Non dovette cercare a lungo. Suo padre conservava i ricordi di guerra nel cassetto accanto al mobile bar. La croce di ferro di prima classe, quella di seconda, la decorazione per il combattimento ravvicinato. Il distintivo di assalto, quello di ferito, quello di congelato. Jonas li conosceva tutti: da bambino aveva osservato spesso suo padre mentre li lucidava. Un'agenda di indirizzi, documenti d'identità, lettere di commilitoni. Tre foto su cui il padre era accosciato con altri soldati in stanze buie e aveva una faccia così estranea che Jonas non ricordava di averlo mai visto a quel modo. Nel cassetto c'era anche il coltello. Lo prese con sé.

L'ultima volta era venuto allo zoo di Schönbrunn in gita con i colleghi. Si erano davvero divertiti. Da allora erano passati anni. Aveva ancora solo un vago ricordo di gabbie sporche e di un bar in cui non li avevano serviti.

Da allora erano cambiate molte cose. Sui giornali si leggeva che Schönbrunn era lo zoo più bello d'Europa. Ogni anno si aggiungeva una novità sensazionale. Due koala, per dire, o altri animali rari che costringevano tutti i viennesi con un bambino in età facile agli entusiasmi a venire in pellegrinaggio allo zoo. A Jonas non era mai passato per la testa di piazzarsi la domenica davanti alla gabbia dei predatori o all'insettario. Ora parcheggiò dietro la biglietteria, presso le barriere metalliche che impedivano alle macchine di passare, perché voleva accertarsi se oltre agli uomini erano spariti anche gli animali.

Scese solo dopo aver suonato per qualche minuto il clacson. Infilò in tasca il coltello. Prese con sé anche il braccio della pinza.

I suoi passi scricchiolavano sulla ghiaia del vialetto. L'aria era leggermente più tersa che in centro città. Il vento si impigliava negli alberi intorno all'impianto. Dietro la recinzione che, stando ai cartelli, racchiudeva le giraffe non si muoveva nulla.

I piedi non lo portarono più in là del punto estremo da cui riusciva ancora a vedere la macchina. Gli fu impossibile imboccare uno dei vialetti laterali. La macchina era la sua tana, la sua assicurazione.

Si girò di scatto, con il pugno stretto intorno al braccio della pinza. Rimase fermo a capo chino, e ascoltò.

Solo vento.

Gli animali non c'erano.

Corse indietro alla macchina. Appena si fu seduto al volante, chiuse la portiera e abbassò la sicura. Solo allora posò il braccio della pinza e il coltello sul sedile accanto. Nonostante la calura, tenne i finestrini chiusi.

Gli era capitato spesso di guidare sulla A1. Aveva una zia che viveva a Salisburgo, e si era dovuto recare regolarmente a Linz per controllare le nuove collezioni. Era l'autostrada che gli piaceva di meno. Preferiva la A2 perché lo portava a sud, in direzione del mare. E perché era meno trafficata.

Senza mollare l'acceleratore, aprì il vano portaoggetti e si mise a vuotarne il contenuto sul sedile accanto. Il mal di gola si era trasformato in un raffreddore che gli dava sempre più fastidio. Aveva una pellicola di sudore sulla fronte. I linfonodi della gola erano gonfi e il naso era così otturato che respirava quasi solo con la bocca. Marie girava quasi sempre con qualche medicina per piccoli malanni, ma non aveva lasciato niente nel portaoggetti.

Più si allontanava da Vienna, più spesso accendeva la radio. Quando la ricerca automatica aveva passato tutte le frequenze, la rispegneva.

Alla stazione di servizio di Grossram, alcune auto parcheggiate riattizzarono le sue speranze. Suonò il clacson. Scese, chiuse accuratamente a chiave. Camminò verso l'entrata del ristorante. La porta automatica si aprì con un ronzio.

«Ehilà?»

Indugiò. Il ristorante era all'ombra di un boschetto di abeti. Sebbene splendesse il sole, all'interno regnava una luce fioca, come fosse poco prima di sera.

«C'è nessuno?»

La porta scorrevole si chiuse. Jonas fece un salto indietro per non farsi schiacciare e quella si riaprì.

Tornò in macchina a prendere il coltello. Guardò da tutte le parti se c'era qualcosa che saltasse all'occhio. Ma non vide nulla. Era una comunissima stazione di servizio d'autostrada, con macchine parcheggiate davanti al ristorante, macchine ai distributori. Erano solo le persone, a mancare. E non si sentiva un rumore.

La porta automatica scorse di nuovo a lato. Il ronzio, udito mille volte, a un tratto fu come un messaggio per il suo subconscio. Passò il tornello che separava il punto vendita e le casse dal ristorante e si ritrovò subito fra i tavoli. Nella tasca profonda dei jeans, la mano teneva stretto il coltello.

«Che cosa succede?» esclamò a voce troppo alta.

I tavoli erano apparecchiati. Al buffet del self-service, dove di solito erano esposte pignatte di zuppe e di salse e cesti di pane, ciotole di crostini e vasche di insalate, non c'era nulla. Una fila di grandi tavoli coperti di tovaglie bianche.

Su uno scaffale in cucina scoprì un filone di pane già tagliato. Era duro, ma si poteva ancora addentare. In un frigorifero trovò qualcosa da spalmarci sopra. Placò la sua fame lì in piedi, fissando le piastrelle del pavimento davanti a sé. Tornato nel ristorante, si preparò un caffè alla macchina per l'espresso. Il primo aveva un sapore amaro. Ne fece scendere un altro, che non si rivelò migliore. Sistemò sul piattino solo il quarto.

Andò a sedere fuori. Il sole picchiava. Aprì un ombrellone sul suo tavolo. Anche ai tavolini non notò nulla di strano. C'erano un posacenere, la lista dei gelati, il menu, sale e pepe, stuzzicadenti. Tutto esattamente come lo avrebbe trovato se fosse passato di lì qualche giorno prima.

Si guardò intorno. Non c'era nessuno.

Dopo aver fissato per un po' il nastro grigio dell'autostrada, gli venne in mente che era già stato lì. Con Marie. Addirittura allo stesso tavolo. Lo riconosceva dall'angolazione che gli permetteva di vedere un piccolo orto ben nascosto, di cui si ricordava. Stavano andando in vacanza in Francia. Avevano fatto colazione lì.

Saltò in piedi. Forse c'era qualcosa che non andava nei telefoni di Vienna. Forse da lì si poteva contattare qualcuno.

Trovò un telefono alla cassa. Ormai aveva imparato il numero dei parenti inglesi di Marie a memoria. Lo stesso segnale insolito di libero nel ricevitore.

Anche a Vienna non rispose nessuno. Nessuno da Werner, nessuno in ufficio, nessuno da suo padre.

Prese da un espositore una dozzina di cartoline. Trovò dei francobolli in una cartelletta dentro un cassetto sotto il registratore di cassa. Scrisse il proprio indirizzo su una cartolina.

Il testo diceva: «Stazione di servizio di Grossram, 6 luglio».

Ci attaccò un francobollo. Accanto all'entrata c'era una buca delle lettere. Un cartellino avvisava che la cassetta veniva vuotata alle ore 15.00. Di quale giorno, non era scritto. Imbucò ugualmente la sua cartolina. Prese con sé le altre e i relativi francobolli.

Mentre stava per aprire la macchina si accorse di un'auto

sportiva parcheggiata lì accanto. Si avvicinò. Naturalmente non c'era la chiave.

All'uscita successiva lasciò l'autostrada. Si fermò nel primo centro abitato, davanti a una casa qualsiasi. Suonò il campanello, bussò.

«Ehi! Di casa!»

La porta non era chiusa a chiave.

«C'è nessuno? Ehilà! Ehi!»

Controllò le stanze. Non una persona, un cane, un canarino. Nemmeno un insetto.

Girò per il paese suonando il clacson fino a non poterne più. Quindi perlustrò la trattoria del posto. Niente.

I paesi che il caso lo portò ad attraversare nelle ore successive erano fuori mano, consistevano solo di un paio di case cadenti, tanto che Jonas si domandò se ci abitasse qualcuno anche prima. Non si vedeva nemmeno una farmacia, figurarsi poi un concessionario di macchine. Si pentì di non essere uscito dall'autostrada nelle vicinanze di una cittadina più grande. E da quel che sembrava si era anche perso.

Per abitudine, fermandosi accostò a destra. Ci volle un po' perché riuscisse a orientarsi sulla cartina. Era finito nella foresta di Dunkelstein. L'ingresso in autostrada più vicino era a più di venti minuti. Voleva andarci, perché lì si procedeva più veloci. Ma si sentiva stanco.

Nel paese successivo, in cui almeno c'era un negozio di alimentari, si diresse alla casa con la facciata più decorosa. Era chiusa. Il braccio della sua pinza gli rese ancora un buon servizio con una finestra. Jonas si arrampicò all'interno.

In cucina trovò una scatola di aspirine. Mentre una compressa si scioglieva rumorosa in un bicchiere d'acqua, Jonas rovistò la casa. Arredo solido, mobili in massello scuro. Riconobbe alcuni pezzi. Facevano parte della 99ª Serie svedese, con cui lui stesso aveva fatto buoni affari per una stagione.

C'erano palchi di corna appesi alle pareti. Il pavimento era ricoperto con quei tappeti spessi che in ufficio chiamavano la « fiera degli acari ». Anche di quelli ne riconobbe alcuni. Non era roba da quattro soldi, ma nemmeno di gusto. C'erano in giro giocattoli.

Tornò in cucina. Bevve l'aspirina.

Di nuovo in salotto, chiuse gli occhi. Dalla cucina proveniva il ticchettio fievole di un orologio. Nel camino si sentiva la fuliggine che precipitava lieve dalla canna fumaria, staccata dal vento. C'era odore di polvere, di legno, di stoffa bagnata.

Le scale che portavano di sopra scricchiolavano. Al piano superiore c'erano le camere da letto. La prima era chiaramente quella di un bambino. Dietro la seconda porta scoprì un letto matrimoniale.

Esitò, ma era così stanco che gli si chiudevano gli occhi. Seguendo un impulso si sfilò tutti i vestiti. Chiuse le pesanti tende nere finché la stanza fu illuminata soltanto dalla debole luce di una lampada da comodino. Dopo essersi accertato che la porta fosse chiusa a chiave, si sdraiò sul letto. Le lenzuola erano morbide, la coperta era di una stoffa sorprendentemente fine. In altre circostanze avrebbe saputo apprezzare.

Spense la luce.

A capo del letto ticchettava quasi impercettibile una sveglia.

Il cuscino odorava di una persona che Jonas non aveva mai incontrato. Sopra di lui il vento spazzava la capriata del tetto. Il rumore della sveglia era stranamente familiare.

Discese nel buio.

Si sentiva meno intontito di prima. Quando si mise a sedere, lo sguardo gli cadde sulle fotografie incorniciate d'oro che si trovavano in una vetrinetta. Come un sonnambulo, con un fazzoletto premuto sotto il naso che gli colava, brancolò fin là.

La prima mostrava una donna sulla quarantina. Sebbene non sorridesse, gli occhi avevano un'espressione allegra. Non sembrava il tipo da abitare in una casa come quella. Per un po' Jonas rifletté su che lavoro potesse fare. Segretaria? Impiegata? O era proprietaria di una boutique in uno dei paesi più grandi lì intorno?

Nella foto successiva, il marito. Un po' più vecchio. Baffoni che andavano ingrigendo, penetranti occhi scuri. Sembrava il tipo che per lavoro se ne andasse in giro tutto il giorno su un fuoristrada.

Due bambini. Biondi. Otto o nove anni il primo, qualche mese il secondo. Sembravano tutti e due un po' tonti.

L'immagine della donna lo perseguitò fino al raccordo dell'autostrada. Poco prima di Linz, mentre rigirava i pulsanti della radio, stava ancora pensando alla casa. Poi si concentrò per non perdere l'uscita.

Riconobbe in lontananza le gigantesche ciminiere delle fabbriche. Da cui non usciva fumo.

Entrò in città senza badare ai limiti di velocità. Gli sarebbe piaciuto essere fermato da un poliziotto, ma subito si accorse che anche lì qualcosa non andava.

Non c'erano pedoni.

I negozi ai lati della strada erano deserti.

Ai semafori scattava il rosso, ma lui aspettava inutilmente il traffico dalle strade perpendicolari.

Suonò il clacson. Fece rombare il motore. Schiacciò i freni sino a far stridere le ruote e diffondere puzza di gomma. Dava tre colpi di clacson lunghi, tre corti, tre lunghi. Percorse più volte lo stesso tratto di strada. Non si aprì nessuna porta, non gli venne incontro nessuna macchina. In compenso, c'era un odore meno sgradevole dell'ultima volta che era stato in città. Nell'aria aleggiava una foschia da temporale.

Scendendo davanti a una farmacia, si domandò come mai

facesse così insolitamente fresco. Aveva sofferto l'afa per settimane, e ora rabbrividiva. Probabilmente però non era colpa del temporale in arrivo bensì del raffreddore.

Spaccò la porta a vetri della farmacia. Prese dallo scaffale una scatola di aspirine e anche delle pastiglie per il mal di gola. Uscendo scoprì i flaconi di echinacea. Ne mise in tasca uno.

Dopo una breve ricerca trovò una trattoria; la porta non era chiusa a chiave. Chiamò. Non ottenne risposta, del resto nemmeno se l'era aspettata.

Nella sala non notò niente di particolare. C'era puzza di grasso rancido, di chiuso, di fumo freddo.

Chiamò ancora.

In cucina mise sul fuoco una pentola d'acqua e ci buttò dentro delle patate. Fece passare il tempo nella sala con un giornale del 3 luglio. Quel giorno lì c'erano state ancora delle persone, lo provavano le macchie di unto e le briciole di pane sulla carta. Il giornale non destava alcun allarme, proprio come quelli che aveva letto il giorno prima alla stazione Sud. Niente lasciava supporre un imminente evento di portata straordinaria.

Uscì sulla porta. Si scaricavano i primi fulmini e il vento andava rafforzandosi. Pacchetti di sigarette vuoti e altri rifiuti rotolavano per le strade. Incassò la testa nel collo e si massaggiò le spalle contratte dalla guida. Nuvole nere si rimescolavano. In lontananza tuonava. Di nuovo un fulmine. E un altro.

Stava per rientrare nella sala quando di traverso sopra di lui risuonò un colpo. Senza nemmeno guardarsi intorno corse fuori, alla macchina, e si chiuse dentro. Estrasse il coltello dal fodero. Aspettò alcuni minuti. I vetri si appannarono.

Abbassò il finestrino.

«Che vuoi?» gridò.

Un altro scoppio, più debole del primo. E subito dopo un altro ancora.

«Vieni fuori!»

Gocce pesanti tamburellarono sulla lamiera e sulla strada.

Tuonò.

Mentre correva sotto la pioggia verso l'ingresso della trattoria, Jonas guardò in alto, ma alcuni alberi gli coprirono la visuale. Si gettò nella sala e aprì la porta che dava sulle scale. Con il coltello che gli tremava in mano, salì con passo pesante. Arrivò in un corridoio lungo e stretto in cui quasi non giungeva luce dall'esterno. Nella fretta non trovò l'interruttore. Giunse davanti a una porta. Era solo accostata. La corrente d'aria la sbatteva contro lo stipite con un *tac-tac* regolare. Jonas la spalancò con una spinta e brandì il coltello davanti a sé.

La camera era vuota. Non c'erano nemmeno mobili. Una grande finestra sbatteva al vento.

Girando più volte su se stesso, con il coltello in pugno pronto a infilzare, andò alla finestra. Guardò brevemente fuori, si gettò un'occhiata alle spalle nella stanza, guardò di nuovo fuori. La finestra era posta di traverso sopra l'ingresso della trattoria.

Quando ritrasse la testa, la stanza fu percorsa da un colpo di vento. L'anta della finestra sbatté forte contro l'infisso. Jonas la chiuse. Scendendo continuò a tenere il coltello in mano.

Giunto nella sala si accasciò su una panca. Il suo respiro rimase affannato ancora per un po'. Osservò i pannelli in legno dell'attaccapanni. Finché non gli vennero in mente le patate.

Il temporale finì quando Jonas posò a lato coltello e forchetta. Lasciò il piatto sul tavolo. Saltellò sopra pozzanghere fangose verso la macchina.

Guidò fino alla stazione.

L'atrio e il lungo sottopassaggio male illuminato che conduceva ai binari erano abbandonati quanto il piazzale e i marciapiedi. Spaccò il vetro di un chiosco. Prese una lattina di limonata, che vuotò subito e poi gettò in un secchio della spazzatura.

Scovò la buca delle lettere sul piazzale. «Stazione di Linz, 6 luglio», scrisse. Dopo averci pensato un attimo, la indirizzò a suo padre.

Era già passato davanti ad alcuni concessionari di automobili, ma aveva in mente qualcosa di più di una Opel o una Ford. Una buona opportunità di cambiare la sua Toyota scassata si presentò solo ai margini della città, dove finalmente si imbatté in un concessionario che non aveva in assortimento solo vetture familiari.

Non era un fanatico di auto, anzi, le marche veloci non le aveva mai particolarmente amate. Ma ora gli sembrava insensato viaggiare al di sotto dei centosessanta, perciò doveva dire addio alla sua vecchia macchina. Gli era costata più di quel che valeva, e non le era legato da alcun ricordo sentimentale.

Con suo stupore, le vetrine dello spazio espositivo in cui le macchine aspettavano il loro acquirente resistettero al braccio della pinza. Non aveva ancora avuto a che fare con vetri infrangibili. Decise di entrare nella vetrina con la Toyota. Sulla macchina si rovesciò una pioggia di schegge. Jonas uscì in retromarcia. Il buco nel vetro era grande abbastanza.

La sua scelta cadde su un'Alfa Spider rossa. Trovò le chiavi appese a un gancio dietro il bancone delle vendite. Fu più difficile far saltare fuori quelle per la grande porta doppia che costituiva l'unica via d'uscita. Alla fine trovò anche quelle. Andò alla Toyota e raccolse tutte le sue cose.

Prima di salire a bordo, però, si girò un'ultima volta a salutare la vecchia macchina. Mentre ancora agitava la mano, si sentì un idiota.

A cento metri dal concessionario si fermò a un distributore di benzina. Non fu difficile azionare l'erogatore. Jonas fece il pieno.

Sulla strada per Salisburgo mise alla prova le potenzialità della spider. L'accelerazione lo schiacciò contro il sedile. Allungò la mano verso l'autoradio, che non c'era. Ripiegò sulle pastiglie per la gola che stavano sul sedile accanto.

Fuori da Wels vide una custodia di chitarra sul ciglio della strada, come l'avessero gettata via. Tornò indietro. Da una certa distanza lanciò contro la custodia alcune pietre. La centrò, non accadde nulla. Le diede dei colpi con i piedi. Alla fine l'aprì. C'era dentro una chitarra elettrica. All'interno era penetrata dell'acqua. Doveva aver piovuto forte anche lì.

Si aggirò nei dintorni per un po'. Nell'erba, le gambe dei pantaloni si bagnarono fino alle ginocchia. Si trovava vicino all'ingresso dell'autostrada. Non era improbabile che fosse un punto utilizzato dagli autostoppisti. Così chiamò, premette energicamente il clacson. Scoprì lattine di bibite, mozziconi, preservativi usati. La terra cedeva fangosa sotto i suoi piedi.

Si appoggiò alla portiera del passeggero.

Tutto poteva avere un significato, niente doveva averlo per forza. Forse quella custodia era caduta da un portapacchi. Forse era il bagaglio di qualcuno sparito in quel punto. Qualunque fosse il motivo per cui era sparito. E il modo.

Quando arrivò alla stazione centrale di Salisburgo, il sole stava calando dietro la fortezza. Attraversò la piazza della stazione suonando il clacson, quindi si diresse verso Parsch, dove abitava sua zia. Gli ci volle un po' per trovare la strada. Giunto finalmente nella Apothekerhofstrasse, suonò il campanello, e quando nessuno venne ad aprire risalì in macchina. Nell'appartamento della zia non avrebbe trovato niente di illuminante, perciò si risparmiò la fatica di forzare la porta. Guidò fino a Freilassing.

Nessuno.

Nessuno.

Siccome quasi non riusciva a crederci, girò un'ora per il paese. In cuor suo aveva dato per scontato di trovare qualcuno almeno in suolo tedesco. Si aspettava dei militari. Forse dei campi profughi. Magari persino carri armati o uomini in tute protettive da guerra atomica, batteriologica o chimica. Insomma, civilizzazione.

Spense il motore. Fissò i cartelli che indicavano come raggiungere l'autostrada per Monaco, tamburellando sul volante con le dita.

Quanto in là doveva ancora spingersi?

Con il cellulare fece il numero di un mobilificio che aveva la sede vicino a Colonia. Suonò. Tre, quattro, cinque volte. Partì una segreteria telefonica.

Quando parcheggiò davanti al Marriott Hotel di Salisburgo, si era fatto buio. Prese la borsa e ci buttò dentro il braccio della pinza. Infilò il coltello nella tasca dei pantaloni. Chiuse a chiave, scrutò in tutte le direzioni. Ascoltò. Nessun rumore. Lì vicino dovevano esserci degli arbusti. C'era un odore fresco di fiori, anche se non avrebbe saputo dire quali.

Capitombolò nell'albergo attraverso la porta girevole. Era così buio che inciampò nella pesante passatoia rovesciando con la borsa un posacenere a stelo.

Alla reception c'era una piccola lampada accesa. Jonas posò la borsa, estrasse il coltello, scrutò nell'oscurità della hall. Senza guardare cercò a tentoni l'interruttore della luce.

Strizzò gli occhi.

Quando si fu abituato alla luce notò l'impianto stereo che stava in un mobile insieme a un televisore a schermo panoramico. Sopra era poggiata una custodia di CD vuota. Naturalmente Mozart. Jonas schiacciò il tasto PLAY. Ci volle un po' prima che risuonassero le prime note.

Osservò più attentamente l'impianto. Era un apparecchio pregiato, più costoso di quelli che lui si fosse mai voluto permettere, con tutti gli optional immaginabili. I CD venivano puliti automaticamente. Inoltre, l'impianto aveva un tasto REPEAT. Jonas lo schiacciò e alzò il volume. Incassò la testa fra le spalle.

Su un foglio scrisse: «Qui c'è qualcuno. 6 luglio». Lo attaccò bene in vista accanto alla porta d'ingresso. Poi spinse una poltrona nel vano della porta in modo che non si chiudesse più e la musica potesse arrivare fino in strada.

Mentre raccoglieva alla reception alcune chiavi delle stanze a caso, Jonas ebbe la sensazione che da un momento all'altro il suono che usciva dalle casse l'avrebbe buttato a terra. Non aveva mai sperimentato una forza simile in un comune impianto domestico. Il cuore gli batteva come dopo una maratona. Provò un po' di nausea. Quando nella sua borsa cozzarono tra loro una dozzina di chiavi con il ciondolo, fu felice di potersi sottrarre a quel frastuono.

Individuò la camera in cui pernottare all'ultimo piano, dove era arrivato a piedi perché aveva preferito non fidarsi dell'ascensore scricchiolante. Era una suite di tre stanze distinte che comunicavano e un ampio bagno in cui pestò piastrelle di marmo riscaldate. Con la porta chiusa non si sentiva nulla della musica nella hall ma, se la apriva, riusciva a distinguere tra loro le entrate dei vari gruppi di strumenti.

Chiuse a chiave. Si preparò un bagno.

Mentre l'acqua riempiva la vasca, accese il televisore.

Chiamò e richiamò il numero di cellulare di Marie, provò anche per la centesima volta dai suoi parenti.

Girò per la suite. I piedi affondarono in un tappeto orientale sotto cui il pavimento scricchiolava appena. Probabilmente un tempo non si sarebbe accorto di quello scricchiolio, ma da giorni quel silenzio innaturale gli torturava le orecchie, e i più piccoli rumori lo facevano voltare di scatto. Nel bar della stanza c'era una bottiglia di champagne. Anche se gli sembrava un po' fuori luogo, entrò nella vasca con un bicchiere. Bevve un sorso, chiuse gli occhi. C'era odore di prodotti da bagno e oli essenziali. Intorno a lui crepitava la schiuma.

La mattina trovò le scarpe l'una sull'altra, cioè sistemate in una posizione che gli ricordava il modo in cui lui e Marie a volte disponevano i loro cellulari: come se si abbracciassero. Sebbene, appunto, senza braccia.

Era abbastanza sicuro di non aver messo lui le scarpe a quel modo.

Controllò la porta. Chiusa a chiave da dentro.

Si pentì di non aver tirato fuori del pane, la sera prima, dalla cella frigorifera nella cucina dell'albergo. Trovò un paio di kiwi che mangiò in piedi davanti allo scaffale della frutta, vuotandoli con un cucchiaino.

Lo stereo investiva ancora di musica tutto l'edificio. Jonas si affrettò alla reception con la testa incassata. Scrisse svelto su un pezzo di carta il suo nome e il numero di cellulare. E l'annotazione che chiunque leggesse lo chiamasse subito. Attaccò bene il biglietto al bancone. Prima di lasciare l'albergo, fece scorta di carta e nastro adesivo.

«Salisburgo, Marriott, 7 luglio», scrisse sulla cartolina che infilò fuori, nella buca delle lettere.

Alle dodici del mattino attraversava una Villaco abbandonata, a mezzogiorno e mezzo suonava il clacson davanti al drago di Klagenfurt. In entrambi i luoghi scrisse cartoline, in entrambi i luoghi lasciò biglietti con il suo numero di telefono. Non si fermò a rovistare negli edifici.

Più volte sostò in mezzo a grandi piazze, dove poteva scendere senza pericolo a fare qualche passo con le spalle coperte. Chiamava. Ascoltava. Fissava a terra.

La potenza della macchina e il fatto che non doveva preoccuparsi del traffico nella direzione opposta gli permisero di arrivare in pochi minuti al valico del passo Loibl. La frontiera era abbandonata, la sbarra aperta.

Perlustrò gli uffici della dogana. Compose qualche numero memorizzato nei telefoni: non rispose nessuno. Lasciò anche qui un biglietto. Fece lo stesso alla stazione di confine slovena, qualche centinaio di metri più avanti. Fece benzina, si rifornì di acqua minerale e di salame, buttò giù un'aspirina.

Per l'ottantina di chilometri fino a Lubiana impiegò meno di mezz'ora. La città era vuota. Così come le città di Domzale, Celje, Slovenska Bistrica e Marburgo.

Seminò in giro dappertutto messaggi in inglese e in tedesco. Imbucò cartoline affrancate con francobolli sloveni. Chiamò i numeri in memoria nei telefoni dei distributori di benzina, azionò gli impianti di comunicazione interna dei caselli. Fece scattare allarmi. Attese qualche minuto. Lasciò in giro i suoi biglietti da visita, perché la carta del Marriott era finita.

Poco prima della frontiera sloveno-ungherese superò un camion rovesciato. Frenò così all'improvviso che stava quasi per perdere il controllo della vettura. La cabina di guida del furgone era adagiata su un fianco. Ci volle una bella arrampicata per poter aprire dall'alto la portiera del conducente. L'abitacolo era vuoto.

Ispezionò i dintorni. Si vedevano i segni di una frenata. C'era un guardrail danneggiato e una parte del carico – materiale da costruzione – giaceva in un fosso. Tutto faceva pensare che si fosse trattato di un normale incidente.

Anche in Ungheria non trovò anima viva.

Arrivò fino a Zalaegerszeg. Da lì prese la superstrada per l'Austria. Passò il confine a Heiligenkreuz. Ebbe la sensazione assurda di essere di nuovo a casa.

4

La sera prima aveva posato una scatola di fiammiferi contro la porta dell'appartamento, come aveva visto fare nei film. Quando al mattino controllò la porta, la scatola era ancora lì. Esattamente nello stesso punto.

Solo che non era più rivolta verso l'alto la faccia con la bandiera, ma quella con l'aquila.

La porta era chiusa a chiave. Aveva una serratura di sicurezza: senza un doppione, non poteva essere entrato nessuno. E poi la scatola era appoggiata alla porta. Nessuno era stato lì, nessuno. Era impossibile.

Ma allora come si spiegava la faccenda della scatola capovolta?

Quando si preparò il caffè, il latte fece i grumi. Gettò la tazza contro il muro. Andò in frantumi; schizzi marroni si aprirono sulla tappezzeria.

Avvicinò esitante la bottiglia di latte al naso. Si ritrasse di scatto con una smorfia. Cacciò la bottiglia nel secchio dell'immondizia e riempì di caffè un'altra tazza.

In corridoio buttò quasi giù l'attaccapanni. Si precipitò da basso con la tazza, rovesciando metà del contenuto. La appoggiò davanti all'entrata del supermercato, sul marciapiede sporco. Diede un paio di pedate alla porta a vetri automatica. Visto che non si muoveva, prese una bicicletta e la buttò contro il vetro. Facendogli un paio di graffi.

Sfondò la porta con la spider. Si udì uno schianto, piovvero schegge. Abbatté in retromarcia intere file di scaffali, fermandosi contro una montagna di scatolette. Andò a prendere la tazza e la portò al banco del latte. Svitò il tappo della prima bottiglia, annusò. Non era sicuro. La gettò via. Aprì la seconda, la buttò dietro la prima. La terza bottiglia non aveva un odore sospetto. Versò. Niente grumi.

Si appoggiò contro il bancone refrigerato, che ronzava. Bevve il suo caffè con gusto, un sorso dopo l'altro.

Si domandò per quanto ancora avrebbe bevuto caffè così. Senza l'aggiunta di latte in polvere o a lunga conservazione, ma con del latte che era stato munto pochi giorni prima da una mucca.

Per quanto tempo ancora avrebbe avuto carne fresca? Per quanto spremuta d'arancia fresca?

Lasciò la macchina dove stava e portò la bottiglia di sopra con sé.

Alla terza tazza cercò di contattare Marie. Sentì solo il segnale di libero inglese. Sbatté la cornetta sul telefono.

Corse di nuovo giù a controllare la cassetta delle lettere. Vuota.

Fece scorrere l'acqua nella vasca.

Si tolse la fasciatura sporca dal dito. La ferita aveva un aspetto passabile. Non sarebbe rimasto molto più che una riga rossa. Piegò il dito. Non faceva male.

Entrò nella vasca, giocò con le dita dei piedi che spuntavano dalla schiuma, si fece la barba, tagliò le unghie. Di tanto in tanto scivolava fuori dal bagno perché gli sembrava di aver sentito un rumore. Sul parquet rimasero impronte bagnate.

Verso mezzogiorno fece un giro per la città con la spider ammaccata. Non incontrò nessuno. Suonò il clacson a ogni incrocio, più che altro per un senso del dovere.

Dubitava di poter trovare un piede di porco in un normale centro di bricolage, tuttavia la cosa non gli impedì di sfondare con la spider le porte a vetri di alcuni negozi di fai da te. Per cercare l'attrezzo, nemmeno scese dalla macchina. Era una sensazione strana guidare attraverso le corsie dove di solito uomini taciturni dalle mani grosse spingevano carrelli e inforcavano occhiali per leggere le etichette.

Mi serve qualcosa di più robusto, pensò controllando il muso della spider dopo il quarto giro.

Trovò il piede di porco in un ferramenta polveroso di quelli arredati in stile antiquato, vicino al Volkstheater. Non poté fare a meno di pensare che anni prima, quando si erano messi insieme, Marie abitava da quelle parti. Perso nei ricordi, caricò il piede di porco in macchina. Nel richiudere la portiera del passeggero, sentì dietro di sé un rumore. Sembrava un pezzo di legno battuto contro un altro.

Rimase lì irrigidito. Incapace di voltarsi.

Aveva la sensazione che ci fosse qualcuno, allo stesso tempo sapeva che non c'era nessuno. Ed era torturato dal pensiero che fossero vere entrambe le cose.

Attese con le spalle sollevate.

Si voltò. Non c'era nessuno.

Ci volle un po' prima che riuscisse a trovare un'armeria, ma quella sul Lerchenfelder Gürtel era molto fornita. Alle pareti erano appese armi di ogni tipo e dimensione. Nelle teche erano esposte pistole e revolver. C'erano coltelli e persino stelle da lancio, il bancone offriva spray lacrimogeni per la borsetta delle signore, e nelle bacheche più indietro erano appesi archi sportivi e balestre. Avevano tute di protezione, da combattimento e mimetiche, maschere antigas, ricetrasmittenti e altri utensili.

Di fucili, Jonas se ne intendeva. Al militare aveva dovuto scegliere tra prestare normale servizio o arruolarsi subito per quindici mesi. In quest'ultimo caso avrebbe potuto decidere in quale unità finire dopo l'addestramento. Non aveva esitato nemmeno un secondo. Marciare non gli piaceva, e per scampare alla fanteria era disposto a tutto. Così diventò prima camionista e poi artificiere. Per due mesi aveva fatto saltare slavine sulle montagne del Tirolo.

Fece un giro del negozio. In generale non sopportava le armi. Detestava qualsiasi tipo di baccano. Negli ultimi tempi aveva trascorso il capodanno con Marie, Werner e la sua ragazza Simone in una baita in montagna. Ma c'erano situazioni in cui il possesso di un fucile presentava vantaggi. Non voleva uno schioppo qualsiasi. Il fucile migliore del mondo, almeno dal punto di vista psicologico, era il fucile a pompa. Chi lo sentiva caricare una volta non ne scordava più il rumore.

Un ingresso laterale risparmiato dai paletti antitraffico offriva la possibilità di accedere con la macchina nell'area del Prater. Il primo vialetto che percorse lo portò a un baracchino di würstel. Accese il gas sotto la piastra, la spennellò di olio. Quando raggiunse la temperatura giusta, ci mise sopra una fila di würstel.

Mentre gli saliva al naso il profumo dei würstel che andavano abbrustolendo, Jonas osservò la ruota gigante che si ergeva immobile non distante da lui. C'era salito spesso. La prima volta da bambino con suo padre, che forse era rimasto intimidito quanto il figlio da quell'altezza inusuale, tanto che non era chiaro chi avesse tenuto la mano a chi. Più tardi c'era tornato con altri. Con le fidanzate. Con i colleghi. Per lo più alla fine di una gita aziendale, già parecchio su di giri.

Girò i würstel sulla piastra. Sfrigolarono, si levò del fumo. Strappò la linguetta a una lattina di birra. Con la testa rovesciata indietro e lo sguardo sulla ruota gigante, bevve.

Il giorno in cui Marie era stata assunta come hostess della Austrian Airlines, Jonas si era piegato a un sacrificio. Aveva affittato per tre ore una cabina intera, per sé e Marie. Gesti eccessivamente romantici gli erano estranei, detestava il kitsch, però sapeva che a quel modo avrebbe fatto felice Marie.

Li aspettava un tavolo apparecchiato. Nel secchiello per il ghiaccio c'era una bottiglia di champagne. Da un vaso di cristallo spuntava una rosa rossa a stelo lungo. Si erano accomodati, il cameriere aveva servito gli antipasti e si era ritirato con un inchino. Con un leggero sussulto, la ruota si era messa in movimento.

Un giro completo durava venti minuti. Su in cima si erano goduti la vista della città, rischiarata a tarda sera da semafori, lampioni e fari. Si erano indicati a vicenda le attrazioni di Vienna, che conoscevano da sempre ma che, grazie alla prospettiva, acquistavano un nuovo fascino. Jonas aveva rabboccato i bicchieri. Quando erano arrivati in basso, e i piatti dell'entrée furono scambiati con i secondi, le guance di Marie erano già colorite di rosso.

Un anno dopo, durante una conversazione, Marie aveva accennato con sommessa ironia alla vena romantica di Jonas. Lui le aveva chiesto strabiliato di che cosa andasse parlando, e Marie gli aveva ricordato la serata sulla ruota gigante. Era stato così che Jonas aveva scoperto che le cene a lume di candela con vista panoramica di Vienna non andavano troppo a genio neanche a lei. Per fargli piacere, Marie aveva mostrato di gradire la meravigliosa atmosfera, ma in verità aveva sentito nostalgia di un buon boccale di birra su uno sgabello di una taverna.

Jonas addentò un würstel. Sapeva di poco. Cercò ketchup e senape.

Con suo stupore, mettere in moto i macchinari dei baracconi intorno non presentò grandi difficoltà.

Spaccò il vetro del gabbiotto della cassa con il calcio del fucile. Prese un paio di gettoni e si sedette in un go-kart.

Quando pigiò l'acceleratore, il veicolo non reagì. Infilò un gettone nella fessura. Così funzionava. Con il fucile a pompa poggiato sulla coscia e la mano libera sul volante, sfrecciò sulla pista. Fece alcuni giri con il pedale a tavoletta, attento a non toccare le strisce in curva.

Al vecchio trenino panoramico, una volta apertosi un varco nel gabbiotto della cassa, dovette solo schiacciare un bottone e subito si misero in moto i vagoni di legno davanti alla banchina. Jonas sedette nella prima fila. Durante il giro non accadde nulla di particolare. Come se fosse un normale cliente in un giorno qualsiasi.

Scagliò freccette contro i palloncini, lanciò anelli sulle statuette, mirò a un bersaglio con arco e frecce. Si dedicò brevemente ai videogiochi d'azzardo, ma la prospettiva di vincere denaro non dava alcun brivido.

Osservò le file vuote del Tappeto volante. Sfilò la camicia e la annodò a uno dei sedili della gigantesca altalena. Alla cassa trovò la manopola con cui veniva azionato il motore. La posizionò su AUTO. Il tappeto si mise in movimento ululando. Diversamente dal solito, non si levarono strilli di ragazzine, nessuno – tranne Jonas – che guardasse in alto.

La camicia sventolava in prima fila. Con la mano piatta posata sulla fronte, Jonas seguì a occhi socchiusi il destino dell'indumento. Tre minuti dopo il tappeto si fermò e le staffe di sicurezza scattarono automaticamente indietro.

Jonas snodò la camicia. Si chiese se si potesse parlare di panorama, se non c'era nessuno ad ammirarlo. Bastava una camicia per far diventare tale un panorama?

Presa un'altra lattina di birra ed entrò nella Casa dell'avventura. Era un'attrazione pensata per i bambini. Con il fucile in spalla fece fatica a infilarsi tra i sacchi di sabbia e a superare i ponti di legno oscillanti. Salì su scale che cedevano con fracasso, traversò stanze in salita, percorse a tentoni corridoi privi di luce. Se non era lui a mettere in moto qualche meccanismo, tutto era immobile e silenzioso. Ogni tanto una trave scricchiolava sotto il suo peso.

Giunto al terzo piano si accostò alla balaustra da cui si vedeva tutto il piazzale.

In basso non si muoveva una foglia.

Bevve.

Ridiscese barcollando attraverso un reticolo di funi sistemato a formare una scala a chiocciola.

Al baraccone del tiro a segno non poté resistere al fucile ad aria compressa, sdraiato nella postazione. Si prese tutto il tempo necessario per mirare. Tirò, ricaricò. Mirò, tirò, ricaricò di nuovo. Sparò sei volte, sei volte seguì quasi nello stesso istante il rumore secco del proiettile che colpiva. Ispezionò il bersaglio. Il risultato non era malaccio.

Appese un bersaglio nuovo. Mirò. Piegò piano il dito.

Aveva sempre immaginato che si potesse morire di lentezza, dilatando nel tempo la realizzazione di un'azione quotidiana, fino «all'infinito» o, meglio, appunto, sino alla fine, perché in quella dilatazione e prolungamento si lasciava questo mondo. Un saluto con il braccio, un passo, voltare la testa, un gesto qualunque: se si rallentava il movimento sempre più, tutto finiva per così dire da sé.

Piegò il dito sul grilletto. Gli fu evidente con stupefacente chiarezza che doveva aver raggiunto da un pezzo il punto in cui scattava, eppure non accadde nulla.

Prese il fucile a pompa dalla spalla, lo caricò, sparò. Risuonò un'esplosione sorda, che dava soddisfazione. Contemporaneamente sentì il contraccolpo alla spalla.

Sul bersaglio si spalancava un buco grande abbastanza da passarci attraverso un pugno. Accanto, il sole brillava attraverso altri forellini più piccoli.

Fece un giro del Prater sul trenino di Lilliput, la cui locomotiva diesel si rivelò facile da manovrare. Il motore ronfava. C'era odore di bosco. All'ombra degli alberi faceva molto più fresco che tra i baracconi del parco dei divertimenti. Si infilò la camicia che, dopo il giro sul Tappeto volante, aveva legato in vita.

Allo Heustadlwasser salì barcollando su una delle barche ormeggiate. Gettò la cima sul pontile e si allontanò da riva con una spinta. Remò con colpi potenti. Quando la capanna del noleggio barche non fu più visibile, tirò i remi in barca. Si sdraiò sulla schiena. Si lasciò trasportare. Sopra di lui il sole splendeva attraverso gli alberi.

Si risvegliò trasalendo da un incubo.

Ammiccò nell'oscurità. Pian piano riconobbe i contorni dei mobili. Capì di essere a casa, nel letto. Si passò la manica sul viso umido. Gettò indietro la sottile coperta di lino che usava d'estate e andò in bagno. Aveva il naso otturato, la gola irritata. Bevve un bicchiere d'acqua.

Seduto sul bordo della vasca, provò a ripescare il sogno.

Aveva sognato la sua famiglia. La cosa singolare era che avevano tutti la sua età. Aveva parlato con la nonna, che quando lui era nato aveva settant'anni ed era morta a ottantotto, ma nel sogno aveva trentacinque anni. Jonas non l'aveva mai vista così, eppure sapeva che era lei. Si era meravigliato per il viso privo di rughe e i folti capelli neri.

C'era anche il nonno, anche lui a trentacinque anni. La mamma, il papà, lo zio, la zia, tutti avevano la sua età.

David, il figlio della cugina Stefanie che lo scorso febbraio aveva festeggiato undici anni, aveva i baffi e due freddi occhi azzurri.

La diciassettenne Paula, figlia di un cugino, che Jonas aveva incontrato l'ultima volta per caso a capodanno nella Mariahilfer Strasse, si era voltata indietro a guardarlo e gli aveva detto: «Embè?» Il suo volto era più espressivo, più vecchio, un po' più segnato, non c'erano dubbi: aveva trentacinque anni. Accanto a lei c'era il bambino che aveva avuto l'autunno precedente. Un uomo dallo sguardo indifferente, con un paio di guanti marroni. E poi c'era anche un'altra cosa. Un particolare inquietante, che Jonas non riusciva a capire.

Tutti gli parlavano in una lingua che lui comprendeva solo in modo frammentario. La sua giovane nonna morta gli aveva carezzato la guancia mormorando qualcosa come «UMIROM, UMIROM, UMIROM», o almeno lui aveva capito così. Quindi aveva soltanto mosso le labbra. Suo padre, che aveva un aspetto simile a quello sulle foto di guerra, le era corso dietro su una cyclette. Non aveva degnato Jonas nemmeno di uno sguardo.

E c'era una novità.

Si sciacquò la faccia con l'acqua fredda. Guardò in alto, dove da mesi si andava allargando un'infiltrazione nel soffitto. Negli ultimi tempi era rimasta uguale.

Tornare subito a letto era escluso. Accese lampade per tutto l'appartamento. Il televisore. Ormai prendeva lo schermo vuoto per un fatto normale. Infilò una videocassetta, ma tolse il volume. Era un filmato della Love Parade di Berlino del 1999. Aveva buttato la cassetta nel carrello del supermercato senza starci a pensare troppo.

Starnutì, schiacciò fuori dalla confezione una pastiglia contro il mal di gola. Preparò una tisana e sedette sul divano con la tazza. Mentre sorbiva l'infuso, seguì i movimenti dei giovani sopra i camion che procedevano a passo d'uomo sotto la Colonna della Vittoria. Ragazzi mezzo nudi si agitavano al ritmo di una musica che sentivano solo loro.

Jonas si voltò. Lo sguardo gli cadde sull'attaccapanni. Ebbe nuovamente la sensazione che c'era qualcosa che non andava. Questa volta capì che cos'era. A un gancio era appesa una giacca che non gli apparteneva. Che aveva visto qualche settimana prima da Gil, tra la merce esposta. L'aveva trovata troppo cara.

Come era arrivata lì?

La infilò. Era della sua misura.

L'aveva dunque comprata? E se n'era dimenticato? Oppure era un regalo di Marie? Controllò la porta. Chiusa a chiave. Si stropicciò gli occhi. Sentì caldo. Più pensava alla giacca, peggio stava. Per il momento decise di chiuderla nell'armadio. Prima o poi avrebbe trovato una spiegazione.

Aprì la finestra. L'aria notturna lo rinfrescò. Guardò in basso sulla Brigittenauer Lände. Un tempo la notte era colmata dal brusio costante delle macchine. Ora sulla strada regnava un silenzio che sembrava volerlo tirare di sotto.

Guardò a sinistra, verso il centro, dove qua e là c'erano finestre illuminate. Il cuore di Vienna. Un tempo lì si era fatta la storia del mondo. Ma poi la storia si era spostata altrove, in altre città. Erano rimaste ampie strade, palazzi nobiliari, monumenti. E gli uomini, che avevano imparato solo con difficoltà a distinguere tra i vecchi e i nuovi tempi.

Ora erano andati anche quelli.

Quando tornò a guardare dritto, verso il Diciannovesimo distretto, vide a qualche centinaio di metri di distanza una luce che si accendeva e si spegneva. Non erano segnali Morse. E tuttavia forse era un segnale.

Non aveva mai sperimentato un'oscurità del genere. Una stanza priva di finestre poteva essere molto buia, ma era comunque un'oscurità in qualche modo riparata, innaturale, del tutto diversa da quella che regnava lì in strada. In cielo non brillava una stella. I lampioni erano spenti. Le macchine erano grumi scuri sul ciglio della strada. Tutto sembrava una massa pesante che si sforzasse inutilmente di staccarsi dall'ombra.

Nei pochi metri dal portone di casa alla spider si guardò più volte intorno. Chiamò con voce profonda.

Al di là della Lände, il canale del Danubio mormorava.

Jonas aveva un'idea vaga della direzione in cui era la casa che cercava, eppure la trovò in fretta. Si fermò a tre macchine di distanza. Prima di scendere, con il fucile a pompa in mano, fece in modo che l'ingresso fosse illuminato dai fari.

Si acquattò accanto alla portiera del posto di guida. Ascoltò attentamente il silenzio per un minuto. Di tanto in tanto il vento gli carezzava le orecchie.

Chiuse a chiave la macchina. Lasciò i fari accesi. Contò i piani fino alla finestra illuminata. Salì al sesto piano con l'ascensore. Il pianerottolo era buio. Cercò a tentoni l'interruttore.

Non c'era. O non lo trovò.

Con il fucile spianato, brancolò per il corridoio. Si fermava di continuo ad ascoltare. Nessun rumore. Niente che indicasse dove doveva cercare. Solo dopo che gli occhi si abituarono al buio percepì un chiarore sul pavimento, qualche metro più in là. Era quella, la porta. Quando premette un pulsante credendo di suonare il campanello, sul pianerottolo si accese una luce cruda. Strizzò gli occhi e agitò qua e là il fucile.

Il corridoio era deserto. Un corridoio qualsiasi.

Jonas tornò a rivolgersi alla porta a cui non era attaccata alcuna targhetta. Una porta che, come tutta la casa, doveva avere una buona trentina d'anni. Senza spioncino.

Suonò.

Non si mosse nulla.

Suonò ancora.

Niente.

Batté contro la porta con il calcio del fucile. Scosse la maniglia. La porta si aprì.

« C'è qualcuno? »

Entrò in un soggiorno con angolo cottura. Divano, poltrona, tavolo di vetro, tappeto, televisore; sul fondo, il monoblocco della cucina. L'arredamento aveva una somiglianza sconcertante con quello del suo appartamento. Anche qui c'era una pianta in vaso nell'angolo. Anche qui gli altoparlanti dell'impianto stereo erano appesi con dei ganci accanto alla finestra. Anche qui c'erano vasetti di spezie sul calorifero. Anche qui era appeso uno specchio da parete ad altezza d'uomo.

Ci guardò dentro. Vide se stesso con il fucile tra le mani. Dietro c'era un divano che sembrava il suo, un monoblocco come il suo. Una lampada a stelo come la sua. Un paralume come quello di casa.

La luce tremò. Jonas avvolse la mano in un pezzo di stoffa e girò la lampadina. Il tremolio smise.

Un contatto difettoso.

Fece un giro della stanza. Toccò oggetti, spostò sedie, scosse scaffali. Lesse titoli di libri, capovolse scarpe, indossò giacche dall'attaccapanni. Ispezionò bagno e camera da letto.

Più a fondo guardava, più differenze scopriva. La lampada a stelo non era gialla, ma grigia. Il tappeto era marrone e non rosso. La poltrona era lisa, il divano frusto, l'intero arredamento consunto per l'usura.

Andò ancora una volta di stanza in stanza. Non riusciva a liberarsi dalla sensazione che gli stesse sfuggendo qualcosa.

Lì non c'era nessuno. Non c'era alcun indizio riguardo l'ultima volta che c'era stato qualcuno. Tutto faceva pensare che le luci fossero rimaste accese dall'inizio. Non si era accorto prima della finestra in cui la luce si accendeva e spegneva solo perché aveva trovato solo quel giorno il coraggio di guardare in strada.

Era un appartamento qualunque. C'erano CD sparsi in giro, biancheria stesa, stoviglie sullo scolapiatti, carta straccia nel secchio dell'immondizia. Un appartamento normalissimo. Lì non c'era alcun messaggio nascosto. O, se c'era, lui non lo capiva.

Scrisse il suo nome e il numero del telefonino su un blocco. Nel caso fosse crollata la rete dei cellulari, aggiunse il suo indirizzo.

Dalla finestra vide un rettangolino illuminato a qualche centinaio di metri.

La luce accesa laggiù era il suo appartamento.

Ogni cosa stava al suo posto, in quel momento? La tazza di tisana era sul tavolino accanto al divano? La coperta era sul letto? I ragazzi danzavano in silenzio sui camion, nel televisore?

Oppure là non c'era niente? Finché arrivava lui?

5

Al mattino guardò nella cassetta delle lettere, quindi andò in centro con la spider a cercare e a lasciare tracce. A mezzogiorno forzò la porta di una trattoria e mangiò qualcosa. Il pomeriggio continuò la ricerca. La sera si sdraiò sul divano con una birra e guardò i berlinesi ballare in silenzio. Evitò di andare alla finestra.

Il giorno dopo cercò in quasi tutti gli edifici pubblici fra la Ringstrasse e il Franz-Josefs-Kai. Rastrellò gli uffici del Comune di Vienna, i musei, le banche. Con il fucile a pompa nella mano sinistra attraversò il palcoscenico della Schauspielhaus, percorse i corridoi della Hofburg, passò davanti alle teche del Museo di storia naturale. Andò all'Albertina, in università, alle redazioni di *Presse* e *Standard.* Ovunque distribuiva biglietti con il suo indirizzo e numero di cellulare. All'aperto faceva caldo, al chiuso c'erano fresco e penombra. Nel fascio di luce davanti alle finestre vorticavano particelle di polvere. I suoi passi sui pavimenti di pietra rieccheggiavano negli ampi edifici.

Nell'intento di lasciare tracce trasportò con una carriola alcuni oggetti di scena sul palco principale del Burgtheater. Ammucchiò insieme cappotti, statue, televisori, martelli di plastica, bandiere, sedie, spade. A un soldato di plastica appuntò il suo biglietto da visita come fosse una medaglia.

Visitò ogni singolo albergo sulla Ringstrasse. Alla reception digitava numeri telefonici in memoria, chiamava Marie in Inghilterra. Studiava il registro degli ospiti. C'erano prenotazioni per il periodo successivo al 3 luglio. Al bar si versava un drink. Nella lobby metteva in fila bottiglie di liquore come paletti da slalom. Scriveva in grande il suo numero su blocchi per conferenza che trovava nelle sale riunioni e li piazzava all'ingresso degli hotel.

Avvolse la Secessione con del nastro adesivo nero in modo così fitto che la si sarebbe detta un'opera di Christo. Con una bomboletta da graffitaro spruzzò il suo nome e numero di telefono in giallo acceso sul nastro adesivo.

In Parlamento fece scattare l'allarme passando con il fucile sotto il metal detector. Non lo spense. Nell'aula plenaria del Consiglio nazionale sparò su tavoli e scanni. Attaccò un biglietto al podio degli oratori e al microfono, così come al seggio del presidente.

Controllò il ministero degli Interni, le caserme, l'ORF. Penetrò fin dentro la Cancelleria, dove posò un biglietto sulla scrivania del capo del governo.

Scrisse in vernice nera a lettere cubitali la parola AIUTO sul pavimento della Heldenplatz.

Guardò in alto il cielo.

Da giorni, non una nuvola.

Tutto azzurro.

Sentì gli impianti d'allarme già nella Südtiroler Platz, a centinaia di metri dalla stazione Sud. Si era fermato a un semaforo rosso e aveva spento il motore. Sedette sul tetto della macchina. Teneva il fucile tra le mani.

Con il cellulare chiamò il numero di casa sua. Lasciò suonare a lungo.

Si girò in modo che il sole gli battesse sulla faccia. A occhi chiusi, si abbandonò ai raggi. Sentì la fronte, il naso, le guance che diventavano calde. Non c'era quasi un alito di vento.

Chiamò il suo numero di cellulare.

Occupato.

Le schegge delle vetrine infrante giacevano sul pavimento della biglietteria così come le aveva lasciate. Sembrava che in quei giorni non fosse cambiato niente. Il tabellone non annunciava alcun treno in arrivo o in partenza. Gli impianti d'allarme pompavano nell'atrio i loro strilli monotoni.

Jonas salì a fucile spianato sul treno per Zagabria. Trovò il suo scompartimento così come l'aveva lasciato. Il vetro della porta era rotto. Non riuscì ad aprire la porta: le strisce di tenda tenevano ancora. Sul letto che si era costruito con i sedili erano sparsi i giornali del 3 luglio. La lattina di bibita se ne stava accanto al sacchetto di patatine vuoto.

L'aria era soffocante.

Fuori non si muoveva nulla. Due marciapiedi più in là c'era un altro treno. Sul binario libero nel mezzo era sparsa una quantità di immondizia.

La porta dell'appartamento di Werner si aprì dopo due minuti di lavoro con il piede di porco. In camera da letto le lenzuola erano tirate indietro. In bagno un asciugamano chiaramente usato giaceva davanti alla cabina della doccia. In cucina erano ammucchiate stoviglie sporche. In soggiorno trovò un bicchiere con un fondo di vino rosso.

Che cosa doveva cercare? Non era nemmeno sicuro di quel che voleva sapere. Certo, desiderava scoprire dove erano scomparsi tutti quanti. Ma che forma poteva avere un indizio del genere? Poteva nascondersi in un appartamento?

Girò un po' per le stanze. Per la prima volta dopo molto tempo aveva a che fare con qualcosa di familiare. Anche una cosa tanto banale quanto l'odore di pelle del divano di Werner lo toccava. Si era seduto spesso, lì. Quando era ancora tutto a posto.

Aprì il frigorifero. Un pezzo di formaggio, burro, un cartone di latte a lunga conservazione, birra e bibite. Werner non mangiava quasi mai a casa. Al limite, si faceva portare una pizza.

In un cassetto Jonas si imbatté in certe medicine.

Aveva trovato una cosa importante senza averla nemmeno cercata. Quelle medicine in quel cassetto volevano dire che l'amico non era partito volontariamente. Senza pillole e spray, Werner non andava nemmeno in cantina a prendere il vino.

Cercò si ricordare. La sera del 3 luglio Werner gli aveva telefonato. Avevano chiacchierato per qualche minuto e poi si erano messi d'accordo in modo vago per vedersi nel fine settimana. Era stato Werner a chiamare.

Schiacciò sul telefono di Werner il tasto di ripetizione chiamata. Apparve il numero del suo appartamento sulla Brigittenauer Lände.

In Rüdigergasse cercò di ricordare che aspetto avesse la strada l'ultima volta che c'era stato. Riconobbe al primo colpo il pezzo di nylon sul sellino della bicicletta. Vide la bottiglia che spuntava dal cassonetto. Anche la posizione delle biciclette e dei motorini non sembrava cambiata.

La cassetta delle lettere. Vuota.

L'appartamento. Immutato. Tutti gli oggetti là dov'erano l'ultima volta. Il suo bicchiere d'acqua sul tavolo, il telecomando. C'era la solita bassa temperatura. Nell'aria aleggiava un odore di persona anziana. I display degli apparecchi elettronici erano illuminati.

Lo stesso silenzio.

Quando si sdraiò, le molle del letto cigolarono minacciose. Si distese sulla schiena e intrecciò le mani sul petto. Fece vagare lo sguardo per la stanza.

Tutto ciò che vedeva gli ricordava la sua infanzia. Quella era stata la camera da letto dei genitori. Quel quadro, il ritratto di una giovane sconosciuta, era sempre stato appeso di fronte al letto. Il ticchettio dell'orologio a muro lo aveva accompagnato nel sonnellino. Era lo stesso mobilio di trent'anni prima. Solo le pareti erano sbagliate. Fino alla morte della madre, otto anni prima, quel letto era in un appartamento nel Secondo distretto. Dove lui era cresciuto.

Chiuse gli occhi. L'orologio a muro batté la mezz'ora. Due colpi. Un suono pieno, profondo.

Nella Hollandstrasse quasi andò oltre la casa senza rendersene conto. Era stata ridipinta. E avevano anche fatto qualche restauro alla facciata. Dava un'impressione di decoro.

Con il piede di porco aprì le cassette delle lettere nell'atrio, facendo un gran rumore. Molti volantini pubblicitari, qui e là una busta. I timbri postali risalivano senza eccezione a prima del 4 luglio. La cassetta con il numero 1, che era appartenuta alla sua famiglia e da cui lui stesso aveva ritirato tante volte la posta, era vuota. Lesse il nome del nuovo inquilino da una targhetta che penzolava in alto sullo sportello: Kästner.

Mentre saliva i gradini verso il piano rialzato e percorreva il vecchio pianerottolo tortuoso, si ricordò di quando da bambino lo zio Reinhard aveva fatto realizzare per lui dall'incisore una targhetta con il suo nome. L'avevano attaccata alla porta insieme. Jonas faceva vedere orgoglioso a tutti i visitatori la targhetta su cui campeggiava il suo nome e cognome e che era attaccata addirittura sopra a quella di famiglia.

Com'era da aspettarsi, entrambe le targhette erano state tolte. La famiglia Kästner ci aveva avvitato la sua.

Suonò il campanello.

Era aperto.

Si guardò intorno. Dovette reprimere l'impulso di levarsi le scarpe. Mise cauto un passo davanti all'altro.

In corridoio era appeso un cartello su cui era scritto BENVENUTI! con calligrafia infantile. Jonas rimase perplesso. Ave-

va qualcosa di familiare. Lo osservò meglio. Addirittura lo
annusò, tanto era confuso. Ma non ne venne a capo.

Attraversò quelle stanze che conosceva bene arredate con
mobili estranei, che non c'entravano niente. Spesso si fermava, incrociava le braccia e cercava di richiamare alla memoria
com'era lì una volta.

Lo stanzino che aveva occupato a dieci anni e che in precedenza la madre aveva usato per i suoi lavoretti manuali era
stato trasformato in un ufficio. La stanza grande, che era ser-
vita allo stesso tempo come camera da letto dei genitori e come soggiorno, era ancora una camera da letto, seppure arre-
data in modo spaventoso. Jonas si imbatté costernato in un
set di divani della miserabile 98ª Serie olandese; ricordò che
per farglielo vendere Martina aveva quasi dovuto usare le
cattive. Alcune palle e fucili giocattolo che trovò in un angolo dietro la porta indicavano la presenza occasionale di bambini. Bagno e stanzino del WC erano rimasti uguali.

Nello stanzino scoprì sul muro accanto al serbatoio del
WC le frasi « Io e il cielo. Il cel ». « Il » e la « c », la « e » e la « l »
di cielo erano barrate.

Se lo ricordava bene. L'aveva scritto lui. Anche se non sapeva più perché. Aveva otto anni. Papà l'aveva sgridato per
aver scribacchiato sul muro, ma poi si era scordato di can-
cellarlo. Di certo anche perché stava in un punto così poco
visibile che c'erano voluti mesi perché suo padre se ne accorgesse.

Jonas andò avanti e indietro. Si appoggiò agli stipiti delle
porte, assunse determinate posizioni per ricordare meglio.
Tastò a occhi chiusi le maniglie delle porte, che subito gli re-
stituirono la sensazione di allora.

Si coricò in quel letto d'altri. Quando guardò il soffitto,
gli vennero le vertigini. Era rimasto sdraiato così spesso in
quel punto, a guardare in alto, e ora dopo tanti anni lo stava
rifacendo. Lui se n'era andato. Il soffitto era rimasto. Al soffitto non importava niente, aveva aspettato. Aveva guardato

altre persone impegnate nelle loro faccende. Adesso Jonas era tornato. Guardava il soffitto. Come una volta. Gli stessi occhi osservavano lo stesso punto nel soffitto. Il tempo era passato. Il tempo si era rotto.

Fu solo dopo molte esitazioni che si affidò all'ascensore nella Torre del Danubio. Non voleva nemmeno immaginare come sarebbe finita se la cabina si fosse bloccata. Eppure non era possibile sottrarsi completamente alla tecnologia: avrebbe significato precludersi troppe strade. Perciò entrò nell'ascensore, schiacciò il pulsante e trattenne il respiro.

Antenna compresa, la Torre del Danubio misurava duecentoventi metri. Quando la porta dell'ascensore si riaprì, Jonas era a centocinquanta metri da terra. Era l'altezza a cui si trovava la terrazza panoramica. Una scala conduceva al bar.

Lì fu immediatamente a suo agio. Prese una bibita. C'era venuto spesso con Marie, a cui piaceva la vista e soprattutto il fatto curioso che il bar girasse lentamente intorno alla torre. A lui era sempre parsa una stramberia, mentre Marie si entusiasmava come una bambina.

Dalla cabina di comando si poteva scegliere quanto tempo far impiegare al bar per una rivoluzione completa: ventisei, quaranta o cinquantadue minuti. Marie era riuscita ogni volta a fare in modo che il tecnico in servizio mettesse la manopola sui ventisei. In un'occasione l'uomo, che indossava un'uniforme, l'aveva trovata così incantevole che aveva fatto un grande sfoggio di aneddoti solo per farla rimanere più a lungo. La presenza di Jonas non sembrava infastidirlo. Aveva raccontato che si poteva far ruotare il bar intorno alla torre anche più velocemente, molto più velocemente. Durante la costruzione gli operai, tra cui c'era anche suo zio, che appunto gliel'aveva riferito, ogni tanto giocavano con il meccanismo. Erano arrivati a toccare il record di undici secondi per una rivoluzione completa, finché li avevano scoperti. Da allora una copiglia di sicurezza impediva che qualcuno facesse sciocchezze. Le rivoluzioni veloci infatti costavano molta corrente, e poi erano pericolose. Senza contare che nel bar veniva il mal di mare a tutti.

« E secondo lei io dovrei crederci », aveva detto Marie.

« Ma certo », aveva insistito il tecnico con un sorriso ambiguo.

« Dal che si evince che tutti i maschi sono dei bambini », aveva ribattuto Marie. Con quello lei e il tecnico erano scoppiati a ridere, e Jonas l'aveva trascinata via.

Andò nella cabina. Con sua sorpresa trovò davvero una copiglia di sicurezza. Dopo essersi accertato di non mettere per sbaglio l'ascensore fuori servizio e di non esagerare con le rivoluzioni come lo zio, accese il rotore e mise la manopola sul ventisei.

Senza guardare in basso, andò ad appoggiarsi al parapetto della terrazza, sotto cui spuntava una griglia di protezione. Per prevenire suicidi spettacolari.

Il vento gli soffiava forte in faccia. Il sole era basso. C'era una luce tale che per un po' tenne gli occhi strizzati. Quando li riaprì e guardò nell'abisso, fece involontariamente un passo indietro.

Che cosa lo aveva attirato lassù? Il panorama? Il ricordo di Marie?

Oppure non l'aveva voluto lui? Era come un criceto in una ruota, e le sue azioni erano decise da qualcun altro?

Era morto e finito all'inferno?

Scolò la bottiglia, fletté indietro il braccio e la gettò nel vuoto. Cadde a lungo, quindi si schiantò al suolo senza rumore.

Al bar si sedette a un tavolino che gli ricordava le volte che era venuto con Marie. Lesse tutti i messaggini di lei che aveva conservato nel cellulare.

SONO PROPRIO SOPRA DI TE, SOLO UN PAIO DI CHILOMETRI

STO LECCANDO UN GELATO E PENSO A TE. :-)

TI PREGO, OGGI SKPMI!

YOU ARE TERRIBLE! *HIC* :-)

TI AMO AMO AMO AMO

Chiuse gli occhi. Cercò di farle arrivare un messaggio telepatico. Io sono vivo, ci sei?

Si immaginò il suo viso, le guance, lo sguardo terso. I bei capelli scuri. Le labbra dagli angoli leggermente piegati in basso.

Non gli riusciva facile. L'immagine sfuggiva, sbiadiva. Poteva sentire nella testa la sua voce, ma risuonava come un'eco. Il suo profumo l'aveva già perduto.

Al terminale Internet avviò il computer e ci infilò alcuni pezzi da un euro. Appoggiò il mento sui pugni. Mentre la vista della città cambiava lentamente davanti ai suoi occhi, cercò di concentrarsi.

Forse doveva superare una prova. Un test per cui esisteva una risposta concreta. Una reazione corretta che l'avrebbe sottratto a quella condizione. Una password, un apriti-sesamo, un'e-mail a Dio.

www.marie.com
Impossibile visualizzare la pagina.
www.marie.at
Impossibile visualizzare la pagina.
www.marie.uk
Impossibile visualizzare la pagina.

Se doveva cercare una specie di password, era più logico che avesse a che fare con lui.

www.jonas.at
Impossibile visualizzare la pagina.
www.hilfe.at
Impossibile visualizzare la pagina.

www.help.com
Impossibile visualizzare la pagina.
www.god.com
Impossibile visualizzare la pagina.

Andò a prendersi un'altra bottiglia, bevve, guardò fuori la città che scorreva.

www.wien.at
Impossibile visualizzare la pagina.
www.world.com
Impossibile visualizzare la pagina.

Cercò di raggiungere altre decine di siti noti e inventati. Andò a vedere quali pagine erano state memorizzate nella cronologia e le cliccò. Inutilmente.

www.umirom.com
Impossibile visualizzare la pagina. Probabilmente si è verificato un problema tecnico; controllare le impostazioni del browser.

Con la bottiglia in mano, si aggirò senza fretta per le stanze. Nell'angolo per i bambini trovò del materiale per dipingere. Da piccolo gli piaceva giocare con i colori. I genitori avevano dovuto portargli via tutti i pennelli e le matite perché sporcava in giro e aveva rovinato alcuni dei lavori di sua madre.

Gli cadde lo sguardo su una tovaglia bianca.

Contò i tavoli nel bar. Erano dodici o più. E poi c'erano quelli del piano di sopra.

Raccolse le tovaglie dai tavoli. Al piano di sopra ne racimolò altre quattordici. Su uno scaffale trovò dei ricambi. Alla fine aveva messo insieme trentatré pezze di stoffa.

Annodò le estremità in modo da ottenere un rettangolo di

tre per undici tovaglie. Per avere libertà di movimento mentre annodava dovette spingere a lato sedie e tavolini. Ci volle mezz'ora prima che potesse andare a prendere i tubetti di colore. Decise per il nero.

Il suo nome? Il numero di telefono? Solo AIUTO? Indugiò un secondo, prima di mettersi a dipingere. Ma poi portò a termine il lavoro speditamente. Non era facile perché le tovaglie facevano un mucchio di grinze. Inoltre, bisognava tenere conto delle spaziature e dare uno strato sufficientemente spesso e largo di colore.

Con il resto dei tubetti scrisse il suo numero di telefono su muri, tavoli e per terra.

Siccome la finestra panoramica non si poteva aprire, la mandò in pezzi sparando con il fucile a pompa a sinistra e a destra di un montante. L'esplosione dello sparo fu seguita dopo qualche secondo dal tintinnio dei frammenti di vetro che piovevano in basso sulla terrazza. Nel caffè soffiò un forte vento che spazzò via i menu dai tavolini nudi e fece tremare le stoviglie del bar.

Jonas abbatté con il calcio del fucile i frammenti di vetro che erano rimasti attaccati al montante. Quando si mise alla finestra con i lembi dello striscione di tovaglie fu preso dalla tremarella. Capì che avrebbe dovuto staccare il rotore. La rotazione del bar intorno alla torre non facilitava proprio il compito. Il vento gli sferzava la faccia. Gli lacrimavano gli occhi. Aveva la sensazione che da un momento all'altro sarebbe caduto nel vuoto. Tuttavia, riuscì a fissare al montante della finestra i capi delle tre tovaglie più esterne. In fondo erano di una stoffa leggera; Jonas era convinto che la costruzione avrebbe retto.

Avvoltolò tra le braccia lo striscione di tovaglie e lo gettò fuori dalla finestra. Ricadde floscio verso il basso. Subito il vento prese a gonfiarlo, ma la scritta rimaneva ancora illeggibile. Se l'era aspettato.

Prese il fucile, gettò ancora un'occhiata alla devastazione

che si lasciava dietro e corse nella cabina di controllo. Non fu difficile trovare degli attrezzi da lavoro, perché era lì che li tenevano i meccanici addetti alla manutenzione della torre. Andò subito al rotore e colpì la copiglia con un martello. Al terzo colpo saltò. Risuonò la sirena di un allarme. Vincendo una debole resistenza del meccanismo, Jonas girò la manopola al di sopra dei ventisei.

Dopo un po' sentì un rombo profondo tutto intorno a sé. Non poteva vedere che cosa stava accadendo, perché nella cabina non c'erano finestre. Ma il rumore era abbastanza eloquente.

Continuò a girare la manopola finché giunse definitivamente a fine corsa e non poté più essere spinta oltre nemmeno forzandola. Quindi afferrò il fucile e corse all'ascensore.

Senza guardare in alto, corse alla macchina. Si voltò solo dopo che si fu allontanato qualche centinaio di metri. Il bar ruotava in cima alla torre. Lo striscione gli sventolava dietro. Con la scritta che si leggeva da lontano.

UMIROM.

6

Al mattino, tra il portapane e il macinacaffè, trovò una polaroid. La foto mostrava lui. Che dormiva.

Non riusciva a ricordarsi di quello scatto. Quando e dove era stato fatto? Non aveva idea nemmeno del perché l'avesse trovato lì. La cosa più probabile era che, apposta o inavvertitamente, ce l'avesse messo Marie.

Soltanto che lui non aveva mai posseduto una macchina polaroid. E neanche Marie.

Arrivò all'appartamento dei genitori nella Hollandstrasse con la scure più grossa che aveva trovato dal ferramenta. Girando per le stanze si fece un'idea della situazione. Accumulare rifiuti ingombranti dalla parte della strada, davanti a casa, non era una buona idea, perché l'accesso alla finestra anteriore doveva rimanere libero. Il cortile sul retro invece non gli serviva. Decise di usarlo come discarica.

Quel che non passava dalla finestra della cucina l'avrebbe fatto a pezzi con la scure. Per creare spazio cominciò a buttare dalla finestra sul cortile le sedie e gli altri oggetti maneggevoli. Quindi affrontò il set di divani. Dopo aver strappato le fodere dai sedili con l'aiuto di un taglierino da tappezziere e averli svuotati delle imbottiture, si accanì sul telaio. Ci mise tanta foga che la scure trapassò il legno e intaccò il pavimento. In seguito cercò di controllarsi un po'.

Dopo i divani fu il turno degli scaffali. Seguì un imponente armadio per la biancheria, una poltrona, una credenza ornata, un comò. Mentre gettava gli ultimi resti dalla finestra, sentì la maglietta appiccicarsi alla pelle. Aveva il respiro grosso.

Accovacciato sul pavimento cosparso di schegge e segatura, Jonas si guardò intorno nel salotto. Sebbene fosse spoglio, risultava più accogliente di prima.

Ai sensi unici e ai semafori rossi non faceva più caso da un pezzo. Percorse la Ringstrasse contromano, ad alta velocità. Svoltò nella Babenberger Strasse, che sboccava nella Mariahilfer. Quella zona di negozi non gli era mai piaciuta. Confusione e rumore lo respingevano. Ora, fermatosi davanti a un centro commerciale, non sentì altro che il crepitio del motore sotto il cofano. L'unico movimento in lungo e in largo era quello di un pezzo di carta che il vento stava sospingendo sull'asfalto all'incrocio più avanti. Faceva caldo. Trottò all'ingresso del centro commerciale. La porta girevole si mise in funzione.

Munito di due valigie che aveva preso da una boutique al primo piano, salì con le scale mobili al negozio di elettrodomestici. L'aria era così soffocante che faceva fatica a respirare. Il sole aveva battuto per giorni sul tetto di vetro senza che in tutto l'edificio fosse stata aperta una sola finestra.

Nel negozio di elettrodomestici aprì le valigie dopo avere superato le casse. Qualche corsia più in là trovò una videocamera digitale che sapeva già usare. Sullo scaffale ce n'erano otto pezzi della stessa marca. Bastavano. Andò alle valigie con le scatole in cui erano imballate le videocamere.

Più difficile fu la ricerca di cavalletti. Non riuscì a scovarne più di tre. Li infilò nella seconda valigia. Dentro ci mise anche due radioline con mangiacassette e una segreteria telefonica, oltre ad audio e videocassette da registrare. Chiuse la valigia e la sollevò. Ce la faceva.

Al reparto ricetrasmittenti e radio a onde corte impiegò un po' di tempo per individuare i modelli più potenti. Ci aggiunse una macchina fotografica istantanea e un'altra di scorta. Per finire, si ricordò delle pellicole polaroid.

L'aria era così viziata che voleva solo scappare via. Si stiracchiò. Il lavoro nell'appartamento dei genitori e lo spingere e tirare che aveva fatto lì gli avevano indolenzito la schiena. Ripensò alla sua massaggiatrice, la signora Lindsay, che aveva la lisca e gli raccontava sempre del figlio.

Buttò giù il pesce surgelato. Insieme a un'insalata di patate scodellata direttamente dal vasetto. Lavò sbrigativamente piatto e padella. Quindi si mise ad aprire le scatole. Si accorse che in casa non aveva abbastanza prese per tutti gli adattatori delle videocamere. Con le radio, l'intenzione era comunque di andare negli appartamenti attigui.

Forzò senza difficoltà la porta cedevole del vicino accanto. Ci aveva litigato spesso per l'abitudine di quello di ascoltare musica a notte tarda. Perciò si aspettava di trovare un nido da scapolo con pile di cartoni da pizza e CD e la pattumiera che tracimava. Con sorpresa, invece, trovò l'appartamento vuoto. In una delle stanze c'era una scala appoggiata al muro. Accanto, un secchio d'acqua a cui era appeso uno strofinaccio frusto.

Mentre girava per le stanze fu preso dall'inquietudine. Non si era accorto del trasloco.

Più ci pensava, più cresceva la preoccupazione. Che cosa voleva dire quell'appartamento vuoto? Era il segno che gli era sfuggito qualcosa di decisivo?

Ispezionò gli altri appartamenti del piano. Con sua sorpresa trovò aperte quasi tutte le porte. Evidentemente aveva vissuto tra persone piene di fiducia nel prossimo. Solo due porte blindate, non riuscì ad aprirle nemmeno con il piede di porco. Dietro a ognuna delle altre trovò case normali. Come se chi ci abitava fosse uscito un momento a far compere.

Tornò nell'appartamento vuoto con gli adattatori e le batterie. C'erano sette prese di corrente. A sei di queste attaccò un alimentatore, l'ultima la lasciò libera per uno dei nuovi registratori. I display si accesero: la corrente non era staccata.

Accese la ricetrasmittente. Con quel modello avrebbe dovuto captare conversazioni dalla Turchia alla Scandinavia. Scelse una frequenza, attese. Trasmise un'invocazione di aiuto, disse dove si trovava, parlò in tedesco, in inglese e francese. Contò a mente fino a venti, quindi cambiò frequenza e ripeté l'invito a rispondergli.

Dopo un'ora si convinse che in Europa non c'era traffico radioamatoriale.

Accese una radio a onde corte.

Dalla BBC fino a Radio Oslo: crepitio. Dalla Mitteleuropa fino nell'Est profondo: crepitio. Dalla Germania fino a Marocco, Tunisia ed Egitto: non un segnale. Solo crepitio.

Il sole intanto era calato così in basso che, rientrato in casa sua, dovette accendere la luce. Schiacciò il pulsante del televisore. Fece partire la videocassetta con la Love Parade. Come sempre, tolse il volume. In compenso, sintonizzò la radio a onde corte sulle frequenze di Radio Vaticana. Crepitio.

Verso mezzanotte si svegliò perché scivolando giù dal divano si era fatto male a un ginocchio. Lo schermo del televisore era vuoto. La radio crepitava. Nella stanza faceva caldo.

Con il fucile che gli pesava appoggiato sulla spalla e il registratore nella mano libera, uscì sul pianerottolo. Ascoltò. C'era qualcosa che non gli piaceva. Accese svelto la luce sulle scale. Ascoltò di nuovo.

Camminò a piedi nudi sul freddo pavimento di pietra fino all'appartamento a fianco. Spinse da una parte con una spalla la porta scardinata. Scrutò nel buio davanti a sé. In quel momento gli parve di sentire una corrente d'aria.

«Ehilà?»

Dal pianerottolo una sottile striscia di luce ricadeva sulla porta interna che dall'ingresso dava nel salotto. Sembrava accostata.

Sentì di nuovo la corrente d'aria. Questa volta nella nuca.

Tornò in casa sua, posò il registratore. Prima di uscire di nuovo sul pianerottolo guardò a destra e a sinistra. Ascoltò. Chiuse la porta a chiave. Con il fucile in mano, si avviò piano giù per le scale.

Quando arrivò al terzo piano, la luce si spense.

Jonas s'irrigidì. Circondato dall'oscurità, sentiva soltanto il suo respiro irregolare. Non avrebbe saputo dire se passarono secondi o minuti. Fu solo con grande lentezza che riuscì a riscuotersi dall'immobilità. Con la schiena appoggiata al muro cercò a tentoni l'interruttore della luce. Una lampadina si accese debolmente. Jonas rimase fermo dove stava. Ascoltò teso.

Trovò il portone del palazzo chiuso. Sebbene, anche così, dall'esterno non si potesse aprire senza le chiavi, Jonas diede comunque una mandata. Guardò fuori in strada attraverso il vetro. Nessun rumore. Nera oscurità.

Tornato al sesto piano, accese tutte le luci nell'appartamento accanto. Senza mai lasciare l'arma.

Non riusciva a ricordarsi se aveva accostato lui la porta fra l'ingresso e il salotto. Ma non trovò nulla di sospetto. Tutto sembrava come l'aveva lasciato. Le finestre erano chiuse. Da dove fosse venuta la corrente d'aria, non riusciva a spiegarselo.

Forse si era immaginato tutt'e due le cose. La corrente d'aria e la posizione della porta.

Andò a prendere il registratore e ci infilò una cassetta vuota. Annotò l'ora e intanto schiacciò il tasto di registrazione. Lasciò l'appartamento in punta di piedi.

I vicini di pianerottolo avevano già in casa dei registratori, così che Jonas non dovette impiegare l'altro che si era procurato. In sette appartamenti infilò una cassetta nella piastra, schiacciò il tasto di registrazione e annotò su un taccuino ora e numero di abitazione. Le cassette avevano una durata di centoventi minuti.

Tornato in casa, chiuse la porta a chiave. Riavvolse il nastro del video. Lasciò il volume al minimo. Preparò il registratore che gli era rimasto e spense la radio a onde corte che ronzava e gracchiava alla finestra. Andò a sdraiarsi sul divano con un bicchiere d'acqua e il taccuino. Seguì apatico i berlinesi che ballavano in silenzio verso la Colonna della Vittoria.

Quando sentì le palpebre appesantirsi controllò l'orologio. Dodici e trentuno. Lo scrisse, quindi schiacciò il tasto di registrazione.

Il cielo era di nuovo senza nuvole.

Jonas caricò in macchina le videocamere con tutti gli accessori. Nella notte aveva lasciato aperto il finestrino della spider, così l'aria non era insopportabile come al solito.

Durante il tragitto cercò di raggiungere qualcuno con il telefono. Marie in Inghilterra, Martina a casa e al lavoro, la polizia, l'ORF, suo padre. Si immaginò l'appartamento in cui stava squillando.

Il telefono di suo padre era in corridoio, su una piccola cassapanca sopra cui era appeso uno specchio, così che quando uno telefonava si sentiva osservato. In quel corridoio male illuminato in cui ora, in quel preciso istante, stava squillando il telefono, c'era un filo più freddo che nel resto dell'appartamento. In quel corridoio si trovavano le scarpe consunte di suo padre. All'attaccapanni era appesa una giacca di pelle fuori moda, che era stata rattoppata sui gomiti ancora da sua madre. In quel corridoio c'era odore di metallo e di plastica. Proprio in quell'istante.

Ma il telefono squillava davvero, se non c'era nessuno a sentirlo?

Giunto alla Millennium City non si fermò, ma entrò direttamente nell'edificio con la macchina. Sfilò a passo d'uomo davanti alle boutique, la libreria, il gioielliere, il drugstore, i caffè e i ristoranti. Era tutto aperto, come un normale giorno lavorativo. Rinunciò a suonare il clacson.

Arrivato ai chioschi di tavola calda e snack-bar, si accorse di quanto fossero stati accuratamente riordinati. Non c'era in giro pane vecchio, niente frutta ammuffita, tutto era pulito e rassettato. Nella maggior parte dei locali della città era lo stesso.

Davanti alla Millennium Tower, stretta nell'abbraccio delle hall della City, dovette scendere dalla macchina perché dal piano inferiore non c'era un'entrata diretta. Munito di fucile, piede di porco e della videocamera con accessori, prese le scale mobili e salì. Poi uno degli ascensori lo portò al ventesimo piano della torre, dove scese per prenderne un altro. Il viaggio fino in cima durò un minuto.

Gli uffici situati all'ultimo piano avevano le porte aperte. Ne scelse uno la cui finestra panoramica offriva la vista migliore sulla città. Scaricò il fardello e chiuse la porta a chiave.

Quando fu davanti alla finestra, la vista gli mozzò il respiro. Sotto di lui c'era uno strapiombo di duecento metri. Le macchine parcheggiate in strada erano minuscole, i cassonetti dell'immondizia e le edicole sui marciapiedi quasi non si riconoscevano.

Aveva portato il treppiede fin lassù per niente: bastò trascinare un tavolo alla finestra e impilarci sopra dei libri. Quando la base gli parve stabile, infilò una cassetta nella videocamera e la piazzò sui libri in modo che l'obiettivo puntasse sui tetti della città, luccicanti sotto il sole. Con un'occhiata sul piccolo schermo verificò che tutto fosse a posto. Scrisse nel suo taccuino luogo, data e ora e cominciò a riprendere.

Un cavalletto gli servì per la seconda videocamera. La piazzò all'ingresso della cattedrale di Santo Stefano, rivolta verso la Haas-Haus, là di fronte dove prima i saltimbanchi facevano i loro numeri per i turisti. Lui, in quegli istrioni, non ci aveva mai trovato nulla. Per timore di venire coinvolto nello spettacolo o nei canti di qualche artista era sempre passato in fretta e a testa bassa.

Una volta che tutto fu pronto, stava per accendere quando gli venne in mente di non essere ancora stato nella chiesa. La cattedrale di Santo Stefano era uno dei pochi edifici importanti del centro che non aveva ancora perlustrato: non ci aveva pensato. Eppure, se in città c'era ancora qualcuno, non era assurdo pensare che avrebbe cercato rifugio nella più grande casa di Dio.

Dischiuse il pesante portale e scivolò all'interno. La prima cosa che registrò fu un odore greve di incenso che gli oppresse il petto.

«Ehi? C'è nessuno?»

Sotto la gigantesca cupola della cattedrale la sua voce non si dispiegò con grande potenza. Jonas si schiarì la gola. Chiamò di nuovo. Le pareti gli rigettarono indietro il suono. Rimase fermo finché tornò il silenzio.

Non c'erano candele accese. La chiesa era immersa nella luce fioca che emanava solo dalle lampade appese al soffitto. Gli innumerevoli lampadari erano spenti. Quasi non si riusciva a vedere l'altare maggiore.

«C'è qualcuno?» gridò.

L'eco fu così stridula che lui decise di non chiamare più. Fece un giro parlando ad alta voce con se stesso.

Dopo che ebbe ispezionato la chiesa e fu sicuro di non avere compagnia, dedicò la sua attenzione all'altare della Vergine Maria. Di solito chi si trovava nel bisogno era a lei che rivolgeva le sue preghiere. Lì c'era la maggior parte dei moccoli consumati di candele, lì prima venivano a pregare fianco a fianco decine di persone che nemmeno si conoscevano, sgranando rosari, premendo le labbra su immagini sacre, piangendo. Era una visione che lo metteva a disagio. Non osava nemmeno immaginare quali disgrazie avessero condotto lì quei poveretti. Lo disturbavano soprattutto le lacrime degli uomini giovani. Le donne ogni tanto capitava di vederle piangere in pubblico, ma la vista di uomini della sua età che in un luogo di raccoglimento lasciavano libero sfogo ai propri sentimenti davanti agli occhi di tutti era una cosa che lo sconvolgeva. Vederli da vicino lo faceva star male, doveva trattenersi per non avvicinarsi ad accarezzargli la testa china. Uno dei loro cari era malato? Qualcuno li aveva lasciati? Era morto un parente? Erano forse loro stessi destinati a morire? Lì regnava la sofferenza, mentre tutt'intorno si aggiravano silenziosi turisti giapponesi e italiani con i flash delle loro macchine fotografiche, o così almeno gli sembrava.

Guardò le panche vuote davanti all'altare immerso nell'ombra. Si sarebbe seduto volentieri, ma aveva la sensazione di essere osservato. Come se qualcuno stesse aspettando proprio quella mossa.

Scivolò attraverso la navata con il fucile sulla spalla dolente. Osservò le figure dei santi alle pareti. Avevano un aspetto irreale. Sbiadito e opaco. Con le loro smorfie rigide gli ricordavano gli abitanti di Pompei.

A scuola aveva imparato che sotto i suoi piedi ammuffivano le ossa di dodicimila persone. Nel Medioevo lì si trovava il cimitero della città. Più tardi avevano aperto le tombe e avevano costretto i galeotti a ripulire le ossa e ad ammucchiarle contro le pareti. Jonas ricordava che in classe, durante questo racconto, era calato un grande silenzio.

Superò una transenna per raggiungere l'altare maggiore, dove lasciò un biglietto. Un altro lo appese all'altare della Madre di Dio. Controllò la sagrestia. Trovò solo un paio di bottiglie vuote di vino per la messa. Niente lasciava dedurre quando fosse l'ultima volta che qualcuno era stato lì.

Di fronte alla sagrestia si apriva l'accesso alle catacombe. Una lancetta delle ore attaccata a una specie di disco orario annunciava che la visita guidata successiva sarebbe cominciata alle tre. Come condizione veniva posta la presenza di almeno cinque partecipanti. Doveva scendere? Il pensiero non lo allettava particolarmente. Inoltre, faceva sempre più fatica a respirare: era stordito dall'odore dell'incenso. All'uscita si guardò ancora una volta intorno. Gli sembrava di trovarsi davanti a un luogo congelato. La luce cruda di piccole lampade sulle panche abbandonate. Le colonne grigie. Gli altari minori. Le statue dei santi dai volti inavvicinabili. Le finestre alte e strette da cui i raggi di sole quasi non riuscivano a penetrare. L'unico suono era il cigolio delle sue scarpe.

Sistemò altre videocamere davanti al Parlamento, alla Hofburg, nel Burgtheater, sulla Reichsbrücke, in una strada nel distretto di Favoriten. La videocamera nel Burgtheater, la posizionò in modo che fosse puntata sulle cianfrusaglie che aveva ammucchiato sul palcoscenico. Quella sulla Reichsbrücke guardava in basso verso il Danubio. Al Favoriten riprese un incrocio. Con l'ultima videocamera andò nella Hollandstrasse. Dopo aver mangiato qualcosa riprese a lavorare. Toccava alla camera da letto. Ancora una volta cominciò buttando dalla finestra il mobilio piccolo, per fare spazio. Eliminò fioriere, sedie, piante, gettò il contenuto delle vetrine dentro sacchi dell'immondizia. Quando il letto giacque a pezzi davanti a lui, trovò che per quel giorno bastava. Posò la videocamera sul pavimento. Segnò i dati e premette il tasto di registrazione. A casa recuperò le cassette audio. Si sedette sul divano con un bicchiere di succo di frutta e un sacchetto di patatine. Aveva sistemato il registratore a portata di mano sul tavolino di vetro.

La prima cassetta era quella dell'appartamento vuoto accanto. Ascoltò per un'ora il silenzio senza interruzioni che aveva regnato nelle stanze abbandonate lì di fianco. Ogni tanto gli sembrò di sentire qualcosa, ma probabilmente si trattava di rumori che aveva provocato lui stesso negli altri appartamenti. O solo della sua immaginazione.

Quando guardò dalla finestra, si accorse che per la prima volta da due settimane si erano raccolte nuvole di temporale. Decise di rimandare l'ascolto della seconda cassetta e di andare invece a mettere al sicuro le videocamere posizionate all'aperto.

Mentre girava per la città gettando ogni tanto un'occhiata al cielo che si andava sempre più rabbuiando, si ricordò di quando da bambino, con un misto di superstizione e voglia d'avventura, aveva fatto alcuni esperimenti spiritici che gli erano stati suggeriti da una vicina di casa mezzo matta.

La vecchia signora Bender, da cui veniva spedito quando la mamma aveva delle commissioni da sbrigare, gli raccontava spesso le sue esperienze con « l'aldilà » e con « l'altro mondo ». Il tavolino di legno che correva da una parte all'altra della casa senza che lei e le sue amiche riuscissero a staccare le dita dal ripiano; gli spiriti che per un anno e mezzo avevano visitato la famiglia battendo colpi perché lei e le sue amiche si erano fatti beffe della loro esistenza. Di notte, raccontava, si aprivano cigolando porte d'armadio chiuse a chiave, qualcuno bussava nel muro, si sentiva raschiare alla finestra. Non tutto insieme. Una volta un fenomeno, una volta un altro.

La donna si appassionava moltissimo quando riusciva a portare il discorso sull'aldilà, di cui sapeva per quel che le riferivano certi conoscenti dotati di capacità medianiche.

Sono qui in piedi con una rosa in mano. Mi sono appena punta con una spina, le aveva detto la madre morta attraverso la bocca del medium.

Viviamo in una bella casa con uno splendido giardino, le aveva fatto sapere un'amica defunta.

C'è una gran vastità e molte stanze, così uno zio. *All'interno si trova ancora un esterno, e nell'alto ancora un basso.*

L'uomo teneva un cappello tra le mani e sembrava in pena, riferì il medium. Che voleva mai dire quel cappello?

La signora Bender aveva raccontato a Jonas almeno cento volte che doveva essere il cappello che avevano posato sulla salma dello zio. Di che cosa fosse morto, non lo sapeva nessuno. Lui stesso non aveva voluto dare informazioni al riguardo. Ma la cosa più straordinaria era che, tranne lei e gli altri parenti, nessuno poteva sapere del cappello.

Jonas ubbidiva di buon grado quando la madre lo mandava a giocare per un'ora dalla signora Bender, anche se poi per qualche giorno gli angoli bui di casa gli facevano ancora più paura. Da lei aveva sentito un mucchio di cose interessanti e misteriose. Come l'avvertimento che se si faceva andare un registratore di notte, il nastro catturava la voce dei defunti. O che a volte, per una frazione di secondo, i morti diventavano visibili nella stanza. Spesso uno pensava: ma lì c'era qualcosa! Un'ombra, un movimento. Ebbene, era meglio non escludere di aver visto un fantasma: spesse volte lo era.

La signora Bender aveva anche promesso a Jonas che, dopo morta, gli sarebbe apparsa per raccontargli com'era l'aldilà. Lui avrebbe dovuto stare attento ai piccoli segni, poiché la donna non sapeva se avrebbe avuto la possibilità di venire a fargli visita in forma di apparizione.

Era morta nel 1989.

Da allora lui non ne aveva più sentito nulla.

Lontano tuonava con prepotenza. Pigiò l'acceleratore.

Dopo qualche esitazione, guardò nello specchietto retrovisore. Dietro non c'era seduto nessuno. Voltò la testa. Nessuno alle spalle.

Il temporale scoppiò dopo che lui ebbe caricato in macchina l'ultima delle videocamere all'aperto. Siccome non voleva fare un altro viaggio, decise di andare a prendere subito anche le altre, a dispetto del nubifragio. Prima andò al Burgtheater, poi nella Hollandstrasse. Lì chiuse le finestre affinché la pioggia, che batteva a dirotto quasi orizzontale contro i vetri, non facesse danni nell'appartamento.

Per ultimo parcheggiò davanti alla Millennium Tower. Con il fucile in mano, prese le scale mobili. Stava quasi per salire in ascensore quando risuonò un violento boato. Il fulmine doveva essere caduto vicinissimo. La porta dell'ascensore si richiuse davanti al suo naso. Jonas non schiacciò il pulsante una seconda volta. Il rischio che saltasse la corrente bloccandolo tra il decimo e il ventesimo piano era troppo alto.

Si fece un espresso al Nannini. Sedette con la tazzina a uno dei tavoli fuori della porta. Alla sua destra c'era il negozio di elettrodomestici a due piani. A sinistra vedeva i passaggi per altre file di negozi. Dritto davanti a lui scendevano le scale mobili e dietro si ergeva la torre.

Jonas incassò la testa nelle spalle per guardarne la cima. Quasi non si vedeva: era tutto nebuloso. La pioggia cadeva crepitando sul tetto di vetro che copriva l'intero centro commerciale.

Si era seduto spesso con Marie a uno di quei tavoli. Sebbene i negozi della Millennium City non attraessero la clientela più raffinata, loro facevano volentieri compere lì.

Entrò nel caffè. Dal telefono dietro il bancone chiamò i parenti di Marie in Inghilterra. Udì soltanto lo strano segnale.

Se solo si fosse inserita la segreteria telefonica del suo cellulare, avrebbe almeno potuto sentire la sua voce. Invece c'era solo quel suono, sempre lo stesso.

Dopo che ebbe ascoltato la terza audiocassetta era così stanco che per rinfrescarsi si fece una doccia fredda. Non aveva trovato niente su nessuno dei nastri. Però non voleva andare a letto: la curiosità era troppa. Avrebbe sempre potuto dormire il giorno dopo.

La città era immersa nel buio da un pezzo. Il temporale era finito, e se n'era andata subito anche la pioggia. Jonas aveva abbassato le veneziane. Sullo schermo del televisore i giovani berlinesi ballavano muti.

Si preparò un boccone. Prima di tornare al divano con il piatto si stiracchiò e fece ruotare le spalle. Aveva un dolore lancinante che gli partiva dalla schiena e arrivava fin dentro la testa. Pensò con nostalgia alla signora Lindsay.

Poco dopo l'una di mattina infilò la cassetta numero cinque. La sesta seguì un'ora più tardi. Quando Jonas schiacciò per la settima volta il tasto play, la radiosveglia segnava le 3.11.

Dopo aver ascoltato anche quella cassetta, si ritrovò in uno stato di profonda irritazione. Alla sesta cassetta si era messo a camminare per la stanza facendo esercizi di ginnastica. Tenere le orecchie continuamente tese senza mai sentire niente era estenuante. Non riusciva a liberarsi della sensazione che gli colasse del liquido fuori dal condotto uditivo. Ogni due minuti si toccava le orecchie e poi controllava se gli era rimasto del sangue sulle dita.

Più in modo meccanico che volontario, infilò la cassetta che aveva registrato il suo sonno. Andò alla finestra. Allargò con due dita le lamelle delle veneziane. Qua e là c'era una finestra illuminata. Quella laggiù la conosceva: era dell'appartamento che aveva visitato.

Chissà se in quel momento là era tutto al suo posto.

Alle quattro e mezzo del mattino sentì dei rumori sulla cassetta.

7

Lavorò due ore finché non poté più ignorare i gorgoglii e i brontolii dello stomaco. Mangiò e riprese a lavorare. Non ci pensò sopra molto.

La sera puzzava di sudore ed era arrabbiato per un lungo strappo nei calzoni. In compenso nel salotto e nella cameretta non c'era più niente che ricordasse la famiglia Kästner. In cucina, invece, non aveva toccato nulla.

Si aggirò lentamente per l'appartamento con le mani intrecciate dietro la schiena. Di tanto in tanto annuiva. Non aveva mai visto la sua vecchia abitazione in quello stato.

Tornato a casa, lo stomaco riprese a protestare. Mangiò pesce surgelato. Con quello erano finite le sue scorte.

Dopo un bagno prolungato si spalmò una pomata sulla spalla destra. Il peso del fucile gli aveva escoriato la pelle. Per sgravare del peso il lato destro, dal giorno prima portava la cinghia sulla spalla sinistra, ma oggi, lavorando, aveva comunque strapazzato quel punto.

Tolse i panni bagnati dalla lavatrice. Mentre li pinzava a uno a uno allo stendibiancheria, ogni tanto lo sguardo gli cadeva sul registratore. E subito lo distoglieva.

Quando non ci furono più lavoretti da fare e aveva già preso a tentennare da un piede all'altro, gli venne in mente la nuova segreteria telefonica. Le istruzioni si rivelarono succinte e comprensibili. Poté registrare subito il testo.

«Buongiorno. Chiunque senta questo messaggio venga subito qui! Il mio indirizzo è... Il mio numero di cellulare... Se non può venire, mi dica dove posso trovarla. »

Chiamò il fisso con il cellulare. Il telefono squillò. Lo lasciò suonare. Al quarto squillo partì la segreteria telefonica. Con il cellulare all'orecchio, ascoltò in stereofonia: «Buongiorno. Chiunque senta questo messaggio venga subito qui!» Già arrivato, pensò.

Con un bicchiere del liquore all'uovo di Marie si guardò la Love Parade dal divano. Attraverso le veneziane mezze chiuse trapelarono gli ultimi raggi di sole del giorno.

Sapeva che se voleva ascoltare ancora una volta la cassetta doveva farlo adesso.

Riavvolse, mandò avanti, riavvolse di nuovo. Per caso trovò esattamente il punto in cui risuonava il primo rumore. Un fruscio sommesso.

Qualche minuto dopo percepì un mormorio. Era la propria voce. Per forza. Di chi altri, se no? Eppure non la riconosceva. Estraneo, cavernoso, dalle casse risuonò un «*hepp*». Poi di nuovo silenzio. Qualche minuto più tardi sentì mormorare di nuovo. Questa volta durò più a lungo. Sembrava una frase di senso compiuto.

Lasciò andare la cassetta sino in fondo. Ascoltò a occhi chiusi. Non ci fu più alcun suono.

Era la sua voce?

E se lo era, che cosa diceva?

Faceva più fresco. Il sole era nascosto dietro spesse nuvole grigie. Tirava una forte brezza che Jonas accolse con sollievo. Ogni anno la stessa storia: per mesi non vedeva l'ora che venisse l'estate, ma quando finalmente arrivava il caldo, dopo un paio di giorni ne aveva abbastanza. Non era mai stato un fanatico del sole. Non riusciva a capire come facesse certa gente a rimanere ad abbrustolircisi sotto per ore.

Al supermercato buttò meccanicamente degli alimentari nel carrello. Cercò di farsi tornare in mente un sogno fatto la notte precedente.

Aveva sognato di un bambino malvagio. Questo bambino

aveva un aspetto mediterraneo, era vestito come negli anni '30 e parlava con la voce di un adulto. Spuntava continuamente davanti alla faccia di Jonas, minaccioso. Dal nulla. Emanando ostilità.

Per quanto si sforzasse, Jonas riusciva a catturare solo l'atmosfera, non l'intreccio del sogno. E non riusciva a capire chi fosse quel bambino.

Prima non aveva mai attribuito alcun significato ai suoi sogni. Ora teneva accanto al letto carta e penna per poterli annotare quando la notte si svegliava di soprassalto. Quel mattino non aveva trovato nulla. Finora l'unico bottino era una frase di due notti prima. Ma non era riuscito a decifrarla.

Sulla porta gettò ancora un'occhiata indietro. Era tutto immutato. I motori dei banchi dei surgelati e dei latticini ronzavano. Molte corsie erano in un disordine terribile. Qua e là una bottiglia di latte spuntava da sotto uno scaffale. L'aria era fresca. Più fresca che in altri negozi.

A casa, dopo aver sistemato i surgelati nel freezer e le scatolette nella credenza, collegò una videocamera. Senza badare a quale fosse, fece partire il nastro.

Sul video apparve il palcoscenico del Burgtheater. Si sentì una zip che veniva tirata. Passi che si allontanavano. Il rumore sordo di una porta che si chiudeva.

Silenzio.

Un mucchio di oggetti di scena. Un soldato di cartapesta al cui bavero era appuntato un biglietto da visita. Un faro illuminava la scena dall'alto, sulla destra.

Jonas distolse lo sguardo dallo schermo. Considerò di azionare l'avanzamento rapido. Per paura di perdersi qualcosa, una qualche minuzia importante, lasciò stare.

Diventò irrequieto.

Andò a prendere dell'acqua, si fregò i piedi.

Stava fissando lo schermo già da un'ora, osservando l'immobilità di oggetti inanimati, quando si convinse di essersi già trovato in quella situazione. Già una volta era rimasto seduto per ore a guardare fisso un cumulo insensato di oggetti. Anni prima a teatro, insieme a Marie, a cui piaceva quel genere di cose: una pièce moderna. Dopo, lei lo aveva rimproverato che gli mancava la disponibilità di aprirsi al nuovo.

Non riusciva a star fermo. Gli sembrò che una gamba si stesse addormentando. Gli prudeva dappertutto. Saltò in piedi, andò a prendere dell'altra acqua. Si lasciò cadere sul divano. Si rigirò, fece la bicicletta con le gambe per aria. Senza distogliere lo sguardo dallo schermo.

Suonò il telefono.

Con un balzo potente Jonas scavalcò il tavolino di vetro e si ritrovò in piedi davanti al telefono. Gli si fermò il cuore. Il battito seguente fece male. Con il petto squassato, Jonas boccheggiò.

«Pro... pronto?»

«To?»

«Chi parla?»

«La?»

«Mi sente?»

«Te?»

Chiunque gli stesse parlando, non chiamava dall'Austria. La linea era così disturbata, la voce così sottile che pensò a una chiamata da oltreoceano.

«Pronto? Mi capisce? Parla la mia lingua? *English*? *Français*?»

«Eh?»

Doveva fare qualcosa. Non riusciva a mettere in piedi una conversazione. Non sapeva nemmeno se l'altro lo sentiva. In quel caso, presto avrebbe interrotto la comunicazione con un *clic*.

«*I am alive!*» gridò. «*I am in Vienna, Austria! Who are you? Is this a random call? Where are you? Do you hear me? Do you hear me?*»

«Ih?»

«*Where are you?*»

« Uh? »

Lanciò un'imprecazione. Sentì solo se stesso, da quell'altro più niente.

« Vienna! Austria! *Europe*! »

Non voleva accettare di non riuscire a stabilire un contatto. Una voce interiore gli diceva che era tutto inutile, eppure si rifiutava di riagganciare. Fece lunghe pause tra una parola e l'altra, ascoltò. Gridò nella cornetta. Finché gli venne in mente che forse l'altro, accortosi che c'erano dei problemi, avrebbe provato a richiamare subito. E magari la linea sarebbe stata migliore.

« *I do not hear you! Please, call again! Call again immediately!* »

Dovette chiudere gli occhi, tanto gli risultava difficile appoggiare la cornetta sul telefono. Non li riaprì subito. Con la testa ripiegata fra le braccia allungate, le mani sul ricevitore, rimase lì seduto sullo sgabello girevole.

Ti prego, richiama.

Ti prego, un segno.

Inspirò ed espirò a fondo. Sbatté le palpebre.

Andò in camera da letto a prendere carta e penna per scrivere l'ora. Dopo qualche esitazione ci aggiunse la data. Era il 16 luglio.

Il lavoro che si era riproposto di fare nella Hollandstrasse dovette aspettare. Jonas non osava più mettere piede fuori casa. Lasciò perdere ogni incombenza, limitandosi allo stretto necessario. Dormiva su un materasso davanti al telefono.

Cambiava il messaggio della segreteria telefonica tre volte al giorno, riflettendo su quali informazioni fossero più importanti. C'erano il nome, la data, il numero di cellulare. Riguardo a luogo e ora, era indeciso. Il testo non doveva essere troppo lungo. Inoltre, doveva risultare comprensibile.

Così ogni volta che riascoltava il nastro era sempre più scontento. E con determinazione incrollabile lo incideva di nuovo capovolgendo l'ordine delle informazioni. Tutto per l'eventualità che il telefono suonasse in quei sei o sette minuti che gli servivano per caricare succo di mela, merluzzo surgelato e carta igienica al supermercato.

Forse la telefonata era una ricompensa. Per il fatto che non si era arreso al proprio destino ed era rimasto attivo. Che cercava indizi.

Si sottopose allo strazio di analizzare le registrazioni video con rinnovata forza di volontà. Affrontò una prima volta il video dalla Millennium Tower. Quando non ebbe scoperto nulla, riavvolse e lo riguardò al rallentatore.

Per un attimo credette che la funzione ralenti del videoregistratore fosse rotta. Non lo era. Solo che non c'era alcuna differenza visibile tra una normale ripresa dei tetti immobili di Vienna e una che li mostrava al rallentatore. Gli alberi che il vento avrebbe dovuto agitare erano sporadici, troppo piccoli e lontani per poterne cogliere il movimento.

Schiacciò il tasto del fermo immagine. Chiuse gli occhi, mandò avanti, schiacciò di nuovo il fermo immagine, riaprì gli occhi.

Nessuna differenza.

Chiuse gli occhi, mandò avanti, schiacciò il tasto del fermo immagine, aprì gli occhi.

Nessuna differenza.

Avvolse il nastro sin quasi alla fine e lo fece andare all'indietro. Le immagini scorsero accelerate.

Nessuna differenza.

Non si perse d'animo. Il giorno dopo analizzò nello stesso modo il video all'incrocio del Favoriten.

Con lo stesso risultato.

Ora dopo ora fissò l'immobilità più totale senza scorgere niente di inusuale. L'unica cosa che cambiava erano le ombre. Aveva colto quella differenza confrontando un fermo immagine della fine e dell'inizio di un nastro. Ma non era niente di anomalo. Soltanto il sole che si spostava.

Anche i video che aveva ripreso davanti al Parlamento, alla cattedrale di Santo Stefano e alla Hofburg non contenevano alcun fatto degno di nota. Rimase occupato con loro per alcuni giorni. Mandava avanti, riavvolgeva, lanciava un'occhiata al telefono, infilava la mano nel sacchetto di patatine, si ripuliva le dita dal sale contro il plaid sullo schienale del divano. Schiacciava il fermo immagine e l'avanzamento rapido. Non trovò niente. Non c'era alcun messaggio segreto.

Quando infilò il video girato nella Hollandstrasse, lo schermo ebbe un breve sussulto e diventò buio.

Jonas si diede un pugno in fronte. Strizzò gli occhi. La cassetta vuota. L'aveva tolta dal cellofan e infilata nella videocamera. Aveva schiacciato tutti – tutti! – i tasti necessari. Era sicuro di aver visto acceso il segnale REC.

Cambiò videocamera. Niente. Il nastro era vuoto. Vuoto, eppure non vergine. Lui sapeva che cosa mostrava una cassetta vergine: sfarfallio. Questa mostrava il buio.

Si fregò il mento. Inclinò la testa. Passò una mano tra i capelli.

Doveva trattarsi di un caso. Di un difetto tecnico. Non era disposto a vedere un segno in ogni cosa.

Per calmare la sua immaginazione fece una prova infilando un'altra cassetta nella videocamera in questione. Nel rivedere la registrazione si aspettava di trovare il buio. Con suo stupore, la ripresa era perfetta.

Allora doveva essere un problema di cassetta.

Infilò il nastro nella videocamera con cui aveva girato nella Hollandstrasse. Filmò solo alcuni secondi, fermò, guardò la ripresa. Niente da eccepire. Immagine della migliore qualità.

Essendo pieno giorno, abbassò le veneziane in modo che ricadessero sul pavimento solo due stretti fasci di luce e l'appartamento fosse immerso nel crepuscolo. Appoggiò il fucile accanto a sé. Guardò la cassetta dall'inizio alla fine. Il nastro non diede segni di vita in alcun punto. Non si vedeva niente di niente. Eppure era stato inciso.

A metà schiacciò il fermo immagine. Fotografò il televisore con la macchina istantanea. Aspettò con ansia che apparisse la foto.

Mostrava lo schermo. Buio com'era dal vivo.

Guardando la foto si ricordò della sua idea che una lentezza progressiva poteva uccidere. Se era vero, quando uno, attraverso un movimento infinito che terminava nell'immobilità, sfiorava l'eternità... in ciò prevaleva la consolazione o l'orrore?

Puntò di nuovo la macchina fotografica sullo schermo. Con l'occhio nella finestrella del mirino, posò il dito sullo scatto. Lo premette piano. Cercò di schiacciare più lentamente.

Presto, lo sentiva, avrebbe raggiunto il punto in cui sarebbe scattato.

Premette ancora più lentamente. Gli venne un formicolio al dito. Che risalì il braccio. La spalla. Jonas sentiva che il punto dello scatto si avvicinava, ma che la velocità del suo avvicinamento rallentava.

Il formicolio era passato a tutto il corpo. Aveva le vertigini. Credette di sentire un fischio lontano, che nel luogo in cui aveva origine doveva essere fragoroso.

Aveva la sensazione che fosse cominciato qualcosa. Diverse costanti della percezione, come spazio, materia, aria, tempo, sembravano unirsi tra loro. Tutto confluiva. Si compattava.

In lui prese forma una decisione. Schiacciò il pulsante.

Un *clic*, un lampo. Dalla macchina uscì ronzando un rettangolo di cartoncino. Jonas ricadde di schiena sul divano. Puzzava di sudore. Aveva le mascelle serrate.

La foto tra le sue mani mostrava lo schermo buio.

L'ultimo video era stato girato sulla Reichsbrücke. Vi si vedeva lo scorrere monotono del Danubio e il torpore della Donauinsel. Jonas una volta andava volentieri nei locali dell'isola; soltanto quattro settimane prima, per amore di Marie, si era gettato nella mischia birrosa del Donauinselfest.

Dopo qualche minuto sgranò gli occhi. Senza accorgersene coscientemente, si alzò dal divano un centimetro alla volta, sporgendosi avanti come se volesse scivolare dentro il televisore.

Sull'acqua fluttuava un oggetto. Un fagotto rosso.

Riavvolse. Non si riusciva a distinguere che cosa fosse. Somigliava più che altro a uno zaino da montagna. D'altra parte non era pensabile che uno zaino da montagna galleggiasse sull'acqua: sarebbe andato a picco. Più facile che fosse un pezzo di plastica. Forse un contenitore di plastica. O una borsa.

Rimandò il nastro indietro più volte per vedere la macchiolina rossa che affiorava nell'angolo superiore sinistro dello schermo, diventava sempre più grande, prendeva via via corpo, era per un momento riconoscibile e poi spariva sotto il margine inferiore dello schermo. Doveva correre subito là a cercare in quel punto e lungo tutta la riva della Donauinsel o finire di guardare la cassetta?

Rimase. Seduto sul divano, con il cuore che gli batteva all'impazzata, le gambe ripiegate, fissò avidamente l'acqua del Danubio. Non restò deluso quando alla fine del nastro non si era imbattuto in nient'altro di particolare. Per un senso del dovere riguardò ancora una volta la cassetta dall'inizio alla fine, fece le solite disamine con il fermo immagine e all'indietro con il rallentatore, quindi infilò in tasca le chiavi della macchina e imbracciò il fucile.

Passando, lo sguardo gli cadde sul telefono.

Macché, pensò. Non si sarebbe messo a suonare proprio adesso.

Siccome prima di ogni altra cosa voleva controllare il punto in cui aveva piazzato la videocamera, si fermò sulla Reichsbrücke. Appena scese si accorse che qualcosa era cambiato.

Fece due passi in giro. Una ventina di metri di qua, una ventina di là. Il vento gli soffiava in faccia. Era così fresco che si pentì di non essersi infilato una giacca. Sollevò il colletto della camicia.

C'era qualcosa che non andava. Ne era sicuro.

All'incirca nel punto in cui aveva posizionato la videocamera, appoggiò le braccia sul parapetto del ponte. Guardò giù il Danubio che scorreva con un flebile mormorio. Prima quel mormorio veniva inghiottito dal baccano delle macchine e dei camion sul ponte. Persino di notte. Ma non era il mormorio a irritarlo.

Il suo sguardo cercò sull'acqua il tragitto approssimativo seguito dall'oggetto. Là in fondo era entrato nell'inquadratura. Che cosa c'era laggiù? E lì era uscito dallo schermo. Dov'era finito?

Passò sull'altro lato del ponte. Per quanto poteva vedere, l'isola si protendeva verso nord-est, lambita a destra e a sinistra dal Danubio. Lì non c'erano inferriate o grate nel letto del fiume. Non c'erano anse significative, niente lingue di terra. Perciò era improbabile che l'oggetto rosso si fosse impigliato da qualche parte o si fosse arenato sulla riva. Ma doveva cercare ugualmente.

Mentre stava lì con la pancia appoggiata al parapetto e le mani in tasca, gli venne in mente che una volta aveva una fantasia ricorrente. Gli sarebbe piaciuto essere un sopravvissuto.

Spesso si era immaginato come doveva essere perdere per un pelo un treno che poi faceva un incidente tra le montagne.

Se lo vedeva davanti in tutti i dettagli. I freni si inceppavano. Il treno precipitava in un burrone. I vagoni cozzavano tra loro, si accartocciavano. Poco dopo in televisione apparivano le prime riprese aeree del disastro. Soccorritori affaccendati intorno ai feriti, vigili del fuoco che correvano in giro, lampeggianti blu ovunque. Lui vedeva le immagini su un televisore nella vetrina di un negozio di elettrodomestici. Doveva continuamente tranquillizzare al telefono gli amici in apprensione. Persino suo padre era sull'orlo di un collasso. Per giorni e giorni Jonas doveva raccontare di averla scampata per un caso fortuito.

Per errore veniva chiamato a imbarcarsi su un volo prima del suo. In realtà, lui si trovava già in aeroporto per fare alcune commissioni e cercare qualcosa di carino per Marie al duty-free. A quel punto si scopriva che poteva trovare posto su un volo che partiva prima. In una variante della fantasia faceva confusione con gli orari dei voli, si presentava per errore al volo sbagliato ma lo lasciavano salire ugualmente a causa di un guasto del computer. In tutte le versioni di quella fantasticheria, l'aereo per cui lui aveva il biglietto precipitava. La sua morte veniva annunciata nel notiziario. Ancora una volta, doveva tranquillizzare gli amici disperati. « È un errore: sono vivo. » Urla al telefono. « È vivo! »

Un incidente d'auto in cui usciva con un paio di graffi da una macchina distrutta, mentre tutt'intorno erano sparsi cadaveri. Una tegola che gli cadeva accanto e uccideva un perfetto sconosciuto. Una rapina in banca in cui gli ostaggi venivano uccisi uno dopo l'altro finché la polizia faceva irruzione nell'edificio e lo salvava. La corsa di un pazzo in preda a raptus omicida. Un attacco terroristico. Un accoltellamento. Veleno al ristorante.

Aveva desiderato scampare a un pericolo sotto gli occhi di tutti. Godersi gli onori di aver superato una prova difficile.

Voleva essere un sopravvissuto.

Un miracolato.

Adesso lo era.

Arrivare sulla Donauinsel con la macchina non era difficile, ma temeva di farsi sfuggire qualcosa di importante. Così ci andò a piedi. Ben presto si imbatté in un negozio che affittava biciclette e motorini. Si ricordò che lì una volta aveva noleggiato insieme a Marie una di quelle carrozzelle a pedali che si trovano nelle località balneari italiane.

La serranda era aperta. Le chiavi per i ciclomotori erano appese al muro. Su ognuno era attaccato un cartellino con il numero di riconoscimento.

Sedette su una Vespa verde scuro che avrebbe tanto voluto possedere a sedici anni. Ma i suoi genitori non avevano soldi da parte. Il denaro guadagnato con il suo primo lavoretto estivo era stato sufficiente appena per un vecchio Puch DS 50. E quando, a vent'anni, si era comprato una Mazda usata, era stato il secondo della famiglia dopo zio Reinhard a possedere un'automobile.

Tenendo il fucile stretto fra i polpacci fece un giro delle strade asfaltate dell'isola. Aveva di nuovo la sensazione che ci fosse qualcosa che non andava. Non mancavano solo gli esseri umani. C'era qualcos'altro che non gli tornava.

Smontò, andò sul greto. Mise la mani a imbuto intorno alla bocca.

« Ehi! »

Gridò non perché credeva che qualcuno potesse sentirlo, ma per levarsi un momento l'oppressione che sentiva sul petto.

« Ehi! »

Scalciò alcune pietre davanti a sé. La ghiaia gli scricchiolava sotto le suole. Si avvicinò troppo all'acqua. Sprofondò, le scarpe si bagnarono.

L'entusiasmo per la ricerca dell'oggetto rosso era sfumato. A un tratto gli sembrò insensato dare la caccia a un pezzo di plastica che era passato di lì giorni prima. Non era nessun segno. Era immondizia.

Si fece sempre più freddo. Nuvole scure si avvicinavano veloci. Il vento sferzava l'erba ai margini del sentiero. Jonas si ritrovò a ripensare al telefono nell'appartamento. Quando gli caddero in faccia le prime gocce se ne andò.

8

Si svegliò trasalendo da un incubo. Passarono alcuni secondi di smarrimento prima che capisse che era mattino presto e si trovava sdraiato davanti al telefono. Tornò a sprofondare nel materasso.

Aveva sognato che una fiumana di gente tornava in città. Lui le andava incontro. Le persone risalivano la strada da sole o a drappelli. Come tifosi che tornano a casa da una partita di calcio.

Jonas non osava chiedere dove fossero state. Loro non gli badavano. Lui sentiva le loro voci. Il modo in cui ridevano, in cui uno rivolgeva una battuta a un altro. Jonas non si era avvicinato più di una decina di metri. Camminava in mezzo alla strada. Gli altri lo superavano a destra e a sinistra. Ogni volta che aveva cercato di attirare l'attenzione di qualcuno, gli era mancata la voce.

Si sentiva distrutto. Non solo aveva dormito un'altra volta davanti al telefono, ma non era riuscito nemmeno a spogliarsi.

Controllò che la cornetta fosse posata correttamente.

In cucina, mentre cercava del pane integrale nel cassetto più in basso, batté con violenza il sedere contro il frigorifero. Il telefono cellulare che aveva nella tasca dei calzoni prese un colpo. Anche se era improbabile che si fosse rotto, Jonas lo tirò ugualmente fuori per controllare se funzionava. Doveva rimanere a tutti i costi integro. Almeno la SIM card, non poteva perderla.

Aveva già rinfilato l'apparecchio in tasca quando gli venne un sospetto terribile. Con dita tremanti aprì l'elenco delle chiamate. Scelse «Chiamate effettuate». La voce più in alto mostrava il suo numero di casa. Chiamato il 16.07 alle 16.31.

Corse al telefono. In equilibrio instabile sul materasso, frugò in una pila di carte prima di scoprire ben visibile sopra l'agenda il foglietto che cercava.

Ore 16.42. 16 luglio.

Sebbene si fosse riproposto di andare a lavorare nell'appartamento del padre, girò senza meta per la città. Prese la Handelskai in direzione sud. Passando davanti alla Millennium Tower guardò in alto. Il sole lo accecò. Sterzò bruscamente. La macchina sbandò. Pigiò forte sul freno. Si allontanò a velocità ridotta. Il cuore gli batteva forte.

Da lontano vide che il suo striscione girava ancora intorno alla Torre del Danubio. Guidò fino all'ingresso. Non osò scendere dalla macchina. Cercò con lo sguardo un segno che qualcuno fosse stato attirato dallo striscione. Sopra di lui il bar ruotava rombando. Era un ruggito ritmico che a intervalli regolari veniva sovrastato da uno schianto. Capì che non ci sarebbe voluto molto prima che lassù volasse tutto in pezzi.

Attraversata la Reichsbrücke, arrivò in Lassallestrasse. Nemmeno due minuti dopo si fermò davanti alla ruota gigante. Ci fece un breve giro intorno con il fucile tra le mani. Faceva caldo. Non tirava vento. Non si vedeva neanche una nuvola.

Assicuratosi che dall'esterno non poteva venire alcuna minaccia, oltrepassò il bar ed entrò negli uffici della ruota gigante. La centralina tecnica si trovava dietro una porta generica nel negozio per turisti dove vendevano miniature della ruota gigante e altre cianfrusaglie.

Guardò il quadro dei comandi, che aveva le dimensioni di una lavagna scolastica. Diversamente che nella Torre del Danubio, qui non c'era una sola scritta. Tuttavia Jonas capì in fretta che il pulsante giallo accendeva e spegneva l'alimentazione elettrica di tutto l'impianto. Quando lo schiacciò, si illuminarono alcune lampadine. Un indicatore lampeggiò. Schiacciò un altro bottone. La cabina più in basso, che vedeva attraverso una finestrella, si mise in moto.

Su uno dei tavoli c'era un pennarello con la punta grossa. Lo usò per scrivere il suo numero di telefono sullo schermo di un computer. Lasciò una scritta anche sulla porta e si infilò il pennarello nella tasca della camicia.

Camminò fino al primo chiosco di würstel. Lo stesso a cui aveva mangiato durante la sua ultima visita. Prese da uno scaffale un sacchetto di salatini. Fece colazione senza staccare lo sguardo dalla cabina.

Ci sarebbe dovuto salire?

Setacciò a piedi l'area del Prater adibita a luna park. Accese tutto quello che si poteva accendere. Non sempre capiva come funzionavano i comandi, però abbastanza spesso perché di lì a poco il parco si riempisse di musiche e scampanellii. Certo, niente a che vedere con il fracasso di un tempo: le giostre e i tappeti volanti che era riuscito ad azionare non erano sufficienti. E poi mancava la gente. Ma, se chiudeva gli occhi, con un po' di buona volontà poteva illudersi che tutto fosse com'era sempre stato. Che si trovava vicino alla fontana, circondato da sconosciuti su di giri. Che di lì a poco si sarebbe comprato una pannocchia di granturco. E che la sera Marie avrebbe fatto ritorno da Adalia.

Riportò il materasso in camera da letto. Cambiò le lenzuola. Dovette ripulire per terra davanti al telefono. Cacciò in un sacco dell'immondizia i sacchetti di patatine vuoti e le barrette di cioccolato iniziate che erano sparse intorno. Ci buttò dentro anche le lattine di bibite. Spazzò. Per finire fregò con una spugna gli anelli di sporco appiccicoso lasciati sul parquet dai bicchieri. Mentre puliva, si ripromise di non lasciarsi più andare a quel modo. Doveva mantenere l'ordine almeno tra le sue quattro mura.

Montò la videocamera davanti al letto. La accese. L'inquadratura non era felice. Effettivamente a quel modo avrebbe potuto osservare nel dettaglio ogni espressione della sua faccia, ma la ripresa sarebbe riuscita solo se fosse stato capace di dormire immobile tutta la notte.

Allargò al massimo lo zoom. Non bastava. Tirò il cavalletto un metro più indietro. Guardò di nuovo nel piccolo schermo. Ora l'inquadratura lo soddisfaceva. Il letto era visibile in tutta la sua lunghezza. Jonas controllò che videocamera e cassetta funzionassero. Non voleva ritrovarsi con un'altra sorpresa.

Non sentendosi ancora abbastanza tranquillo per andare a dormire, si sedette con un sacchetto di popcorn davanti al televisore. Aveva sostituito la cassetta della Love Parade con una commedia. Dai primi giorni di solitudine non aveva più guardato un vero film, con esseri umani che parlavano e agivano.

Le prime parole della protagonista lo gettarono in un tale sconforto che fu sul punto di spegnere. Sperando che sarebbe passato, si sforzò di resistere.

Le cose peggiorarono. Gli venne un nodo alla gola. La pelle d'oca. Le mani cominciarono a tremare. Le gambe erano troppo deboli per alzarsi.

Spense con il telecomando. Camminò a quattro zampe fino al videoregistratore. Cambiò la cassetta del film con quella della Love Parade. Tornò indietro a gattoni. Si issò sul divano.

Fece partire la cassetta.

Tolse l'audio.

Si svegliò nella notte. Barcollò mezzo addormentato fino in camera da letto. Rinunciò a lavarsi i denti. Non sarebbe riuscito nemmeno a svestirsi. Però accese la videocamera, schiacciò REC e cadde sul letto.

Durante il tragitto per la stazione merci di Matzleinsdorf, dove c'era il parcheggio autocarri Sud, arrivò alla chiesa sul Mariahilfer Gürtel. Nel passarci davanti lesse uno striscione appeso sulla facciata.

C'È QUALCUNO CHE TI AMA: GESÙ CRISTO

Pigiò più a fondo sull'acceleratore.

Il parcheggio autocarri Sud era, insieme al cimitero centrale, la più grande area di Vienna cinta da un muro. Jonas non era mai stato lì prima d'allora. Impiegò cinque minuti buoni per trovare l'ingresso. Quando svoltò l'angolo, rimase allibito. Non aveva mai visto tanti camion tutti insieme, parcheggiati a distanza regolare come per una foto pubblicitaria. Dovevano essere centinaia.

C'erano parecchie motrici di autoarticolati. Ma per uno di quelli era necessaria una certa pratica, e poi bisognava prima attaccarci un container. Jonas voleva un semplice autocarro. Un normalissimo furgone.

Mentre passeggiava tra i camion, si arrabbiò per non essersi messo della crema protettiva. Aveva una tale paura di scottarsi con il sole che interruppe più volte la ricerca per andare ad asciugarsi la faccia e bere acqua minerale al fresco dentro la spider. Beveva un sorso, giocherellava con le dita sul volante. Guardava nello specchietto retrovisore.

Finalmente trovò quel che cercava. Un DAF da una sessantina di tonnellate. Purtroppo non c'erano dentro le chiavi. Siccome non aveva voglia di andare a cercarle negli uffici, ripiegò su un modello un po' più vecchio ma ancora più grande, anch'esso dotato di tutti gli optional a cui non voleva rinunciare. Aveva una radio, un piccolo televisore, l'impianto di climatizzazione, la corrente elettrica; nella cuccetta spaziosa dietro il posto di guida c'era anche la piastra di un fornelletto.

Quando fece partire il motore, l'umore migliorò. Era tanto tempo che non sentiva una cosa del genere. Quel motore aveva potenza. A Jonas piaceva anche la vista che si godeva dalla cabina. Nella spider aveva la sensazione di sedere a pochi centimetri dal manto stradale, mentre quella posizione gli dava l'impressione di trovarsi al primo piano di una casa con finestre panoramiche.

Nel vano portaoggetti trovò i documenti. E anche qualche effetto personale dell'autista. Buttò fuori tutto dal finestrino senza pensarci due volte. Defenestrò anche due magliette lasciate nella cuccetta.

Caricò due guide metalliche trovate in un'officina meccanica sotto un capannone. Con il pennarello che aveva preso nell'ufficio della ruota gigante scrisse sul foglio di una comunicazione appesa a un muro: « Caro Jonas, 21 luglio. Tuo, Jonas ».

Raggiunse la spider con il camion. Fece scendere di nuovo il ponte elevatore. Calcolò la distanza fra le ruote e appoggiò le guide al pianale di carico. Qualche secondo dopo, la spider era sul camion.

Jonas parcheggiò il camion davanti alla casa del padre. Con l'aiuto delle guide metalliche riportò la spider sulla strada, facendo un gran baccano. Per senso del dovere, controllò l'appartamento. Tutto era come nella sua ultima visita. Anche l'odore. Era l'odore di suo padre.

In corridoio osservò il telefono.

Aveva squillato un paio di giorni prima, quando Jonas aveva chiamato e se lo era immaginato suonare? Era davvero stato lì, quel telefono? Gli squilli avevano risuonato in tutto l'appartamento?

Guardò in strada dalla finestra della camera da letto. Il camion gli impediva la vista delle moto. Del cassonetto da cui spuntava la bottiglia.

Dietro di lui ticchettava l'orologio a muro.

Sentì l'impulso di lasciare la città. Per un po'. Di stabilire una volta per tutte se davvero non c'erano più esseri umani da nessuna parte. E se anche a Berlino o Parigi non incontrava nessuno, forse avrebbe trovato il modo di arrivare in Inghilterra. D'altra parte, però, non riusciva a immaginarsi di fermarsi a lungo in un ambiente estraneo. Aveva la sensazione di doversi conquistare ogni metro, appropriarsi con fatica di ogni luogo in cui arrivava.

Non aveva mai capito come facevano certe persone a mantenere due appartamenti. Vivere una settimana o un mese qua e poi di nuovo là: come si poteva sopportare una cosa del genere, alla lunga? Lui nel nuovo appartamento avrebbe pensato a quello vecchio, e dopo un mese il nuovo sarebbe diventato il vecchio e Jonas non si sarebbe più ritrovato nell'appartamento in cui faceva ritorno. Muovendosi per le stanze ci avrebbe trovato solo cose sbagliate. Una sveglia sbagliata, un attaccapanni sbagliato, un telefono sbagliato. La tazza da cui beveva il caffè la mattina sarebbe sì stata sua, eppure lui sarebbe stato costretto a pensare alla tazza che aveva usato il giorno prima. E a dove si trovava in quel momento. In una credenza. O in un lavandino non rigovernato.

Lo specchio del bagno in cui si fosse guardato dopo la doccia non gli avrebbe mostrato altri che colui che aveva visto il giorno prima. E tuttavia Jonas avrebbe avuto la sensazione che in quell'immagine ci fosse qualcosa che non andava.

Sdraiandosi sul balcone a sfogliare riviste, guardando la televisione o passando l'aspirapolvere, cucinando qualcosa, avrebbe invariabilmente pensato all'altra casa, all'altro balcone, all'altro televisore, all'altro aspirapolvere, all'altro macinapepe nell'altro armadietto di cucina. La sera, allungandosi sul divano a leggere un libro, avrebbe pensato ai libri che stavano sugli scaffali dell'altra casa. Alle parole nei libri chiusi, alle storie che quelle parole volevano dire per chi li sapeva interpretare.

E, prima di addormentarsi, sarebbe rimasto sdraiato nel letto a pensare all'altra casa, chiedendosi se ora si stava addormentando a casa o se a casa aveva dormito il giorno prima.

Collegò la videocamera al televisore. Mentre la cassetta si riavvolgeva abbassò le veneziane per non farsi abbagliare dal sole al tramonto. La stanza fu sommersa da un'atmosfera crepuscolare.

Schiacciò il pulsante PLAY. Alzò il volume al massimo.

Si vide passare davanti alla videocamera e buttarsi sul letto. Come d'abitudine, si girò sulla pancia. Non riusciva a dormire in nessun'altra posizione.

La debole luce della lampada sul comodino era sufficiente perché si distinguesse bene ogni cosa. C'era una persona sdraiata con gli occhi chiusi, che dormiva. Faceva respiri profondi e regolari.

Jonas non era di quelli che si guardavano allo specchio più di due volte al giorno. Però conosceva il proprio aspetto, aveva una vaga idea dell'espressione che di solito era dipinta sulla sua faccia. Ma osservarsi mentre aveva tutti i lineamenti rilassati lo rese un po' nervoso.

Sfilò il cellulare dalla tasca posteriore dei calzoni e lo posò sul tavolo, per non chiamarsi un'altra volta. Guardò il display. Eccezionalmente si era ricordato di inserire il blocco tastiera.

Dopo qualche minuto il dormente girò la faccia dall'altra parte. Seppellì la testa sotto il cuscino. Si sentì un fruscio. Qualche tempo dopo riemerse. Si mise sul fianco. Poco dopo si allungò sulla schiena. Passò la mano sugli occhi.

Di tanto in tanto Jonas fermava il nastro e ascoltava in direzione della porta. Girava per la stanza, faceva dondolare le braccia. Si versava un bicchiere d'acqua. Per ritornare alla registrazione doveva farsi violenza.

Dodici minuti prima della fine del nastro, il dormente si girò ancora, tornando a rivolgere il viso alla videocamera.

Per un momento Jonas ebbe la sensazione che là si aprisse un occhio. Che la persona sul letto guardasse nell'obiettivo. Che guardasse nell'obiettivo pienamente cosciente di essere filmata e poi richiudesse in fretta l'occhio.

Riguardando il pezzo una seconda volta ne era meno sicuro. Alla quarta volta si convinse di essersi sbagliato. Del resto, non aveva senso.

Dopo cinquantanove minuti, il dormente mormorò alcune frasi. Le parole risultavano incomprensibili. Mulinò le braccia. Voltò le spalle alla videocamera. Lo schermo diventò buio, la cassetta si fermò e Jonas si arrabbiò per aver usato un nastro di un'ora soltanto.

Riavvolse. Riguardò l'ultimo minuto al rallentatore. Non notò niente di inconsueto. Ascoltò le quattro frasi. La più comprensibile era la seconda. Da questa gli sembrava di poter estrapolare tre parole: « Kaiser », « legno », « finire ». Non erano granché illuminanti.

Guardo un'altra volta il nastro dall'inizio.

Trascorsero quasi cinquanta minuti senza che accadesse nulla. Poi arrivò il punto che lo aveva irritato al primo passaggio.

Successe di nuovo.

Per una frazione di secondo nell'occhio del dormente ci fu uno sguardo attento. Fissò dritto in camera senza alcun segno di torpore. Poi l'occhio si richiuse.

Jonas cercò sul tavolo il telecomando. Ma non lo trovò, perché l'aveva già in mano. Ci volle un po' perché il suo pollice tremante centrasse il pulsante che spense la cassetta.

Doveva stare attento a non ammattire. Se lo voleva, avrebbe sicuramente potuto trovare sulla cassetta altri dettagli strani. Così come poteva immaginarsi rumori sulle audiocassette. Se lo voleva, poteva trovare all'istante una dozzina di ipotetici indizi di questo o di quello. Perché il 1° luglio il conducente dell'autobus lo aveva salutato in modo così strano? Di che cosa avevano confabulato Martina e quel bizzarro nuovo collega durante la festa in ufficio? Perché il 3 luglio su tutte le porte del palazzo era appiccicato un volantino pubblicitario di una consegna pizze a domicilio, su tutte tranne la sua? Perché non pioveva quasi mai? Perché a volte persino dopo dieci ore di sonno aveva la sensazione di non aver chiuso occhio? Perché si sentiva osservato?

Doveva a tutti i costi attenersi a ciò che era reale. A ciò che era evidentemente dimostrabile, indiscutibile.

Alzò le veneziane. Aprì la finestra. Verificò che la porta di casa fosse chiusa e sprangata. Dopo avere controllato tutte le stanze, gettò un'occhiata nell'armadio a muro.

Con il fucile accanto, riesaminò ancora una volta tutta la registrazione, al rallentatore. Nel punto che lo lasciava confuso, guardò fuori dalla finestra. Prima delle frasi mormorate tornò a far scorrere a velocità normale.

Si capivano soltanto quelle tre parole, niente più. Jonas non aveva la sensazione che il dormente avesse qualcosa da dirgli, ma che stesse guardando qualcosa di importante.

Preparò due videocamere nella stanza da letto. Una la posizionò ad alcuni metri dal letto. L'altra la sistemò in modo da riprendere il capo del letto. Anche se rimaneva la possibilità che nel sonno rotolasse fuori dall'inquadratura, voleva a tutti i costi vedere il suo volto da vicino, fosse anche solo per cinque minuti.

Inserì nastri da tre ore.

9

Si svegliò con un tic alla mano. Un fremito al muscolo del pollice. Diede una manata al cuscino, si sfregò il pollice. Il tremore non cessava.

Si voltò su un fianco. Sul cuscino accanto a lui era distesa una maglietta di Marie. Lei non l'aveva indossata nemmeno una notte. Jonas aveva rifatto il letto il 3 luglio, dopo averla salutata con la mano mentre lei saliva in taxi. Eppure nella stoffa era ancora rimasto debolmente impresso il suo odore.

Jonas guardò l'accappatoio di Marie, appeso a un gancio alla parete. Guardò la sua cassettiera da cui spuntava un lembo di slip. I libri impilati sul suo comodino.

Mentre andava nel Quinto distretto, mangiò una mela. Non gli piacevano particolarmente né le mele né in genere la frutta con il nocciolo. Per fargliela mangiare, sua madre doveva costringerlo. Jonas aveva litigato con lei fino alla sua morte riguardo a ciò che era sano e ciò che non lo era, a quel che andava mangiato e quel che andava evitato. Lui sosteneva che ciò che era sano per qualcuno non dovesse necessariamente far bene anche agli altri. Da bambino lei gli aveva rovinato le vacanze estive a Kanzelstein andando tutti i giorni con lui a spasso nel giardino e dandogli da assaggiare mele, pere, bacche e addirittura erbacce come l'acetosa. Suo padre, intanto, scuoteva la testa dalla sdraio, preferendo però rimanere in disparte a sfogliare il giornale.

Mentre svoltava nella Wienzeile, gli venne in mente che non si era procurato degli scatoloni. Da quelle parti non conosceva nessun negozio in cui potesse trovarne. Prese a pugni il volante e fece inversione. Per la seconda volta quel mattino passò davanti alla chiesa parrocchiale di Santa Maria della Vittoria, con lo striscione sulla facciata che gli assicurava che Gesù lo amava. Suonò il clacson.

La porta automatica del centro di bricolage sul Lerchenfelder Gürtel si ritrasse con un ronzio. Jonas girò con la spider tra i reparti senza sfregare da nessuna parte. Trovò gli scatoloni da trasloco nella zona in fondo al grande magazzino. Non avrebbe saputo dire quanti gliene servissero, perciò riempì completamente la macchina.

Prima di andare all'appartamento, fece due passi nella Rüdigergasse. Suonò qualche citofono, senza nemmeno aspettare risposta. Nella Schönbrunner Strasse sparò ai vetri di qualche finestra.

Statue ovunque.

Dappertutto effigi, figure, mascheroni ornamentali sulle facciate.

Non ci aveva mai fatto caso. Ovunque guardasse, quasi su ogni palazzo trovava sculture in pietra. Nessuna che rivolgesse lo sguardo su di lui. Eppure avevano tutte una faccia. Dal rivestimento di un bovindo si stagliava un cane alato, su quell'altra casa un putto grassoccio suonava un flauto muto. Qui un grugno occhieggiava da un muro, là un vecchietto barbuto arringava invisibili astanti. Prima non aveva mai notato niente di tutto ciò.

Puntò sul vecchio predicatore. Gli vacillò il braccio. Abbassò il fucile con un movimento minaccioso della mano.

Stava già per svoltare nella Wehrgasse quando vide un'insegna della posta. Gli venne in mente che non aveva ancora ispezionato neanche un ufficio postale. Anche se si era spedito alcune cartoline – che non erano mai arrivate – non gli era mai venuto in mente di occuparsi più da vicino di un ufficio postale.

Quando, avvicinandosi al sensore, la porta automatica

non si aprì, l'abbatté con un colpo di fucile. Lo stesso fece qualche metro più avanti con una seconda porta, raggiungendo lo spazio dietro gli sportelli.

Nelle casse c'erano pochi soldi, di certo meno di diecimila euro. Probabilmente il grosso si trovava in una cassaforte da qualche parte sul retro. Ma a lui del denaro non importava niente.

Si sedette vicino a uno dei grandi vagoni di sacchi che contenevano la posta da smistare. Aprì una busta a caso. Era una lettera commerciale. Un sollecito di pagamento per del materiale da lavorazione.

La lettera successiva era privata. La calligrafia aguzza rivelava una donna di età avanzata che scriveva a Vienna a una certa Hertha. Le raccomandava di studiare sodo, ma non troppo, perché non bisogna farsi passare la vita accanto. Firmato: «la tua nonna».

Osservò la busta. Era stata timbrata a Hohenems.

Vagò per l'ufficio postale. Non notò tracce di una fuga precipitosa degli impiegati. Frugò nelle tasche di un camice da lavoro blu appeso all'attaccapanni sul retro. Contenevano monete, fiammiferi, sigarette, un pacchetto di fazzoletti di carta, una biro, una schedina del lotto compilata ma non giocata.

In una giacca da donna accanto c'era una scatola di preservativi.

In una ventiquattrore non trovò nient'altro che un panino con dell'insaccato dall'aspetto poco appetitoso.

Prima di andarsene scrisse con il pennarello a punta grossa il numero del suo cellulare su ogni sportello. Schiacciò il pulsante dell'allarme. Non successe niente.

Riempì uno scatolone dopo l'altro. Ma non procedeva svelto come aveva sperato. Molti degli oggetti che gli passavano per le mani erano legati a ricordi. Talvolta rammentava solo vagamente che cosa significavano quel libro o quella camicia. Se ne stava lì ad accarezzarsi il mento con lo sguardo rivolto a un punto lontano. Di solito lo aiutava annusare l'oggetto. L'odore rievocava memorie più profonde della vista.

Inoltre, non era granché bravo a imballare e impacchettare. Dover avvolgere ogni singola tazza di porcellana nella carta lo spazientiva, non fosse altro perché il contatto con il giornale gli aveva sempre dato fastidio. Il rumore della carta che sfregava gli faceva venire la pelle d'oca, proprio come Marie soffriva per lo stridere del gesso su una lavagna o per il tintinnio delle posate. Anche se riusciva a leggere un giornale, ogni altro fruscio lo faceva imprecare.

Nel tardo pomeriggio forzò la porta di una bettola del vicinato. Nella cella frigorifera trovò qualcosa da mangiare, che accompagnò con una birra alla spina dal sapore scialbo. Appena finito di mangiare scivolò fuori. Il tragitto di ritorno gli parve più lungo, aveva le gambe pesanti.

Osservando gli scatoloni impilati in ogni stanza, per quel giorno gli sparì definitivamente la voglia di fare ancora qualcosa. Dopotutto aveva già svuotato la metà degli armadi e degli scaffali. Non c'era alcuna fretta.

Si mise a letto. Era circondato da rotoli di nastro adesivo, carta di giornale, forbici. Scatoloni inutilizzati, ancora da montare, erano appoggiati contro il muro.

Chiuse gli occhi.

Alla parete ticchettava l'orologio. Nell'aria aleggiava ancora l'odore del padre. Eppure Jonas non provava più la sensazione piacevole di immergersi in un mondo scomparso. Nelle stanze regnava un'atmosfera di cambiamenti.

Gli toccava ripristinare le cose come stavano, se voleva poter dire che al mondo c'era qualcosa di suo. Perché se poteva disporre di qualsiasi cosa, appropriarsi di ogni macchina, ogni vaso, ogni bicchiere di Vienna, non rimaneva più niente che gli appartenesse.

Dalla finestra osservò il sole che calava dietro l'orizzonte. Il 21 giugno aveva raggiunto il punto estremo del suo corso, calando dietro una fitta macchia di boscaglia sull'Exelberg. Da allora quel punto si era spostato quasi impercettibilmente verso sinistra.

Una sera come quella, sedici o diciassette anni prima, Jonas si era preparato per la sua prima vacanza da solo. Aveva riempito lo zaino, tirato fuori dall'armadio la nuova tenda a due posti, preso in prestito dai vicini il casco da montagna. Alle quattro di mattina era suonata la sveglia, ma Jonas era già in piedi da un pezzo.

Durante il viaggio di otto ore per il Mondsee nell'Alta Austria aveva tremato di freddo, perché, sottovalutando il gelo notturno, si era vestito troppo poco. Ma l'avventura era valsa la pena. I villaggi che aveva attraversato immersi nell'oscurità. Le case lungo la strada in cui gli abitanti si stavano alzando, facevano la doccia, la barba, il caffè oppure dormivano ancora mentre lui era in cammino. Gli odori sconosciuti. L'alba in un luogo che non aveva mai visto prima. Da solo. Ardimento romantico.

Abbassò le veneziane.

Davanti alla camera da letto si fermò. Ritrasse la mano che aveva già posato sulla maniglia. Si chinò in avanti e guardò nella stanza attraverso il buco della serratura.

Sulla parete di fronte vide il ricamo che la madre di Marie aveva regalato a loro due. Sotto c'era il comò della biancheria. A destra intravide i piedi del letto.

Il ricamo mostrava una donna al pozzo con una camicia tra le mani. Portava un fazzoletto in testa. Sullo sfondo si vedeva una fattoria tradizionale. Mentre gli altri colori erano cupi, la porta era dipinta di un rosso acceso. Sopra l'ingresso campeggiava la scritta K+M+B.* Ma, dal buco della serratura, Jonas questo non poteva leggerlo.

---

* *Kyrios mansionem benedicat*, «che il Signore benedica questa casa». (*N.d.T.*)

Sul comò della biancheria era posata una fruttiera di ceramica. Accanto, due riproduzioni di pistole da duello erano appoggiate contro una pila di libri. Gliele aveva regalate suo padre.

Sentì una flebile corrente d'aria nell'occhio.

Tra lui e l'immagine con la lavandaia c'era una porta. Lui rimaneva al di fuori, eppure vedeva quello che accadeva all'interno della stanza vuota. A rigor di termini, nessuno poteva vedere quel comò della biancheria. Perché là dentro non c'era nessuno. Per la stanza, non c'era nessuno. Era come pensare di vedere che cosa succedeva in un libro chiuso.

Oppure si sbagliava? Guardando attraverso il buco della serratura oltrepassava forse il limite? Diventava di nuovo parte della stanza?

Fece partire la cassetta. Nell'inquadratura c'era tutto il letto. Come l'ultima volta, si vide passare davanti all'obiettivo e buttarsi sul letto. Qualche minuto più tardi dall'altoparlante uscì il leggero russare del dormente.

Mentre osservava il dormente si chiese se non fosse il caso di guardare l'altra cassetta in parallelo con quella. Il nastro che mostrava in primo piano la faccia del dormente. Per farlo, però, gli sarebbero serviti un altro televisore e un altro videoregistratore. In effetti, avrebbe potuto recuperarli negli appartamenti intorno. Ma ora, comodamente allungato sul divano, si rese conto di quanto fosse stanco per il lavoro compiuto. Lasciò perdere. Probabilmente non faceva alcuna differenza.

Anche il dormente doveva essere stato stanco, la notte prima. Se ne stava là immobile. Dopo più di trenta minuti si voltò per la prima volta dall'altra parte. Da un lato era un bel vantaggio perché in quel modo, muovendosi appena, il dormente rimaneva inquadrato anche dalla seconda videocamera, e in seguito Jonas avrebbe potuto studiare le sue espressioni. D'altro canto, però, quell'assenza di eventi non faceva compiere grandi passi avanti alle sue ricerche.

Sentì un prurito in gola. No, non poteva essere. Di solito si raffreddava al massimo una volta l'anno. Non poteva riammalarsi un'altra volta dopo che si era appena ripreso da un raffreddore. Meglio intervenire subito.

Distogliendo solo un momento lo sguardo dallo schermo, si preparò un grog. Procurarsi pastiglie di vitamine, annotò mentalmente.

Il dormente si rigirò un'altra volta. Sembrava avesse caldo. Si dimenò e da sotto le coperte apparvero le sue gambe bianche e pelose. Si udì un sospiro. Un minuto dopo rotolò tanto in là che doveva essere uscito dall'inquadratura della seconda videocamera. Era finito con il busto nell'altra metà del letto. Accanto alla maglietta per la notte che Marie non aveva usato.

Jonas storse la bocca. Era andato giù troppo pesante con lo zucchero. Ma gli era rimasto ancora un po' di whisky riscaldato. Lo aggiunse. Ci versò anche dell'altro succo di limone.

Un'ora e mezzo dopo, il dormente si schiacciò sulla faccia il cuscino di Marie.

Quella lì è la notte scorsa, pensò Jonas, e stanotte sarà lo stesso. Mi coricherò e dormirò e non ci sarà alcuna differenza.

Questa volta aveva esagerato con il whisky. Posò la tazza. Tanto ormai il grog si era freddato.

Si stropicciò gli occhi.

Andò a lavarsi la faccia e la nuca con l'acqua fredda. Nell'armadietto a specchio trovò un'aspirina. Era di quelle da sciogliere nell'acqua, ma lui la lasciò disfare sulla lingua. Pizzicava.

Tornato in soggiorno accese tutte le lampade. La sola luce crepuscolare del televisore gli faceva venire sonno. Aveva bisogno di un caffè forte.

Il dormente dormiva.

Quello dovrei essere io, pensò Jonas. Dovrei essere io adesso.

Due ore e cinquantotto minuti dall'inizio della cassetta, il dormente schiuse gli occhi a mezz'asta. Si rigirò. Si alzò. Andò deciso verso il muro. Ci sbatté contro.

Con gli occhi ancora a mezz'asta si mise a tastare il muro. Sembrava volerci entrare. Non provò un metro più a destra o a sinistra, né ad allungarsi o chinarsi. Premeva le mani contro un punto preciso del muro. Come volesse infilarcisi dentro. Ci puntò una spalla contro.

Con quello, il nastro finì.

Jonas non aveva mai corso così velocemente da una stanza all'altra di casa sua. Ispezionò il muro. Non c'era niente da scoprire. Nessun segno, nessuna porta segreta. Un normalissimo muro.

La stanchezza era passata. Con un paio di balzi fu davanti al televisore. Riavvolse.

Il dormente apriva gli occhi come qualcuno svegliato da un rumore o da una posizione scomoda. Prima si voltava. Gettava via le coperte, si alzava. Sembrava che la realtà non lo raggiungesse. Come fosse prigioniero di un sogno, sgambettava fino al muro e cominciava con i suoi sforzi. Non diceva nulla, né guardava mai nella videocamera.

Jonas si osservò le unghie. Erano sporche di calce.

Andò un'altra volta di là. Si sdraiò sul letto, guardò la parete. Seguendo lo stesso tragitto del dormente, barcollò a braccia tese fino al muro. Spinse. Ci puntò contro la spalla.

Girò lo sguardo intorno. Non era cambiato nulla. Era la sua stanza da letto.

Guardò la seconda cassetta a velocità accelerata. Come previsto, non conteneva niente di interessante. Dopo un'ora il dormente rotolava fuori dall'inquadratura. Degli enigmatici eventi finali non era stato registrato nulla.

Sebbene in lui tutto si ribellasse, sistemò una videocamera pronta a registrare per la notte. A quella puntata sul cuscino rinunciò. Bevve quel che restava del grog freddo.

10

Dischiuse gli occhi. La lampada sul comodino lo accecò. Cercò a tentoni l'interruttore, lo spense, aprì gli occhi. Dodici meno venti. La seconda coperta giaceva per terra. Sopra la videocamera che era caduta insieme al cavalletto. Non aveva molta voglia di star lì a riflettere su che cosa volesse dire anche questo. Lasciò tutto dove stava e si preparò la colazione.

Prima di andare in bagno mise una cassetta vuota nel registratore e schiacciò il tasto per incidere. Girò l'apparecchio in modo che l'obiettivo non riprendesse il bagno. Fece la doccia, si lavò i denti, si rasò accuratamente la barba.

In soggiorno si vestì. Controllò l'orologio sul microonde. 12.30. Il nastro girava da venti minuti.

Parlando dentro il microfono incorporato nel registratore disse: « Ciao, Jonas ».

Contò fino a cinque con gli occhi chiusi.

« È un piacere sentirti. Come va? »

Tre, quattro, cinque.

« Hai dormito bene? Sei riposato? »

Parlò per quasi tre quarti d'ora. Si sforzò di dimenticare quello che aveva detto. Un *clic* del registratore rivelò che la cassetta era arrivata alla fine. La riavvolse. Intanto finì di vestirsi.

Chiamò il numero del cellulare dal telefono di casa. Quando suonò, rispose. Posò la cornetta del fisso per terra, su un fianco. Ci mise il registratore davanti, a contatto. Schiacciò il tasto PLAY. Pose lì accanto un secondo registratore. Inserì una cassetta e schiacciò il tasto per registrare. Con il fucile in spalla e il cellulare nella mano sinistra, chiuse la porta di casa dietro di sé.

Girò in macchina per Döbling. Passò per strade in cui non era mai entrato. Teneva il cellulare premuto all'orecchio per non perdersi niente. Con l'altra mano girava il volante e cambiava le marce. Gli venne in mente che in quel modo commetteva un'infrazione al codice della strada. All'inizio il pensiero gli mise allegria. Poi però lo ricondusse a una questione teorica.

Se lui era veramente solo, questo significava che poteva emanare una nuova giurisprudenza. Le leggi valevano solo fino a quando la maggioranza si accordava per adottarne di nuove. Se lui era la maggioranza, poteva abrogare l'intero sistema di regole. In teoria lui, il sovrano, aveva la libertà di compiere impunemente furti e assassini o, viceversa, di vietare la pittura. Il vilipendio della religione in Austria veniva punito con una pena detentiva fino a sei mesi. Lui avrebbe potuto abrogare o inasprire questa legge. Un furto aggravato veniva punito fino a tre anni di carcere, e si differenziava da quello semplice perché riguardava somme dai duemila euro in su. Lui poteva modificare la cosa.

Poteva addirittura sancire per legge che ogni persona dovesse passeggiare tutti i giorni per un'ora ascoltando musica folk con un walkman. Poteva far assurgere ogni genere di sciocchezza al rango di norma costituzionale. Aveva la possibilità di scegliere un'altra forma di governo. Addirittura inventarne una nuova. Sebbene il sistema in cui viveva di fatto fosse allo stesso tempo anarchia, democrazia e dittatura.

« Ciao, Jonas. »

Quasi strisciava con la macchina contro un cassonetto sul ciglio della strada.

« È un piacere sentirti. Come va? »

« Bene grazie... compatibilmente con la situazione. »

« Hai dormito bene? Sei riposato? »

La voce che sentiva era la propria. Aveva pronunciato

quelle frasi un'ora prima. E ora si riproducevano, tornavano a prodursi. Diventavano qualcosa che succedeva in quel momento. Che aveva effetti concreti sul presente.

«Ho dormito bene e sono riposato», mormorò.

Notò la differenza tra la voce nel ricevitore e quella che percepiva dentro di sé. Quella nel telefono suonava più acuta e meno gradevole.

«Qui sono le 12.32. E da te?»

«Da me sono le 13.35», rispose dando un'occhiata all'orologio nel cruscotto.

Si ricordò di avere detto quelle frasi in cucina, in ginocchio davanti al registratore. Si rivide giocherellare con l'anello al dito, guardare il disegno sulla tazza del caffè, rivoltare la gamba dei pantaloni. Si rammentò di ciò che aveva pensato quando erano state pronunciate quelle parole. Quello era il passato, questo era il presente. Eppure l'uno aveva a che fare con l'altro.

«Al prossimo incrocio svolta a sinistra. Poi subito a destra. Alla prima di nuovo a sinistra. Davanti alla seconda casa sul lato destro della strada, ti fermi.»

Le indicazioni lo condussero in una stradina di Oberdöbling. Chi lo comandava aveva sottovalutato la sua velocità, e così Jonas rimase un minuto a tamburellare con le dita sul volante, scivolando avanti e indietro sul sedile.

«Ora scendi, prendi con te il fucile e chiudi a chiave. Vai all'edificio. Se è un palazzo di molti piani, la tua meta è l'appartamento più in basso. Il piede di porco non ti serve: entri dalla finestra. Se devi arrampicarti, vorrà dire che ti arrampichi. Sii un po' sportivo!»

Era davanti a una villa. Una targa sul cancello intimava di stare attenti al cane lupo. Era chiuso a chiave. Jonas scavalcò l'ostacolo e si avviò verso l'edificio. All'entrata del garage era parcheggiata un'Audi. Le finestre della casa erano abbellite da cassette di fiori. Si vedeva che il prato a destra e a sinistra del vialetto di ghiaia era stato curato fino a poco tempo prima.

Sulla targhetta alla porta lesse: HOFRAT BOSCH.*

«Attento a non farti male con i vetri! Ora vai in cucina.»

«Calma!»

Sbirciò attraverso la finestra. Non vide sistemi di allarme. Spaccò la lastra con il calcio del fucile. Frantumi di vetro piovvero sul tappeto all'interno. E in effetti non partì alcun allarme. Ripulì in fretta la cornice della finestra e si arrampicò in casa.

«Apri il frigorifero. Se trovi una bottiglia di acqua minerale ancora chiusa, bevi!»

«Non mettermi fretta!»

La prima porta dava in un bagno, la seconda nel ripostiglio, la terza giù in cantina. La quarta era quella giusta. Aprì il frigorifero in preda all'ansia; era incassato in un mobile componibile in faggio. C'era sul serio una bottiglia di acqua minerale ancora chiusa. Bevve.

Mentre aspettava nuovi ordini si guardò intorno. I mobili erano in legno massiccio. Alla parete era appesa la riproduzione di un Dalí che mostrava degli orologi fusi. I vapori e il calore dei fuochi l'avevano già intaccata.

La combinazione lo lasciava perplesso. Qualità e valore dell'arredamento facevano pensare a proprietari in età avanzata, mentre stampe come quella erano roba da casa di studenti. Probabilmente il salto di stile era stato imposto dalla prole.

Accanto alla stampa c'era un calendario a strappo. Il foglio superiore indicava il 3 luglio. Sotto il numero, il motto del giorno diceva: «Il Vero riconosce in sé il proprio valore. (Herbert Rosendorfer)».

Strappò il foglio e se lo mise in tasca.

«Adesso voglio che cerchi una biro e un pezzo di carta.»

«Va bene anche una matita?»

---

* *Hofrat*, titolo onorario per dirigenti ministeriali dello Stato austriaco. (*N.d.T.*)

Trovò una biro in uno dei cassetti. Sul tavolo di cucina vide un bloc-notes. Sulla prima pagina c'era una lista della spesa. La girò indietro. Chiuse gli occhi, canticchiò una melodia, si sforzò di non pensare a niente.

« Scrivi la prima parola che ti viene in mente. »

« Frutta », scrisse.

Che bellezza, pensò. Eccomi qua in una cucina di estranei a scrivere « frutta ».

« Metti via il foglio. Ora dai un'occhiata in giro per la casa. Tieni gli occhi aperti. Meglio guardare due volte che farsi sfuggire qualcosa. »

Si stupì della banalità delle pillole di saggezza elargitegli dal comandante. Per tutto il tempo, Jonas si era sforzato di rimanere dal suo lato della storia. Di non pensare a quel che aveva inciso nella cassetta, per non anticipare nulla. Ora fece un piccolo passo fuori da quella prospettiva. Rifletté. Non riusciva a ricordare di avere pronunciato quell'ultima frase. Ritornò nel suo lato. Scacciò tutti i pensieri meglio che poté.

In soggiorno si imbatté in una specie di statua egizia. Sapeva poco di storia dell'arte: non avrebbe potuto dire di che cosa si trattava. Sembrava una figura di donna. Il volto era inespressivo e poco rassicurante. Probabilmente la scultura a grandezza naturale rappresentava Nefertiti. Con quel cranio enorme e quell'acconciatura velata, a lui ricordava più una rapper nera di MTV. Si domandò chi poteva mettersi una cosa del genere in salotto. Lui non aveva mai avuto clienti con quei gusti.

Passò in tutte le stanze. Intanto parlava al telefono. Riferì dell'arredamento in camera da letto, dei tappeti in corridoio, della gabbietta per uccelli vuota, dell'acquario in cui l'acqua mormorava dolcemente senza pesci. Descrisse il contenuto degli armadi per i vestiti. Contò i raccoglitori di documenti nello studio. Soppesò un posacenere massiccio realizzato in un materiale che gli era ignoto. Rovistò nei cassetti. Scese con passo incerto in cantina e in garage, dove c'era un odore di benzina da stordire.

Mentre usciva dalla camera di una ragazzina in cui ordine e pulizia non avevano un ruolo di primo piano, la voce al telefono disse: «L'hai visto?»

Si fermò. Si voltò a guardare dietro le spalle.

«L'hai notato? C'era qualcosa. Per un attimo l'hai visto.»

Non aveva visto niente.

«Per un momento c'era.»

Una voce interiore lo dissuadeva dal tornare in quella stanza. La voce nel ricevitore lo spronava a farlo. Tentennò. Chiuse gli occhi e posò la mano sulla maniglia. La abbassò piano. La pressione della mano diminuì, solo un po', così poco che lui lo seppe soltanto, ma non lo percepì. Abbassò, e allo stesso tempo abbassò più lentamente.

Ebbe la sensazione che il tempo si congelasse sotto le sue mani. Il metallo della maniglia sembrava molle. Pareva fondersi con quello che gli stava intorno. Eppure non era né caldo né freddo, non aveva alcuna temperatura. Senza sentire un solo suono, Jonas ebbe la sensazione di percepire un fracasso assordante, un fracasso che era materico e non proveniva da nessuna direzione particolare. Contemporaneamente fu conscio che non era costituito da nient'altro che dal movimento che stava compiendo la sua mano.

Lasciò andare. Fissò la porta facendo un respiro profondo.

«Ma non portarlo a casa», disse la voce nel ricevitore.

Il resto della giornata lo passò a riempire scatoloni come un automa. Tolta una pausa in cui si arrostì un würstel in trattoria come il giorno prima, lavorò difilato fino a sera.

A turbarlo non era quel che era successo nel corridoio della villa. Piuttosto, non gli dava pace la faccenda della videocamera caduta. C'era forse un nesso con lo strano comportamento del dormente? Valeva la pena indagare su cosa c'era in quel muro? Avrebbe dovuto abbattere la parete?

Dopo avere sigillato l'ultimo scatolone, guardò gli armadi e gli scaffali vuoti. Non erano tanti come ai vecchi tempi. Dov'era finita tutta la roba di casa che avevano quando vivevano in Hollandstrasse? Era stato buttato via tutto? Dov'era il quadro del corridoio in cui da bambino sprofondava ogni giorno?

Ora che ci pensava, gli vennero in mente altri oggetti scomparsi. L'album rosso di fotografie. La nave in bottiglia. La linoleografia. La scacchiera.

Radunò gli scatoloni in strada portandoli a braccia o facendoli scivolare, a seconda del peso. Quando furono tutti ammucchiati, sedette con le membra appesantite sul pianale di carico del pick-up. Puntando indietro le braccia, guardò in alto. Qua e là c'era una finestra aperta. Sulle facciate, statue inaccessibili fissavano altrove, ignorandolo. Il cielo azzurro era di una perfezione implacabile.

Il passaggio per scendere in cantina era stretto. Gli angoli erano infestati di ragnatele. Dal soffitto pendevano filamenti di polvere. Le pareti erano imbrattate di sporcizia, l'intonaco sfaldato. Jonas rabbrividì. Sebbene scendesse le scale con la schiena piegata, batté due volte la testa. Si pulì la faccia e la fronte in preda al panico, temendo che gli fosse rimasto appiccicato qualcosa di ripugnante.

Alla porta della cantina era appeso un vecchio cartello sformato che, con un disegno drastico, metteva in guardia dal veleno per i topi. La parte superiore della porta includeva quattro finestrelle. Una era rotta. Il corridoio là dietro era immerso nell'oscurità. Jonas fu investito da un odore di muffa e di legno.

Caricò il fucile. Con un calcio potente spalancò la porta. Cantando ad alta voce accese la luce con un movimento rapido.

Era una vecchia cantina condominiale. Le celle erano divise da steccati di legno che lasciavano una spanna di spazio sopra e sotto. Il pavimento non aveva un impiantito ma era fatto di terra battuta mescolata a pietre grandi come pugni.

Jonas non era mai stato là sotto, ma trovò subito la cella di suo padre. Riconobbe un bastone da passeggiata intagliato a mano che spuntava nel corridoio attraverso due assi di legno. Un tempo suo padre l'aveva usato per andarci a spasso nei boschi del Kanzelstein. Non era stato lui a intagliarlo, ma un vecchio contadino senza denti esperto di quell'arte, che viveva nella fattoria dove Jonas andava a prendere il latte fresco tutte le mattine. Quel vecchio gli faceva paura. Finché una volta lo chiamò vicino a sé e regalò anche a lui un piccolo bastone intagliato. Dopo tutti quegli anni, Jonas si ricordava ancora com'era fatto. C'era andato a passeggio tutto orgoglioso, e da allora aveva venerato quel vecchio taciturno.

Si assicurò di essere solo e che dai corridoi male illuminati tutt'intorno non potesse venire alcuna minaccia. Da uno di quelli proveniva un odore di gasolio così prepotente che Jonas dovette mettersi la manica della camicia davanti al viso. Uno dei serbatoi in cui i condomini tenevano il combustibile per le loro caldaie doveva avere una perdita. Comunque, fintanto che non si metteva ad armeggiare con del fuoco, non dovevano esserci pericoli.

Tirò fuori di tasca il mazzo di chiavi di suo padre. La seconda chiave entrò. Prima di avventurarsi nella cella, Jonas ascoltò dietro di sé. Di tanto in tanto si udiva lo sgocciolio attutito di un rubinetto. La lampadina polverosa alla parete tremolava. Faceva freddo.

Con un'esclamazione di incoraggiamento, affrontò la cella. Fece un salto indietro.

La cantina di suo padre era per grandissima parte ingombra degli scatoloni che lui aveva appena caricato sul camion.

Fece un giro su se stesso con il fucile pronto a sparare. Così facendo urtò alcune pentole e ciotole su uno scaffale, che caddero a terra con un gran baccano. Jonas si acquattò. Riparato dalle assi, spiò fuori in corridoio. Tese le orecchie. Non si sentiva nient'altro che il rubinetto rotto.

Si rivolse di nuovo ai cartoni. Fissò a occhi sgranati il logo stampigliato.

Finché capì che erano altri scatoloni. Simili, ma non gli stessi. Più li guardava, più gli diventava chiaro che tra la forma e i colori dei due modelli c'erano solo vaghe somiglianze.

Spalancò il primo scatolone. Mise la mano su un pacco di foto. Spalancò il secondo. Nient'altro che foto. Il terzo. Documenti e foto. Il quarto conteneva libri. Come gli altri tre che riuscì a raggiungere senza fare troppi spostamenti.

Incappava ovunque in cose familiari. Arrotolata in un angolo c'era la cartina del mondo che tante volte, quando era appesa nella camera da letto dei genitori, lo aveva fatto viaggiare con la fantasia. In cima a una pila di scatoloni trovò il mappamondo. Quand'era bambino gli aveva fatto da lampada sulla scrivania. Il binocolo da campo di suo padre era posato su uno scaffale di legno scheggiato, accanto trovò le sue pedule. Da bambino Jonas si era sempre stupito delle dimensioni gigantesche di quelle scarpe da montagna.

Come aveva fatto a non accorgersene? Aveva vuotato casa, imballato e riordinato senza notare che mancavano metà delle cose. Certo, era anche strano che suo padre tenesse tutta quella roba in cantina. Per il bastone da passeggio poteva capire, e anche il mappamondo non doveva per forza starsene in soggiorno. Ma che suo padre lasciasse ammuffire in cantina le fotografie e i libri, per Jonas era inconcepibile.

Si spense la luce.

Inspirò ed espirò a fondo e contò fino a trenta.

Tenendo il fucile tra le due mani, cercò a tentoni l'uscita.

Gli entrò nel naso un odore penetrante. Presumibilmente in una delle celle era conservato un piccolo carico di stoppa con cui, nonostante tutto, qualche vecchietto continuava ancora a sigillare le finestre per l'inverno.

Rimise la cornetta sul telefono. Riavvolse le cassette. Su una scrisse VUOTA, sull'altra annotò: « Villa Bosch, 23 luglio ».

Con una mela in mano si mise a cercare le istruzioni nella pila di scatole delle videocamere; non se n'era ancora liberato per pura trascuratezza. Ma non riusciva a concentrarsi. Finì di mangiare in fretta masticando in modo ostentato e buttò il torsolo dalla finestra. Si ripulì le dita sulla gamba dei pantaloni. Erano appiccicose, le passò sotto l'acqua. Tornò alle scatole. Alla fine gli venne in mente che aveva messo le istruzioni insieme alla carta da buttare.

La sua supposizione era giusta. Si poteva attivare la videocamera con un timer, come una macchina per il caffè o una stufetta. A patto di disporre di una batteria abbastanza potente, si poteva posticipare la ripresa fino a settantadue ore.

Trovò nel congelatore una porzione di pesce. Lo scaldò e lo mangiò con fagiolini in insalata direttamente dal vasetto, che non gli si accompagnavano per niente. Lavò i piatti e poi, con il cellulare in mano, si mise a guardare il sole che tramontava.

YOU ARE TERRIBLE! *HIC* :-)

TI AMO AMO AMO AMO

Dov'era Marie in quel momento? In Inghilterra? Stava guardando anche lei il sole?

Quel sole?

Forse non era l'unico a vivere quell'incubo. Forse gli esseri umani erano diventati tutti quanti soli in una volta e si trascinavano per un mondo abbandonato; magari l'incubo sarebbe svanito se due che appartenevano l'uno all'altra spuntavano nello stesso luogo allo stesso momento. Questo voleva dire che doveva cercare Marie. Il che conteneva in sé il pericolo di perderla, perché intanto lei avrebbe di certo fatto il possibile per venire da lui. Era più saggio aspettarla lì.

E poi era una teoria totalmente assurda. Come tutto ciò che aveva pensato fino allora riguardo agli eventi che si erano abbattuti su di lui, presumibilmente.

Raccolse la coperta e la gettò sul letto. Rimise in piedi il cavalletto con la videocamera. Tirò fuori la cassetta. La inserì nella videocamera in soggiorno, che era collegata al televisore. Riempì la vasca da bagno.

L'acqua era calda. Davanti a lui montava una sagoma di schiuma che aveva l'aspetto di un piccolo elefante. Si riconoscevano chiaramente il posteriore, le zampe, le orecchie, la proboscide. Jonas soffiò. L'elefante veleggiò un po' più in là. Soffiò ancora. Soffiò un buco nella natica dell'elefante.

Gli venne in mente una favola che sua madre, amante delle storielle edificanti, gli aveva raccontato quando era bambino.

Una fanciulla piangeva in un bosco. Appariva una fata, che le chiedeva perché. La fanciulla rispondeva di aver rotto la collezione di terrecotte del padre e di temere la punizione. La fata dava alla fanciulla un rocchetto. Se avesse tirato il filo, il tempo sarebbe passato più in fretta. Alcuni centimetri valevano alcuni giorni, perciò bisognava usarlo con parsimonia. Però, quando la fanciulla avesse voluto sottrarsi alle urla, alle botte e al dolore, bastava ricorrere al rocchetto.

All'inizio la fanciulla era diffidente. Ma poi giungeva alla conclusione che non aveva niente da perdere, e tirava. Un momento dopo si ritrovava sulla strada che portava a scuola, sebbene le vacanze estive sarebbero dovute finire solo di lì ad alcune settimane. « Non fa niente », diceva la fanciulla, « così almeno ho scampato il bastone. »

La fanciulla scopriva sul ginocchio una cicatrice dalla provenienza misteriosa. Più tardi, a casa, vedeva nello specchio dei segni di frusta sulla schiena, in via di guarigione.

Da quel momento, la fanciulla tirava spesso il filo del rocchetto. Tanto spesso che prima di rendersene conto si ritrovava nel bosco a piangere, proprio lì dov'era cominciato tutto, sotto un grande salice piangente che stormiva al vento. Ricompariva la fata. La fanciulla invecchiata si lamentava di aver sprecato la propria vita, di aver tirato troppo spesso il filo, e così facendo di non aver vissuto per niente. Avrebbe dovuto essere ancora giovane, e invece eccola già vecchia.

La fata sollevava il dito in segno di rimprovero... e faceva riandare indietro il tempo. La fanciulla tornava a essere la giovane che piangeva nel bosco. Ma ora non aveva più paura della punizione e correva cantando a casa, dove si faceva allegramente picchiare dal padre.

Per la madre di Jonas la morale della favola era chiara come il sole. Bisognava affrontare anche i momenti brutti. Erano anche e soprattutto quelli a fare di una persona ciò che era. A lui invece il senso della favola non era apparso affatto così chiaro. Seguendo l'argomentazione di sua madre, uno avrebbe dovuto sottoporsi alle operazioni senza anestesia. E il fatto che la fanciulla si ritrovasse all'improvviso vecchia nel bosco, lui non riusciva a interpretarlo come un errore di valutazione. Piuttosto sollevava un'altra domanda: che razza di vita orrenda e piena di botte e sventure doveva aver avuto la poveretta per tirare così spesso il filo dal suo rocchetto?

La madre di Jonas, il padre, e anche l'insegnante che una volta a scuola aveva raccontato quella favola, tutti sembravano considerare sciocco il comportamento della fanciulla. Secondo loro lei sprecava la sua vita, la gettava via solo per scampare a un paio di momenti sgradevoli. Nessuno si dava la pena di chiedersi se la piccola non avesse fatto bene a comportarsi a quel modo. A Jonas sembrava tutto chiaro. Quella poveretta aveva patito una vita d'inferno, perciò aveva fatto solo bene a tirare il filo dal rocchetto. Poi, da vecchia, aveva un bel dire che il passato era una meraviglia, come fanno tutti. Ma sai la sorpresa, quando ricominciava da capo?

La madre di Jonas non capiva quel ragionamento.

L'acqua era diventata tiepida. L'elefante si era squagliato.

Jonas si infilò nell'accappatoio senza risciacquarsi. In frigo trovò tre banane con la buccia marrone. Le sbucciò, le schiacciò in una ciotola e ci aggiunse una presa di zucchero di canna. Andò a sedersi davanti al televisore. Mangiò.

Il dormente passò davanti alla videocamera, si sdraiò sul letto, si coprì.

Il dormente si mise a russare.

Jonas ricordò le volte che Marie l'aveva rimproverato di russare, dicendogli che segava legna tutta notte e lei non riusciva quasi a chiudere occhio. Lui aveva protestato. Tutti negavano di russare. Sebbene nessuno potesse sapere quel che faceva nel sonno.

Il dormente si rigirò. Continuò a russare.

Jonas sbirciò fuori attraverso le veneziane. La finestra nell'appartamento in cui era stato settimane prima era illuminata. Bevve un sorso di succo d'arancia, brindò alla finestra illuminata. Si stropicciò la faccia.

Il dormente si sollevò. Senza aprire gli occhi, afferrò la seconda coperta e la lanciò sulla videocamera. Lo schermo diventò buio.

Jonas riavvolse e premette il tasto PLAY.

Il nastro girava da un'ora e cinquantuno minuti quando il dormente spuntò fuori dalle coperte. I suoi occhi rimasero chiusi. I tratti del volto erano distesi. Tuttavia Jonas non riusciva a liberarsi dalla sensazione che il dormente sapesse benissimo che cosa stava facendo. Che fosse conscio di ogni istante delle sue azioni. Jonas era convinto che, per quanto guardasse, gli sfuggiva qualcosa di fondamentale. Stava seguendo un evento che non capiva, ma dietro al quale c'era una risposta.

Per la terza, quarta, quinta volta il dormente si sollevò, afferrò la coperta, posò il piede destro a terra, la lanciò.

Jonas andò nella stanza accanto. Osservò il letto. Ci entrò. Si sollevò, afferrò la coperta, la lanciò.

Non provò alcuna sensazione. Gli sembrava di farlo per la prima volta. Non ebbe alcuna strana percezione. Una coperta. Il lancio. Ma perché?

Andò al muro e osservò il punto che il dormente aveva colpito. Bussò. Un suono sordo. Non c'era intercapedine.

Si appoggiò alla parete. Con le mani seppellite nelle maniche dell'accappatoio di spugna, le braccia incrociate sul petto, rifletté.

Il comportamento del dormente era strano. Che ci fosse dietro qualcosa di più? Da piccolo non aveva forse camminato spesso nel sonno? Non era significativo che avesse ricominciato a farlo in quella situazione fuori dell'ordinario? Magari anche in precedenza aveva intrapreso strane escursioni nel sonno, senza che Marie se ne fosse accorta.

In soggiorno ci fu un urlo.

Non fu tanto lo spavento a farlo sussultare. Fu l'incredulità. Una sensazione di impotenza davanti a un nuovo tipo di legge naturale che non capiva e che non sapeva come contrastare.

Un altro grido.

Andò di là.

All'inizio non capì da dove venissero quegli strilli.

Uscivano dal televisore. Lo schermo era buio.

Erano grida acute, di paura e dolore, come di qualcuno seviziato con dei chiodi. Come se il corpo fosse sottoposto a uno strazio momentaneo e poi gli fosse risparmiato per qualche secondo il supplizio.

Un altro urlo. Era forte, tagliente. Non sembrava uno scherzo. Pareva qualcosa di terrificante.

Mandò avanti il nastro. Grida. Ancora più avanti. Grida. Alla fine del nastro. Ansimi, gemiti, qualche urlo sporadico.

Riavvolse la cassetta fino al punto in cui il dormente si alzava e lanciava la coperta sopra la videocamera. Scrutò il suo volto. Cercò di trovare qualche indizio di quello che lo aspettava. Non trovò nulla. Il dormente gettava la coperta, la videocamera cadeva, lo schermo diventava buio.

Buio, non nero. Capì solo ora. La cassetta aveva continuato a girare, anche se l'obiettivo era accecato. Vedendo lo schermo buio, Jonas aveva dato per scontato che la registrazione si fosse interrotta.

Gli urli cominciavano dieci minuti dopo la caduta della videocamera. Prima non si sentiva alcun rumore. Non un passo. Non un colpo. Non una voce estranea.

Dopo dieci minuti, il primo grido. Come se alla vittima entrasse nella carne un ferro appuntito. Era un grido improvviso, vi si coglieva più orrore che dolore.

Jonas corse in camera da letto e si tolse l'accappatoio. Si rigirò davanti allo specchio a parete, si contorse, sollevò i piedi per controllare le piante. Le giunture scrocchiarono. Non vide alcuna ferita. Nessun taglio, nessuna sutura, nessuna bruciatura. Nemmeno un livido.

Andò vicinissimo allo specchio. Tirò fuori la lingua. Non aveva patina. Abbassò le palpebre. Gli occhi erano arrossati. Si concesse un paio di minuti sul divano con le danze mute della Love Parade di Berlino. Mangiò del gelato. Si versò del whisky. Non troppo. Doveva rimanere sobrio. Lucido, doveva rimanere.

Preparò la videocamera per la notte. Nell'agitazione aveva scordato come si azionava il timer. Adesso era troppo stanco per andare a rileggere le istruzioni. Si accontentò della consueta registrazione di tre ore.

Abbassò il saliscendi della porta di casa. Chiusa a chiave.

11

La videocamera era al suo posto.

Jonas si guardò intorno. Sembrava che non fosse cambiato niente.

Gettò di lato le coperte. Non aveva ferite.

Andò allo specchio. Anche il viso sembrava incolume.

Il centro di bricolage nella Adalbert-Stifter-Strasse lo conosceva bene. Entrò fra le corsie con la spider, fin quando il passaggio si fece troppo stretto. Poi si mise a cercare a piedi. Torcia elettrica e guanti, li trovò subito. Per i carrelli da trasloco impiegò di più. Camminò determinato per le corsie silenziose. Ci volle mezz'ora prima che gli venisse in mente di lasciar perdere il negozio e provare nel magazzino sul retro. C'erano decine di carrelli. Ne caricò uno in macchina.

Girò in lungo e in largo per tutto il Ventesimo distretto, nel Secondo infilò la macchina negli angusti vicoli del Karmeliterviertel, passò nel Terzo, svoltò nella Landstrasse, rastrellò nuovamente il Secondo. Aveva la sensazione che lì avrebbe trovato più facilmente ciò che cercava.

Nella maggior parte dei casi non dovette nemmeno scendere dalla macchina per stabilire che la carretta sul ciglio della strada non faceva per lui. Una Vespa non gli serviva a niente, tanto meno una moto di grossa cilindrata, o un ciclomotore, o addirittura una Honda Goldwing. Voleva un Puch DS degli anni '60, cinquanta centimetri cubici, velocità massima quaranta chilometri all'ora.

Ne scoprì uno nella Nestroygasse, ma non c'erano le chia-

vi. Un altro, lo trovò nella Franz-Hochedlinger-Gasse. Di nuovo senza chiavi. Anche nella Lilienbrunngasse qualcuno aveva la passione per i vecchi motorini. Ma niente chiavi.

Passò davanti alla casa nella Hollandstrasse. Diede un'occhiata nell'appartamento. Non era cambiato niente. Dalla finestra in camera da letto guardò nel cortile sul retro. Sembrava una discarica di rifiuti.

Gli venne in mente quel che aveva sognato la notte prima.

Il sogno era consistito in una sola immagine. Uno scheletro giaceva a terra legato, sdraiato sulla schiena. Aveva tutti e due i piedi infilati insieme in un vecchio stivale di pelle enorme. Lo scheletro veniva trascinato lentamente per un prato con un lazo. Questo era fissato alla sella di un cavallo di cui non si distingueva la testa. Del cavaliere si vedevano solo le gambe.

Aveva l'immagine vivida davanti a sé. Lo scheletro con il busto legato a una spessa fune che veniva tirata dal cavallo. I piedi ficcati nello stivale. Lo scheletro che si muoveva lentamente attraverso l'erba.

Mentre passava per la Obere Augartenstrasse, ne vide un altro. Proprio quello che cercava. Un DS 50 con la chiave ancora nel blocchetto dell'accensione. Azzurro, come quello che aveva una volta. Doveva essere del 1968 o '69.

Aprì la chiavetta della benzina, si lanciò sul sellino e saltò sul pedale d'avviamento. Prima non diede abbastanza gas, poi ne diede troppo. Al terzo tentativo il motore partì scoppiettante, facendo molto più rumore di quanto si aspettasse. I primi metri ciondolò reclinato indietro, ma quando passò sotto il portale dell'Augarten aveva ormai il motorino sotto controllo.

Era una sensazione strana guidare un DS sui vialetti polverosi del parco. A sedici anni indossava un casco integrale e non aveva mai provato il vento in faccia, almeno non con quell'intensità. Né lo scoppiettare del motore aveva mai infranto un silenzio come quello.

Percorse a tutto gas il lungo rettilineo ombreggiato da alberi possenti che conduceva al bar del parco. L'ago del tachimetro era fisso sui quaranta chilometri l'ora. Ma il motorino andava almeno a sessantacinque. Il suo proprietario era stato più abile di Jonas a truccarlo. A suo tempo, lui era arrivato soltanto all'idea di togliere le lamelle della marmitta, il che aveva reso il motorino appena più veloce e, in compenso, molto più rumoroso.

Dopo un giro intorno alla torre antiaerea, uscì dai vialetti e prese a curvare fra i prati. Evitò le zone con le siepi alte. Le siepi gli stavano antipatiche, soprattutto quando erano eccessivamente curate. E qui lo si vedeva ancora chiaramente. Alberi, cespugli, siepi, tutto tosato e potato per benino.

SONO PROPRIO SOPRA DI TE, SOLO UN PAIO DI CHILOMETRI

Si introdusse nel bar. Dopo un breve sopralluogo del posticino si fece un caffè. Andò a sedersi in giardino con la tazza.

Anche se l'Augarten non gli piaceva particolarmente, si era ritrovato seduto lì un po' di volte. Insieme a Marie, che aveva dovuto accompagnare al *Cinema sotto le stelle*. Una rassegna che durante le serate estive proiettava film su uno schermo gigante all'aperto, mentre lui tratteneva gli sbadigli e si agitava sulla sedia. Ci andava per amore di Marie. Beveva una birra o un tè, mangiava al buffet multietnico, si lasciava torturare dalle zanzare. Non lo pungevano quasi mai, ma il loro ronzio gli aveva fatto perdere le staffe più di una volta.

Lì nel bar, a cento metri dal cinema e dal buffet che veniva montato solo durante le settimane della rassegna, lui aveva aspettato Marie. Aveva osservato i passeri che si posavano sfrontati sui tavolini a becchettare qualcosa di commestibile. Aveva scacciato vespe e lanciato occhiate velenose ai barboncini isterici delle vecchie signore. Ma in verità non era seccato sul serio. Perché sapeva che presto Marie avrebbe appoggiato la bicicletta a uno degli ippocastani davanti ai tavolini del bar e sarebbe venuta a sedersi accanto a lui con un sorriso, raccontandogli dei giorni passati sulla spiaggia di Adalia.

Portò il motorino nella Brigittenauer Lände. Sapeva che nessuna delle macchine intorno aveva le chiavi nel cruscotto. Così prese dalla cantina la bicicletta di Marie. Percorse il tragitto per tornare alla spider in cinque minuti. Non era in cattiva forma. Con la macchina andò in Hollandstrasse a lavorare. La sensazione di avere perso tempo lo spronò a darsi da fare.

A mezzogiorno mangiò in una trattoria nella Pressgasse, famosa per il banco di mescita vecchio centocinquant'anni. Cancellò la lavagna su cui erano elencati i prezzi delle bevande e annotò con il gesso: «Jonas, 24 luglio».

Portò con sé in cantina il fucile e la torcia. L'accese. Subito dopo schiacciò anche l'interruttore della luce.

«C'è qualcuno?» gridò con voce grave.

Il rubinetto sgocciolava.

Con l'arma spianata e la torcia premuta contro la canna camminò piano fino alla cella del padre. Di nuovo gli salì nel naso la puzza di gasolio e stoppa. Poteva anche sbagliarsi, ma gli sembrava che nelle ultime ventiquattr'ore l'odore fosse aumentato.

Come mai la porta della cella era aperta? Aveva dimenticato lui di chiuderla?

Gli tornò in mente che era mancata la luce e lui era uscito dalla cantina a tentoni, senza preoccuparsi della cella. La porta aperta aveva la sua spiegazione.

Fissò la torcia a un gancio nel muro all'altezza della testa, in modo che illuminasse tutto l'ambiente quando finivano i quindici minuti del timer. Prima di posare il fucile in un angolo si guardò alle spalle.

« Ehilà? »

Il rubinetto fece *pling*. La luce contro il muro della cantina tremolò. I filamenti di polvere e le ragnatele intorno alla lampada vibravano nella corrente d'aria.

Jonas tirò fuori dal primo scatolone un pacco di fotografie. Erano immagini in bianco e nero. Sembravano risalire agli anni '50. I suoi genitori nella natura. In montagna. A casa. In gita aziendale. Mamma travestita da strega, papà da sceicco. Alcune si erano appiccicate, come se ci avessero rovesciato sopra del succo di frutta.

Una foto che estrasse dal secondo scatolone ritraeva lui stesso. Doveva avere cinque o sei anni, vestito da cowboy. Gli avevano disegnato i baffi. Intorno a lui sorridevano nell'obiettivo tre bambini. Uno di loro, cui mancavano gli incisivi superiori, brandiva contento una spada. Jonas si ricordava di lui: Robert era un suo compagno di asilo. Perciò quella foto era di trent'anni prima.

Altre foto dei tempi dell'asilo. In alcune insieme a sua madre. Con suo padre raramente. In quelle, di solito erano tagliate almeno una testa o un paio di gambe. Sua madre non fotografava volentieri.

Un'immagine del suo primo giorno di scuola. A colori, ingiallita. Aveva tra le braccia un cono di cartoncino pieno di dolciumi grande quasi quanto lui.

La luce in corridoio si spense.

Jonas si drizzò. Con il viso rivolto a metà verso il corridoio, rimase in ascolto. Scosse la testa. Se anche avesse sentito dei rumori, li avrebbe ignorati. Non erano niente, non significavano nulla.

Una foto di lui che teneva in braccio un tigrotto e sorrideva forzato nell'obiettivo: vacanze al mare.

Ricordava ancora le vacanze nelle località balneari adriatiche del Nord Italia, dove andavano tutti gli anni. Dovevano alzarsi nel mezzo della notte perché la corriera partiva alle tre. Rivide davanti a sé l'orologio a muro che segnava mezzanotte e mezzo e provò chiaramente il senso di avventura e la felicità con cui aveva riempito il suo piccolo zaino a quadretti.

Un amico del padre, che possedeva una macchina, li portava alla stazione delle corriere. La vacanza al mare era un'impresa che coinvolgeva tutta la famiglia, perciò sul marciapiede della stazione incontravano zia Olga e zio Richard, zia Lena e zio Reinhard, che lui nell'oscurità riconosceva solo dalle voci. Ardevano sigarette, qualcuno si soffiava il naso, schioccavano linguette di lattine di birra, sconosciuti facevano scommesse su quando la corriera sarebbe stata pronta a partire.

Il viaggio. Le voci degli altri passeggeri. Qualcuno russava. Fruscio di carte. Pian piano si faceva chiaro, Jonas poteva distinguere i volti.

Una sosta in un parcheggio, in un territorio estraneo. Colline d'erba lucida di rugiada. Cinguettio di uccelli. Luce cruda e voci profonde, straniere, in un gabinetto. Il guidatore, che si era presentato come signor Fuchs, scherzava con lui. Gli piaceva il signor Fuchs. Il signor Fuchs li portava in un posto dove tutto aveva un odore diverso, dove il sole splendeva in modo differente, dove il cielo sembrava un filo più spesso, l'aria più compatta.

Le due settimane al mare erano meravigliose. Gli piacevano le onde, le conchiglie, la sabbia, il cibo dell'albergo e i succhi di frutta. Poteva andare sul pedalò. Faceva amicizia con i bambini di altri Paesi. Sul corso veniva fotografato come tutti gli altri figli di turisti con un cucciolo di tigre sul braccio. Gli regalavano pistole ed elicotteri giocattolo. Essere via con tutta la famiglia era divertente. Nessuno era di cattivo umore, nessuno litigava, e la sera tiravano così tardi davanti al lambrusco che anche lui non doveva andare a letto troppo presto. Erano vacanze fantastiche. Eppure il ricordo che gli era più caro rimaneva quello delle ore della partenza. Il viaggio era bello. La vacanza era bella. Ma non belli come la sensazione che adesso si partiva. Che ora tutto poteva succedere.

Qualche mese dopo quella vacanza aveva incontrato il signor Fuchs sulla strada per andare a scuola. L'aveva salutato. Il signor Fuchs non aveva risposto. Del suo sorriso amichevole non trasparì nulla. Non aveva riconosciuto Jonas.

Quando inserì la cassetta gli venne un crampo allo stomaco.

Il dormente passò davanti alla videocamera, si coricò nel letto, dormì.

Da quando gli riusciva così facile addormentarsi? Prima aveva spesso fissato nel buio per un'ora. Si era girato e rigirato tanto da disturbare Marie, così che anche lei era costretta ad alzarsi a bere del latte caldo o a farsi un pediluvio o a contare le pecore. Adesso, invece, appena si sdraiava partiva come fosse narcotizzato.

Il dormente si voltò dall'altra parte. Jonas si versò del succo di pompelmo. Guardò assonnato il timbro con la data di scadenza. Versò dei pistacchi in una ciotola e li posò sul tavolino davanti al divano. Dal ripiano che stava sotto il tavolino prese le istruzioni della videocamera.

Non era complicato. Girare un interruttore su A, schiacciare un pulsante, quindi digitare l'orario in cui si desiderava iniziasse la registrazione. Per non dover tornare a sfogliare un'altra volta, trascrisse le istruzioni in pochi appunti sul retro di una busta che trovò lì in giro.

«Abbiamo avuto una notte inquieta, eh?» disse rivolto allo schermo quando il dormente si rigirò per la terza volta.

Bevve un sorso e si appoggiò allo schienale. Posò le gambe sul tavolino e così facendo rovesciò la ciotola di pistacchi. In un primo momento fu sul punto di raccoglierli, poi lasciò perdere. Massaggiò le spalle doloranti per il peso del fucile che si portava sempre dietro.

Il dormente si mise a sedere. Si coprì la faccia con le mani.

Si alzò, rivolse le spalle alla videocamera e sollevò le braccia. Puntò gli indici dritti sulle tempie.

Rimase così, in piedi.

Finché il nastro finì.

Jonas doveva andare al bagno, ma aveva la sensazione di essere diventato tutt'uno con il divano. Non riuscì ad arrivare nemmeno al bicchiere. Il telecomando nella mano gli sembrava un peso enorme. Riavvolse. Osservò una seconda volta la nuca del dormente. Una terza.

Fu assalito dalla voglia di buttare tutte le videocamere dalla finestra. Lo trattenne solo la considerazione che non sarebbe cambiato niente, avrebbe solo rinunciato alla possibilità di comprendere la sua condizione.

Da qualche parte c'era una risposta, doveva essercene una. Il mondo là fuori era grande. Lui era solo lui. Forse non sarebbe riuscito a trovare la risposta là fuori. Ma quella su se stesso e dentro di sé, quella doveva cercarla. Doveva continuare.

Pian piano riprese il controllo delle proprie membra.

Andò dritto in camera da letto senza passare prima dal bagno e preparò una nuova cassetta. Puntò la sveglia. Erano le nove. Quella notte non avrebbe avuto bisogno del timer.

Schiacciò il tasto di registrazione. Andò in bagno, si lavò i denti e fece la doccia. Passò nudo davanti alla videocamera che ronzava sommessamente. Si avvolse nella coperta. Non si era asciugato bene. Il lenzuolo sotto di lui si inumidì.

Il ronzio della videocamera gli giungeva monotono alle orecchie. Era stanco. Ma i suoi pensieri correvano veloci.

12

Il suono della sveglia giungeva da lontano. Era un suono lacerante, che si scavava lento un varco nella sua coscienza. Tastò a destra, a sinistra. Annaspò nel vuoto. Aprì gli occhi.

Era sdraiato nell'angolo cottura del salotto, sul pavimento nudo.

Aveva freddo. Era senza coperte. Un'occhiata al display del microonde gli rivelò che erano le tre del mattino. Era l'ora alla quale aveva puntato la sveglia. Il cui *bip* penetrante risuonava continuo nell'appartamento.

Andò in camera. La coperta era sul letto. Tirata indietro, come se fosse appena andato in bagno. La videocamera era là. Per terra, biancheria sporca. Diede una manata alla sveglia. Finalmente zittì.

Si guardò nello specchio a muro, nudo. Per un momento gli sembrò di essere diventato più piccolo.

Si voltò e si appoggiò alla parete. Strizzò gli occhi, accostò la testa indietro. L'ultima cosa che ricordava erano immagini e pensieri avuti poco prima di addormentarsi. Come fosse arrivato in cucina, non riusciva a spiegarselo.

Lasciando la città in direzione ovest sul DS scoppiettante, ripensò a quella notte di diciotto anni prima in cui aveva intrapreso quello stesso viaggio. Era buio e freddo come allora. Ma quella volta gli erano venute incontro di continuo coppie di fari che poi sfrecciavano di lato con un rombo. Quel mattino, invece, guidava su strade deserte. All'epoca sulla schiena aveva solo uno zaino, niente fucile a pompa. E la testa era protetta da un casco.

Tirò su la cerniera del giubbotto di pelle. Si pentì di non aver indossato una sciarpa. Ricordava ancora bene come aveva sofferto tremendamente il freddo per tutto il tragitto di quel primo viaggio, e non voleva che questo gli somigliasse proprio fino all'ultimo dettaglio.

La luna era gigantesca.

Non aveva mai visto la luna così grande. Una boccia piena, immacolata, luminosa, quasi minacciosamente vicina a lui nel cielo. Come se fosse scivolata più vicina alla Terra.

Non guardò più verso l'alto.

Il motorino ronzava sulla strada a velocità costante. Il mezzo che aveva all'epoca quasi si fermava sulle salite. Questo affrontava qualsiasi dislivello senza perdere sensibilmente velocità. Aveva beccato un esemplare truccato a tal punto dal proprietario che a un controllo di polizia gliel'avrebbero immediatamente sequestrato.

Nelle curve si inclinava. La velocità con cui il DS si inerpicava sulla montagna era impressionante. Gli occhi gli lacrimavano tanto che dovette abbassare i vecchi occhiali da sci.

Nei tratti in discesa metteva in folle e spegneva il motore. Scivolava silenzioso attraverso la notte. Si levava dalla testa i due berretti che indossava l'uno sull'altro per proteggersi dal freddo. Non sentiva altro che il vento che gli fischiava nelle orecchie. Siccome il fanale funzionava solo quando il motore andava, la strada davanti a lui era immersa nell'oscurità. La fece finita con quelle imprudenze solo dopo avere quasi mancato una curva rimanendo in carreggiata soltanto per un pelo.

A Sankt Pölten aveva le dita così intirizzite che riuscì ad aprire il tappo del serbatoio solo dopo alcuni tentativi. Avrebbe tanto voluto fare una sosta al caldo, con una tazza di caffè. Bevve una bottiglia di acqua minerale nel punto vendita del distributore. Mise in tasca della gomma da masticare e una tavoletta di cioccolato. Alla rastrelliera dei giornali erano appesi i quotidiani del 3 luglio. Il frigorifero ronzava. Sul fondo del negozio, un neon evidentemente difettoso si accendeva a intermittenza. Faceva freddo anche lì.

Ho viaggiato su questa strada, si disse mentre tornava in sella al motorino. Quello che ha viaggiato qua ero io.

Pensò al ragazzo che era stato diciotto anni prima. Non si riconobbe. Le cellule di un corpo si rinnovavano completamente ogni sette anni, dicevano, il che significava che ogni sette anni una persona diventava fisicamente un essere umano nuovo. E se lo sviluppo mentale non creava una persona completamente nuova, la cambiava comunque in misura tale che dopo tanti anni anche sotto quell'aspetto si poteva tranquillamente parlare di un essere umano del tutto diverso.

Che cos'era dunque un Io? Perché questo Io che lui era stato era ancora lui.

Rieccolo lì. Su un motorino come quell'altro, sullo stesso asfalto. Con gli stessi alberi e case intorno, con gli stessi cartelli stradali e nomi di località. I suoi occhi avevano già visto una volta tutto questo. Erano i suoi occhi, anche se forse nel frattempo si erano rinnovati due volte. Il melo sul ciglio della strada era lì anche l'ultima volta. L'altra volta Jonas lo aveva visto, quel melo. Ecco che passava accanto a un altro, proprio in quel momento. Superato! Nell'oscurità non poteva vederlo, però l'albero era là, e l'immagine del melo l'aveva chiaramente davanti.

Alcune esperienze di tanto tempo fa gli sembravano così attuali che gli pareva non potessero risalire a dieci o quindici anni prima: le sentiva troppo vicine, troppo reali. Era come se il tempo tracciasse delle curve, si avvolgesse in spire, così che punti temporali distanti tra loro anni all'improvviso si trovavano solo a un passo l'uno dall'altro. Come se il tempo avesse una costante spaziale che si poteva vedere e toccare.

Albeggiava.

Rispetto a qualche minuto prima era cambiato qualcosa.

Qualcosa che aveva a che fare con lui. Si accorse che stava battendo i denti.

Poco prima di Melk, quando il paesaggio gli si aprì davanti, Jonas si avvicinò a una casa che destava in lui la sensazione di esserci già stato. Da lontano sembrava necessitasse di un restauro. Mancava l'intonaco. Anche quello gli tornava. C'era qualcosa, in quella casa.

Un grande edificio con davanti un ampio parcheggio in cui c'era una sola macchina. Una Mercedes degli anni '70 color guscio d'uovo.

Jonas mise il motorino sul cavalletto accanto alla macchina. Sul sedile foderato di pelliccia del passeggero davanti c'erano una scatola di caramelle al lampone e una lattina di birra. Dallo specchietto retrovisore pendeva un alberello deodorante. Il posacenere era aperto, ma conteneva solo monete.

Si mise alla ricerca dell'ingresso della casa. Muoversi gli faceva così male ai tendini che camminava come una papera. Si fermò, massaggiò le ginocchia. Così riattivò la circolazione anche nelle dita intorpidite. Sui campi dietro la casa aleggiava una foschia mattutina. Il vento faceva frusciare un telone che copriva una catasta di legna.

Sopra l'ingresso campeggiava un'insegna: OSTERIA LANDLER-PRÖLL. Il nome non gli era familiare.

Si tolse il fucile dalla schiena e posò a terra lo zaino. C'era qualcosa che non andava. Sapeva per certo di aver fatto sosta solo più avanti: a Steyr. Ed era altrettanto sicuro di non essere mai più ripassato di là. E allora come faceva a conoscere quella osteria? Era solo suggestione?

Inoltre, lo stupiva che l'ingresso si trovasse sul lato della casa che non dava sulla strada. E che sul ciglio della strada non ci fossero cartelli che indicassero il locale.

Il portone non era chiuso a chiave. In corridoio c'era un

gran disordine di pantofole e scarpe incrostate di fango. A sinistra vide, attraverso il vetro opalino di una porta, i contorni di un armadio. Alcuni scalini sulla destra sembravano condurre a stanze private.

« C'è qualcuno? »

La porta per la sala della mescita cigolava. Jonas batté forte i piedi, si schiarì la gola. Rimase immobile. Nessun rumore. Di quando in quando il vento premeva contro le finestre.

Girò l'interruttore. Le lampadine, che pendevano nude senza paralume dal soffitto, emanavano una luce cruda. Rigirò per spegnerle. Ormai il sole del mattino immergeva la stanza in una penombra irreale che era sufficiente per muoversi.

La sala per i clienti era in ordine. Su ogni tovaglia a quadretti c'era un posacenere di bronzo. I tavoli erano abbelliti da mazzetti di elicriso. Sulle panche erano posati cuscini ornamentali con motivi ricamati. Un orologio a muro indicava un'ora sbagliata. Il giornale più in alto sulla pila accanto alla macchina per il caffè era quello del 3 luglio.

Jonas conosceva quel posto. O, almeno, uno che gli assomigliava.

Abbandonò il piano di ripercorrere esattamente il viaggio di allora senza fare sosta prima di Steyr. Avviò la macchina per l'espresso. In frigorifero trovò uova e pancetta. Scaldò una padella.

Mangiando bevve succo di frutta e caffè. Accese la vecchia radio sopra il bancone. Fruscio. La spense. Cancellò con uno strofinaccio le scritte sulla lavagna del menu. Prese un gessetto e scrisse: « Jonas, 25 luglio ».

Risalì le scale di legno. Come si aspettava, portavano in un appartamento privato. Vide giacche su un attaccapanni, altre scarpe, bottiglie di vino.

« Oooh! » gridò con voce roca. « Oooh! »

Una cucina angusta. Un orologio che ticchettava sul muro. C'era odore di chiuso. Il pavimento era appiccicoso sotto le scarpe, il che provocava a ogni passo un rumore di schiocco.

Andò di là. Una camera da letto. Con dentro un solo letto. Disfatto. Per terra c'era un paio di mutande.

Un'altra stanza. Sembrava utilizzata come ripostiglio. Nella folle confusione vide scale a pioli, casse di birra, barattoli di pittura per interni, pennelli, sacchi di cemento, un aspirapolvere, giornali vecchi, carta igienica, guanti da lavoro sporchi di olio, un materasso pieno di buchi. Solo dopo un po' si accorse che non c'era impiantito. Era in piedi sul fondo di cemento.

Sul davanzale della finestra c'era una tazza da caffè mezzo piena. Annusò. Acqua, forse anche acquavite da cui era evaporato l'alcol.

Il salotto era altrettanto in disordine. L'aria era umida e la temperatura di molti gradi più bassa che nelle altre stanze. Jonas si guardò intorno in cerca di una spiegazione. Alle pareti, quadri di nature morte e paesaggi. Sopra il televisore erano appese delle corna di cervo. Tutti i mobili erano rossi, se ne rese conto solo in quel momento. Un divano rosso, un armadio con pannelli di velluto rosso, un tappeto rosso carminio. Persino il vecchio tavolo di legno non solo era coperto da una tovaglia rossa, ma aveva rosse anche le gambe.

Jonas salì le scale per il solaio. Scricchiolavano. Arrivò a una porta di metallo leggero, ammaccato. Non era chiusa a chiave.

Fu avvolto da un'aria fresca e chiara. All'inizio credette che le finestre fossero aperte, ma poi notò i vetri rotti.

Al centro della stanza c'era una sedia di legno con lo schienale fracassato. Sopra penzolava da una trave una corda con un cappio.

Dopo che si fu procurato una piccola tenda e un materassino nel paese di Attersee, Jonas arrivò al Mondsee. Per due volte sbagliò strada e si ritrovò fra i campi, ma alla fine individuò il posto in cui aveva piantato la tenda anni prima. Era a una trentina di metri dalla sponda del lago; all'epoca era sottobosco, ora prato che faceva parte di uno stabilimento balneare pubblico. Jonas scaricò a terra i bagagli ed esplorò i paraggi con il motorino.

I venti della modernità erano arrivati fin lì. Lo stabilimento consisteva in un prato grande come un campo da calcio, disseminato di alberi. Oltre a cabine e gabinetti, l'impianto offriva docce all'aperto, un parco giochi per i bambini, un noleggio barche e un chiosco. Dall'altra parte del parcheggio, i tavolini all'aperto di una trattoria avevano un'aria allettante.

Montò la tenda. Le istruzioni erano incomprensibili. Barcollò per il prato fra teli e stanghe. Alla fine l'impresa andò in porto e Jonas gettò il materassino all'interno della tenda. Posò il resto dei bagagli accanto all'ingresso. Si lasciò cadere nell'erba.

Non aveva con sé un orologio, ma il sole era alto: doveva essere mezzogiorno passato. Si infilò la maglietta sulla testa. Tolse scarpe e calze. Guardò fuori sul lago.

Era bello, lì. Gli alberi con le fronde che stormivano dolci nel vento. Gli arbusti sulla riva. La superficie del lago che scintillava sotto i raggi del sole. I monti in lontananza, svettanti nel cielo blu. Tuttavia fu lui stesso a doversi convincere che stava godendo una vista incantevole. Probabilmente era in debito di sonno.

Si ricordò di un pensiero che un tempo lo aveva spesso tenuto occupato, con cui si era trastullato e a cui si era dedicato esplorandone le più diverse configurazioni, soprattutto in luoghi idilliaci come quello. Aveva pensato al fatto che un personaggio storico qualsiasi, mettiamo Goethe, non poteva assistere al giorno che Jonas stava vivendo. Perché non c'era più.

Giorni come quello c'erano stati anche prima. Goethe

passeggiava per i prati, guardava il sole e ammirava le montagne e faceva il bagno nel lago e non c'era nessun Jonas, e per Goethe tutto quello era presente. Forse pensava a chi sarebbe venuto dopo di lui. Magari si immaginava che cosa sarebbe cambiato. Goethe aveva vissuto un giorno come quello, e non c'era stato nessun Jonas. Quel giorno era esistito lo stesso, con o senza Jonas. E adesso c'era quel giorno con Jonas, ma senza Goethe. Goethe non c'era. O meglio: non era lì. Così come Jonas non era stato là nel tempo di Goethe. Ora Jonas viveva quello che aveva vissuto Goethe, vedeva il paesaggio e il sole, e per il lago e l'aria non contava nulla che lì ci fosse un Goethe o no. Il panorama era lo stesso. Il giorno era lo stesso. E sarebbe stato lo stesso di lì a cent'anni. Ma, allora, senza Jonas.

Ecco che cosa lo aveva tenuto occupato. Che ci sarebbero stati giorni senza di lui, che ci sarebbero stati giorni percepiti senza di lui. Paesaggio e sole e onde nell'acqua: senza di lui. Li avrebbe visti qualcun altro, e avrebbe pensato che lì c'erano già stati dei predecessori. Questo qualcuno forse avrebbe addirittura pensato a Jonas. Alla sua percezione, così come Jonas aveva pensato a Goethe. E poi Jonas immaginava il giorno di lì a cent'anni che trascorreva senza che lui lo percepisse.

E dunque?

Qualcuno avrebbe percepito il giorno di lì a cent'anni? Ci sarebbe stato lì chi avrebbe camminato per il paesaggio e pensato a Goethe e a Jonas? Oppure quel giorno sarebbe stato un giorno inosservato, abbandonato alla sua pura esistenza? E allora... sarebbe stato ancora un giorno? C'era qualcosa di più insensato di un giorno così? Che cos'era la *Gioconda* in un giorno così?

Milioni di anni prima tutto quello era già esistito. Forse aveva un aspetto diverso. La montagna doveva essere una collina o perfino un buco, e il lago la cima di una montagna. Non importava. C'era stato. E nessuno lo aveva visto.

Tirò fuori dallo zaino un tubetto di latte solare. Si spalmò di crema e si sdraiò su un asciugamano che aveva allargato per terra davanti alla tenda. Chiuse gli occhi. Le palpebre gli ballavano nervosamente.

Nel dormiveglia si mescolarono il fruscio delle foglie e il frullio del vento contro i teli della tenda. Lo sciacquio del lago giungeva attutito alle sue orecchie. Ogni tanto Jonas si drizzava di colpo, credendo di aver colto il richiamo di un uccello. A quattro zampe, si guardava intorno con gli occhi strizzati, che non riuscivano ad abituarsi alla luce. Poi tornava a sdraiarsi sulla pancia.

Più tardi gli sembrò di sentire voci umane. Escursionisti che esprimevano ammirazione per il panorama e gridavano qualcosa ai figli. Sapeva che erano frutto dell'immaginazione. Vide davanti a sé i loro zaini e le loro camicie a quadretti. I calzoncini di pelle dei bambini. Le pedule con i lacci lunghi. I calzettoni grigi.

Strisciò dentro la tenda per ripararsi dal sole.

Solo nel tardo pomeriggio si sentì riposato. Andò a mangiare qualcosa nella trattoria. Mentre tornava, passò accanto a una Opel con targa ungherese. Sul sedile posteriore c'erano asciugamani da bagno e materassini gonfiabili. Alla tenda si mise altra crema solare, e poi fece una passeggiata fino al noleggio delle barche.

Immobili sull'acqua erano ormeggiati diversi modelli. Puntò un piede su un pedalò, che andò a sbattere sordo contro l'imbarcazione vicina. Ci fu uno sciabordio intorno alle chiglie. Il fondo era coperto da una spanna di acqua piovana su cui galleggiavano foglie e pacchetti di sigarette vuoti.

All'inizio guardò solo i pedalò. Quando salì sul primo perse l'equilibrio e fu sul punto di cadere in acqua. Poggiando un piede sul sedile del guidatore e l'altro su quello del passeggero, cercò qualche alternativa. Fu così che scoprì la barca col motore elettrico. La chiave era appesa a un gancio nella baracca del noleggio.

I comandi erano facili. Mise un interruttore su « I », girò il timone nella direzione desiderata e la barca uscì ronzando sul lago.

L'edificio del noleggio e il chiosco accanto diventarono sempre più piccoli. La tenda sul prato non era che un puntino chiaro. Le montagne dall'altra parte del lago si avvicinarono. La barca tracciava silenziosa una scia di schiuma nell'acqua.

Quando fu all'incirca in mezzo al lago, Jonas fermò il motore, augurandosi che sarebbe ripartito. Probabilmente la riva era troppo lontana da raggiungere a nuoto. Avrebbe preferito non doverlo verificare.

Stimò quanto poteva essere profondo il lago in quel punto. Si immaginò come sarebbe stato se l'acqua fosse scomparsa per incanto con uno schiocco di dita. Nel momento in cui la barca cominciava a precipitare, di lassù si sarebbe senz'altro potuto osservare un panorama nuovo, magnifico e interessante. Che nessuno aveva mai visto prima.

In un portaoggetti vicino al posto di guida trovò, fra bende e cerotti, un paio di polverosi occhiali da sole femminili. Li pulì e li inforcò. Il sole brillava sull'acqua increspata. La barca danzò debolmente e infine si fermò, immobile. Laggiù, lontano, sulla riva opposta allo stabilimento balneare, c'erano alcune macchine parcheggiate sotto un dirupo roccioso. Una nuvola scivolò davanti al sole.

Fu svegliato dal freddo.

Si mise in piedi. Si fregò spalle e braccia. Ansimava e batteva i denti.

Stava albeggiando. Jonas si sedette nel prato, con indosso solo un paio di mutande. A dieci metri dalla tenda in cui la sera si era coricato a dormire. L'erba era umida di rugiada, tra gli alberi aleggiava la nebbia. Il cielo era grigio come di più non si poteva.

Qualcuno aveva aperto la tenda.

Le girò intorno a distanza di sicurezza. Le pareti sbatacchiavano nel vento. Il lato sul retro era rigonfio. Sembrava che non ci fosse dentro nessuno. Tuttavia esitò.

Aveva un freddo tale che gemeva. Si era spogliato perché nel sacco a pelo faceva caldo. Il sacco a pelo era rimasto nella tenda. O almeno così credeva. I vestiti erano lì accanto a lui, come il fucile. La sera l'aveva portato con sé dentro la tenda, ne era sicuro.

Indossò maglietta e calzoni, seguiti da calze e stivali. Si infilò nel maglione. Cercò di uscire in fretta con la testa dalla scollatura.

Andò al motorino. Vide subito che il rubinetto della benzina era aperto. Voleva dire che nel migliore dei casi il mezzo sarebbe partito solo dopo dieci o quindici colpi di pedale. Anche da ragazzo gli capitava di scordare di chiudere la valvola.

Perlustrò i dintorni in cerca di tracce. Non trovò nulla. Niente impronte di scarpe o pneumatici sul prato, niente erba schiacciata; tutt'intorno non era cambiato nulla. Alzò gli occhi al cielo. Il mutamento di tempo era arrivato senza preavviso. L'aria era umida come in tardo autunno. La nebbia che sostava sul prato sembrava infittirsi sempre più.

« Ehilà? »

Gridò in direzione del parcheggio, poi attraverso il prato. Corse alla riva e gridò a gola spiegata sul lago.

« Oooh! »

Nessuna eco. La nebbia inghiottiva ogni suono.

Jonas non riusciva a scorgere l'altra sponda. Scalciò una pietra in acqua, che andò a picco con un tonfo sordo. Vagò indeciso sotto gli alberi lungo la riva. Guardò verso la tenda. In direzione del noleggio barche, sul cui tetto sventolava uno stendardo. Fuori sull'acqua. Cominciò a piovigginare. All'inizio la prese per condensa della nebbia, ma poi si accorse che le gocce cadevano più fitte. Guardò verso il noleggio barche. Ormai si vedeva a stento il pontile. La nebbia avvolgeva sempre più ogni cosa.

Senza staccare un secondo lo sguardo dalla tenda, si mise a riempire lo zaino. Il fondo era bagnato. Jonas imprecò. Ci infilò le mani. Per sua sfortuna il secondo pullover era proprio sotto a tutto. Era trapelata dell'umidità. Si chiese da dove arrivasse. Non poteva venire solo dalla rugiada e dalla pioggia. E lui non aveva rovesciato niente.

Annusò. Non sentì odori.

Quando sedette sul motorino, la nebbia aveva inghiottito gli alberi sulla riva. Non si vedeva più neanche la trattoria. Una macchia chiara nel parcheggio doveva essere la Opel da cui aveva preso il materassino gonfiabile.

Pestò tante di quelle volte sul pedale di accensione che dalla fronte prese a colargli un sudore freddo. Il motore era ingolfato. Jonas saltò come un pazzo sul pedale, scivolò, si ribaltò a terra insieme al motorino. Lo raddrizzò, riprovò ancora. La pioggia si fece più forte. Le ruote scivolavano sull'erba infradiciata. Jonas era avvolto nella nebbia. Qualche metro avanti a lui la pioggia scrosciava sulla tenda. Quel che c'era dietro non lo distingueva più. Si passò una mano sul volto.

Mentre si accaniva sul pedale e il cuore gli batteva sempre più all'impazzata, cercò di pensare a una via di fuga. Gli venne in mente soltanto la Opel. Ma non aveva visto chiavi. Prese in considerazione di spingere il motorino fino a una discesa, dove poteva fargli prendere velocità e innestare la marcia con qualche speranza che il motore partisse. Ma non gli venne in mente nessun punto adatto. Da dove si trovava, il prato in effetti digradava verso la riva, ma la pendenza era troppo lieve.

Alla fine il motore partì fragorosamente. Jonas fu pervaso da una sensazione di gioia e gratitudine. Diede subito gas, tenendo in folle. Era un rumore potente, che dava sicurezza. Ma non si fidava a lasciare la manopola temendo che il motore si rispegnesse. Per infilarsi lo zaino dovette fare un numero acrobatico. Il fucile lo appoggiò un momento sulle spalle. Quando la canna posò direttamente sulla carne, Jonas trasalì dal dolore.

Strizzò gli occhi nella pioggia per controllare da tutte le parti se non avesse dimenticato qualcosa. Rimaneva solo la tenda con dentro il sacco a pelo. Peraltro la visuale arrivava soltanto fino alle stanghe della tenda.

Girò, guidò una ventina di metri in direzione delle cabine, si voltò. Non era più possibile distinguere la tenda. Per tornare indietro dovette seguire l'impronta delle ruote.

Diede prudentemente gas. La ruota posteriore sbandò, tornò in asse. Jonas aumentò la velocità. Vide la tenda e ci puntò contro.

Il rumore dell'impatto fu sorprendentemente lieve. Picchetti strappati dal terreno gli volarono intorno alla testa. Un angolo del tettuccio si impigliò nel poggiapiedi e fu trascinato per qualche metro. Sull'erba viscida fece fatica a non cadere. Quando riprese il controllo del motorino, frenò.

Guardò indietro. La nebbia era così densa che della tenda non si scorgeva nulla. Anche le impronte delle ruote si dissolvevano così in fretta nella pioggia che Jonas le vide sotto i suoi occhi mentre si riducevano sempre più fino a diventare soltanto un'idea. Si passò la manica del giubbotto sul viso. Sentì fuggevolmente l'odore del cuoio bagnato.

Tornò alla tenda. Non c'era più. Girò intorno senza trovare nulla. Adesso non sapeva più in che punto del prato fosse finito. Da quel che ricordava, il noleggio barche doveva essere dietro di lui, il parcheggio a destra, il suo accampamento scomparso non troppo in là sulla sinistra. Puntò il motorino verso il parcheggio. Con sua sorpresa, dalla nebbia sbucarono le cabine. Almeno adesso si orientava. Trovò il parcheggio senza difficoltà. Non vide la Opel. Seguì le frecce dipinte sull'asfalto che indicavano il percorso per arrivare sulla statale.

Incassò la testa e fece la gobba come un gatto. Si lasciò alle spalle lo stabilimento con una velocità costante che lo rassicurò. Aveva la sensazione che da un momento all'altro una mano potesse afferrarlo da dietro. Le cose migliorarono con il diradare della nebbia. Presto tornò a vedere gli alberi sul ciglio della strada, e infine anche le pensioni ornate di fiori davanti a cui passava.

Considerò di procurarsi dei vestiti asciutti in una delle case, magari pure una protezione contro la pioggia. Aveva bisogno anche di una doccia calda. E alla svelta, se non voleva raffreddarsi. Ma qualcosa gli faceva tenere stretta la manopola dell'acceleratore.

Nel paese di Attersee entrò in un bar poco appariscente che si trovava in una stradina laterale. Non lasciò per strada il motorino, ma se lo portò dentro, dove lo appoggiò a una panca rivestita di tessuto felpato. Se davvero aveva qualcuno alle costole, in quel modo gli avrebbe fatto perdere le tracce.

Si fece un tè. Andò alla vetrina con la tazza fumante in mano. Rimase nascosto dietro una tenda, così che da fuori non si potesse scorgerlo. Mentre soffiava nella tazza, fissò una pozzanghera che si allargava per tutta l'ampiezza della strada e che la pioggia incessante aveva trasformato in un corso d'acqua schiumante. Non sentiva quasi più il naso e le orecchie. Era zuppo fino alle mutande. Sul tappeto sotto di lui si andava formando una macchia d'acqua. Tremava, ma non si mosse da dove stava.

Preparò un altro tè. Cercò qualcosa di commestibile nella stanza sul retro, angusta in modo opprimente, che doveva servire da cucina. Trovò alcune scatolette. Ne scaldò due in una pentola non troppo pulita che sistemò su un fornelletto elettrico portatile. Mangiò con ingordigia. Subito dopo, riprese il suo posto alla finestra.

Quando si decise, l'orologio accanto alla vetrinetta dei bicchieri segnava mezzogiorno. Aprì la porta per le toilette e si ritrovò ai piedi di una scala. L'appartamento al piano di sopra era aperto. Si mise a cercare dei vestiti per cambiarsi. Era evidente che lì abitava una donna. Ridiscese le scale a mani vuote.

Dopo avere lasciato sulla lavagna del menu una scritta con la data, aprì la porta del bar, accese il motorino e uscì in strada. La pioggia gli scrosciava in faccia. Guardò a sinistra, a destra. Nessun movimento. Solo pioggia che picchiettava le pozzanghere.

In un negozio sportivo si procurò un casco, più per proteggersi dalle intemperie che dai pericoli della strada. Infilò anche una tuta impermeabile di plastica trasparente. Questo, tuttavia, non riparava il danno già compiuto, e l'intenzione era di infilarsi in casa di qualcuno per liberarsi dei vestiti bagnati. La voglia di svignarsela da quel posto, però, era ancora più grande.

Gli era capitato anche prima di vedere giornate in cui non c'era in giro nessuno. La pioggia era incessante, la nebbia aleggiava sui campi, sulle strade, fra le case, faceva troppo freddo per la stagione. Nessuno usciva, se proprio non era costretto. A Jonas quelle giornate piacevano, se poteva stare a casa al caldo davanti alla televisione, ma non la sopportava se qualche seccatura lo costringeva a uscire per strada. In quel posto, però, con le montagne, le severe aghifoglie, gli alberghi e i parchi giochi deserti, aveva la sensazione che il paesaggio volesse ghermirlo. E che, se non si fosse sbrigato, non ce l'avrebbe più fatta a uscirne fuori.

Guidò alla massima velocità sulla statale. Aveva un freddo così tremendo che per distrarsi recitò tutte le filastrocche imparate da bambino che ancora ricordava. Presto declamare non gli bastò più e si mise a cantare e urlare. Spesso i brividi di gelo gli soffocavano la voce in gola, e scaturiva solo un gracchio. Saltellò ritmicamente su e giù sul sellino. Si sentiva la febbre.

In quel modo arrivò fino a Attnang-Puchheim. Si gettò sulla prima casa che trovò. Tutti gli appartamenti erano chiusi. Provò con una casetta unifamiliare. Anche lì non ebbe fortuna. Fradicio, si buttò contro la porta sprangata. Era di legno massiccio, con la serratura nuova.

Sebbene le finestre fossero molto in alto, sollevò la canna del fucile per sparare ai vetri. In quel momento scorse una casetta senza finestre dall'altra parte della strada. Si avvicinò senza badare alle pozzanghere. La porta d'ingresso era dall'altra parte.

Abbassò la maniglia. Era aperta. Mormorò un grazie.

Senza neanche guardarsi intorno corse in bagno. Fece scorrere acqua calda nella vasca. Poi si strappò i vestiti di dosso. Erano talmente zuppi che caddero sulle piastrelle con uno schiocco sonoro. Si avvolse in un telo da bagno. Sperò che lì ci fossero abiti maschili.

La casa era tetra. Le finestre erano solo sul lato nord, affacciate su un giardino infestato di erbacce. Schiacciò tutti gli interruttori. Molti non funzionavano.

Mentre in bagno si sentiva scorrere l'acqua, Jonas mise sottosopra la cucina in cerca di bustine di tè. Rovistò in tutti gli armadi, vuotò i cassetti per terra, ma trovò solo roba inutilizzabile, come cannella, vaniglia in polvere, cacao, granella di mandorle. Lo scaffale più grande era pieno fino all'inverosimile di stampi per dolci. Sembrava quasi che gli abitanti di quella casa si fossero nutriti esclusivamente di torte.

Su una mensola che in un primo momento era sfuggita alla sua attenzione trovò un pacchetto di dadi da brodo. Avrebbe preferito un tè. Mise dell'acqua sul fuoco e quando cominciò a bollire buttò nella pentola cinque dadi.

Nella vasca da bagno lo aspettava una montagna di schiuma. Chiuse il rubinetto. Posò la pentola con il brodo sul bordo della vasca, sopra una spugnetta inumidita. Gettò via il telo da bagno ed entrò nell'acqua. Era così calda che dovette stringere i denti.

Guardò il soffitto.

Tutt'intorno crepitava la schiuma.

Piegò le ginocchia, scivolò con la testa sott'acqua. Si frizionò alcune volte i capelli, riemerse. Aprì subito gli occhi, scrutò da ogni parte. Sturò le orecchie e rimase in ascolto. Nessun cambiamento. Appoggiò la schiena.

Da bambino adorava fare il bagno. Nella Hollandstrasse non avevano la vasca, e così poteva godere di quel piacere solo da zia Lena e zio Reinhard. Mentre da fuori trapelavano i rumori della zia che sparecchiava, lui sedeva in una vasca da bagno smagliante e annusava i vari saponi e i sali aromatici. Tutto gli era familiare, da una volta all'altra riconosceva persino le etichette umide dei flaconi di shampoo, che considerava come amiche. Ma la cosa che più lo riempiva di gioia era la schiuma. I milioni di bollicine che sembravano luccicare in milioni di colori. Era la cosa più bella che avesse mai visto in vita sua. Ricordava ancora bene che si occupava appena delle paperelle e delle barchette di plastica, preferendo fissare trasognato la schiuma, colmo di un desiderio misterioso: quello, pensava, doveva essere l'aspetto di Gesù bambino.

Lì aveva vissuto un uomo basso e grasso.

Nello specchio dell'armadio da cui aveva preso camicia e calzoni, Jonas si osservò nei vestiti della domenica del padrone di casa.

I calzoni gli ballavano intorno alla vita, in compenso finivano una spanna sopra le caviglie. Non trovò una cintura da nessuna parte. Sostenne i calzoni sui fianchi con del nastro adesivo nero. Pizzicavano. La camicia non era da meno. Inoltre puzzavano entrambi di rami secchi. Nell'anticamera fiocamente illuminata passò in rassegna la galleria di quadri a cui prima non aveva dedicato nemmeno uno sguardo. Non c'era un solo dipinto più grande di un quaderno scolastico. I più piccoli avevano le dimensioni di una cartolina. Sotto ogni cornice di legno, esageratamente massiccia, c'era qualcosa scarabocchiato a penna sulla tappezzeria: dovevano essere i titoli. Come i soggetti, non erano immediatamente comprensibili. Un grumo scuro si intitolava *Fegato*. Un tubo doppio di materiale ignoto *Polmoni*. Due bastoni incrociati *Autunno*. Sotto il volto di un uomo che a Jonas sembrava familiare, era scritto: *Fondocarne*.

Tra le opere d'arte era appeso un listello per le chiavi. Una sembrava la chiave di una macchina. Per un attimo Jonas pensò che se voleva agire nello spirito dell'impresa doveva tornare con il DS. Poi si diede un colpetto sulla fronte. Tutto quel viaggio era stato un'idea infernale, era venuto il momento di ammetterlo.

Sotto un ombrello che emanava odore di bosco si diresse verso le macchine parcheggiate in strada. Dopo aver provato le chiavi tre volte senza successo, si chiese se non fosse possibile velocizzare la ricerca. Che auto poteva guidare un uomo che viveva in una casa come quella? Era qualcuno che sedeva al volante di una Volkswagen o di una Fiat? No di certo. Chi viveva come quel grasso nanetto guidava macinini compatti o macchinoni comodi.

Guardò da tutte le parti. Notò una Mercedes, ma era un modello troppo nuovo. Un 220 diesel degli anni '70 sarebbe rientrato meglio nel quadretto.

Jonas vide un fuoristrada scuro, poco appariscente. Non troppo grande, con trazione integrale.

Attraversò la strada. La chiave entrava. Il motore si accese subito. Girò il riscaldamento al massimo. Regolò i bocchettoni in modo che gli soffiassero l'aria sui piedi. Avrebbe dovuto guidare a piedi scalzi. Le pantofole da casa che aveva infilato erano di quattro numeri più piccole, e le sue scarpe erano fradice.

Senza spegnere il motore tornò indietro a raccogliere le sue cose. Siccome gli interessava sapere di chi era stato ospite, cercò la targhetta del nome sulla porta. Non trovandola, rovistò tra le carte vecchie in cerca di ricevute, fatture, lettere. Non gli venne sottomano nulla. In tutta la casa non c'era un solo indizio circa l'identità del padrone.

13

Il primo sguardo fu per la videocamera. Era lì ferma al suo posto.

Strizzò gli occhi. Se li stropicciò. Cercò di riordinare i pensieri. Dopo il lungo viaggio si era buttato sul letto senza nemmeno infilare una cassetta. Non gli dispiacque.

Gli bruciava la gola. Gli faceva male a deglutire.

Chiuse gli occhi e si girò di nuovo dall'altra parte.

Scese al supermercato. Mise in un sacchetto del succo di frutta e del latte a lunga conservazione, e anche una torta marmorizzata sigillata nella plastica, che, stando all'etichetta, doveva essere commestibile fino alla fine di ottobre. Nel leggere la data gli venne un crampo allo stomaco. Fine ottobre. A fine ottobre lui se ne sarebbe ancora andato in giro per quella città abbandonata? Che cosa sarebbe successo di qui ad allora? E dopo?

Che cosa sarebbe successo a dicembre?

A gennaio?

Prese la spider. In centro scosse la porta di vari caffè. Erano tutti chiusi. Ne trovò uno aperto solo nella Himmelpfortgasse.

Mentre la macchina per l'espresso sibilava alle sue spalle, tagliò la torta a fette e si versò del succo d'arancia.

Fine ottobre.

Gennaio. Febbraio.

Marzo. Aprile. Maggio. Settembre.

Fissò la torta, che non aveva ancora assaggiato, e capì che non sarebbe riuscito a mandarne giù nemmeno un boccone.

Si fece un'altra tazzina di caffè. Prese al volo un giornale appeso all'asta e scorse per la centesima volta le notizie del 3 luglio. Nell'espresso bagnò solo le labbra. A un tratto gli sembrò di sentire un rumore dal piano di sotto, dove c'erano i gabinetti. Fece qualche passo giù per le scale, ascoltò. Non sentì più niente.

Nella farmacia vicino al caffè cercò delle pasticche di vitamine e dell'aspirina. Da una bottiglietta di echinacea versò il doppio delle gocce prescritte. Succhiando una pastiglia per il mal di gola bighellonò fino alla macchina. Guidò piano verso Stephansplatz. Arrivato là, si sedette sul tettuccio della spider.

Nuvole solitarie solcavano il cielo, tirava vento. Che si stesse già annunciando l'autunno? No, era impossibile, non in luglio. Una bassa pressione transitoria. L'autunno era in ottobre. Fine ottobre.

E poi veniva novembre. Dicembre. Gennaio. Trenta giorni. Trentuno. E ancora trentuno. Novantadue giorni dall'inizio di novembre alla fine di gennaio, che doveva vivere per ventiquattr'ore al giorno. E ore e giorni anche prima, e dopo. Che doveva vivere da solo.

Sfregò gli avambracci nudi. Osservò la Haas-Haus. Non c'era mai entrato. Aveva in programma di andare al Do & Co insieme a Marie, ma non era mai capitata l'occasione.

Abbracciò con lo sguardo la piazza vuota. Osservò le statue che si sporgevano ovunque dalle facciate. Figure di fantasia, musici. Nani. Maschere. E, sulla cattedrale, santi. Tutti che lo ignoravano. Tutti muti.

Ebbe l'impressione che stessero crescendo di numero. Che il giorno in cui aveva girato lì il video le statue fossero state di meno. Sembrava che in tutta la città sempre più sculture strisciassero fuori dai muri.

Nei negozi di elettronica del centro, che non erano poi tanti come aveva pensato, racimolò otto videocamere del suo modello preferito. Riuscì a caricare in macchina anche cinque cavalletti. Andò in Mariahilfer Strasse passando per il Burgring. Fece sosta a ogni negozio di elettronica. Poi cercò sul Neubaugürtel.

Si sentiva fiacco. Più di una volta dubitò del senso dell'impresa o, almeno, meditò di rimandare a un giorno più adatto la campagna di saccheggi. Gli colava il naso, gli bruciava la gola, si sentiva la testa pesante. Ma non era così malato da potersi mettere a letto. Inoltre, aveva la sensazione che fosse meglio non perdere tempo. Anche se sembrava un controsenso. Aveva tutto il tempo del mondo. Non c'era niente che dovesse veramente fare. E tuttavia provava un'irrequietezza che, da quando aveva lasciato il Mondsee, era ancora più forte.

A mezzogiorno la macchina era così carica che nel retrovisore vedeva solo scatole. C'erano venti videocamere e ventisei cavalletti. Con quelle che aveva a casa facevano trenta apparecchi di registrazione pronti all'uso. Erano abbastanza.

Controllò sommariamente se nell'appartamento era tutto in ordine. Decise di non mettere i guanti da lavoro. Scese in cantina con torcia elettrica e fucile. Anche lì non notò alcun cambiamento.

Infilò le mani a casaccio in uno scatolone. Si aspettava delle foto, invece le dita capitarono su qualcosa di soffice. Spaventato, scattò indietro. Illuminò con la torcia l'interno dello scatolone. Era un animale di peluche. Non l'aveva mai visto prima. Un orsetto verde scuro con l'occhio sinistro mancante e l'orecchio destro rosicchiato. Era sporco. Sul retro spuntava un cordino. Jonas lo tirò. Risuonò una melodia.

Rabbrividì. Le note penetravano in lui in modo crescente. Ascoltò immobile. *Ding-dang-dong*, un'allegra campanella suonava un dolce motivetto. Dopo un po' terminò, e automaticamente le dita di Jonas tirarono di nuovo il cordino.

Dal nulla gli giunse la consapevolezza che era stato il suo carillon della buonanotte. Quella melodia lo aveva accompagnato nel sonno quand'era neonato. Ora ricordò anche di che canzone si trattava. Da poppante l'aveva sentita tutte le sere. Senza che lo sapesse, quella filastrocca gli era rimasta familiare come poche cose.

*La-le-lu, nur der Mann im Mond schaut zu.**

Improvvisamente, la febbre.

Arrivò nel giro di un secondo. Jonas sentì le vertigini. Portò una mano alla fronte e allo stesso tempo avvertì ondate di calore che si muovevano attraverso di lui. Da un momento all'altro le gambe lo avrebbero piantato in asso. Era una cosa seria. Non ce l'avrebbe più fatta ad arrivare fino a casa. Era già un successo se riusciva a lasciare la cantina.

Con un movimento pressoché infinito infilò il carillon sotto la maglietta. Marginalmente, si rese conto del pericolo che correva compiendo quel movimento. Si concentrò per non mollare, per proseguire il gesto, per non badare al fragore che si andava gonfiando in lontananza.

Ricacciò la maglietta nei calzoni e si voltò. Sostenendosi al fucile, con la torcia che gli penzolava dal polso, si trascinò passo passo verso l'uscita. Le ondate di calore crescevano d'intensità. Respirava dalla bocca. Dopo due metri si fermò a riprendere fiato.

In qualche modo arrivò alla rampa delle scale. Sul secondo gradino le gambe cedettero. Jonas puntò le mani e andò giù. Appoggiò la testa al muro senza preoccuparsi dello sporco e delle ragnatele. Era piacevolmente fresco.

La luce sulle scale si spense. Sulla rampa trapelava solo qualche fievole raggio di sole da una finestrella al pianerottolo del mezzanino. Ci volle un po' prima che gli riuscisse di

---

* «Solo l'omino della luna ti guarda.» (*N.d.T.*)

accendere la torcia appesa al polso. Una chiazza di luce cruda vibrò sul pavimento di pietra.

Quando si sentì un filo meglio si costrinse ad alzarsi. Gli girava tutto. Il cuore faceva un gran baccano.

Scalino dopo scalino, si tirò verso l'alto aggrappandosi al corrimano. Cercò di placare la voce in preda al panico dentro di lui. Non sarebbe morto. Non aveva senso. Cadere dalle scale con un infarto, non sarebbe successo.

Mentre zoppicava verso l'appartamento si sforzò di ignorare la breve, ripetuta interruzione del battito cardiaco. Non pensò più a niente. Metteva un piede dopo l'altro, inspirava, espirava. Si fermava. Proseguiva.

Acqua, pensò dopo essersi chiuso la porta alle spalle col catenaccio. Doveva bere.

Trovò un'aspirina nella tasca dei calzoni. L'involucro era sporco e spiegazzato. Non veniva dalla farmacia nella Himmelpfortgasse, doveva essere un bel pezzo che se la portava in giro. Le altre medicine erano in macchina. Come dire che erano su un altro continente.

Dissolse l'aspirina nell'acqua. Bevve.

Trovò due bottiglie di limonata vuote. Le sciacquò, le riempì d'acqua e si incamminò sul lungo tragitto per la camera da letto. Il fucile lo lasciò appoggiato in anticamera. Era troppo pesante.

Non trovò ad attenderlo il ticchettio dell'orologio a muro. L'aveva già imballato. La tappezzeria riluceva più chiara nel punto in cui prima c'erano gli scaffali. Il letto era senza lenzuola. Le coperte imballavano le stoviglie negli scatoloni sul camion. Avrebbe fatto a meno di coprirsi, tanto era estate.

Si coricò sul materasso. Quasi nello stesso momento arrivarono i brividi. Gli fu chiaro che aveva commesso un errore. Invece di torturarsi nell'appartamento, avrebbe dovuto raggiungere la macchina e accendere il riscaldamento.

Rimase lì a tremare nel dormiveglia, non avrebbe saputo dire se per dieci minuti o tre ore. Quando ne uscì, batteva i denti come un pazzo. Il braccio sussultava incontrollabile, sbattendo contro il muro. Jonas strappò il secondo materasso dal telaio del letto e se lo mise addosso.

Di nuovo giù. La mente doveva disegnare schemi, tirare righe. Davanti a Jonas affioravano figure geometriche. Quadrilateri. Esagoni. Dodecagoni. Era torturato dal compito di tracciarvi dentro linee rette, e non con una matita ma con uno sguardo che lasciava un segno dietro di sé. In seguito doveva trovare il centro di un campo di forza che da una parte teneva insieme la figura geometrica, dall'altra non si poteva toccare perché era sotto l'influsso del magnetismo. Il magnetismo sembrava essere la forza più potente sulla Terra. Gli si presentavano sempre nuove figure, arrivavano a ripetizione, senza pietà, e ogni volta lui doveva tracciare linee, trovare punti. Come se non bastasse, entrambe le occupazioni andavano fondendosi sempre più in una, senza che lui capisse come stesse accadendo.

La lampada sul comodino era accesa. Fuori era buio. Bevve un sorso d'acqua. Faceva male, dovette costringersi. Vuotò quasi del tutto la bottiglia. Tornò a sprofondare indietro. I brividi erano passati. Si mise una mano sulla fronte. Aveva la febbre molto alta. Si rigirò sulla pancia. Il materasso era impregnato dell'odore di suo padre.

Non aveva più a che fare con esagoni e dodecagoni, ma con figure che superavano la sua capacità di comprensione. Sapeva che stava sognando, ma non trovava scampo. Rimaneva costretto a tirare righe e cercare il punto magnetico centrale. Arrivavano figure su figure. Tirava rette su rette, individuava punti su punti. Si svegliò, ma solo il tempo di rigirarsi dall'altra parte. Vide le forme affollarsi su di lui, ma non era in grado di respingerle. Incombevano. Erano dappertutto. Avanti un'altra, e quella dopo aspettava già.

A mezzanotte finì la prima bottiglia. Era sicuro di aver sentito dei rumori in soggiorno, poco prima. Bocce di ferro che rotolavano. Una porta che si chiudeva. Qualcuno che spingeva un tavolino. Gli venne in mente la signora Bender. Si ricordò che non era mai stata in quell'appartamento. Gli sarebbe piaciuto alzarsi per andare a vedere.

Gelava. Sentiva cattivo odore e aveva un freddo terribile. Udì una voce. Aprì un occhio. Regnava un'oscurità quasi totale. Da una minuscola finestrella penetrava un chiarore da cui si capiva che fuori albeggiava. L'occhio si richiuse.

L'odore, lo conosceva.

Si stropicciò le braccia. Gli faceva male tutto. Aveva la sensazione di essere sdraiato sui sassi. Sentì di nuovo una voce e addirittura dei passi, vicinissimi. Aprì gli occhi. Pian piano si abituarono all'oscurità. Vide uno steccato di legno. Tra le assi spuntava un bastone da passeggio decorato con intagli.

Era davvero sdraiato sui sassi. Su terra battuta e sassi.

Percepì delle voci e un tintinnio di bicchieri pochi metri più in là. Una porta si chiuse, i rumori tacquero. Poco dopo la porta cigolò nuovamente. Una voce di donna disse qualcosa. La porta si chiuse, i rumori cessarono.

Si alzò e andò di là.

Arrivò giusto in tempo. A metà del corridoio buio sentì di nuovo il cigolio della porta, proprio accanto a sé. Un uomo gridò qualcosa, sembrava un augurio di buona fortuna. Dietro di lui si levarono risate festose. Dovevano essere decine di persone. Una squillante voce femminile si unì a quella dell'uomo. Chiacchierarono in tono allegro, poi risuonò di nuovo il tintinnio di bicchieri.

Lui era lì accanto. Eppure non vedeva nulla. Né la porta. Né la donna. Né l'uomo.

La porta si richiuse. Lui si mise proprio nel punto esatto. Era sulla soglia della porta. Niente.

La porta si aprì cigolando. Jonas avvertì benissimo la corrente d'aria. Confusione di voci. Qualcuno batté su un bicchiere e si schiarì la gola. Fecero silenzio. La porta si chiuse.

«Chi va là?»

Quando verso mezzogiorno si svegliò, non riusciva a respirare dal naso, gli bruciava la gola, aveva una sete che sembrava impossibile calmare, ma la febbre, lo avvertì subito, era calata.

Spinse via il materasso. Si mise a sedere. Vuotò la seconda bottiglia d'acqua tutta in una volta. In cucina trovò alcune fette biscottate. Non sentiva dolori, ma ancora non voleva sottoporre il suo corpo a sforzi. Soffiò il naso.

Quando scese in strada, l'aria fresca gli provocò le vertigini. Si appoggiò al muro della casa e schermò la fronte con la mano. Splendeva il sole e soffiava un vento dolce. La bassa pressione se n'era andata. Jonas si accasciò sul sedile accanto al guidatore e abbassò il parasole. Si guardò nello specchietto nella parte interna. Era pallido. Aveva chiazze rosse sulle guance. Tirò fuori la lingua. Era patinosa.

Si mise in una mano tutte le pastiglie che potevano essergli utili e le buttò giù. Con la testa piegata all'indietro, si versò gocce di echinacea direttamente in bocca. Poi posò la nuca contro il poggiatesta e guardò il cruscotto. Si accorse di quanto erano deboli le sue gambe. Però non aveva più febbre.

Rifletté su come trascorrere la giornata. Non voleva starsene tutto il tempo sdraiato a non fare niente. Film non poteva guardarne perché lo disturbavano. Leggere non poteva perché qualsiasi testo gli sembrava insignificante e superfluo. Se per rimettersi decideva di passare la giornata a letto, non gli restava che fissare il soffitto.

Mentre tornava nell'appartamento, all'improvviso si girò

sul pianerottolo senza sapere nemmeno lui perché. I passi lo condussero alla porta della cantina. Sollevò il fucile.

«C'è qualcuno, qui?»

Spalancò la porta con la canna del fucile. Accese la luce. Si fermò sospeso.

Il rubinetto sgocciolava.

Entrò. Una corrente d'aria fredda gli carezzò la testa. L'odore di stoppa era penetrante. Si mise la manica della camicia davanti al naso.

«Ehi? C'è qualcuno?»

Abbassò il fucile. Gli venne in mente il carillon.

Non riusciva a tenere in mano più di cinque scatole di videocamere alla volta, e camminava arrancando come un vecchio. Ma, anche così, nel tragitto dalla macchina all'ascensore prese a sudare. Schiacciò il pulsante di chiamata con il mignolo libero. La porta si aprì di scatto e Jonas posò le scatole nella cabina insieme alle altre. Era troppo piccola per trasportarle tutte in una volta. Dovette compiere due viaggi.

Si buttò sul divano a braccia e gambe aperte. Respirava affannato dalla bocca. Quando fu di nuovo in forze, si schiacciò il tubetto di gel al mentolo nel naso. Bruciava, ma poco dopo riuscì a respirare liberamente.

Aprì le scatole. Dovette disimballare dalla plastica a bolle venti videocamere e ventisei cavalletti, dovette infilare venti batterie nei caricabatteria e attaccarli alla corrente. Naturalmente mise in carica anche le vecchie batterie che aveva preso nel centro commerciale, più quelle che erano dentro la videocamera davanti al letto e quella accanto al televisore.

E se avesse guardato il video della notte prima della partenza per il Mondsee? Non aveva ancora idea del perché quella mattina si fosse risvegliato in cucina. Forse poteva scoprirlo dal nastro. D'altro canto, non si sentiva impaziente di vederlo. Posò da una parte la cassetta che aveva già estratto dalla videocamera della stanza da letto.

Spalmò una fetta di pane integrale con del pâté di fegato. Non gli piaceva, eppure sentì quanto il suo corpo avesse bisogno di quell'apporto di energia. Ne preparò un'altra fetta, e dopo quella mangiò una mela. Versò qualche goccia di echinacea in un bicchiere d'acqua e poi lo risciacquò con del succo di frutta.

Osservò l'orsetto a carillon che aveva posato accanto al telefono. Non riusciva a ricordarsi di quel mezzo volto, di quell'orso con un solo occhio e un solo orecchio. Eppure ricordava la musichetta.

Tirò il cordino. Risuonò la melodia. Era come se stesse toccando qualcosa che non c'era più. Come se vedesse un corpo celeste spento da un pezzo, la cui luce arrivava da lui solo in quel momento.

Passò alcune ore su un gioco al computer, che interruppe solo per stendere i panni. La sera si sentì meno malandato che al mattino, però era stanco. Si soffiò il naso, fece gargarismi con la camomilla, prese un'aspirina.

Le batterie erano cariche. Le raccolse. Montò gli apparecchi sul divano. Inseriva la batteria nell'alloggiamento, infilava una cassetta nella piastra, quindi avvitava la videocamera sul cavalletto. Quando ne aveva preparate due, le portava di là, nell'appartamento vuoto del vicino. Apriva i cavalletti e le sistemava una accanto all'altra.

Quando ebbe finito osservò le videocamere in semicerchio nell'ampia stanza vuota. La maggior parte degli obiettivi erano rivolti su di lui. Erano tanti da sembrare irreali. Gli pareva che lo accerchiassero come dei nani extraterrestri che volevano essere sfamati.

Il dormente si rigirò come al solito da una parte all'altra. Ogni tanto russava.

Jonas si chiese come fare per rimanere sveglio. Era quasi mezzanotte. Si infilò il termometro sotto l'ascella.

Che cosa avrebbe potuto fare il giorno seguente? Era ancora troppo debole per mettersi a caricare mobili sul camion. Avrebbe cercato appartamenti adatti a piazzarci le videocamere. Si sarebbe limitato ai palazzi con l'ascensore.

Il dormente gettò la coperta da una parte.

Jonas si sporse in avanti. Senza distogliere lo sguardo dallo schermo, cercò a tentoni la tazza con la tisana. Il termometro emise qualche *bip*. Lo ignorò. Non riusciva a capire quello che stava vedendo.

Il dormente indossava un cappuccio.

Prima Jonas non aveva guardato bene. Solo ora si accorgeva che la testa del dormente era coperta da un cappuccio nero. C'erano tagliati dentro dei buchi minuscoli, per gli occhi, il naso e la bocca.

Il dormente sedette dritto sulla sponda del letto. Teneva le braccia lungo i fianchi, puntate sul letto, e se ne stava là seduto, immobile. Sembrava che guardasse nell'obiettivo. Non c'era abbastanza luce per distinguere gli occhi in mezzo alla stoffa nera.

Se ne stava là seduto. Rigido.

In una maniera tacita e mostruosa, nel suo atteggiamento c'erano scherno e sfida. Era seduto con aria di provocazione.

Con la sua testa nera.

Jonas non riuscì a guardare più a lungo quella maschera. Gli sembrava di sporgersi su un abisso, i suoi occhi non sopportavano quel vuoto. Distolse lo sguardo.

Tornò a guardare. Fissità. Una testa nera. Un buco al posto del volto.

Andò in bagno, si lavò i denti. Passeggiò avanti e indietro. Canticchiò. Tornò al televisore.

Testa nera, corpo immobile.

Se ne stava lì seduto come un morto.

Lentamente, come al rallentatore, il dormente sollevò il braccio destro. Allungò l'indice. Lo puntò in direzione della videocamera.

Rimase immobile.

14

Davvero non c'era possibilità di arrivare fino in Inghilterra?

Fu la prima cosa che gli passò per la testa al risveglio. Era possibile? Raggiungere l'isola britannica dal continente?

Davanti a lui presero corpo immagini di barche a motore. Barche a vela. Yacht. Elicotteri. Con lui sopra.

Si mise a sedere sul letto. Si voltò di scatto per guardare intorno. La videocamera era al suo posto. Dunque, aveva registrato. Non sembrava che nella stanza fosse cambiato qualcosa. Andò allo specchio, sollevò la maglietta, si girò a destra e a sinistra. Per guardarsi la schiena quasi si slogò una spalla. Controllò anche la pianta dei piedi. Sporse avanti il mento e tirò fuori la lingua.

Prima di fare colazione esplorò tutto l'appartamento, casomai ci fossero sorprese. Non si imbatté in niente di sospetto.

Si sentiva più fresco del giorno prima. Il naso non era più otturato, la gola non bruciava e la tosse era quasi passata. Era allibito dalla guarigione fulminea. Evidentemente il suo sistema immunitario funzionava bene.

Mentre faceva colazione, riaffiorò a più riprese il ricordo di un sogno fatto la notte precedente. Afferrò penna e quaderno per fissarlo almeno a grandi linee.

Era arrivato in una grotta illuminata da una fioca luce rossa che permetteva di vedere solo a pochi metri di distanza. Intorno c'erano altre persone, che però non si accorgevano di lui, e Jonas non riusciva a farsi notare. La grotta conteneva un parallelepipedo di roccia. Un cubo alto trenta metri e lungo altrettanto su ogni faccia. Il vano intorno al cubo era largo due metri.

Jonas si era arrampicato fino in cima con una scala di corda. In alto lo aspettava una distesa piana. A circa sette metri sopra di lui c'era il soffitto della caverna, a cui erano fissati dei riflettori che irradiavano su di lui una cupa luce rossa.

Sulla distesa aveva visto tre corpi sdraiati. Una giovane coppia da una parte e un ragazzo dall'altra. Aveva riconosciuto tutti e tre. Erano stati suoi compagni di classe. Dovevano essere morti già da anni: avevano un aspetto terrificante. Sebbene fossero scheletri, avevano un volto. Un volto sfigurato e membra contratte. La bocca spalancata. Gli occhi strabuzzati. Le gambe contorte. Però erano scheletri.

Quello che giaceva da solo era Marc, che era stato suo compagno di banco per quattro anni. Ma non aveva la sua faccia. Aveva un'altra faccia; anche se Jonas la conosceva, non gli veniva in mente di chi fosse.

Nessuno dei poliziotti e degli infermieri che si aggiravano lì intorno gli aveva ancora parlato. E lui non era in grado di rivolgere loro la parola. In un modo misterioso e tacito era venuto a sapere che i tre erano stati intossicati con del veleno per topi, che forse avevano preso volontariamente. La stricnina provocava crampi lancinanti e una morte orrenda.

Faceva caldo su quel cubo roccioso rinchiuso in una grotta. Ogni tanto si sentiva un rumore. Come se il vento scuotesse un telone di plastica.

E c'erano i cadaveri.

A un tratto le facce dei morti si erano trovate proprio davanti a lui. Un momento dopo erano scomparse.

Capì che era qualcosa che aveva a che fare con lui. Lì c'era qualcosa di nascosto. «Veleno per topi, grotta», annotò. «Laura, Robert, Marc: morti. La faccia estranea di Marc. Crampi, decomposizione. Silenzio. Luce rossa. Una torre. Presentimento: belva murata nelle pareti di roccia. Dietro, il peggio del peggio.»

Alla fine dell'isolato trovò un appartamento al quinto piano che aveva la porta aperta e gli sembrava adatto. La visuale dal balcone era pressoché ideale, poteva posizionarci addirittura due videocamere. Annotò l'indirizzo e fece un segno sulla piantina della città.

Assegnò due videocamere anche allo Heiligenstädter Brücke. Una doveva filmare in direzione della Brigittenauer Lände, quella dall'altra parte doveva riprendere il ponte stesso e la discesa per la Heiligenstädter Lände. Quando montò una videocamera sul Döblinger Steg, rivolta in alto verso il ponte, e una seconda in direzione opposta, non solo ebbe riprese prive di angoli ciechi, ma anche delle belle inquadrature, e il tutto servendosi, almeno fin lì, di un solo appartamento di estranei.

Spittelauer Lände, Rossauer Lände, Franz-Josefs-Kai, Schwedenplatz. Lasciata la macchina sui binari del tram, sistemò lì la tredicesima videocamera del suo progetto. Era venuto il momento di dedicarsi all'altra sponda del canale.

Si voltò di scatto.

Soffiava il vento. Il fogliame degli alberi accanto ai chioschi dei würstel stormiva.

La piazza si stendeva immobile. Le vetrine della farmacia, buie. La gelateria. Il sottopassaggio per la metropolitana. La Rotenturmstrasse.

Girò in tondo su se stesso. Immobilità ovunque. Avrebbe giurato di aver sentito un rumore che non sapeva inquadrare. Un rumore causato da qualcuno.

Fece finta di scrivere qualcosa sul suo quaderno. Con la testa china, scrutò da ogni parte ruotando gli occhi a destra e a sinistra fino a che gli fecero male. Attese che il rumore si ripetesse. Si voltò di nuovo indietro.

Niente.

Traversò il canale del Danubio. Riservò la videocamera numero quattordici per l'incrocio tra la Schwedenbrücke e la Obere Donaustrasse. All'angolo con la Untere Augartenstrasse perlustrò un palazzo in cerca di un'altra postazione elevata da cui filmare. Trovò due appartamenti aperti. Scelse quello più in alto. All'interno quasi non c'erano mobili, e i suoi passi sul vecchio parquet rimbombarono per tutte le stanze.

Il tragitto portava dalla Obere Donaustrasse alla Gaussplatz e di lì nella Klosterneuburgerstrasse, che sboccava nella Brigittenauer Lände. La penultima videocamera doveva filmare da nord l'incrocio della Klosterneuburger con la Adalbert-Stifter-Strasse. L'ultima era al tempo stesso la videocamera uno: l'avrebbe sistemata nella Brigittenauer Lände, a cinquanta metri dal portone di casa sua, in direzione dello Heiligenstädter Brücke.

Chiuse il quaderno. Aveva fame. Fece qualche passo verso il portone di casa. Si voltò indietro.

C'era qualcosa che non gli tornava.

Andò a sedersi in macchina e chiuse con la sicura.

Mentre passava con la macchina notò un portone aperto in un palazzo. Fece retromarcia. Era l'ingresso del ristorante Haas nella Margaretenstrasse.

« Vieni fuori! »

Aspettò un minuto. Intanto prese mentalmente nota della posizione di ogni cosa nella strada.

Entrò nel ristorante, ispezionò bene le sale. Mentre lo faceva, si ricordò di esserci stato una volta insieme a Marie. Il cibo non era granché e il locale strapieno. Un gruppo di amanti dell'ippica ubriachi, con parecchio oro al collo e ai polsi, li aveva disturbati dal tavolo accanto vociando riguardo alle prospettive di vari trottatori, e ognuno cercava di surclassare gli altri vantando conoscenze altolocate.

Una volta un amico che si interessava di cinologia aveva spiegato a Jonas come mai capitava che un cagnolino si avventasse sprezzante del pericolo contro un cane molto più forte. Era a causa della selezione artificiosa delle razze. Un tempo la razza di quel cane era stata più grande, e nella mente dell'animale non si era ancora sedimentata la consapevolezza che dalla spalla alla zampa non misurava più novanta centimetri. Il piccoletto credeva in qualche modo di essere grosso quanto l'altro e gli andava incontro senza paura di soccombere.

Jonas non aveva capito se la teoria si fondasse su qualche base scientifica o se l'amico ne avesse sparata una, ma era comunque giunto a una conclusione: gli austriaci si comportavano esattamente come quei cani.

Attraversando l'appartamento mezzo svuotato gli venne voglia di rimettersi al lavoro. Si sentiva bene, non aveva dolori, non c'era motivo di non farlo.

Andò a prendere il carrello da trasloco nel camion. Cominciò con i pezzi più leggeri. Una cassapanca per la biancheria, una lampada a stelo, l'ultimo scaffale rimasto. Procedeva in fretta. Sudava, ma il respiro non era più affannato del solito. Asciugabiancheria, televisore, tavolino, comodino, tutto scomparve via via sul camion. Per ultimi rimasero soltanto il letto e l'armadio.

Appoggiato al muro con le braccia conserte, Jonas osservò l'armadio. Erano molti i ricordi che lo legavano a quel mobile. Conosceva il cigolio dell'anta sinistra, che quando veniva aperta percorreva un'intera scala musicale dall'alto al basso. Sapeva l'odore che aveva all'interno. Di cuoio, di biancheria pulita. Dei suoi genitori. Di suo padre. Per anni, quand'era ammalato, Jonas aveva dovuto sdraiarsi sul divano accanto all'armadio, perché sua madre non voleva correre avanti e indietro dalla sua cameretta a portargli tè e fette biscottate. Di certo si potevano ancora trovare le tracce di quegli episodi.

Nel lampadario a soffitto era montata una lampadina a risparmio energetico. La luce era troppo fioca per vederci bene. Andò a prendere la torcia e la puntò contro il fianco dell'armadio. Si distinguevano chiaramente le incisioni nel legno chiaro. Cifre e lettere spigolose, graffiate con un temperino.

8.4.1977. MAL DI PANCIA. CAPPELLO MAMMA. GIALLO. 22.11.1978. 23.11.1978. 4.3.1979. INFLUENZA. TÈ. REGALATA MACCHINA FITTIPALDI. 12.6.1979. 13.6.1979. 15.6.1979. 21.2.1980 SALTO CON SCI.

C'erano una dozzina di altre date. Alcune provviste di commento, altre senza alcuna spiegazione. Si stupì che il padre non le avesse eliminate. Forse non le aveva notate, forse aveva voluto evitare i costi del restauro. Non gli era mai piaciuto spendere soldi.

Jonas cercò di calarsi nel bambino che era stato a quel tempo.

Era lì sdraiato. Si annoiava. Gli era vietato leggere perché leggere l'avrebbe affaticato. Gli era vietato guardare la televisione perché la TV emetteva radiazioni a cui tanto meno doveva sottoporsi un bambino malato. Se ne stava lì con un giocattolo di Lego e le biglie e il temperino e altre meraviglie che andavano tenute nascoste agli occhi della mamma. Doveva tenersi occupato in qualche modo. Così, spesso giocava alla zattera. Un gioco che gli salvava anche certi pomeriggi di pioggia in cui non era malato. Allora la zattera era un tavolino rovesciato. Ma se aveva la febbre e stava sdraiato accanto all'armadio, la zattera era il letto.

Si trovava in mare. C'era un bel sole e faceva caldo. Navigava verso luoghi promettenti in cui avrebbe affrontato avventure e stretto amicizia con grandi eroi. Ma gli servivano viveri per il viaggio. Allora sgattaiolava con qualche scusa in giro per casa, rubacchiava gomme da masticare, bastoncini di caramello e biscotti dalla credenza dei dolci, elemosinava qualche fetta di pane, trafugava sotto il naso della mamma una bottiglia di limonata. Con il bottino, tornava alla zattera.

Rieccolo in alto mare. C'era sempre un bel sole e faceva

sempre caldo. Le onde sbattevano la zattera di qua e di là, e lui doveva tenere i suoi averi stretti a sé, perché l'acqua salata non bagnasse tutto.

Doveva fare di nuovo rifornimento, perché l'America era lontana e le provviste tornavano a scarseggiare. Gli servivano libri. Album di fumetti. Carta e matita per scrivere e disegnare. Doveva vestirsi più pesante. Gli servivano vari oggetti utili che si trovavano nel cassetto di suo padre. Una bussola. Un binocolo da campo. Un mazzo di carte con cui avrebbe spillato soldi ai cattivi. Un coltello che avrebbe fatto colpo persino su Sandokan. Inoltre, doveva avere pronto un regalo per suggellare la sua amicizia con la Tigre della Malesia. La collana di perle della mamma poteva usarla per fare baratti con gli indigeni.

Gli servivano una quantità di cose, ed era soddisfatto dell'equipaggiamento solo quando nel letto non gli rimaneva quasi più spazio e lo assediavano da ogni lato coperte, mestoli e mollette per la biancheria. Il pensiero di avere raccolto intorno a sé tutto il necessario per sopravvivere gli dava una crescente sensazione di piacere. Non gli serviva alcun aiuto esterno. Aveva tutto.

Poi spuntava la mamma per un'ispezione e si stupiva di come fosse riuscito ad arraffare in così poco tempo tutta quella roba proibita. Cedendo alle sue preghiere insistenti, gli permetteva di tenere qualcosa, e così la zattera tornava a veleggiare nel mare alleggerita di alcuni tesori per mano del Corsaro Nero.

Jonas scosse l'armadio. Si mosse appena. Gli sarebbe costato un bello sforzo portarlo fuori. Avrebbe dovuto coricarlo, perché si reggeva su quattro zampe e a tenerlo dritto il carrello sarebbe risultato inutilizzabile.

8.4.1977. MAL DI PANCIA.

L'8 aprile di quasi trent'anni prima lui era lì sdraiato di fianco a quell'armadio, con la pancia che gli faceva male. Non se ne ricordava, né del giorno né del dolore. Ma quei segni spigolosi erano opera sua. Nel momento esatto in cui aveva inciso quella M, quella A e quella L stava male. Lui. Jonas. L'aveva fatto lui. E non aveva alcuna idea di quello che sarebbe avvenuto poi. Non sapeva niente degli esami alla fine dei cicli scolastici, niente della prima ragazza, del motorino, della fine degli studi, del guadagnarsi da vivere. O di Marie. Era cambiato, era cresciuto, era diventato una persona completamente diversa. Ma quella scritta era ancora là. E quando guardava quei segni vedeva il tempo raggelato.

Il 4 marzo del 1979 aveva avuto l'influenza e aveva dovuto bere il tè, che a quel tempo non gli piaceva. In Iugoslavia c'era ancora Tito, il presidente degli Stati Uniti era Carter, in Unione Sovietica comandava Brežnev, e lui se ne stava sdraiato accanto all'armadio con l'influenza e non sapeva che cosa volesse dire che al potere c'era Carter o che Tito sarebbe presto morto. Lui si era occupato del suo giocattolo nuovo, una macchinina nera con il numero 1, e Brežnev per lui neanche esisteva.

Quando aveva inciso quella scritta, era ancora in vita l'equipaggio poi scomparso nel disastro del Challenger, c'era un nuovo papa che non sapeva che presto Ali Ağca gli avrebbe sparato, e non era ancora scoppiata la guerra delle Falkland. Quando l'aveva scritto, lui non sapeva niente di quello che sarebbe venuto dopo. E nemmeno gli altri.

Nel palazzo rimbombò lo sferragliare delle ruote del carrello sul pavimento di pietra. Si fermò. Ascoltò. Ricordò la sensazione di qualcosa che non andava che lo aveva reso inquieto nella Brigittenauer Lände, e l'impressione di essere osservato davanti al ristorante Haas. Mollò armadio e carrello e corse fuori in strada.

«Ehi!»

Suonò il clacson del camion come in uno staccato musicale. Guardò in ogni direzione, osservò le finestre in alto.

«Vieni fuori! Subito!»

Attese alcuni minuti. Finse di essere assorto nei suoi pensieri, passeggiò avanti e indietro con le mani nelle tasche dei calzoni, fischiettando piano. Ogni tanto si girava e rimaneva immobile a guardare e ascoltare.

Si rimise al lavoro. Spinse il carrello all'esterno, e poco dopo l'armadio fu sul pianale del camion. Rimaneva ancora solo il letto. Ma per quel giorno bastava.

Nello stretto corridoio della cantina qualcosa lo turbò. Si fermò. Guardò intorno. Non notò nulla. Si diede il tempo di ricomporsi. Non riuscì a capire che cosa fosse.

Andò alla cella di suo padre. Tossicchiò con voce profonda. Spalancò la porta con un tale impeto che la mandò a sbattere contro la parete. Fece una risata sgradevole. Guardò dietro le spalle. Agitò il pugno.

Una foto di lui con la signora Bender. Le sedeva in grembo sorridente, allacciandola da dietro con il braccio. Lei fumava una sigaretta. Davanti a lei, sul tavolo, c'era un bicchiere di vino, accanto a un vaso con dei fiori avvizziti e alla bottiglia.

Non riusciva a rammentare che bevesse. Probabilmente un bambino non si accorge di una cosa del genere. La foto non corrispondeva all'immagine che Jonas aveva conservato di lei. Nella sua memoria c'era una vecchia signora gentile e certamente curata. La donna nella foto non aveva l'aria gentile e fissava dritto nell'obiettivo. Non sembrava nemmeno granché curata, e a dire il vero con la parola «signora» lui in genere intendeva tutta un'altra cosa. La signora Bender sembrava una vecchia strega. Però all'epoca gli era piaciuta, perciò gli piaceva anche adesso.

Ciao, vecchia mia, pensò. Quanto tempo.

Osservando la foto polverosa gli venne in mente una delle passioni della sua vicina. Le piaceva tanto far oscillare un pendolino sulle fotografie, preferibilmente del tempo di guerra, per vedere se la persona ritratta viveva ancora, e intanto raccontava a Jonas la sua storia.

Chiuse gli occhi, premette l'indice alla radice del naso. Un moto diritto significava « vivo », uno circolare « morto ». O era il contrario? No, era così.

Sfilò dal dito l'anello che gli aveva regalato Marie e aprì il fermaglio della catenina d'argento che portava al collo. Ci infilò l'anello e cercò di richiudere il fermaglio, cosa che non gli riusciva perché gli tremavano le dita. Finalmente ce la fece.

Impilò alcuni scatoloni per farne un piano d'appoggio. Accese la torcia e la appese al gancio nel muro. Posò la fotografia sullo scatolone più in alto. Allungò il braccio. L'anello appeso alla catenina penzolava sulla sua faccia nella fotografia. Il braccio dava troppi scossoni, dovette appoggiarlo.

L'anello rimase immobile a mezz'aria.

Cominciò a dondolare leggermente.

Poi più forte.

L'anello oscillava avanti e indietro su una linea retta.

Jonas si guardò intorno. Uscì nel corridoio. Un grosso filamento di polvere che danzava davanti alla lampada gettava un'ombra inquieta. Si udiva incessante lo sgocciolare del rubinetto. L'odore della stoppa era penetrante. Invece era scomparsa la puzza di gasolio.

« Vieni fuori, adesso », disse in tono pacato.

Aspettò un momento, quindi tornò nella cella. Sospese di nuovo la mano sopra la foto, questa volta sulla faccia della signora Bender. Puntò il gomito sullo scatolone e tenne fermo l'avambraccio con la mano libera.

L'anello si immobilizzò sopra la foto. Prese a vibrare, quindi a dondolare. A dondolare più forte. Tracciò un cerchio. Girava chiaramente in cerchio.

Quante volte la signora Bender aveva fatto lo stesso. Quante volte si era seduta davanti a una fotografia facendo il pendolino ai morti. E adesso lui lo faceva su un'immagine della Bender. E lei non gli sedeva accanto ma era morta da più di quindici anni.

Infilò la mano in uno degli scatoloni e tirò fuori una manciata di foto. Lui con una cartella da scolaro. Con un monopattino. Su un prato con una racchetta da badminton. Lui con dei compagni di giochi.

Osservò la fotografia. Quattro bambini, lui compreso, che giocavano nel cortile interno dove ora stava il ciarpame della famiglia Kästner. C'erano alcuni bastoni infilzati per terra, si vedeva una piccola palla colorata, sullo sfondo c'era una vasca di plastica in cui galleggiavano alcuni oggetti.

Posò la foto sulla pila di scatoloni. Allungò il braccio, tenne la catenina sull'immagine della sua faccia. L'anello si mise ad altalenare in modo regolare. Avanti, indietro. Lo spostò su uno dei ragazzi, Leonhard.

Fissò la catenina.

La luce nel corridoio si spense. Il fascio della torcia illuminava debolmente lo scatolone più in alto. Jonas chiuse gli occhi. Si costrinse a rimanere calmo.

L'anello non si mosse.

Ritrasse la mano. Scrollò il braccio per sciogliere l'indolenzimento. Prese la torcia dal gancio, afferrò il fucile e uscì in corridoio battendo i piedi.

«Ehi, ehi», gridò. «Ehi, ehi, ehi!»

Accese la luce della cantina. Fece un giro sul posto. Rimase alcuni secondi fermo, tornò alla cella.

Fece un altro tentativo. Su se stesso: altalena. Su Leonhard: niente.

Spostò la catenina sul terzo bambino. Mentre aspettava cercò di ricordare come si chiamava.

L'anello rimase immobile.

Questa roba è tutta un'idiozia, pensò.

Armeggiò col fermaglio della catenina per sfilare l'anello. Seguendo un impulso improvviso allungò ancora una volta il braccio. Tenne la catenina sul volto del quarto bambino, Ingo.

L'anello fremette. Prese ad altalenare.

Si mise a girare in tondo.

Jonas riprovò ancora una volta su tutti e quattro. Su se stesso il pendolo si mosse avanti e indietro, su Ingo girò in cerchio, su Leonhard e sul bambino senza nome rimase immobile.

Jonas spinse la foto da una parte e prese il fascio di immagini che aveva posato accanto alla pila di scatoloni.

Lui con il costume da bagno nel cortile di casa. Lui con una coppa che di certo non aveva vinto. Lui con due racchette da sci. Lui davanti a un tabellone pubblicitario gigante della Coca-Cola. Lui con la mamma davanti all'ingresso della scuola elementare.

Posò l'ultima foto sulla pila. Allungò il braccio. Tenne la catenina sospesa sulla propria immagine.

Presto l'anello descrisse un cerchio, di certo perché Jonas non aveva tenuto il braccio abbastanza fermo, quindi passò al consueto dondolio avanti e indietro.

Tenne il braccio sopra il volto della madre.

Immobile, poi cerchi.

Fotografie di lui con la madre, di lui con un pallone, di lui con l'ascia di guerra e le penne da indiano. Della madre da sola, della madre in abiti da montagna. Di sua nonna, che era morta nel 1982. Di due uomini che non ricordava.

Tenne il pendolo sopra le loro figure. In entrambi i casi l'anello girò in cerchio. Come sulla foto di sua nonna.

Foto di vacanze a Kanzelstein. Lui con la mamma nel giardino, mentre cercavano l'acetosa. Lui che camminava per i campi con arco e frecce. Lui al volante del Maggiolino di zio Reinhard. Lui che giocava a pingpong, con il tavolo che gli arrivava al petto.

Finalmente la foto con un uomo la cui testa era tagliata fuori dal margine superiore. La posò sulla pila di scatoloni.

Sulla riproduzione del volto di Jonas il pendolo dondolò avanti e indietro.

Sull'immagine dell'uomo di fianco a lui rimase immobile.

Forse dipendeva dal fatto che la testa non era inquadrata. Jonas cercò febbrilmente nel fascio finché trovò una foto che mostrava anche il volto di suo padre. Ripeté l'esperimento.

L'anello rimase fermo.

Stanco e affamato, Jonas sprofondò nel materasso. Allargò sui piedi la coperta stropicciata che aveva recuperato dal camion. Non aveva fatto caso al passare del tempo, ed era già diventato buio. Dalla sua gita al Mondsee, aveva evitato di trattenersi fuori la notte. E ripensando all'angoscia che lo aveva assalito nella Brigittenauer Lände, non aveva davvero voglia di rientrare a casa a quell'ora tarda.

Si schiarì la gola. Il verso rimbombò nell'appartamento vuoto.

«Ma sì, ma sì», disse ad alta voce e si girò dall'altra parte.

Prese un fascio di fotografie dallo scatolone che aveva portato su dalla cantina e buttato sul pavimento coperto di ritagli di carta e pezzi di nastro adesivo accartocciati. Le foto non avevano un ordine. Stavano insieme immagini di decenni diversi, dieci foto mostravano cinque luoghi differenti. Due in bianco e nero erano seguite da tre a colori, quelle dopo risalivano di nuovo alla fine degli anni '50. In una foto era aggrappato alle sbarre del suo girello, in quella dopo riceveva la cresima.

Osservò un'immagine che, stando alla scritta, era stata scattata una settimana dopo la sua nascita. Era disteso sul letto dei genitori. Sullo stesso letto su cui era sdraiato proprio in quel momento. Era avvolto in una copertina da cui spuntavano solo la testa e le mani.

Lui era stato quella testa pelata.

Quello era il suo naso.

Quelle erano le sue orecchie.

Quel volto contratto era il suo.

Osservò le manine. Avvicinò la mano destra al volto, guardò la mano destra sulla foto.

Era la stessa mano.

La mano che vedeva sulla foto avrebbe imparato a scrivere all'inizio con la matita, poi con la stilografica. La mano davanti al volto aveva imparato appena trent'anni prima a scrivere, all'inizio con la matita, poi con la stilografica. La mano sulla foto avrebbe accarezzato a Kanzelstein i gatti della vicina, avrebbe accettato il bastone da passeggiata del vecchio intagliatore, avrebbe sorretto carte da gioco. La mano davanti al viso aveva accarezzato a Kanzelstein i gatti della vicina, aveva accettato il bastone da passeggiata del vecchio intagliatore, aveva sorretto carte da gioco. La manina sulla foto un giorno avrebbe progettato arredamento di interni con righello e compasso su grandi fogli di carta, avrebbe digitato su una tastiera, avrebbe offerto da accendere a qualcuno. La mano davanti al volto aveva firmato contratti, spostato pezzi degli scacchi, tagliato cipolle con un coltello.

La mano sulla foto sarebbe cresciuta, cresciuta, cresciuta.

La mano davanti al volto era cresciuta.

Allontanò con un calcio la coperta dai piedi e andò alla finestra. Le luci nella strada erano spente. Dovette schiacciare la fronte e il naso contro il vetro per riuscire a distinguere le sagome all'esterno.

Furi erano parcheggiati la spider e, davanti, il camion. Aveva lasciato il portellone posteriore aperto. Ma non c'era aria di pioggia.

Tornò a letto saltellando sulle punte. Il tappeto era ruvido sotto i piedi nudi.

15

Si svegliò scattando a sedere per lo spavento. Si guardò in giro e stabilì con sollievo che intorno a lui non era tutto rosso.

Liberatosi con i piedi dalla coperta che lo avvolgeva stretto, tornò a sprofondare nel materasso. Fissò il muro di fronte. Un rettangolo bianco indicava il punto da cui aveva staccato un acquerello. Strizzò gli occhi, se li stropicciò. Lasciò di nuovo vagare lo sguardo. Tutti i colori erano normali.

Non riusciva a ricordare i dettagli del sogno. Solo che aveva camminato attraverso un edificio ampio in cui tutto, tanto le pareti e il pavimento quanto gli oggetti, riluceva di rosso. I diversi toni di rosso si differenziavano solo di una sfumatura. In quel modo l'impressione era che le cose si compenetrassero. Aveva camminato attraverso quell'edificio, in cui non risuonava alcun rumore, e non aveva incontrato altro che colore, color rosso, che si imponeva persino alla forma.

Gettò i materassi dalla finestra. Vincendo una resistenza notevole, strappò la prima rete a doghe dal telaio del letto. La seconda venne via con meno difficoltà. Le portò entrambe in strada con il carrello e le sistemò sul pianale, accanto ai materassi. Prese la sega che si era procurato nel centro di bricolage e si mise a lavorare al telaio del letto. Impiegò quasi un'ora, ma alla fine ci riuscì. Sistemò i pezzi di letto sul carrello e lo tirò all'esterno. Caricò tutto sul camion.

Ispezionò un'ultima volta l'appartamento. I mobiletti della cucina gli erano estranei, non avevano fatto parte dell'appartamento dei genitori, e rimasero dove stavano. Così come la cucina a gas, il frigorifero e la panchetta. Tutte le vecchie cose, invece, le aveva sgomberate. Per ultimo prese lo scatolone di fotografie e lo mise nel bagagliaio della spider.

Sedette sul pianale del pick-up. Guardò in alto verso il cielo. Ebbe un déjà-vu. Era come se le poche finestre spalancate fossero state appena aperte. Le figure impietrite che sporgevano dalle facciate sembravano osservarlo. Lo guardava beffardo soprattutto un personaggio in maglia di ferro con la spada sguainata e lo scudo su cui campeggiava un pesce araldico. Era una situazione che aveva già vissuto.

Poco dopo tornò tutto normale. Le finestre erano aperte da tempo. Le statue erano statue. Lo spadaccino guardava indifferente.

Jonas si voltò di scatto.

Salì sul tettuccio del pick-up. Lasciò vagare lo sguardo sulla strada. In quattro settimane non era cambiato niente. Nemmeno una virgola. Il pezzo di nylon sulla sella della bicicletta si agitava ancora a ogni soffio di vento. La bottiglia spuntava ancora dal cassonetto. Le moto erano ancora al loro posto.

Si girò un'altra volta di scatto.

Prese carta e nastro adesivo dalla cabina di guida del camion e un pennarello a punta grossa che non si ricordava come fosse finito lì. Attaccò al portone un foglio in modo tale che chi entrava in casa non potesse non vederlo. Scrisse: «Vieni a casa. Jonas».

Dopo averci riflettuto un attimo attaccò un foglio con la stessa scritta anche all'interno della porta.

Portò il camion nella Hollandstrasse. Sotto un sole opprimente tornò in Rüdigergasse con una bicicletta, di lì con la spider andò in Brigittenauer Lände. Aveva mal di testa. Diede la colpa alla polvere di legno che aveva dovuto respirare segando il letto. Forse era anche il caldo.

Quando prese le foto dalla spider gli venne in mente che si era dimenticato di svuotare la cantina. Si arrabbiò. Aveva deciso di non mettere più piede nella casa in Rüdigergasse. E adesso ci sarebbe dovuto tornare l'indomani.

Aprì il portone di casa, rimase in ascolto. Lo riaccostò dietro di sé e chiuse a chiave. Non fece neanche un passo. Tese l'orecchio. Lasciò vagare lo sguardo. Sembrava tutto come il giorno prima quando era uscito. Se apriva o chiudeva il portone, da terra si sollevavano volantini pubblicitari. Nell'angolo c'era una pallina da tennis distrutta con cui giocava il pastore tedesco del vicino. L'ascensore era al pianterreno. Nell'aria aleggiava un torpido odore di muratura.

Aprì circospetto la porta dell'appartamento con una spinta. Controllò tutte le stanze, quindi chiuse a chiave. Posò il fucile. Buttò le foto sul divano. Non credeva di essersi fatto abbindolare dall'immaginazione, il giorno prima. C'era stato qualcosa di diverso dal solito. Sebbene l'evidenza dimostrasse il contrario e la sua fantasia fosse chiaramente sovreccitata.

Mentre si fregava i capelli con lo shampoo, evitò di chiudere gli occhi finché la schiuma, colando, glieli fece bruciare. Si passò l'acqua della doccia sul viso. Con movimenti nervosi, sfregò gli angoli degli occhi. Il cuore gli batteva forte.

Da qualche tempo, quando faceva la doccia, se chiudeva gli occhi doveva combattere con un ospite indesiderato. Anche questa volta apparve nella sua immaginazione la belva. Un essere dal pelo lungo e arruffato che camminava eretto, alto più di due metri, un misto tra un lupo e un orso; Jonas sapeva che sotto la pelliccia si nascondeva qualcos'altro, ancora più terribile. Ogni volta che chiudeva gli occhi, in lui montava la paura di questo essere che gli danzava intorno minaccioso. Si muoveva molto più svelto di un uomo, più svelto anche di tutti gli animali che conosceva. Gli balzava incontro, scuoteva la cabina della doccia, voleva avventarsi su di lui. Ma non arrivava mai a tanto. Perché lui a quel punto spalancava gli occhi.

Si guardò intorno. Udì uno scricchiolio nell'angolo. Saltò fuori dalla doccia con uno strillo. Nudo, con il sapone sulla pelle e lo shampoo nei capelli, si ritrovò a scrutare nel bagno dal corridoio.

«Ah! No di certo! Ah, ah, ah!»

Si frizionò con un asciugamano preso dall'armadio in camera da letto. Ma che fare con i capelli pieni di shampoo? Andò indeciso dal lavandino in cucina alla scarpiera in corridoio, guardandosi bene dal varcare la soglia del bagno.

Si stava comportando da idiota. Uno scricchiolio. Niente più. La belva esisteva solo nella sua immaginazione. Poteva tranquillamente sciacquarsi sotto la doccia. Nessuno lo minacciava.

La porta era sprangata.

Le finestre erano chiuse.

Nessuno si nascondeva nell'armadio, nessuno era appostato sotto il letto.

Nessuno era attaccato al soffitto.

Tornò sotto la doccia e aprì l'acqua. Infilò la testa sotto il getto. Chiuse gli occhi.

«Ehi! Ahahahah! E allora? Visto? Roba da matti! Alleluia!»

Fuori stava rabbuiando quando lui, avvolto in un accappatoio, si sedette per terra in salotto con la schiena appoggiata al divano. Profumava di bagnoschiuma. Si sentiva fresco.

Posò le fotografie davanti a sé sul tappeto.

Ingo Lüscher.

Per tutto il tempo, senza pensarci davvero, aveva continuato a chiedersi il nome completo del bambino su cui l'anello aveva girato in cerchio. E a cercare anche il nome del bambino sconosciuto. Ora, se non altro, gli era venuto in mente il cognome del primo. Lo prendevano in giro perché si chiamava come uno sciatore svizzero, cosa che naturalmente faceva arrabbiare Ingo, sciisticamente patriottico. Jonas non l'aveva più incontrato dai tempi delle elementari. Leonhard, invece, l'aveva perso di vista solo all'inizio del ginnasio, quando erano stati assegnati in classi diverse.

I suoi pensieri vagarono indietro a quello che era successo in cantina con il pendolo. In linea di massima, Jonas riteneva quella roba un mucchio di sciocchezze. Però doveva ammettere che i risultati erano stati notevoli. Forse involontariamente influenzava lui il pendolo. Sua madre era morta, suo padre scomparso: erano cose che sapeva. Perciò non doveva escludere che la catenina fosse manovrata dal suo subconscio.

Aprì il fermaglio, infilò l'anello e distese il braccio sulla prima foto che gli capitò. Mostrava lui stesso che trascinava dietro di sé nell'erba una racchetta da tennis troppo grande.

L'anello rimase immobile.

Prese a dondolare.

A girare in tondo.

Jonas lanciò un'imprecazione e si stropicciò il braccio. Fece un altro tentativo. Con lo stesso risultato.

Trovò un'immagine di sua madre. Su di lei l'anello girò in tondo anche questa volta. In compenso, dopo una lunga pausa di immobilità, prese a dondolare sulla foto di suo padre. Sopra Leonhard girò in circolo, sopra Ingo altalenò piano avanti e indietro, sul bambino senza nome rimase fermo. Quando Jonas riprovò un'altra volta a tenere l'anello su una foto sua, quello rimase immobile sopra il cartoncino dagli angoli piegati.

Otteneva responsi incoerenti.

Otteneva i risultati che si era atteso quando aveva provato quella buffonata la prima volta, in cantina. Avrebbe dovuto esserne contento. Aveva appena avuto davanti agli occhi la dimostrazione di quanto quel che era successo in Rüdigergasse non contasse niente. Invece era soltanto più confuso.

Si precipitò in camera da letto. Tirò fuori da sotto l'armadio la scatola da scarpe in cui Marie conservava le sue foto. Erano tutte fotografie moderne, prese con una reflex; le più vecchie avevano quattro anni. Sulla maggior parte c'era lui. D'estate in costume da bagno e pinne, nella stagione fredda in giacca a vento, berretto e stivali. Le mise di lato.

Fotografie in cui c'erano lui e Marie insieme. Erano riprese da troppo lontano. Le posò da una parte.

Gli capitò in mano una foto di Marie in formato grande, che ne mostrava il volto. Era uno scatto che non conosceva.

Gli si fermò il respiro. Era la prima volta che la rivedeva da quando il mattino del 3 luglio lei gli aveva stampato un bacio sulla bocca ed era uscita di corsa dalla porta, inciampando, con il taxi che già l'aspettava. Da allora l'aveva pensata spesso. Aveva rievocato i suoi tratti. Ma non l'aveva mai rivista.

Lei gli sorrideva. Jonas la guardò negli occhi azzurri che lo osservavano un po' con affetto e un po' con ironia. Sembrava che la sua espressione dicesse: non preoccuparti, tutto tornerà a posto.

Lei era fatta così, lui la conosceva così, si era innamorato così di lei a una festa di compleanno di un amico comune. Quello sguardo, era lei. Così ottimista. Esigente, accattivante, intelligente. E coraggiosa. Non ti. Preoccupare. Va tutto. Bene.

I suoi capelli.

Ricordò l'ultima volta che le aveva accarezzato la testa. Immaginò la sensazione che dava toccarli. Tirarla a sé. Posare il mento sulla sua tempia, respirare il suo odore. Sentire il suo corpo.

Udire la sua voce.

La vide davanti a sé, mentre si sistemava i capelli in bagno, con un asciugamano di spugna avvolto intorno al corpo, e parlando alle sue spalle gli raccontava le novità del lavoro. Mentre ai fornelli preparava le sue zucchine alla catalana, che erano sempre un po' troppo speziate. Mentre imprecava vicino allo stereo per i CD infilati nelle custodie sbagliate. Mentre la sera sorbiva il suo latte caldo col miele sul divano, commentando quel che avveniva in televisione. Mentre stava là sdraiata quando lui entrava piano in camera da letto due ore dopo di lei. Con il libro accanto, che le era sfuggito di mano. Il braccio di traverso sul viso perché la luce della lampada sul comodino le dava fastidio agli occhi.

Per anni aveva dato tutto questo per scontato. Era il corso delle cose. Marie era al suo fianco. Poteva udirla, sentirne il profumo, la presenza. E se andava via, dopo un paio di giorni tornava ed era di nuovo sdraiata accanto a lui. Era la cosa più normale del mondo.

Ora Jonas non aveva più niente di tutto ciò. Trovava soltanto in giro una delle sue calze, ogni tanto. O gli capitava tra le mani una bottiglietta di smalto, o nel cesto della biancheria sporca si imbatteva in una delle sue camicette che si era nascosta sotto a tutto.

Andò in cucina. La immaginò lì in piedi come quando spadellava e intanto beveva un bicchiere di vino bianco.

Non ti preoccupare.

Va tutto bene.

Si accasciò a terra davanti al divano. Posò la foto davanti a sé. Rigirò l'anello tra le dita. Aveva freddo. Si sentiva sul punto di rimettere.

Gettò la catenina da una parte.

Dopo un po' allungò il braccio, fece come se avesse la catenina tra le dita. Tracciò un dondolio, un altalenare. Ritrasse il braccio.

Aprì la finestra, inspirò ed espirò a fondo.

Riportò la foto di là e la gettò nella scatola da scarpe senza nemmeno riguardarla. Tolse la cassetta dalla videocamera nella stanza da letto e la infilò in quella collegata al televisore. Riavvolse.

Guardò fuori dalla finestra. Molte delle luci che aveva visto accese nelle prime settimane si erano spente. Se le cose avessero seguito il loro corso, in un futuro prossimo avrebbe guardato nel buio. E, se non gli andava, di giorno poteva sempre cercare degli appartamenti in cui accendere tutte le luci. Così avrebbe potuto rimandare l'arrivo della notte in cui l'oscurità avrebbe sopraffatto ogni cosa. Ma sarebbe venuta.

La finestra dell'appartamento che aveva visitato quel giorno dopo un incubo era ancora illuminata. In alcune strade vide accesi dei lampioni che i primi giorni erano rimasti spenti, mentre c'erano altre strade in cui l'illuminazione funzionava una sera sì e l'altra no. Alcune strade, poi, rimanevano completamente al buio tutte le notti. La Brigittenauer Lände era una di quelle.

Chiuse la finestra. Quando gettò un'occhiata allo schermo blu del televisore, sentì un crampo allo stomaco. Aveva filmato con il timer. Probabilmente avrebbe ascoltato il dormente russare per tre ore. Ma forse avrebbe visto anche qualcos'altro.

Avrebbe preferito il russare.

In cucina bevve un bicchiere di porto. Gliene sarebbe andato un secondo, ma mise via la bottiglia. Sistemò nella lavastoviglie quel poco che c'era. Raccolse le scatole appiattite delle videocamere e le portò in un appartamento accanto. Richiuse la porta a chiave.

Il dormente, là sdraiato, fissava nell'obiettivo.

Jonas non poteva vedere che ore fossero perché la sveglia era caduta. E aveva scordato a che ora aveva puntato il timer. All'una, gli sembrava.

Il dormente era allungato sul bordo del letto. Appoggiato su un fianco, con la testa sostenuta da una mano. Questa volta non indossava un passamontagna. Guardava fisso nella videocamera. Ogni tanto sbatteva le palpebre, ma lo faceva in modo meccanico e senza distogliere lo sguardo. L'espressione rimaneva impassibile. Non mosse nemmeno un braccio o una gamba, non si rigirò. Stava là sdraiato e guardava dritto nell'obiettivo.

Dopo dieci minuti, Jonas ebbe la sensazione di non poter sopportare più a lungo quello sguardo penetrante. Non riusciva a comprendere come uno potesse rimanere là sdraiato come una statua tanto a lungo. Senza grattarsi, senza tirare su con il naso, senza schiarirsi la gola, senza rilassare le membra.

Dopo un quarto d'ora cominciò a schermarsi gli occhi come al cinema quando c'era una scena raccapricciante. Dava una sbirciata allo schermo solo ogni tanto, attraverso le dita. E vedeva sempre la stessa cosa.

Il dormente.

Che lo fissava.

Jonas non riusciva a interpretare l'espressione che vedeva in quegli occhi. Non c'era mitezza. Né gentilezza. Niente che ispirasse fiducia o familiarità. Ma non ci vide nemmeno rabbia, né odio, e nemmeno antipatia. In quello sguardo c'era superiorità, calma, freddezza... una vacuità che si occupava in modo chiarissimo di lui. E che nel farlo acquistava una tale intensità che Jonas notò dentro di sé tutti i segni di una crescente isteria.

Jonas bevve del porto, mangiucchiò patatine e arachidi, risolse uno schema di parole crociate. Il dormente lo osservava. Jonas si versò dell'altro vino, andò a prendere una mela, fece ginnastica. Il dormente lo guardava. Jonas corse al gabinetto e vomitò. Quando tornò indietro trovò il dormente che lo fissava.

Il nastro finì dopo tre ore e due minuti. Lo schermo diventò buio per un breve istante, quindi cambiò nell'azzurro caratteristico del canale AV.

Jonas camminò per la casa. Osservò alcune macchie sul frigorifero. Annusò maniglie. Illuminò con la torcia dietro ad armadi, e non si sarebbe stupito di trovarci delle lettere.

Bussò contro il muro in cui il dormente aveva cercato di inserirsi.

Mise una cassetta nuova nella videocamera della stanza da letto. Intanto osservò il materasso. Il dormente era stato sdraiato in quel punto. Aveva guardato fisso. Meno di quarantott'ore prima.

Jonas si coricò. Assunse la stessa posizione del dormente. Guardò nella videocamera. Anche se non era accesa, un brivido gli corse giù per la schiena.

Buongiorno, voleva dire, ma fu colto da una vertigine. Ebbe la sensazione che le cose intorno a lui si facessero più piccole e dense. Tutto avveniva con una lentezza infinita. Aprì la bocca per urlare. Udì un suono. Ebbe la sensazione di poter toccare la velocità con cui schiudeva le labbra. Quando cadde dal letto e sentì il pavimento sotto di sé senza percepire il rumore, quando tutto sembrò di nuovo normale, fu colmato da un senso di gratitudine che lasciò subito il posto allo sfinimento.

16

I suoi occhi erano puntati su un quadro che non conosceva. Mostrava due uomini, piccoli davanti a larghi mulini a vento, con un grosso cane al guinzaglio. Un quadro dai colori vivaci. Mai visto prima. Anche la radiosveglia sul comodino gli era estranea come il comodino stesso e il paralume antiquato che spense meccanicamente.

Quelli non erano il suo televisore, le sue tende, la sua scrivania. Non era il suo letto. Non era la sua camera, non era il suo appartamento. Qui niente era suo, eccetto le scarpe che stavano davanti al letto. Non sapeva dove si trovava né aveva idea di come ci fosse arrivato.

La stanza non rivelava la minima nota personale. Il televisore era piccolo e misero, le lenzuola rigide, l'armadio vuoto. Sul davanzale era posata una Bibbia. Una camera d'albergo?

Jonas infilò le scarpe, saltò in piedi, guardò dalla finestra. Affacciava su un bosco.

Scosse la maniglia della porta. Era chiusa a chiave. Il portachiavi sbatacchiò contro il supporto della maniglia. Girò la chiave e schiuse piano la porta. Guardò a sinistra attraverso lo spiraglio. Un corridoio. C'era odore di chiuso. Indugiò prima di aprire un po' di più la porta e sbirciare a destra, oltre lo stipite. Alla fine del corridoio intravide una scala.

Sulla sua porta era affisso il numero 9. Aveva supposto giusto. Mentre si dirigeva alla scala passò davanti ad altre camere. Abbassò le maniglie, ma erano tutte chiuse a chiave.

Scese le scale. Attraversò un corridoio che conduceva a una porta. Da lì si ritrovò in un altro corridoio. Alle pareti erano appesi disegni di bambini. Sotto un sole con le orecchie era scritto: NADJA VUKSITS, 6 ANNI, DA KOFIDISCH. Un pezzo di formaggio con delle faccine allegre al posto dei buchi era firmato da Günther Lipke da Dresda. Una specie di aspirapolvere era opera di Marcel Neville da Stoccarda, un contadino che dondolava una falce era di Albin Egger da Lienz. E sull'ultimo foglio, disegnato da Daniel di Vienna, Jonas identificò con fatica una salsiccia, da cui sparavano.

Girò l'angolo. Quasi sbatté contro il bancone di un registratore di cassa. I cassetti al di sotto erano aperti. Sulla sedia del cassiere c'era una cartelletta aperta in cui erano infilati dei francobolli. Per terra, due cartoline luccicavano sotto la luce verdognola irradiata dai faretti alogeni nel soffitto.

La porta automatica si aprì davanti a lui stridendo. Tirandosi su i pantaloni dalla cintola, uscì all'aperto. Il sospetto divenne certezza. Si trovava a Grossram. Si era svegliato in una stanza del motel dell'area di servizio sull'autostrada.

Il responsabile di tutto ciò poteva essere solo qualcun altro. O lui stesso. Ma a questo, semplicemente, non voleva credere.

Faceva freddo, tirava vento. Jonas, che indossava una camicia, si massaggiò le braccia rabbrividendo. Alla cassetta postale accanto all'ingresso spinse lo sportellino per guardarci dentro. Ma era troppo buio per vedere qualcosa.

La spider era nel parcheggio. Jonas prese le chiavi dalla tasca dei calzoni. Aprì il bagagliaio. Il fucile non c'era, del resto neanche ci aveva sperato. Tirò fuori il piede di porco.

La cassetta delle lettere offriva pochi punti in cui far leva con il piede di porco. Prima fece un tentativo in basso, allo sportello che il postino apriva con la chiave. Ma il piede di porco saltava via in continuazione. Alla fine si spazientì e lo infilò nella fessura della buca. Si appoggiò con il busto e spinse con tutte le sue forze. Risuonò uno scricchiolio prolungato, l'attrezzo sotto di lui cedette, e Jonas cadde pancia a terra.

Si sfregò i gomiti imprecando. Guardò in alto. Il coperchio della cassetta era divelto.

Tirò fuori busta dopo busta, cartolina dopo cartolina, attento a non ferirsi sui bordi taglienti. Per lo più trovò cartoline di saluti. Aprì le lettere, diede una scorsa al contenuto e le gettò. Il vento le sospinse verso la stazione di rifornimento, dietro i cui vetri si intravedeva il bagliore cupo di una luce accesa.

STAZIONE DI SERVIZIO DI GROSSRAM, 6 LUGLIO.

Fissò la cartolina che aveva in mano. Quelle parole le aveva scritte lui, senza sapere che cosa lo avrebbe aspettato. Quell'occhiello alla G era stato tracciato senza che lui avesse idea di che cosa avrebbe trovato a Freilassing, a Villaco e Domzale. Venticinque giorni prima aveva infilato quella cartolina nella buca sperando che l'avrebbero ritirata. Su quella cassetta postale si era rovesciata la pioggia e aveva battuto il sole, ma di lì non era passato neanche un postino. Quel che Jonas aveva scritto era rimasto per più di tre settimane nel buio di una cassetta. Da solo.

Gettò il piede di porco nel bagagliaio. Accese il motore, ma non partì subito. Afferrò il volante con entrambe le mani.

L'ultima volta che era stato lì seduto... Che cosa era successo?

Quando si era seduto lì l'ultima volta?

Chi era stato seduto lì l'ultima volta?

Qualcun altro.

O lui stesso.

Davanti alla casa nella Brigittenauer Lände non notò niente di strano. E tuttavia si comportò con più circospezione del solito. Quando si aprì la porta dell'ascensore, rimase nascosto finché dal rumore capì che si era richiusa. Ci salì solo la seconda volta. Al sesto piano uscì dalla cabina con un balzo in avanti, per travolgere il nemico. Era conscio che si stava comportando in modo assurdo. Ma facendo così gli era più facile superare il difficile momento della decisione. La sensazione di agire, di attaccare, gli concedeva un po' di sicurezza.

Il fucile era appoggiato accanto all'attaccapanni. «Buongiorno», gli disse. Lo caricò. Il rumore che fece gli piacque.

Diede un'occhiata nello stanzino del WC e nel bagno. Andò in cucina, si guardò intorno. Tutto come al solito. I bicchieri sul tavolino davanti al divano, la lavastoviglie aperta, la videocamera accanto al televisore. Anche l'odore era immutato.

La novità in camera da letto gli saltò subito agli occhi.

Nella parete era conficcato un coltello.

Dal muro, nel punto contro cui il dormente si era accanito in quel video, spuntava il manico di un coltello che a Jonas sembrava di riconoscere. Lo studiò. Era il coltello di suo padre. Lo tirò. Era incastrato. Lo scosse. Il coltello non si mosse di un millimetro.

Jonas lo osservò più da vicino. La lama era infilata fino in fondo nel muro di cemento.

Afferrò il manico con entrambe le mani e tirò. Gli scivolarono via. Le asciugò sulla camicia, pulì il manico. Ci riprovò. Non riuscì a smuoverlo neanche un po'.

Com'era possibile che uno riuscisse a conficcare un coltello in un muro di cemento, e in modo tale che dopo non fosse più possibile estrarlo?

Lanciò un'occhiata alla videocamera.

Mise dell'acqua a bollire. Mentre la miscela di erbe dell'infuso si gonfiava, si lavò i denti in salotto. Al lavandino del bagno avrebbe dovuto rivolgere le spalle alla porta. Lo spazzolino elettrico ronzava contro i suoi denti, intanto Jonas guardava dalla finestra. Le nuvole si erano dileguate. Forse era il giorno adatto per piazzare le videocamere.

In camera da letto si appoggiò allo stipite e osservò il coltello nel muro. Probabilmente era un messaggio. Un invito a entrare nelle case, a cercare all'interno, ad andare al fondo delle cose. E il dormente non era cattivo, ma piuttosto un burlone dalle buone intenzioni.

Frugò nelle tasche dei calzoni. Non ci trovò nulla che non fosse già lì la sera prima.

Tirò fuori dal congelatore l'oca che aveva preso al supermercato e che aveva intenzione di cucinare la sera. La buttò in una grossa terrina. Poi si assicurò che la casseruola di terracotta fosse pulita.

Portò la tisana al tavolino davanti al divano. Prese cartoncino, forbici e una penna. Tagliò due fogli di cartoncino fino a ottenerne un mazzo di carte grandi come biglietti da visita. Senza fermarsi a pensare, scrisse qualcosa su ogni carta: l'una via l'altra, per dimenticare subito il testo. Dopo un po' le contò. Erano trenta. Le mise in tasca.

Quando frenò, i cavalletti che aveva dietro sbatterono l'uno contro l'altro. Dopo un'occhiata al quaderno per essere sicuro, prese con sé due videocamere.

Nell'appartamento c'era un odore acre. Trattenne il respiro fino a quando fu sul balcone. Posizionò le videocamere come deciso. Una era rivolta in basso sulla Lände, l'altra puntata sullo Heiligenstädter Brücke. Avendo scordato a casa l'orologio, tirò fuori il telefono cellulare. Era mezzogiorno. Controllò gli orologi sulle videocamere. Gli orari coincidevano. Fece un calcolo approssimativo di quanto tempo gli sarebbe servito per ventisei videocamere. Programmò il timer alle 15.00.

Procedette più in fretta di quanto aveva sperato. A mezzogiorno e mezzo stava già preparando ogni cosa davanti alla Caserma di Rodolfo, un quarto d'ora dopo riattraversava il canale del Danubio e, poco prima dell'una e mezzo, era davanti a casa sua. Gli rimaneva più di un'ora. Aveva fame. Rifletté. La sua oca sarebbe stata pronta solo a tarda sera.

Nel bar della piscina coperta di Brigittenau c'era odore di rancido e di fumo. In cucina cercò una finestra che desse sulla strada, per arieggiare, ma non la trovò. Mise il contenuto di due scatolette nel microonde.

Mentre mangiava sfogliò la *Kronen Zeitung* del 3 luglio. Al suo interno crepitavano briciole di pane, alcune pagine erano appiccicate da macchie di sugo. Il cruciverba era risolto per metà, i cinque errori da cercare nel raffronto di vignette erano segnati con una croce. Per il resto, l'edizione non si differenziava da quelle che gli erano capitate tra le mani in altri posti. Nella pagina degli esteri c'era un reportage sul papa. Nella sezione degli interni, speculazioni su un prossimo rimpasto di governo. Lo sport era dedicato al campionato di calcio. Sulla pagina della televisione c'era il profilo di un popolare presentatore. Aveva già studiato decine di volte quegli articoli. Senza trovarci alcun riferimento all'incombere di avvenimenti particolari.

Mentre leggeva l'articolo sul papa, si trovò a ripensare a una profezia che dalla fine degli anni '70 era stata riportata in varie riviste e trasmissioni, a volte con serietà, ma per lo più con ironia: il papa di allora sarebbe stato il penultimo. Da bambino questa predizione gli aveva fatto paura. Si era domandato che cosa volesse dire. Sarebbe finito il mondo? Scoppiava una guerra atomica? Più avanti, da adulto, aveva fatto altre congetture: forse la Chiesa cattolica si sarebbe riformata in modo radicale, rinunciando all'elezione di un capo supremo... Doveva ricordarsi di averci pensato, se mai l'oracolo si fosse avverato.

Non si era avverato.

Perché Jonas era certo che in piazza San Pietro a Roma la situazione non era diversa che sulla Heldenplatz di Vienna o sul piazzale della stazione di Salisburgo o sulla piazza principale di Domzale.

Spinse da una parte il piatto vuoto e finì di bere l'acqua che aveva preso. Attraverso la vetrata che affacciava sulla piscina guardò la vasca. Al suo orecchio giungeva attutito uno sciaguattio uniforme. L'ultima volta era stato lì con Marie. Laggiù. Avevano nuotato insieme.

Si pulì la bocca con il tovagliolo, quindi scrisse sulla lavagna del menù: «Jonas, 31 luglio».

Alle 14.55 fermò la spider a metà dell'incrocio tra la Brigittenauer Lände e la Stifterstrasse. Voleva entrare nell'inquadratura quando era già in movimento. Per non essere filmato mentre partiva aveva programmato la videocamera di quell'incrocio alle 15.02. Una finestra di due minuti gli bastava.

Fece un giro intorno alla macchina con le mani in tasca, diede qualche calcio ai copertoni con la punta della scarpa, si sporse sul cofano. Il vento soffiava forte. Sopra di lui, un'imposta sbatté contro la facciata. Alzò gli occhi al cielo. Erano tornate a raccogliersi le nuvole, ma erano abbastanza lontane perché potesse ben sperare di recuperare le videocamere in tempo. Sempre che il vento non le buttasse a terra.

14.57. Fece il numero di casa sua.

Partì la segreteria telefonica.

14.58. Chiamò il cellulare di Marie.

Niente.

14.59. Fece un numero inventato di venti cifre.

«Il numero chiamato è inesistente.»

15.00. Schiacciò il pedale dell'acceleratore.

Tra il Döblinger Steg e lo Heiligenstädter Brücke raggiunse i centoventi chilometri l'ora. Dovette frenare bruscamente per riuscire a mantenere il controllo nella curva per il ponte. Con uno stridore di copertoni discese nella Heiligenstädter Lände. Diede gas, cambiò, diede gas, cambiò, diede gas, cambiò. Sebbene dovesse concentrarsi sulla strada, per un attimo scorse la videocamera sul ponte pedonale sotto cui si infilò velocissimo un secondo dopo.

All'altezza della Friedensbrücke l'ago del tachimetro segnava i centosettanta, poco prima della Caserma di Rodolfo i duecento. Gli edifici a lato della strada gli apparivano appena abbozzati. Spuntavano, erano lì, ma lui li avvertiva solo dopo che se li era già lasciati alle spalle.

Sullo Schottenring dovette togliere il piede dall'acceleratore per non venire sbalzato fuori dalla curva e finire nel canale del Danubio. Guidò a centoquaranta in direzione Schwedenplatz, frenò all'ultimo istante e portò la macchina sul ponte. Il cuore pompava il sangue così all'impazzata che Jonas prese a sentire un dolore lancinante dietro la fronte. Lo stomaco si strinse, le braccia sussultarono. Aveva la faccia inondata di sudore e ansimava.

Qui altre curve, quindi niente tavoletta, era il messaggio che gli inviava la parte ragionevole del suo subcosciente.

Jonas innestò una marcia più alta e pigiò l'acceleratore.

Per due volte fu sul punto di perdere il controllo del veicolo. Aveva la sensazione di vedere tutto scorrere al rallentatore. E intanto non provava nulla. Solo un momento dopo, quando ebbe riportato la macchina in carreggiata, gli sembrò che dentro di lui si strappasse qualcosa. Disperato, spinse l'acceleratore ancora più a fondo. Era perfettamente conscio di aver superato un limite, ma era impotente. Poteva solo stare a guardare che cosa avrebbe fatto dopo, ed era ansioso di scoprirlo.

Aveva studiato bene il punto in cui la Lände e l'Obere Donaustrasse si separavano. Per non rischiare un incidente sulla rotatoria della Gaussplatz, all'incrocio prima non sarebbe dovuto andare a più di cento all'ora. Mentre passava il semaforo, diede un'occhiata al tachimetro: centoventi.

Per un secondo pigiò il pedale sino in fondo. Poi piantò con tutta la forza il piede sul pedale del freno. Stando al corso di guida che aveva seguito nell'esercito, ora doveva «pompare», cioè sollevare il piede e subito tornare a premere il pedale, effettuando la procedura a ripetizione, il più velocemente possibile. La forza centrifuga e un crampo al muscolo gli impedirono di flettere la gamba. Sfiorò una macchina parcheggiata. La spider sbandò. Gli sfuggì di mano il volante. Percepì un colpo tremendo, contemporaneamente sentì uno schianto. La macchina girò su se stessa.

Jonas si asciugò il volto.

Guardò a destra e a sinistra.

Tossì. Tirò il freno a mano. Slacciò la cintura di sicurezza. Tolse la sicura alla portiera. Voleva scendere, ma da fuori qualcosa bloccava la porta.

Piegandosi in avanti si accorse di essere sulle rotaie del tram nella rotatoria. L'orologio nel cruscotto segnava le tre e dodici.

Cercò di grattare una macchia di salsa secca dai pantaloni e vide che le dita gli tremavano. Riallacciò la cintura ed entrò nella Klosterneuburgerstrasse.

Mentre passava davanti alla piscina di Brigittenau, decise di rifare un'altra volta tutto il percorso. Diede gas. Ma non gli riuscì di raggiungere la velocità con cui aveva affrontato il giro precedente. E non per colpa della macchina. Era la sua aggressività a essere scemata: si sentiva stordito. Correre non gli dava alcun piacere. I cento gli sembravano più che abbastanza.

Dopo avere girato una seconda volta a velocità moderata intorno al canale del Danubio, tra Heiligenstadt e il centro, si apprestò a recuperare le videocamere. Le aveva dotate di un numero per non fare confusione con le cassette. Uscendo dall'auto sulla Brigittenauer Lände, perché voleva riprendere le due videocamere dal balcone dell'appartamento, inciampò. Non cadde solo grazie a un cassonetto dei rifiuti a cui si aggrappò all'ultimo momento.

Fece un giro intorno all'auto. Il fanalino posteriore destro era rotto. C'era un'ammaccatura sul retro della fiancata sinistra. Ma i danni più ingenti li aveva subiti il muso. Il cofano era parzialmente sollevato, i fanali distrutti.

Si trascinò fino al portone di casa con le gambe molli. Prese l'ascensore. Rinunciò a controllare le videocamere. Schiacciò il tasto di STOP e le spense.

Quando sollevò l'oca dalla terrina e la posò sul tagliere gli venne in mente che nell'incidente non si era aperto l'airbag. Non era sicuro di ricordarsi correttamente di tutti i dettagli, ma lo stato dell'auto era abbastanza eloquente. C'era stato sicuramente un urto. Che avrebbe dovuto attivare l'airbag.

Roba da far ritirare al costruttore tutta la produzione, gli passò per la testa. Non poté fare a meno di ridere.

Preparò sale, pepe, dragoncello e altre spezie, ridusse le verdure a tocchetti, immerse nell'acqua la casseruola di terracotta, cominciò a scaldare il forno. Tagliò l'oca a pezzi con il trinciapollo. Non era ancora del tutto scongelata, e dovette impiegare la forza. Aprì l'addome, quindi tranciò le ali. Non era molto abile in cucina, e presto il tagliere fu un macello.

Fissò le cosce. Le ali. Il sedere.

Fissò l'interno della pancia.

Osservò l'oca smembrata davanti a sé.

Corse in bagno a vomitare.

Dopo essersi lavato i denti e la faccia, prese dall'armadio in corridoio un grande sacchetto di plastica. Senza guardare troppo, ci fece scivolare dentro l'oca direttamente dal tagliere. Poi lo gettò in uno degli appartamenti di fianco.

Spense il forno. Lo sguardo gli cadde sulle verdure pulite. Infilò in bocca un pezzo di carota. Si sentiva stanco. Come se non dormisse da giorni.

Si accasciò sul divano. Avrebbe voluto controllare la porta. Cercò di ricordare. Era abbastanza sicuro di averla chiusa a chiave.

Così fiacco. Così stanco.

Si svegliò di soprassalto da brutte visioni intricate. Erano le diciannove passate. Scattò in piedi. Aveva delle cose da fare, non poteva dormire.

Nel preparare i bagagli si aggirò per le stanze come un sonnambulo. Se aveva bisogno di due cose che si trovavano l'una accanto all'altra ne prendeva una e lasciava l'altra dove stava. Non appena si accorgeva della dimenticanza tornava indietro, ma poi gli veniva in mente qualcos'altro e l'oggetto doveva continuare ad aspettare.

Tuttavia, dopo mezz'ora aveva finito. Non gli serviva poi molto. Magliette, mutande, succo di frutta, un po' di frutta e verdura, videocassette nuove, cavi di collegamento. Andò nell'appartamento vuoto accanto, dove aveva riportato le videocamere dopo la corsa in auto. Ne scelse cinque e tolse le cassette, su cui trascrisse il numero precedentemente assegnato alla rispettiva videocamera.

Durante il viaggio per la Hollandstrasse si ricordò del sogno fatto nel sonnellino pomeridiano. Non aveva una trama. Gli erano apparsi in continuazione una mezza testa o una bocca. Una bocca aperta, la cui particolarità era che non aveva denti. Là dove di norma dalle gengive spuntano i denti, uscivano mozziconi di sigaretta. Nessuno parlava. L'atmosfera era fredda e vacua.

Davanti alla casa c'era il camion. Jonas fermò qualche metro più in là in modo che la spider non intralciasse il lavoro. Si gettò la borsa sulle spalle e prese due videocamere.

Nell'appartamento dei genitori c'era aria viziata. I suoi passi riecheggiarono mentre calpestava il vecchio parquet diretto alle finestre. Una dopo l'altra, le aprì tutte.

In casa entrò l'aria pulita e tiepida della sera. Appoggiato al davanzale, guardò fuori. Il camion gli ostruiva la vista della strada. Non gli importava. Si sentiva sopraffatto da una sensazione di intimità. Andava a mettersi lì fin da bambino, in piedi sopra una cassa, a guardare la strada sottostante. Conosceva il buco nella pensilina di latta sopra la finestra, il canaletto coperto da una griglia lungo il bordo in pietra del marciapiede, il colore del lastrico.

Si raddrizzò. Aveva fretta.

Nell'atrio della casa, Jonas sistemò alcune assi sui gradini che conducevano agli appartamenti del pianterreno. Attraverso quella rampa fece passare con il carrello da trasloco prima di tutto le due metà del letto. Le appoggiò contro il muro.

Senza attrezzi da falegname non avrebbe mai più potuto ricomporre il letto. Certo, poteva provare a incollare insieme i pezzi, ma probabilmente se ci si fosse sdraiato sopra non avrebbe retto. Così prese dal camion alcuni blocchi di legno che aveva raccolto apposta per quello scopo da un cantiere. In strada guardò preoccupato il cielo. Presto sarebbe imbrunito.

Dispose i blocchi. Non erano della stessa altezza. Uscì di nuovo e tornò con uno scatolone di libri. I primi volumi che tirò fuori erano pregiati. Si ricordava persino dove stavano di posto nella libreria marrone. I sei libri successivi erano tomi sulla seconda guerra mondiale che suo padre aveva raccolto dopo la morte della mamma. Ci si poteva rinunciare.

Ne sistemò due sul blocco più basso. Distribuì gli altri libri dove serviva. Verificò l'altezza. Scambiò di posto due libri. Controllò di nuovo, cercò un libro sottile di cui non gli importasse e lo appoggiò su una delle pile. Misurò la nuova altezza. Andava bene.

Trascinò dentro sul carrello la prima metà del letto. Era la parte dove un tempo dormiva la madre. Scaricò piano quel pezzo di mobile ingombrante e lo calò in modo che la parte segata appoggiasse esattamente sulla metà delle pile di libri.

Lo stesso fece con la seconda metà del letto, che gli costò ancora più fatica. Andò a prendere i materassi e li sistemò.

Salì sul letto, prima con esitazione, poi più deciso. Quando, contro ogni aspettativa, non crollò, Jonas sfilò le scarpe e si allungò sul materasso.

Era fatta. La notte poteva arrivare. Non sarebbe stato costretto a scegliere tra affrontare l'oscurità per tornare nella casa in Brigittenauer Lände o dormire lì, ma sul pavimento.

Sebbene sentisse un languore nello stomaco per la fame e la luce del giorno si facesse di minuto in minuto più cupa, continuò a lavorare. Portò dentro con il carrello quasi tutti i mobili, sistemandoli al loro posto. Nel farlo, non fu più così attento come quando aveva caricato. Risuonarono tintinnii e colpi, qui si staccò un pezzo di intonaco dal muro, là qualche riga nera segnò la tappezzeria. Non gliene importava niente. Fece solo attenzione che non si rompesse nulla. Qualche graffio lo facevano anche i traslocatori di professione.

Due quadri, tre videocamere e il televisore furono l'ultimo carico della serata. Attaccò la TV. Si accorse di avere voglia di qualcosa. Non sapeva di cosa. Srotolò cavi, collegò una videocamera al televisore. Dovette schiacciare qualche tasto sul telecomando prima che lo schermo diventasse azzurro, pronto a mostrare il video.

Scese la notte. Contrariamente a quanto sperava, in strada non si accesero i lampioni. Con le mani puntate sui fianchi diede un'occhiata al camion dalla finestra. Si udiva solo il debole ronzio della videocamera in stand-by dietro di lui.

Cioccolato.

Aveva una fame tremenda, ma soprattutto lo tormentava una gran voglia di cioccolato. Cioccolato al latte, alle nocciole, ripieno, non importava di che tipo: andava bene anche del cioccolato per cucinare. Purché fosse cioccolato.

L'atrio era buio. Con il fucile in mano scivolò verso l'interruttore. Quando si accese la fioca lampadina sul soffitto, Jonas si raschiò la gola e rise forte. Scosse la maniglia dell'appartamento di fronte. Chiuso. Provò con quello successivo. Mentre abbassava la maniglia, gli venne in mente che quello una volta era l'appartamento della signora Bender.

« Ehilà? »

Accese la luce. Si sentì serrare la gola. Deglutì. Scivolò attaccato alle pareti come un'ombra. Non riconosceva niente. Sembrava che le fossero subentrati dei ragazzi. Alle pareti erano appese foto di star del cinema. La raccolta di video occupava due librerie. C'erano in giro riviste TV. In un angolo notò un terrario vuoto.

Niente di quello che vedeva gli era familiare. Ricordava solo il magnifico pavimento in legno e gli stucchi dei soffitti.

Si accorse con stupore che l'appartamento della signora Bender era quasi tre volte più grande di quello della sua famiglia.

Non trovò cioccolato, ma solo un tipo di biscotti che non gli piaceva. Gli venne in mente il negozio di alimentari due strade più in là. Da bambino aveva fatto spesso la spesa dal signor Weber. Gli lasciava perfino tenere un conto in sospeso. In seguito, il vecchio signore dalle sopracciglia cespugliose aveva chiuso bottega. Se Jonas ricordava bene, l'aveva rilevato un egiziano che si era messo a vendere specialità orientali. Ma forse teneva in negozio anche del cioccolato.

In strada l'aria era mite. Non tirava vento, c'era silenzio. Jonas guardò a destra e a sinistra nella semioscurità. Quando si incamminò, gli si drizzarono i capelli sulla nuca. Voleva tornare indietro. Fece appello a tutta la sua forza di volontà e proseguì.

Il negozio era aperto. Ci trovò del cioccolato. Oltre a conserve e zuppe pronte c'erano anche latte, pane e würstel, ma naturalmente non si potevano più mangiare. Il proprietario teneva in negozio quasi ogni prodotto di uso quotidiano. Solo la ricerca di alcol risultò infruttuosa.

Infilò alcune tavolette di cioccolato nel cestello rugginoso. Aggiunse qualche scatoletta di fagioli e una bottiglia di acqua minerale. Tirò giù alla cieca dagli scaffali dolci e prodotti da forno.

Sulla via del ritorno, il cestello si rivelò un impiccio. Non riusciva a trasportarlo e nello stesso tempo tenere il fucile pronto a sparare. Procedeva lentamente. Qua e là una finestra illuminata rischiarava un paio di metri di strada.

Non poteva liberarsi dall'idea che dietro le macchine parcheggiate lo aspettasse qualcuno. Si fermò. Udì solo il proprio respiro trepidante.

Nella sua immaginazione, dietro il furgone parcheggiato a quell'angolo c'era una donna. Portava una specie di cuffia, come quella che mettevano le suore. Era avvolta in un vestito ampio e incolore, e non aveva volto. Lo aspettava acquattata. Era come se non si fosse mai mossa. Come se fosse sempre stata lì. E non stava aspettando uno qualsiasi. Stava aspettando lui.

Jonas voleva mettersi a ridere, a gridare, ma non riuscì a emettere neanche un suono. Voleva fuggire. Ma le sue gambe non gli ubbidivano. Si avvicinò alla casa a velocità costante. Non respirava.

Accese la luce nell'atrio. Salì la rampa e arrivò sul pianerottolo dell'appartamento. Non si voltò. Entrò, posò a terra il cestino e spinse la porta con il fondoschiena. Solo allora si girò e chiuse a chiave.

«Ah, ah, ah! E adesso banchettiamo! Adesso ci abbuffiamo! Ah, ah, ah!»

In cucina si guardò intorno. L'arredamento e tutte le stoviglie erano dei Kästner. Mise sul fornello una grossa pentola e ci versò il contenuto di due scatolette. Quando prese a salire l'odore di fagioli, la sua tensione si allentò sempre più.

Dopo mangiato passò nella stanza da letto con il cestello, dove lo accolse il ronzio della videocamera. Quando ne saggiò la stabilità con il piede, il letto non crollò nemmeno questa volta. Prese una coperta e un cuscino. Si sdraiò, scartò una tavoletta di cioccolato al latte e ne infilò in bocca una barretta.

Fece vagare lo sguardo. Ancora non c'erano tutti i mobili, ma quelli che aveva trasportato fino allora erano tutti al loro vecchio posto. La libreria marrone, quella gialla. La lampada a stelo antidiluviana. La poltrona un po' macchiata. La sedia a dondolo con il bracciolo consunto, su cui da bambino a volte gli veniva il mal di mare. E Johanna sulla parete di fronte al letto: il quadro della sconosciuta che era sempre stato lì. Una bella donna con i lunghi capelli scuri che, appoggiata al tronco di un albero stilizzato, guardava negli occhi l'osservatore. Erano stati i genitori a chiamarla Johanna, per scherzo. Anche se nessuno sapeva chi avesse dipinto il quadro né chi ritraesse. Non avrebbero nemmeno saputo dire da dove venisse.

Il lenzuolo sul materasso era morbido. Emanava ancora un profumo familiare.

Jonas si voltò su un fianco. Cercò a tentoni dietro di sé un altro pezzo di cioccolato. Stanco e rilassato, guardò la finestra che dava sulla strada. Era una doppia finestra che non chiudeva bene, così che in inverno tra i serramenti i suoi infilavano delle vecchie coperte per fermare gli spifferi.

Prima di Natale metteva lì la sua letterina per Gesù Bambino.

A inizio dicembre la mamma gli diceva di preparare la lista di desideri per Gesù Bambino. E non mancava mai di ricordargli che Gesù Bambino era così povero che andava in giro indossando solo una veste leggera, perciò Jonas doveva limitarsi. Così lui si sedeva alla scrivania con i piedi penzolanti sopra il pavimento. E mangiucchiando una matita rifletteva sui suoi sogni. Un camion radiocomandato era troppo caro per Gesù Bambino? Non aveva abbastanza soldi per una pista delle macchinine? O per una barca elettrica? Gli venivano in mente le cose più meravigliose, ma la mamma gli diceva che i suoi desideri avrebbero certo gettato Gesù Bambino nello sconforto, perché non avrebbe saputo come procurarsi tutte quelle cose.

E così, alla fine, sulla lista apparivano soltanto delle piccole cose. Una nuova stilografica. Un pacchetto di decalcomanie, una palla di gomma. La letterina veniva messa sulla coperta logora tra le due finestre, da dove una delle notti successive un angelo l'avrebbe ritirata per portarla a Gesù Bambino.

Come faceva l'angelo ad aprire la finestra?

Era quella la domanda che Jonas rimuginava sempre prima di addormentarsi. Non voleva assolutamente chiudere gli occhi, voleva rimanere sveglio. E se l'angelo fosse arrivato proprio quella notte? L'avrebbe sentito?

Il suo primo pensiero la mattina era: ecco che alla fine si era addormentato. Ma quando, quando era successo?

Correva alla finestra. Se la busta era sparita – cosa che succedeva di rado il primo mattino, ma in genere il secondo o anche il terzo, perché gli angeli avevano un mucchio di cose da fare – Jonas provava una gioia più grande persino dell'emozione vissuta settimane più tardi, la notte di Natale. Certo, allora era felice per i regali, ed eccitato dalla consapevolezza di essersi trovato così vicino a Gesù Bambino in persona quando era venuto a mettere i pacchetti sotto l'albero, mentre lui era seduto in cucina. Per Natale i genitori invitavano zio Reinhard e zia Lena, zio Richard e zia Olga. Sull'albero erano accese le candele. Jonas si metteva per terra e, sfogliando un libro o ispezionando la locomotiva giocattolo, ascoltava le chiacchiere dei grandi che, nell'arrivare fino a lui, si trasformavano in un sussurro uniforme da cui si sentiva avvolgere. Tutto ciò era bello e pieno di mistero. Ma niente di paragonabile alla meraviglia che si era verificata qualche settimana prima. La notte in cui un angelo era venuto a prendere la sua letterina.

Jonas si rigirò sospirando dall'altra parte. Era rimasta solo una barretta di cioccolato. Se la infilò quasi tutta in bocca e appallottolò la carta.

Si accorse di non poter più rimanere sveglio a lungo. Vinse la stanchezza e si alzò.

Posizionò tre videocamere in fila davanti al letto. Guardò attraverso l'obiettivo, corresse l'angolazione, infilò le cassette. Quando tutto fu pronto, si rivolse al televisore e alla videocamera che gli era collegata. Il nastro della notte prima, ce l'aveva nella tasca dei calzoni. Lo inserì e schiacciò lo START.

La videocamera non era puntata sul letto; anzi, non era nemmeno nella stanza da letto. L'inquadratura mostrava la cabina della doccia nel bagno. Nel bagno di quell'appartamento. Nella Hollandstrasse.

Sembrava che qualcuno stesse facendo la doccia già da un pezzo, e molto calda. I vetri della cabina erano appannati, e da sopra saliva il vapore. Ma non si sentiva il rumore dell'acqua che scorreva. Sembrava una ripresa senza audio.

Dieci minuti dopo, Jonas cominciò a chiedersi per quanto ancora sarebbe durato quello spreco d'acqua.

Venti minuti. Era così stanco che dovette passare alla velocità doppia. Trenta minuti, quaranta. Un'ora. La porta del bagno era chiusa, e la stanza si riempiva sempre più di vapore. La porta della cabina era ormai solo intuibile.

Dopo due ore, sullo schermo si vedeva soltanto una compatta massa grigia.

Dopo un altro quarto d'ora la visuale cominciò a migliorare rapidamente. Tornò a distinguersi la porta del bagno, che adesso era aperta. Come quella della cabina della doccia.

La cabina era vuota.

La cassetta finì senza che si vedesse nessuno.

Jonas spense. Circospetto, come se quello che aveva visto sul nastro avesse ancora una relazione diretta con quanto avveniva in quell'istante, andò a sbirciare nel bagno. Guardò il tappetino. Il piatto della doccia. Il portasapone che sporgeva dalle piastrelle. Tutto aveva il solito aspetto.

Eppure non era possibile. Qualcosa doveva essere cambiato. Almeno una cosa.

Ciò a cui aveva assistito nella registrazione era successo lì. Apparteneva a quel luogo. Ma il luogo l'aveva lasciato andare via: non gli era rimasto attaccato niente del passato. C'era ancora solo una cabina della doccia. Niente vetri appannati. Niente vapore. Solo il ricordo. Vuoto.

Erano passate da poco le undici. Programmò una videocamera sulle 2.05, la seconda sulle 5.05. Quindi accese la terza, si tolse i vestiti e si distese sul letto.

17

Quasi non ci credette, quando guardò l'ora sul telefonino. Erano le nove passate. Aveva dormito dieci ore, eppure non si sentiva minimamente riposato.

In cucina si accorse che la sera prima, dall'egiziano, aveva dimenticato di prendere del pane per la colazione. Scaldò l'ennesima scatoletta. Caffè ce n'era, ma di una marca che non gli piaceva. Bevve acqua minerale.

Dopo mangiato fece ordine. Aprì tutte le finestre in modo che si creasse corrente ed entrasse aria fresca. Sbatté coperte e cuscini. Riavvolse le cassette, e la stanza si riempì del loro triplice ronzio. Mise i piatti sporchi in lavastoviglie. Senza ammetterlo con se stesso, durante tutte le faccende tenne sempre gli occhi bene aperti. Cercava cambiamenti. Indizi. Qualcosa che non avesse notato il giorno prima.

Fece una doccia fredda. Senza chiudere gli occhi. Cantò a gola spiegata una canzone in cui pirati davano giri di chiglia e gettavano uomini in pasto ai pesci. Mentre si asciugava in camera, vide la tavoletta di cioccolato iniziata. Esitò un momento, poi le diede un morso.

Nel giro di un'ora aveva vuotato l'intero camion. Era tutto nell'appartamento. Tutte le sedie, tutti gli scaffali, tutti gli armadi, tutti gli scatoloni. C'era un gran disordine, ma almeno non doveva più uscire di casa. Ora poteva lavorare e intanto guardare i nastri della notte prima.

In meno di tre ore riuscì a ripulire tutti i mobili con una spugna, a verificare i danni e a sistemarli al loro posto. Accanto a lui nel televisore il dormente dormiva, e intanto Jonas tirò a lucido il paralume, sistemò un buco nella poltrona ed eliminò dei graffi all'armadio. Appena poteva, dava un'occhiata al televisore.

Il dormente sembrava aver passato una notte tranquilla. Ogni tanto si rigirava, ma per la maggior parte del tempo rimaneva pacificamente disteso. A Jonas sembrava addirittura di sentirlo russare. Si chiese com'era possibile, allora, che si sentisse così stanco.

Tra la cassetta uno e la due fece una pausa. In un armadietto di cucina trovò del cibo precotto. Lo riscaldò in un piccolo wok. Era immangiabile. Aggiunse salsa di soia e spezie. Inutilmente. Con la faccia di pietra, conficcò l'apriscatole in un'altra scatoletta di zuppa di fagioli.

La seconda cassetta cominciò allo stesso modo in cui era finita la prima. La fece scorrere a velocità accelerata. Intanto vuotò gli scatoloni. Aveva da fare anche in cucina, da dove non poteva vedere il televisore. Perciò durante quei pochi minuti rimise la velocità normale e alzò il volume al massimo. Ogni tanto faceva un salto di là in camera per assicurarsi che il dormente fosse ancora seppellito sotto le coperte. Il letto sulla destra si rispecchiava di fronte a sinistra, rimpicciolito, nel televisore. In quello specchio c'era lui stesso che dormiva.

Tutte le posate della famiglia Kästner finirono sul cumulo di rifiuti in cortile. Jonas tenne solo alcune pentole e padelle perché si era accorto che la dotazione di suo padre lasciava a desiderare. Gli mancava la tazza con gli orsi da cui beveva sempre da bambino. Dei vecchi bicchieri ne erano rimasti solo tre. E sembrava che suo padre si fosse liberato degli attrezzi da cucina che richiedevano competenza o attenzione, come per esempio la pentola a pressione e la caffettiera.

Passò di nuovo alla velocità doppia. Se si perdeva qualcosa, pazienza: era impossibile filmare integralmente tutto il suo sonno e pretendere di riguardare le riprese in modo accurato il giorno dopo. Voleva dire non fare nient'altro che dormire e guardarsi dormire. Non avrebbe più potuto combinare nulla, sarebbe rimasto sempre attaccato al video.

Verso la fine della prima cassetta, mentre il dormente giaceva ancora immobile sotto le coperte, Jonas si sentì preso in giro. I suoi movimenti si fecero più lenti. Infilò la biancheria nei cassetti senza curarsi di spiegazzarla, sbatté ante di armadio. Finché tra una pila di libri scoprì alcuni vecchi album di fumetti che durante l'imballaggio non aveva notato.

I fumetti gli piacevano. Anche da adulto ogni tanto si comprava un numero di *Mortadella e Filemone,* e non se ne vergognava. Nella Brigittenauer Lände in quel momento ce n'era uno accanto al WC. Ma questi album erano particolari. Li sfogliò come una ricercata rarità. Osservò con attenzione ogni orecchia alle pagine, ogni macchia di marmellata. L'ultima volta che aveva avuto tra le mani quel giornalino doveva avere dodici anni, al massimo quattordici. Erano passati vent'anni da quando era stato tagliato il pane da cui era caduta la marmellata su quella pagina. L'album era rimasto due decenni su uno scaffale senza che nessuno lo aprisse. Un giorno Jonas l'aveva raccolto, l'aveva riposto e non ci aveva mai più pensato. Senza sapere quanto tempo sarebbe passato prima di rivedere quella didascalia, quella nuvoletta. Ci ritornava solo adesso.

«Forte!» era scritto con calligrafia infantile sul margine di una pagina.

L'aveva scritto lui. Il perché, non lo sapeva. Sapeva solo che l'aveva scritto lui. Che era successo vent'anni prima e che a quel tempo c'erano ancora tante cose che non immaginava nemmeno. Che quel «forte» era stato scritto da un ragazzino che non sapeva niente di ragazze, che aveva intenzione di studiare fisica e diventare insegnante o professore, che era appassionato di calcio e che probabilmente aveva un compito in classe di matematica da preparare. E che colui che vent'anni dopo aveva ritrovato l'album si domandava come mai non l'avesse trovato prima. L'album. E il ricordo.

Diede un'occhiata allo schermo. Il dormente non si muoveva.

Su una pagina erano stati aggiunti con una penna gli occhiali ai personaggi. Non si ricordava di averlo fatto.

Si mise a leggere il fumetto. Già alla prima pagina si ritrovò a sorridere sotto i baffi. Proseguì la lettura con crescente piacere. Le occhiate che lanciava al televisore ormai erano meccaniche. Si godette l'assurdità della trama, dei personaggi, dei disegni. Quando guardò un'altra volta il televisore, lo schermo era azzurro. Inserì immediatamente la terza cassetta. Il dormente dormiva. Jonas premette il pulsante che raddoppiava la velocità.

Proseguì la lettura. Alcune volte non poté fare a meno di ridere ad alta voce. Dopo aver letto l'ultima pagina, sfogliò ancora un po' l'album, di buonumore. Non ricordava quella storia. Gli era sembrato di leggerla per la prima volta. Cosa che lo stupì, perché quando gli era capitato di rileggere uno dei suoi libri di bambino, la trama e i personaggi gli erano subito risultati familiari.

Il dormente dormiva. Così pacifico e tranquillo che Jonas controllò se aveva davvero inserito la velocità accelerata.

Sistemò i libri sugli scaffali. Ogni tanto ne trovava uno che risvegliava il suo interesse, e lo sfogliava leggiucchiando qua e là. Controllava lo schermo. Si guardava intorno per capire se era già così a buon punto da potersi concedere una pausa e continuava a leggere finché la sua curiosità era soddisfatta.

Gli scatoloni, ripiegati, volavano l'uno dopo l'altro nel cortile sul retro. Mise in pausa la videocamera per avviare la lavatrice in bagno. Già che c'era, appese degli asciugamani ai ganci accanto al lavandino. Tornato in camera, schiacciò PLAY e si mise a riordinare gli oggetti a cui suo padre teneva di più. Alcuni anelli. Le medaglie. Il passaporto. Piccoli ricordi. Mise tutto nel cassetto in cui erano stati riposti per decenni. Mancava solo il coltello, che era conficcato nel muro. Anche alcune fotografie erano sparite. Forse le avrebbe ritrovate nella cantina in Rüdigergasse.

Il pensiero del coltello incastrato nel muro lo rabbuiò. Per la prima volta da settimane il suo umore era risollevato, non voleva rovinarselo. Prese in mano un altro fumetto.

Diede un'occhiata alla stanza. Ormai aveva finito. Forse mancava ancora una bella ripulita, ma quella avrebbe anche potuto darla un altro giorno.

Si sdraiò sul letto. Prese delle arachidi. Il nastro girava a velocità doppia, il display indicava due ore e mezzo. Passò alla velocità normale. Con la testa rivolta al televisore, si rigirò sulla pancia per stare più comodo e si mise a leggere. Addentò con gusto una nocciolina.

Con la coda dell'occhio si accorse di un movimento sullo schermo.

Il nastro girava da due ore e cinquantasette minuti. Il dormente si districò dalla coperta e sedette sul bordo del letto. A un metro di distanza da dove era sdraiato ora Jonas. Il dormente si rivolse alla videocamera. Aveva lo sguardo lucido.

Jonas si mise a sedere. Alzò il volume. Osservò il dormente.

Il dormente sollevò un sopracciglio.

Gli fremette l'angolo della bocca.

Scosse la testa.

Cominciò a ridere.

Rideva sempre di più, sempre più forte. Non era una risata artificiale. Sembrava che ci fosse qualcosa che lo divertiva davvero. Rideva e rideva: gli mancava l'aria. Si sforzò di tornare serio. Scoppiò di nuovo a ridere. Poco prima della fine del nastro riprese il controllo di sé. Guardò dritto nell'obiettivo.

Era uno sguardo fermo come Jonas non l'aveva mai visto in nessun essere umano. Tanto meno in se stesso. Uno sguardo dotato di una tale determinazione che lui si sentì sopraffatto.

Lo schermò diventò azzurro.

Jonas distese le braccia e le gambe. Guardò il soffitto.

Il soffitto che aveva guardato vent'anni prima, che aveva guardato tre settimane prima.

Fin da bambino se ne stava lì sdraiato a riflettere sul suo Io. Sull'Io che era l'equivalente della vita in cui ciascuno era rinchiuso. Se uno nasceva con i piedi a papera, se li teneva tutta la vita. Se a uno cadevano i capelli poteva anche mettersi un parrucchino, ma lui stesso lo sapeva benissimo di essere pelato e di non potersi sottrarre a quel destino. Quando a uno cavavano tutti i denti, sino alla fine non avrebbe più masticato con denti propri. Se uno subiva una minorazione, doveva abituarcisi. Ci si doveva abituare a tutto ciò che non si poteva cambiare, e non si poteva cambiare la maggior parte delle cose. Un cuore debole, uno stomaco sensibile, una spina dorsale storta, quello era l'Io, faceva parte della vita, e in quella vita eravamo rinchiusi, e non avremmo mai saputo com'era e che cosa voleva dire essere un altro. Niente poteva trasmetterci quello che un altro provava svegliandosi o mangiando o amando. Non si poteva sapere com'era la vita senza il mal di schiena o l'acidità di stomaco dopo i pasti. La propria vita era una gabbia.

Da bambino rimaneva lì sdraiato a sognare di essere un personaggio dei fumetti. Non voleva essere il Jonas con la vita che aveva, con il corpo in cui era infilato. Ma un Jonas che fosse allo stesso tempo Mortadella, o Filemone, o tutti e due o almeno un loro amico, insieme a loro, nella loro realtà. Con le regole e le leggi di natura che vigevano nel loro mondo. Quei due prendevano continuamente botte, facevano incidenti, saltavano dai grattaceli, venivano incendiati, fatti a pezzi, mangiati, fatti esplodere e scaraventati su pianeti lontani. Ma loro riuscivano a respirare persino là, le esplosioni non li uccidevano e potevano farsi ricucire le mani mozzate. Certo, provavano dolore. Ma nella vignetta successiva il dolore era già passato. Quei due si divertivano un mondo. Doveva essere bello essere loro.

E poi non morivano.

Il soffitto. Non essere Jonas, ma il soffitto. Essere sospeso su una stanza in cui anno dopo anno passava gente. Alcuni scomparivano, ne arrivavano altri. E lui appeso lassù: che gli importava dello scorrere del tempo?

Essere un sasso vicino al mare. Sentire il rumore delle onde. O non sentire. Rimanere secoli sulla riva e poi essere gettato in acqua da una bambina. Per essere ricacciato a riva dal mare altri secoli dopo. Sulla spiaggia. Sulle conchiglie sbriciolate in sabbia.

Essere un albero. Quando l'avevano piantato regnava Enrico I, o IV o VI, e poi era venuto un Leopoldo o un Carlo. L'albero stava nel prato, il sole splendeva su di lui, quando veniva la sera gli diceva arrivederci, di notte arrivava la rugiada. Il mattino rispuntava il sole, si salutavano, e non gli importava se mille chilometri più in là se ne andava in giro uno Shakespeare oppure una regina veniva decapitata. Veniva un contadino e gli potava i rami, e il contadino aveva un figlio, e il figlio aveva un altro figlio, e l'albero stava lì e non era vecchio. Non sentiva dolori, non aveva paura. Napoleone era diventato imperatore e all'albero non importava. Napoleone era passato di lì, si era accampato sotto l'ombra dell'albero, e l'albero se ne infischiava. E quando più avanti era passato un imperatore Guglielmo e aveva toccato l'albero, non sapeva che quell'albero l'aveva toccato anche Napoleone. E, all'albero, Napoleone e Guglielmo erano indifferenti. Così come il pronipote del pronipote del primo contadino che era venuto a potargli i polloni.

Essere un albero così, che era stato su quel prato all'inizio della prima guerra mondiale, e all'inizio della seconda, e negli anni '60, '80, '90. Che stava lì anche adesso, con il vento che gli soffiava intorno.

Il sole filtrava attraverso le veneziane. Jonas chiuse la porta a chiave, ispezionò l'appartamento. Posò il fucile vicino all'attaccapanni. Sembrava che non fosse stato lì nessuno. Il coltello era sempre conficcato nel muro. Tirò. Non si smosse.

Preparò qualcosa da mangiare. Dopo mangiato, bevve un bicchierino di grappa. Si affacciò alla finestra. Si godette a occhi chiusi i raggi del sole.

Le otto. Era stanco, ma non poteva andare a dormire: aveva troppo da fare. Nell'appartamento accanto aprì gli sportelli delle videocamere. Numerò le cassette. Con i nastri dall'uno al ventisei impilati in modo instabile contro il petto, tornò in casa sua. Mise una cassetta nuova nel videoregistratore. Infilò nella videocamera il nastro uno.

Sullo schermo del televisore apparve la spider in corsa che percorreva la Brigittenauer Lände a tutta velocità verso la videocamera. Quando ci passò davanti, il rumore del motore fu così assordante che Jonas abbassò il volume spaventato.

Il rombo si fece quasi impercettibile, quindi regnò il silenzio.

Lo schermo mostrava la strada deserta.

Non si vedeva il benché minimo movimento.

Jonas fece andare avanti il nastro. Tre, otto, dodici minuti. Schiacciò il tasto PLAY. Vide di nuovo la strada immobile. Attese. Qualche minuto dopo si sentì il rombo lontano di un motore in rapido avvicinamento. La spider entrò nell'inquadratura. Puntò con il muso ammaccato verso la videocamera. Passò velocissima.

La strada rimase lì come abbandonata. Il vento muoveva dolcemente i rami degli alberi sul bordo.

Jonas riavvolse fino all'inizio. Schiacciò il tasto START della videocamera e quello REC del videoregistratore. Nel momento esatto in cui la macchina usciva dall'inquadratura, fermò la registrazione. Tolse il nastro uno e infilò il due. Era quello ripreso dal balcone. Schiacciò il tasto rosso del videoregistratore. Fermò di nuovo nel momento in cui la spider non era più inquadrata.

Il terzo nastro veniva dalla seconda videocamera sul balcone. Era puntato sullo Heiligenstädter Brücke. Dovette farlo andare indietro due volte per beccare il momento esatto in cui la macchina entrava nell'inquadratura. La spider scomparve dall'altra parte del canale. Jonas stoppò la registrazione. Lasciò andare avanti il nastro nella videocamera.

Guardò il ponte deserto.

Quel che vedeva non l'aveva ancora visto nessun essere umano. Il parapetto sul ponte, l'acqua del canale. La strada, il semaforo lampeggiante. Quel giorno poco dopo le 15.00. Lui l'aveva registrato, ma là vicino non c'era nessuno. Quella registrazione era stata realizzata da un apparecchio elettronico, senza testimoni umani. Dovevano averne goduto tutt'al più l'apparecchio e ciò che aveva ripreso. La strada vuota. Il semaforo. Gli arbusti. Nessun altro.

Ma la registrazione era la prova che quei minuti erano esistiti. Che erano passati. Se lui ora fosse andato laggiù, avrebbe trovato un altro ponte, un altro tempo da quelli che vedeva lì. Eppure quelli erano esistiti. Anche senza che lui fosse là presente.

Infilò il nastro numero quattro. Seguirono il cinque, il sei e il sette. Andava avanti spedito. Ogni tanto si alzava a riempire il bicchiere, a mangiucchiare qualcosa o semplicemente a sgranchirsi le gambe. Non resisteva a lungo. Quando mise la cassetta che mostrava la Gaussplatz, fuori si era fatto buio.

La spider urtò una macchina parcheggiata. Prese a sbandare. Colpì una macchina sul lato opposto della strada per essere di nuovo sbalzata dall'altra parte e sbattere frontalmente contro un furgone. Lo schianto fu così potente che Jonas rimase impietrito davanti allo schermo. La spider fu catapultata nella rotonda, dove girò più volte sul suo asse e infine si fermò.

Passò un minuto senza che accadesse nulla. Ne passò un

altro. E un altro ancora. Poi il guidatore scese, andò sul retro, aprì il bagagliaio, controllò qualcosa. Tornò indietro e si rimise al volante.

Tre minuti dopo la macchina ripartì.

Jonas non aveva ancora copiato lo spezzone sull'altra cassetta. Riavvolse, ma anche questa volta non schiacciò il tasto per registrare. Seguì incredulo l'incidente. Il guidatore che scendeva, si guardava intorno per vedere se qualcuno lo osservava e andava sul retro dell'auto. Perché lo faceva? Che cosa cercava nel bagagliaio?

E perché Jonas non se ne ricordava? Alle undici e mezzo la cassetta era pronta. Alla fine aveva deciso di non copiare il secondo giro. Magari l'avrebbe fatto un'altra volta, per ora gli bastava il primo. L'avrebbe guardato appena possibile.

Si mise a vagare per casa con il bicchiere in mano. Pensò a quanti anni aveva vissuto lì. Controllò di avere chiuso a chiave. Lesse i messaggini di Marie sul telefonino. Ruotò le spalle contratte. In camera da letto osservò il coltello nel muro.

Andò a lavarsi i denti. Alzò lo sguardo sullo specchio. Quando incontrò i propri occhi trasalì. Mentre lo spazzolino ronzava trasformando in schiuma il dentifricio nella bocca, Jonas guardò in basso. Sputò. Fece qualche gargarismo.

Tornò in camera da letto. Afferrò il manico e tirò con tutte le forze. Il coltello non si mosse di un millimetro.

Si inginocchiò ed esaminò il tappeto. Dopo un po' gli parve di notare che il pavimento al di sotto del coltello fosse leggermente più pulito che nel resto della stanza.

Prese l'aspirapolvere dall'armadio della camera da letto, dove teneva quell'apparecchio ingombrante per mancanza di spazio. Tirò fuori il sacchetto, andò in bagno e lo vuotò nella vasca da bagno. Si alzò una nuvola di polvere che lo fece tossire. Tenendo una mano davanti alla faccia, frugò con l'altra nel blocco compatto di lanugine, pezzetti di carta e sporcizia compressa. Ben presto trovò della polvere bianca.

Polvere di muro.

18

Forse la chiave era nell'ordine.

Stropicciò gli occhi sforzandosi di trattenere il pensiero. Ordine. Cambiare il meno possibile. E, là dov'era fattibile, ripristinare lo stato originario.

Strizzò gli occhi. Aveva fatto un sogno, un brutto sogno... com'era?

Diede un'occhiata al muro. Il coltello era sparito. Si tirò su. La videocamera, il fucile, il computer, ogni cosa al suo posto. Ma il coltello era sparito.

Mentre cercava di abbottonarsi la camicia con le dita tremanti, il suo sguardo cercò per terra. Niente. Corse in salotto. Nessun coltello.

Aveva un mal di testa tremendo. Prese due Parkemed. Per colazione mangiò la torta marmorizzata a lunga conservazione. Aveva un sapore artificiale. Bevve del succo vitaminico. Riaffiorò il ricordo del sogno.

Si trovava in una stanza con mobili troppo piccoli, come se fossero ristretti o costruiti per dei nani. Davanti a lui su una poltrona sedeva un corpo senza testa. Immobile.

Jonas osservava il decapitato. Lo prendeva per morto. Ma poi quello muoveva una mano. E poco dopo il braccio. Jonas mormorava qualcosa, parole incomprensibili. Il decapitato faceva un gesto di disappunto. Jonas notava che il punto fra le spalle da cui spuntava il collo era scuro, con un cerchio bianco nel mezzo.

Parlava di nuovo con il decapitato, senza capire o sapere che cosa stesse dicendo. Il decapitato muoveva rigidamente il busto, quasi volesse girarsi a guardare di fianco, o dietro. Indossava jeans e una camicia da taglialegna, con i bottoni aperti. Sul petto si arricciavano peli grigi. Jonas diceva qualcosa. Il decapitato si metteva a dondolare da seduto. Andava avanti e indietro con piccoli movimenti rapidissimi, come vibrasse. Molto più velocemente di quanto avrebbero permesso un'abilità e una muscolatura normali.

Jonas posò la torta da una parte, vuotò il bicchiere e trascrisse per sommi capi il sogno nel suo quaderno.

Nella cassetta degli attrezzi trovò solo un martello con cui avrebbe potuto al massimo piantare un chiodino da quadro in una parete di compensato. Cercò nella scatola sotto il lavabo del bagno, dove metteva gli attrezzi quando era troppo pigro per riportarli giù. Vuota.

Scese con l'ascensore. Nella sua cella in cantina c'era un odore freddo di gomma. Dietro le ruote invernali della Toyota trovò la cassetta con gli attrezzi più grandi.

Soppesò la mazza. Poteva andare. Impaziente di filarsela dalla cantina, salì le scale di corsa. Ogni secondo in più che passava là sotto sentiva nuovi rumori che non gli piacevano. Ovviamente era lui a immaginarseli. Ma non voleva sopportarli più a lungo.

Si mise davanti al muro. Per un secondo si chiese se non fosse meglio lasciar perdere. Fece un respiro profondo e colpì con violenza. La mazza colpì esattamente il punto in cui prima era conficcato il coltello. Ci fu un tonfo sordo, il muro si sgretolò.

Colpì una seconda volta. La mazza spalancò un grande buco nel muro. Si sbriciolò della polvere di mattoni rossi.

Mattoni in una casa di cemento armato?

Un colpo dopo l'altro si abbatté sul muro. Il buco si allargò. Presto ebbe le dimensioni dell'armadietto a specchio sopra il lavabo del bagno. Ora la mazza rimbalzava sui margini.

Ispezionò il buco con le mani. In quel punto il muro era davvero fatto di vecchi mattoni friabili. Nella zona tutt'intorno che opponeva resistenza alla mazza, invece, era di cemento.

Sentì qualcosa fra due mattoni.

Spinse fuori piano i due mattoni accanto. Un pezzo di plastica. Lo tirò. Sembrava incastrato a fondo nel muro.

Intanto per terra si era accumulato un tale mucchio di macerie che Jonas dovette andare a prendere la scopa per ripulire. Prese a sbrecciare sempre più in profondità il muro. Siccome non capiva che cosa potesse essere quell'affare che voleva tirare fuori, infilò dei guanti da lavoro. Tossì.

Dopo aver liberato con un colpo possente un grosso pezzo di muro, riprovò a tirare. Diede uno strattone e si ritrovò l'oggetto in mano. Lo portò nella vasca da bagno reggendolo con la punta delle dita.

Prima di aprire il rubinetto osservò attentamente il suo rinvenimento. Voleva essere sicuro che lo strato grigio appiccicato alla superficie fosse normale sporcizia e non, per esempio, polvere di potassio o di magnesio, cioè materiali che toccando l'acqua sviluppavano gas infiammabili. Non era nemmeno da escludere che si trattasse addirittura di qualche tipo di esplosivo che scoppiava a contatto con l'acqua. Avrebbe dovuto correre il rischio.

Sciacquò la polvere e la sporcizia che ricoprivano l'oggetto. Era proprio di plastica. Si sarebbe detto un impermeabile. Si asciugò la fronte. Usò lo stesso telo da bagno per tamponare la plastica. Sollevò l'oggetto e lo srotolò.

Non era un impermeabile. Era una bambola gonfiabile. Alla quale, però – Jonas controllò bene –, mancavano quelle aperture che l'avrebbero identificata come articolo da porno shop.

Posò le due valigie accanto alla spider. Girò intorno al veicolo osservando attentamente la carrozzeria. Adesso poteva spiegarsi il danno enorme sulla parte anteriore. Dopo un incidente del genere, era un miracolo che la macchina andasse ancora.

Prima di caricare le valigie, ispezionò il bagagliaio, trovandoci le cose più ovvie del mondo. C'erano dentro soltanto la cassetta di pronto soccorso e il piede di porco. Che cosa fosse andato a cercare lì dentro dopo la collisione, rimaneva un mistero.

Controllò il contachilometri. Confrontò il numero con quello che aveva riportato il giorno prima sul suo quaderno. Corrispondevano.

Nell'appartamento dei genitori si rese conto che c'era poco spazio. Il suo armadio, quello in cui teneva i vestiti da piccolo, era finito nella discarica da anni. Dovette lasciare le valigie piene nella cameretta, almeno finché non si fosse procurato un armadio in più. Che avrebbe comunque sistemato lì. Infatti ora il salotto era come se lo ricordava da bambino, e ogni mobile estraneo gli avrebbe dato fastidio.

Rammentava vagamente che all'epoca i suoi tenevano alcune cose in solaio, perché in casa non c'era una cantina. L'ultima volta c'era stato da piccolo.

Prese il mazzo di chiavi lasciato dalla famiglia Kästner e la torcia. Portò con sé anche il fucile. Non c'era ascensore. Arrivò al quinto piano senza quasi essere a corto di fiato. Se non altro la sua forma fisica non era peggiorata.

La pesante porta scricchiolò. Fu investito da una corrente d'aria fresca. L'interruttore della luce era talmente coperto di polvere e ragnatele che Jonas immaginò che in quel solaio non entrasse nessuno da anni. Si guardò intorno nello stanzone rischiarato da una lampadina che pendeva nuda da una trave.

Non c'erano tramezzi. Sulle travi della capriata del tetto, a tre metri di altezza, erano stati tracciati alcuni numeri con della pittura bianca, che assegnavano la zona sottostante ai rispettivi appartamenti. In un angolo c'era un telaio di bicicletta senza ruote né catena. Qualche metro più in là giaceva una catasta di sacchi di gesso. In un altro angolo erano appoggiate delle assi rotte. Scoprì anche un televisore senza schermo.

Nel posto sotto il numero dell'appartamento dei genitori c'era un pesante baule. Jonas capì subito che non apparteneva ai Kästner, ma a suo padre. Non c'era niente che lo indicasse, nessuna etichetta con il nome, né Jonas lo ricordava. Eppure ne fu certo. Era sicuramente del padre.

Quando fece per aprirlo, si accorse che non aveva una serratura né una maniglia.

Cercò su tutti i lati. Le mani si sporcarono. Le batté sulle gambe dei calzoni e fece una smorfia. Decise di lasciar perdere.

Scese di nuovo da basso. In ogni caso, in solaio c'era abbastanza spazio per gli scatoloni. Prima di trasportarli di sopra, però, voleva dare un'occhiata a tutto quello che contenevano. Così per il momento li sistemò in uno degli appartamenti vicini.

Gli venne in mente che poteva anche lasciarceli. Lì era più pulito e, se gli serviva qualcosa, non doveva fare troppa strada. Ma decise di rispettare la decisione che aveva preso. Per quello che era possibile, fare ordine e mantenerlo. Gli scatoloni non dovevano stare nell'appartamento dei Kästner perché con quello non avevano niente a che spartire. Invece avevano molto a che spartire con il posto in solaio riservato all'appartamento dei genitori.

Si era di nuovo levato il vento. Sulla piazza del Karmelitermarkt svolazzavano crepitanti decine di sacchetti di plastica e di carta che dovevano essere caduti dai banchi della verdura. A Jonas entrò un bruscolino nell'occhio. Prese a lacrimargli.

In una trattoria che aveva un aspetto invitante si preparò qualcosa di veloce da mangiare. Poi uscì di nuovo nelle strade. Da quando era ragazzo il quartiere era molto cambiato. Non riconobbe la maggior parte dei locali e dei negozi. Tirò fuori di tasca uno dei cartoncini che aveva scritto lui stesso. Sopra lesse: «blu». Non era un grande aiuto. Si guardò intorno. Non vide da nessuna parte qualcosa di blu.

Il vento era così forte che lo spingeva da dietro. Era più forte di lui: Jonas si ritrovò più volte a fare qualche metro a passo di corsa. Guardò intorno. Era davvero solo il vento. Proseguì. Si voltò di scatto.

La strada era deserta. Nessun movimento sospetto, nessun rumore. Solo il fruscio della carta e dell'immondizia più leggera sospinta dal vento.

Nella Nestroygasse guardò l'orologio. Non erano nemmeno le sei. Aveva tempo a sufficienza.

L'appartamento non era chiuso a chiave. Jonas chiamò. Aspettò un secondo, quindi si arrischiò a entrare.

Dietro la porta alla sua sinistra c'era qualcosa che sibilava. Jonas sollevò il fucile, caricò. Diede un calcio alla maniglia. La porta si spalancò. Sparò, ricaricò, sparò un'altra volta. Rimase alcuni secondi irrigidito, quindi saltò con un grido nella stanza.

In cui non c'era nessuno.

In piedi dentro il bagno che aveva appena preso a fucilate, constatò che il rumore sentito poco prima era il boiler che scaldava l'acqua. Incontrò con lo sguardo la propria immagine riflessa nello specchio sopra il lavabo. Distolse subito gli occhi.

Girò per la casa pestando il pavimento scricchiolante. Dal bagno di nuovo in corridoio. Dal corridoio in cucina. Indietro in corridoio, da lì in salotto. Come spesso avviene nei vecchi palazzi, l'appartamento era buio. Accese la luce.

Cercò nei cassetti qualche appunto, lettera, uno scritto. Non trovò niente. Solo ricevute.

Le tende in camera da letto erano chiuse. Schiacciò l'interruttore della luce. Vide subito la fotografia alla parete. Un bambino di una decina d'anni con un viso inespressivo. Ingo. Per un momento a Jonas sembrò che sorridesse. E c'era qualcos'altro che lo infastidiva. Ma non capiva che cosa.

« C'è qualcuno? » Aveva la voce incrinata.

Su uno scaffale del salotto c'erano degli album di fotografie. Ne sfilò uno e lo sfogliò, senza posare il fucile.

Foto degli anni '70. Gli stessi cattivi colori delle foto che aveva trovato in Rüdigergasse. Le stesse pettinature, gli stessi pantaloni, gli stessi colletti, le stesse piccole automobili.

Di colpo fuori diventò buio. Jonas corse alla finestra tirandosi dietro il fucile sferragliante. Ma era solo una nuvola di temporale che aveva coperto il sole.

Dovette sedersi. Guardò distrattamente gli album, una foto dopo l'altra. Aveva voglia di piangere. Il battito del cuore ci mise un po' a calmarsi.

Su una delle foto riconobbe se stesso.

Sfogliò. Fotografie di lui e Ingo. Altre nella pagina successiva. Non ricordava che la loro fosse un'amicizia così stretta. Era stato a trovarlo qui una sola volta. Non riusciva a capire dove e quando erano state scattate quelle fotografie. Gli sfondi non offrivano alcun indizio.

Da uno degli album gli scivolò in grembo una pagina strappata da un giornale. Era macchiata e ingiallita e piegata a metà. La maggior parte dello spazio era occupato da annunci mortuari.

Il nostro Ingo. Bimbo di dieci anni. Tragico incidente. Con profondo cordoglio.

Colpito, mise da parte gli album. Gli venne in mente la fotografia appesa. Tornò di là in camera da letto. Questa volta si accorse di ciò che prima gli era sfuggito. Era listata a lutto.

Quasi quanto la notizia, lo disturbava il fatto di aver saputo della morte del compagno di giochi solo venticinque anni dopo. Si erano frequentati soltanto alla scuola elementare. Per lui Ingo era stato vivo tutti quegli anni, e a volte si era anche chiesto che cosa ne fosse stato del bambino biondo che abitava nel vicinato. Evidentemente non si era saputo molto dell'incidente. Si vede che i suoi genitori e quelli di Ingo non si conoscevano, altrimenti ne avrebbero parlato.

Com'era successo?

Frugò un'altra volta nei cassetti del salotto. Scosse gli album, da cui uscì solo qualche foto staccata. Cercò un computer, ma non sembrava che i Lüscher fossero molto interessati alle tecnologie moderne. Non avevano nemmeno un televisore. La cartelletta era nel comodino. Conteneva ritagli di giornale. Bambino morto in un incidente. Motocicletta investe bimbo e lo uccide.

Lesse ogni singolo articolo. Quello che uno non diceva veniva raccontato da un altro, e presto Jonas riuscì a farsi un'idea. Evidentemente Ingo era corso in strada giocando, e una moto non era riuscita a schivarlo. Lo specchietto retrovisore aveva rotto il collo al bambino.

Uno specchietto retrovisore. Jonas non aveva mai sentito prima una cosa del genere. Girò sconvolto per l'appartamento. Il piccolo era morto per colpa dell'incontro con il motociclista. Un Ingo trentenne non era esistito perché quello di dieci anni era deceduto. Forse all'uomo di trent'anni non sarebbe successo nulla, se avesse potuto proteggere il bambino di dieci. Ma anche il bambino non aveva saputo proteggere l'uomo.

La stessa persona. Una giovane, l'altra adulta. La seconda non c'era perché alla prima era capitato un incidente. Uno specchietto retrovisore che all'adulto non avrebbe potuto arrecare gran danno aveva spezzato il collo al bambino.

Jonas si immaginò l'Ingo trentenne che, dall'altra parte della strada, vedeva la motocicletta piombare sul bambino di dieci anni. E capiva che lui non ci sarebbe mai stato. Chissà se i due avevano parlato. Se il bambino si scusava triste con l'adulto. E questo lo consolava? Gli diceva che era stato solo un incidente, che lui non aveva colpa?

E Jonas? Se l'avesse colpito un'automobile quando aveva dieci anni? O una malattia? O addirittura un assassino? Non ci sarebbe stato il ventenne né il trentenne, non sarebbe venuto il quarantenne né l'ottantenne.

O forse sì? L'adulto sarebbe esistito comunque? In qualche modo, da qualche parte? In una forma irrealizzata?

Parcheggiò il camion davanti alla casa. La strada si allungava abbandonata. Il canale del Danubio mormorava piano. Sembrava che nulla fosse cambiato.

Arrivato nell'appartamento, Jonas mise in valigia i vestiti del nano di Attnang-Puchheim. Fece un ultimo giro di ricognizione. Dentro la vasca da bagno era distesa la bambola gonfiabile, così come l'aveva gettata. Il sacco dell'immondizia che aveva riempito con le macerie del muro traboccava. Lo legò e lo spinse giù dalla finestra. Si godette la vista del sacco che volava in basso. Atterrò con un botto sul tetto di una macchina.

Ci pensò sopra. Aveva tutto.

Temeva che lo spazio non gli sarebbe bastato. Invece, una volta fatto salire sul pianale del camion il fuoristrada, con grande baccano della rampa, poté sistemarlo due metri buoni dietro la spider che aveva già caricato nella Hollandstrasse, riuscendo a chiudere con agio il portellone posteriore. Addirittura, rimaneva ancora dello spazio utile.

Nelle vicinanze dell'Augarten trovò un distributore di benzina. Mentre il carburante scorreva, rovistò nel punto vendita. Niente giornali, niente riviste sugli scaffali che già non conoscesse, che non avesse già almeno sfogliato. Il negozio vendeva una quantità di animali di peluche, tazze da caffè con stampigliati sopra dei nomi, occhiali da sole, miniature della cattedrale di Santo Stefano, ma anche bibite e dolciumi. Jonas riempì un sacchetto di scatole di biscotti prese a casaccio. In un altro ci buttò lattine di limonata.

Accanto ai prodotti per la manutenzione dei cristalli e del motore, c'era un espositore girevole in cui erano infilate targhe fosforescenti di nomi, come quelle che ai camionisti piaceva infilare dietro il parabrezza. C'era un Albert, sotto veniva un Alfons, poi un Anton. Per curiosità, cercò la J. Con suo stupore, tra Joker e Josef trovò un Jonas. Prese la targa e la mise dietro il parabrezza del camion.

Ancora non imbruniva, ma Jonas preparò già le videocamere per la notte. Era stanco e voleva partire presto. Inoltre sperava che guardare il nastro della notte precedente prima del tramonto non avrebbe avuto un impatto troppo forte sul suo stato d'animo. Sprangò la porta. Chiuse tutte le finestre. Guardò giù nella Hollandstrasse. Il camion era parcheggiato davanti alla casa accanto, per non coprire la visuale. Non si muoveva foglia. Schiacciato contro il vetro, Jonas fece marameo e una pernacchia al nulla.

Il letto era vuoto.

Il dormente scomparso.

Il coltello conficcato nel muro.

Jonas si domandò a che ora risalisse la ripresa. Non ricordava più per che orario l'aveva programmata. E come spesso accadeva, la sveglia era sul letto con il quadrante rivolto verso il basso. Sebbene lui l'avesse orientato verso la telecamera.

Voleva già passare alla doppia velocità quando dal televisore proruppe un suono. Era un lamento prolungato e acuto. Tanto acuto che avrebbe potuto essere una voce umana ma anche la nota di uno strumento musicale.

Huuu.

Jonas saltò rabbioso giù dal letto e si mise a camminare per la stanza. O quello che sentiva era l'ululato di un fantasma, oppure qualcuno si prendeva gioco della sua paura degli spiriti.

Huuu.

Avrebbe voluto spegnere, ma prevalse il bisogno di sapere che cosa sarebbe successo. Si rinfilò sotto la coperta. Per un po' voltò le spalle al televisore, ma così gli era ancora più insopportabile. Tornò a guardare. Non si vedeva nessuno.

Huuu.

« Molto divertente », disse. Aveva la voce velata. Si schiarì la gola. « Sì, sì. Certo, come no. Bravo. »

Mettere l'avanzamento rapido? Magari si perdeva un messaggio importante. Non era da escludere che l'ululato si trasformasse in qualcos'altro.

Huuu.

Si sprofondò in un fumetto di *Mortadella e Filemone*. Gli riuscì di ricacciare l'ululato in un angolo recondito della coscienza, così poté far procedere il nastro. Ogni tanto un disegno lo fece perfino sorridere sotto i baffi. Ma più di una volta dovette ricominciare da capo la pagina.

Musica?

Da dove veniva quella musica?

Tolse l'audio. Ascoltò. L'orologio a muro ticchettava.

Rialzò il volume. Ululati. Ma c'era qualcos'altro. Più lontano. Sembrava una melodia.

Ascoltò attentamente, ma non la sentì più.

Huuu.

« Ma va' a quel paese. »

Si fece buio. Gli venne mal di denti. In un attacco di senso di colpa allontanò da sé la scatola di praline, di cui non era comunque rimasto molto, fermò il nastro e corse in bagno a lavarsi i denti. Ritornando notò che la luce in cucina era spenta. L'accese.

All'inizio Jonas vide solo la schiena che scivolava nell'inquadratura. Poi la figura si voltò. Era il dormente.

Con gli occhi sgranati, Jonas lo seguì mentre andava vicino al muro e afferrava il coltello. Il dormente guardò con aria di sfida nell'obiettivo e sfilò il coltello senza alcuno sforzo.

Andò verso la videocamera. La sua testa occupava quasi tutto lo schermo. Fece un passo avanti, così che sullo schermo vagarono due occhi e un naso giganteschi, quindi tornò un passo indietro. Ammiccò in direzione di Jonas con un fare accattivante che lo lasciò basito. Solo, a Jonas non piacque il modo in cui giocherellava con il coltello nelle vicinanze del suo collo.

Il dormente annuì come per confermare qualcosa, quindi uscì.

19

Prima ancora che spuntasse l'alba, Jonas raggiunse a piedi nudi sul pavimento di legno scricchiolante i vestiti che aveva sistemato su una sedia. Sbirciò dalla finestra. Dall'altra parte della strada c'erano i cassonetti dell'immondizia. Se ne riconoscevano appena i contorni. La strada aveva l'aspetto di una domenica mattina qualsiasi, dopo che gli ultimi nottambuli erano rientrati a casa e tutto taceva. Quel momento della giornata gli era sempre piaciuto. Quando l'oscurità si ritirava, tutto diventava più facile. Aveva sempre trovato appropriato che i delinquenti venissero mandati sulla sedia elettrica o nella camera a gas un minuto dopo mezzanotte, perché nessun momento era più disperato del mezzo della notte.

Fece colazione, quindi mise la videocamera nella borsa. Quando si levò il sole, disse ad alta voce: «Arrivederci! Buona permanenza!»

Non solo chiuse a chiave, ma sigillò tutta la porta con il nastro adesivo, così che risultasse impossibile introdursi in casa a sua insaputa.

Sull'autostrada ripensò all'ultimo video.

Come si spiegava che il dormente avesse sfilato dal muro il coltello senza alcuno sforzo, mentre, nonostante tutti i suoi tentativi, Jonas non c'era mai riuscito? Ma certo: il nastro cominciava quando il dormente non era più nel letto, per cui poteva aver già manipolato il coltello prima. Ma come? Il muro era intatto.

Nei punti in cui l'autostrada era a tre corsie, Jonas viaggiava nel mezzo; nei punti a due corsie si teneva sulla destra. Ogni tanto suonava il clacson. Quel suono potente, strombazzante, gli dava sicurezza. Accese la ricetrasmittente. Si sentiva un leggero fruscio. Come alla radio.

A Linz cercò la trattoria in cui si era riparato durante il temporale, ma non ricordava l'indirizzo. Girò un po' in un quartiere che gli tornava familiare, invece non trovò nemmeno la farmacia dove aveva preso le medicine per il raffreddore. Lasciò perdere e tornò sulla strada principale. L'unica cosa importante era ritrovare il concessionario.

La Toyota era là come l'aveva lasciata, davanti all'autosalone. Anche se sembrava che qui non fosse piovuto da un pezzo, la macchina era pulita. Evidentemente l'aria era meno sporca di prima.

«Ciao, vecchia mia», disse, e si arrampicò sul tettuccio.

Una volta non lo legava alla macchina alcun sentimento. Adesso invece era roba sua, la sua macchina, quella dei vecchi tempi. La spider non lo sarebbe mai diventata. Era lo stesso con i vestiti: Jonas non si era procurato niente di nuovo, niente camicie, niente scarpe, perché non sarebbe riuscito a considerarli di sua proprietà. Quel che gli era appartenuto prima del 4 luglio gli apparteneva ancora adesso. Più ricco non sarebbe diventato.

Fece scendere il fuoristrada e la spider dal camion. La Toyota partì subito. La fece salire sul pianale. Anche se la spider era più piccola, il fuoristrada trovò ancora posto.

A Laakirchen uscì dall'autostrada. La strada per Attnang-Puchheim era ben segnalata. Ricostruire il tragitto fino alla casa in cui aveva trovato riparo risultò molto più difficile. Non aveva considerato di doverci tornare e non aveva fatto nulla per ricordarne la posizione. Alla fine gli venne in mente che si era imbattuto in quella casetta con poche finestre quando era vicino alla stazione. Questo restringeva il campo della ricerca. Cinque minuti dopo scoprì il DS sul bordo della strada.

Saltò sul pedale. Il motore partì. Jonas lo lasciò scoppiettare per un po', quindi lo caricò sul pianale e lo legò alla fiancata del camion. Calcolò quanti giorni erano passati. Quasi non poteva crederci, eppure i conti tornavano. La sua visita lì risaliva a soli otto giorni prima. Gli sembrava che fossero passati mesi.

Non ricordava se lasciando la casa avesse spento tutte le luci, a ogni buon conto ora dovette riaccenderle. Con il fagotto di vestiti sotto il braccio, andò in camera da letto. Quando vide venirgli incontro il proprio riflesso nello specchio dell'armadio, abbassò lo sguardo. Rimise al loro posto camicia e pantaloni.

« E tante grazie. »

Uscì dalla stanza senza nemmeno guardarsi intorno. Camminò rigido, a schiena dritta, fino al portone. Sarebbe voluto andare più veloce, ma qualcosa glielo impediva. Agli strani quadretti in corridoio non prestò alcuna attenzione. Appese le chiavi della macchina al gancio.

In quel momento si rese conto che dall'ultima volta

c'era

un

quadro

in più.

Uscì e chiuse la porta. Camminò sullo stretto sentiero che conduceva alla strada come fosse tirato da fili di ferro. Non sarebbe rientrato in quella casa per niente al mondo. Non si sbagliava. Una settimana prima, uno dei quadri non c'era. Non sapeva quale. Ma prima erano sette. E adesso erano otto.

No, doveva aver contato male. Non c'era altra possibilità. Era arrivato lì stanco e fradicio, e agitato. La memoria lo stava ingannando.

Sulla strada per Salisburgo gli venne fame. Tirò fuori i dolci che aveva messo dietro di sé nella cuccetta. Ci bevve sopra della limonata. Il tempo peggiorò. Poco prima dell'uscita per il Mondsee finì in un temporale violento. Non aveva un ricordo piacevole della sua permanenza là, e l'intenzione era di tirare dritto. Ma all'ultimo momento rallentò e portò il veicolo nella corsia di destra. I potenti tergicristalli correvano rugghiando sul parabrezza, era al caldo, aveva da mangiare e da bere. Si sentiva quasi coccolato. Accanto a lui aveva il fucile. Non poteva succedergli niente.

Quando passò sotto il controllo dell'altezza nello spiazzo dell'impianto balneare ci fu un botto. La tavola sospesa si fracassò cadendo di lato, ma Jonas non avvertì il minimo contraccolpo.

Nel parcheggio le corsie erano strette e divise da strisce d'erba bordata di cemento. Senza preoccuparsi di scansare i giovani alberi, Jonas ne rase al suolo file intere, puntando dritto verso il prato. Speronò con soddisfazione la macchina ungherese che se ne stava nello stesso, identico posto. Schiacciò a fondo il pedale. Una transenna di metallo volò per aria. Jonas ridacchiò. L'erba era scivolosa. Frenò per non affondare il camion nel lago.

Senza scendere, senza nemmeno fermarsi, perlustrò il prato tenendosi lontano dalla riva. La pioggia batteva con una tale violenza sul tettuccio della cabina che la voce interiore che lo esortava a non mettere piede a terra era perfettamente superflua.

Della sua tenda, nessuna traccia. Fece inversione, arrivò fino alle cabine. Quindi riportò il camion al parcheggio cosparso di rami e pezzi d'automobile. Abbassò il finestrino e tirò fuori un braccio. Continuando a guidare sotto la pioggia, agitò l'indice contro un passante invisibile e gridò alcune frasi sconnesse il cui significato sfuggiva anche a lui.

Ritrovare il Marriott a Salisburgo non fu difficile, anche perché aveva smesso di piovere. Quando scese davanti all'albergo, si spaventò e gioì al tempo stesso.

Non si sentiva più la musica.

Evidentemente il CD con le sinfonie di Mozart, messo per attirare l'attenzione, era stato spento. O si era spento da solo. O c'era stato un cortocircuito.

Qualcuno era stato lì? Qualcuno *era* lì?

L'avrebbe scoperto subito.

Subito.

Con il fucile pronto a sparare, entrò nella hall. Sia il foglio accanto alla porta sia il biglietto alla reception erano scomparsi. In cambio, al centro dell'atrio c'era una videocamera. Con l'obiettivo rivolto verso la porta d'ingresso.

« Chi va là? » gridò.

Sparò contro un paralume, esplose del vetro. L'eco rimbombò per alcuni secondi. Senza sapere perché, Jonas corse in strada. Guardò intorno. Non c'era nessuno. Respirò a fondo.

Rimanendo al coperto dietro muri e colonne, metro dopo metro si arrischiò a rientrare nell'albergo. Doveva costantemente deglutire.

Arrivò fino alla videocamera. Dietro, il passaggio che portava al ristorante non era illuminato. Jonas sollevò il fucile per sparare nel buio. Fece per caricare, ma qualcosa si inceppò. Gettò il fucile lontano da sé. Gli venne in mente il coltello scomparso.

« Che cosa succede, eh? Che cosa succede? Avanti, abbi il coraggio! »

Gridò nell'oscurità, e tutt'intorno era silenzio.

« Aspetta! Adesso torno e ti faccio vedere! »

Afferrò la videocamera e corse fuori. La gettò con cavalletto e tutto nella cabina, mise la sicura alla portiera e partì. Si fermò alla prima stazione di servizio. Trovò un televisore.

Guardò meglio la videocamera. Era lo stesso modello che usava lui.

Prese dal camion il cavo per collegarla. Una volta allacciata la videocamera al televisore, si procurò qualcosa da bere dallo scaffale delle bibite. Sentì che stava tornando il mal di denti.

Fece partire il nastro.

Un uomo sul marciapiede di una stazione, con indosso l'uniforme blu delle ferrovie austriache. Aveva un fischietto in bocca e agitava su e giù la paletta come per dare un segnale al macchinista.

Era notte. Sul binario c'era un treno. L'uomo in uniforme soffiò nel fischietto, che emise un suono penetrante. Fece dei gesti incomprensibili con le mani. Come se il treno si fosse messo in moto, l'uomo fece qualche passo di corsa e ci saltò sopra; sembrò fare attenzione a non perdere l'equilibrio. Sparì nel vagone. La messinscena era così perfetta che per un momento Jonas ebbe l'impressione che il treno si muovesse davvero.

Gli vennero le vertigini. Guardò meglio. Il treno era fermo.

Su un cartello blu sul fondo dell'inquadratura Jonas lesse la scritta HALLEIN.*

L'uomo in uniforme non riapparve. Qualche minuto dopo, senza che si sentisse rumore di passi, finì il nastro.

Jonas mise la cassetta in tasca. Sistemò sul camion videocamera e cavo. Fece come se non avesse assistito a niente di straordinario. Fischiettando una canzone, con le mani in tasca, attraversò a piedi il parcheggio fino alle pompe di benzina

---

* Cittadina vicino a Salisburgo. *Allein*, senza la «h» iniziale, in tedesco significa «solo». (*N.d.T.*)

e tornò indietro. Si guardò intorno senza darlo a vedere. Non sembrava che qualcuno lo stesse osservando. Non sembrava che lì vicino ci fosse qualcuno. Con lui c'era solo il vento.

Senza fucile si sentiva indifeso. Quando arrivò alla stazione ferroviaria di Hallein e raggiunse i binari attraverso un'entrata laterale, fece come se avesse male a una gamba. Zoppicò portando in continuazione la mano al ginocchio.

«Ahi, ahi! Ah, ahia! Che male!»

Non c'era niente. Niente di spettacolare. Solo un treno che stando ai tabelloni era diretto a Bischofshofen. Jonas salì in carrozza. Ispezionò, tossendo e chiamando, uno scompartimento dopo l'altro, vagone dopo vagone. C'era puzza di fumo freddo e umidità.

Arrivato in fondo al treno, saltò di nuovo sul marciapiede. Era così stranito che dimenticò di zoppicare.

La porta automatica della sala d'aspetto si aprì di lato con un cigolio. Jonas balzò indietro. Fissò immobile all'interno della sala. La porta si richiuse. Fece un passo avanti, si aprì di nuovo.

Dal soffitto della sala d'aspetto pendevano undici cappotti legati a dei cappi. Sembravano degli impiccati. Mancavano solo i corpi.

Un dodicesimo giaceva a terra. La fune era strappata.

Mentre si affrettava a tornare al camion, Jonas non sentiva più le gambe. Boccheggiava e ansimava. Aveva una fitta al petto che aumentava ogni secondo di più. Udì la propria voce che gridava. Era roca ed estranea.

Arrivò a Kapfenberg nel tardo pomeriggio. Aveva ancora abbastanza tempo, perciò si fermò a bere un caffè ai tavolini all'aperto di una pasticceria nella piazza principale. Si stiracchiò, sgranchì le gambe, si guardò intorno come un turista che esplori il suo luogo di vacanze. Se si escludevano le volte che ci era passato con il treno, non veniva più lì da quando era bambino.

Cercò un negozio di armi. Dopo aver girato inutilmente per mezz'ora, entrò in una cabina telefonica e consultò la guida del telefono. C'era un'armeria, e si trovava sulla strada. Tornò al camion.

Il negozio trattava esclusivamente equipaggiamenti da caccia. Non trovò fucili a pompa. Tra la merce esposta mancavano anche normali armi di piccolo calibro. In compenso, non poteva lamentarsi circa la scelta di fucili da caccia. Prese uno Steyr 96, perché gli sembrava di aver letto qualcosa riguardo alla sua maneggevolezza, e si riempì le tasche di munizioni. Uscì dal negozio a passo di corsa. Doveva arrivare a tutti i costi prima del tramonto.

Da Krieglach in poi viaggiò seguendo la cartina. Erano vent'anni che non veniva più da quelle parti, e poi a quei tempi lui non guidava, e quindi non aveva mai fatto caso al tragitto.

Si lasciò il paese alle spalle. La strada si riempì di tornanti e salite. Quando Jonas cominciava già a preoccuparsi che il camion fosse troppo largo per la carrozzabile che diventava sempre più stretta, arrivò a un incrocio. La strada su cui proseguì era migliore.

Stimò che ci sarebbe voluta una mezz'ora prima di avvistare la frazione. Invece passarono quaranta minuti prima che gli sembrasse di riconoscere un certo tornante. Lì ebbe la sensazione che dietro la curva successiva sarebbe arrivato alla meta, e questa volta non si sbagliò. Dal ciglio della strada, un cartello di legno circondato di erbacce gli diede il benvenuto a Kanzelstein. Quel cartello non lo ricordava, ma ricordava bene la vista che si aprì dopo una curva lunghissima. A sinistra la trattoria dei coniugi Löhneberger, che attirava clienti solo la domenica dai comuni circostanti, e a destra la casetta per le vacanze. Il nastro di asfalto terminava tra i due edifici.

Lì di fianco partiva un sentierino polveroso che si perdeva nei boschi. Da quassù si poteva solo tornare indietro. Almeno con la macchina. Fin da piccolo si era stupito che ci fosse una località fatta di due case soltanto. Di cui una, tra l'altro, era abitata solo in alcuni periodi dell'anno, e cioè a Natale e capodanno, a Pasqua e durante l'estate.

Non avrebbe saputo dire da che cosa dipendesse, ma alla vista delle due casette solitarie gli venne un vago senso di paura. Come se in quel posto ci fosse qualcosa che non andava. Come se qualcosa stesse aspettando solo lui. E si fosse nascosto poco prima del suo arrivo.

Tutte sciocchezze.

Jonas aveva le orecchie tappate. Per compensare la pressione strinse il naso fra le dita ed espirò tenendo la bocca chiusa. Si trovava a novecento metri sopra il livello del mare. «L'altitudine più sana che c'è», non si era mai scordata di rimarcare sua madre a ogni arrivo, facendo affiorare sul volto del padre un'espressione spazientita.

Jonas suonò il clacson. Dopo essersi convinto che la luce intermittente in una finestra della trattoria era un riflesso del sole, saltò fuori dalla cabina del camion. Fece un respiro profondo. C'era odore di bosco e di erba. Un odore piacevole, ma più debole di quanto si era aspettato.

Nel parcheggio della casetta per le vacanze c'era un maggiolino Volkswagen tutto colorato; accanto, una motocicletta. Jonas controllò le targhe. I villeggianti venivano dalla Sassonia. Spiò all'interno della macchina. Non scoprì nulla che gli sembrasse interessante.

Trotterellò su per il sentiero di terra battuta imbracciando il fucile da caccia, fino al cancelletto del giardino davanti alla casetta. Il cuore gli batteva più forte. A ogni passo non poté fare a meno di ripensare che era già salito da lì molte volte, anche se allora era tutta un'altra persona, con un'altra vita. Erano passati vent'anni. I prati intorno, il bosco che si innalzava scuro dietro la casa: aveva già visto tutto da bambino. La casetta verso cui stava camminando la conosceva bene; chissà se anche lei si ricordava di lui. Dietro quelle finestre si era seduto a mangiare, aveva dormito, guardato la televisione. Era successo molto tempo prima, ma per lui valeva ancora.

Il portone di casa non era chiuso a chiave. Si sarebbe stupito del contrario. Da quelle parti la gente non chiudeva mai le porte, per non sembrare diffidente. Anche i suoi genitori si erano adeguati all'usanza. Cosa che da piccolo gli aveva fatto passare alcune notti inquiete.

Al pianterreno c'erano due camere, il ripostiglio e la stanza con il tavolo da ping-pong. Buttò un'occhiata all'interno. Il tavolo era ancora là. Riconobbe persino la vista dalla finestra.

Una scala tortuosa che scricchiolava per il cattivo stato del legno conduceva al primo piano. Lì si ritrovò davanti cinque porte. Tre portavano alle camere da letto, la quarta alla cucina abitabile e la quinta al bagno. Entrò nella prima camera. Il letto era sfatto. Sul tavolo c'era una valigia aperta, ancora da vuotare. Conteneva vestiti, prodotti per il bagno, libri. Emanava un cattivo odore. Jonas aprì la finestra. Guardò la strada da cui era venuto.

Nella seconda camera, che affacciava sui coniugi Löhneberger, il letto era fatto alla perfezione. Su un comodino traballante ticchettava una sveglia. Jonas l'afferrò sconvolto. Ma era un modello a pile.

Si guardò ancora una volta intorno nella stanza. Il copriletto a quadri bianchi e rossi. I pannelli barocchi in legno. Il crocefisso nell'angolo. Lui non aveva mai dormito in quella camera. Di solito ci passavano la notte lo zio Reinhard e la zia Lena. La terza stanza da letto era la più grande. Le veneziane alla portafinestra del balcone erano abbassate. Quando le sollevò risuonò un fruscio familiare. Osservò l'arredamento. Ricordava una sala d'ospedale. C'erano tre letti singoli sistemati lungo due pareti opposte. Ai piedi dei letti era appesa una griglia, come per attaccarci la cartella clinica dei malati.

Jonas bussò con le unghie contro il metallo. In quella stanza aveva abitato alcune volte insieme ai genitori.

Posò le mani sul parapetto del balcone. Il legno sotto le sue dita era caldo. In certi punti erano ancora attaccate incrostazioni di escrementi di uccelli che la pioggia non era riuscita a lavare via.

Sotto di lui cominciava il bosco. All'orizzonte si vedevano monti e colline, boschi e alpeggi. Ricordava bene quel panorama. Lì suo padre si allungava sulla sdraio con il cruciverba, e lì Jonas si nascondeva dalla madre che voleva mostrargli qualcosa in giardino. All'inizio i due solidarizzavano, ma quando la voce della madre diventava troppo stridula il padre lo spediva da basso.

Dalla cucina guardò il giardino. I cespugli di ribes erano ancora là. Il pergolato di uva con le panche e il rozzo tavolo di legno su cui giocavano a carte, il recinto, gli alberi da frutta, la conigliera aperta, era ancora tutto là. L'erba andava rasata, il recinto riassestato. Per il resto, il giardino si trovava in uno stato accettabile.

La vista gli fece riaffiorare un ricordo. Alcuni anni prima aveva sognato quel giardino. Un tasso alto più di due metri, che camminava eretto, ballava lì tra i meli. La bestia, che aveva la faccia di nonno Petz della TV dei ragazzi, saltava per il giardino con strani movimenti ritmici. Era più un su e giù che un avanti e indietro. Dopo un po' Jonas si era messo a ballare con lui. Aveva paura di quella bestia possente, due volte più larga di lui, che però non si comportava in modo aggressivo nei suoi confronti. Avevano ballato insieme, senza che lui si sentisse a disagio.

Mise i bagagli nella stanza dove c'era il letto sfatto. Tolse il copriletto e le lenzuola. Portò lenzuola pulite dalla camera da letto grande. Quando ebbe finito dovette accendere la luce. I suoi movimenti si fecero nervosi.

Dopo essersi assicurato che tutte le cose importanti fossero in casa, andò a prendere nota dei numeri sul contachilometri del camion e lo chiuse a chiave. Poi, passando accanto al vecchio campo da bocce, si diresse alla trattoria. Nel parcheggio c'era una Fiat scassata. Doveva appartenere ai Löhneberger.

Quando la porta si richiuse, la campanella tintinnò per la seconda volta. Jonas la riconobbe: era lo stesso suono di allora. Aspettò. Non si mosse nulla.

Passata un'altra porta, arrivò nella sala. Non perse tempo con le reminiscenze, sebbene molte immagini si affollassero nella sua mente. Scaldò una confezione di piselli che aveva trovato nel congelatore. Per dargli un po' di sapore, ci aggiunse del vino e del dado.

Doveva salire le scale che portavano all'appartamento dei Löhneberger? Di sopra non era mai stato. Un'occhiata dalla finestra gli ricordò che il sole era già basso. Infilò due bottiglie di birra in un sacchetto di plastica.

Sembrava tutto tranquillo.

Fece un giro per il giardino. Strappò qua e là con la mano gli steli più alti. Raccolse del ribes. Non sapeva di niente. Lo sputò. Girò intorno alla casa e incappò nella porta della legnaia. Non ci aveva più pensato.

Al centro della stanza, in cui il sole trapelava soltanto attraverso una finestrella a illuminare le cataste, c'era ancora il grosso ceppo su cui spaccavano la legna con l'ascia. Anche lì Jonas veniva spesso a nascondersi dalla madre fissata con il giardino. Incideva nei ciocchi con il coltellino dei piccoli omini che a volte gli venivano anche bene. Alla fine della vacanza ne lasciava lì una bella collezione. A dire il vero, non gli piaceva granché starsene in quello scantinato buio. Ma finché continuava a sentire chiamare il suo nome preferiva la compagnia di ragni e coleotteri a quella della sua entusiastica madre.

Guardò nell'angolo dietro la porta. Distolse lo sguardo.

Riguardò. C'erano attrezzi da lavoro. Una vanga, un'ascia, una scopa, un bastone.

Guardò meglio. Afferrò il bastone. Era decorato con incisioni.

Per vedere meglio lo portò fuori con sé. Riconobbe i disegni. Non c'erano dubbi. Era il bastone che gli aveva regalato il vecchio.

Entrò in casa. Per fortuna trovò le chiavi in una cassettina accanto alla porta. Chiuse a chiave. Dopo averci pensato un attimo lasciò le chiavi dentro la toppa. In cucina aprì una bottiglia di birra e si sedette a osservare il bastone.

Vent'anni.

Quel bastone era un'altra cosa rispetto alla panca dove sedeva in quel momento, o al letto su cui si sarebbe coricato più tardi o alla madia che stava lì davanti. Quel bastone era stato di sua proprietà. Vent'anni prima. E in un certo qual modo non aveva mai smesso di esserlo. Se n'era rimasto in un angolo sporco, nessuno si era curato di lui, per venti volte qualcuno aveva festeggiato lì vicino l'ultimo giorno dell'anno sparando razzi, e il bastone appoggiato nella legnaia non si era curato dei Natali e dei capodanni e dei villeggianti con le loro canzoni. Ma adesso Jonas era tornato, e il bastone era suo.

Erano cambiate molte cose dall'ultima volta che aveva visto quel bastone. Aveva finito le scuole, aveva fatto il militare, aveva conosciuto donne, sua madre era morta. Era diventato adulto e aveva cominciato una propria vita. Lo Jonas che aveva toccato quel bastone l'ultima volta era un bambino. Tutta un'altra persona. Anzi, no. Perché se ascoltava dentro di sé, l'Io che trovava non era nient'altro che quello di cui si ricordava. Quando vent'anni prima, con quel bastone in mano, lui aveva detto «io», aveva inteso la stessa cosa di oggi. Lui era quello. Jonas. Non poteva sfuggirgli. Lo sarebbe sempre stato. Qualsiasi cosa accadesse. Mai un altro. Non un Martin. Non un Peter. Non un Richard. Solo lui.

Non sopportava di guardare le invenzioni della notte. Abbassò tutte le veneziane sferraglianti della cucina. Collegò la videocamera al televisore e inserì il nastro della notte prima.

Si vide passare davanti alla videocamera e infilarsi nel letto.

Dopo un'ora il dormente si rigirò per la prima volta dall'altra parte.

Dopo due ore si girò su un fianco.

In quella posizione dormì fino alla fine del nastro.

Niente, non era successo proprio niente. Spense. Mezzanotte. Aveva sete. La seconda bottiglia di birra era vuota da un pezzo. Nel suo sacchetto di cibarie prese alla stazione di servizio trovò ancora del pane integrale, dolci e limonata. Voleva birra.

Tamburellando con le nocche contro le pareti, uscì in corridoio. Accese la luce e guardò dalla finestra. L'oscurità all'esterno era impenetrabile. Davanti alle stelle erano scivolate le nuvole. Anche la luna non splendeva. Più che vederlo, intuiva il sentiero che là avanti sulla destra portava alla trattoria passando di fianco al campo da bocce.

Una sera lo zio Reinhard lo aveva messo alla prova con una scommessa. Jonas doveva andare a prendere una bibita alla trattoria. Doveva uscire nell'oscurità da solo, senza torcia, camminare fino dai Löhneberger che stavano servendo gli ultimi clienti e comprarne una bottiglia. La banconota che lo zio aveva tirato fuori di tasca aveva fatto sgranare gli occhi a Jonas e trasalire piano i genitori.

Non c'era niente di cui aver paura, gli avevano spiegato animatamente. Sopra la trattoria era acceso il lampione. Solo vicino al campo da bocce era un po' più buio. Se non ci andava era un fifone. Che non facesse tante storie. *Zac zac* ed era tutto finito.

Lui aveva detto di no.

Lo zio Reinhard gli si era avvicinato e gli aveva agitato piano la banconota sotto il naso. Erano giù al portone. Jonas aveva guardato il sentiero per il campo da bocce. Aveva osservato un adulto dopo l'altro.

No, aveva detto.

E non aveva cambiato idea nemmeno quando sua madre, alle spalle dello zio Reinhard, gli aveva fatto cenni e smorfie di collera. Lo zio Reinhard gli aveva dato ridendo una pacca sulla schiena e gli aveva detto che prima o poi si sarebbe accorto che i fantasmi non esistono. I suoi genitori si erano girati dall'altra parte e per due giorni si erano rivolti a lui quasi solo a monosillabi.

« Non ingannarti », disse Jonas mentre cercava inutilmente di distinguere almeno dei contorni nell'oscurità.

Voltò bruscamente la testa. Non riusciva a liberarsi da quell'immagine; era certo che guardando a quel modo là in fondo prima o poi ci avrebbe visto la belva. Là appostata, pronta a venire da lui.

Jonas scese da basso. Non prese il fucile. Aprì il portone e uscì sulle mattonelle di pietra erosa dalle intemperie di cui era lastricato il patio.

Faceva freddo. Ed era completamente buio. Non tirava vento. Non risuonava il frinire di un solo grillo. L'unico rumore veniva dai sassolini che sfregavano sotto i suoi piedi contro le mattonelle. Non riusciva a farsi una ragione di dover rinunciare ai suoni della vita. Vespe, api, calabroni, mosche erano esseri fastidiosi, aveva maledetto migliaia di volte il loro ronzio, la loro invadenza. Il latrato dei cani gli era spesso apparso come un lamento infernale, e persino tra gli uccelli ce n'erano alcuni dal cinguettio così penetrante da risultare sgradevole.

Ma al silenzio impietoso che regnava lì avrebbe preferito il ronzio delle zanzare. Probabilmente persino i brontolii di un leone che si aggirasse in libertà.

Capì che doveva andare ora.

« Già, è così. »

Finse di avere in mano qualcosa che voleva nascondere allo sguardo altrui. Intanto percorse mentalmente il tragitto che lo aspettava. Si immaginò di aprire il cancelletto del giardino, passare accanto al campo da bocce e infine arrivare allo spiazzo davanti alla trattoria. Lì avrebbe aperto la porta, acceso la luce, preso due bottiglie di birra dalla stanza della mescita, rispento la luce, quindi sarebbe tornato indietro per la stessa via.

«È andato tutto bene», disse a mezza voce grattando con un dito nella mano a conca.

Di lì a trenta secondi sarebbe partito. In cinque minuti al massimo sarebbe stato di ritorno: prova superata. Nel giro di cinque minuti avrebbe avuto in mano due bottiglie di birra e avrebbe dimostrato qualcosa a se stesso. Cinque minuti si potevano sopportare, cinque minuti non erano niente. Mentre lo faceva, avrebbe potuto contare i secondi alla rovescia. Pensare ad altro.

Non percepiva più le gambe. Se ne stava immobile sul lastricato, con il portone di casa aperto alle spalle. Passarono alcuni minuti.

Allora non era vero. Quando aveva pensato che tutto sarebbe finito in cinque minuti si era ingannato. Era stabilito che partisse qualche minuto più tardi. Il momento che secondo lui doveva segnare la fine dello strazio era in realtà il suo inizio.

Jonas si concentrò per non pensare a niente e partire.

Lui non pensava a niente, non pensava a niente, non pensava a niente. Partì.

Sbatté contro il cancelletto del giardino. Lo aprì. Il campo da bocce, immerso nell'oscurità. Tastò con la mano lungo le assi che lo delimitavano.

La ghiaia che scricchiolava sotto le scarpe gli fece capire che era arrivato al parcheggio. Gli sembrò di distinguere lo spiazzo davanti alla trattoria. Accelerò il passo. Io ti ammazzo, pensò.

La campanella tintinnò. Pensò che non ce l'avrebbe fatta. « Buonasera! Vengo per le birre! »

Tra rauche risate, accese tutte le lampade. Prese due bottiglie di birra. Non rispense le luci. Attraversò lo spiazzo e scese al parcheggio. Il bagliore che usciva dalle finestre della trattoria bastava per vedere dove metteva i piedi. Ma Jonas vedeva anche dove finiva la luce e lo aspettava il buio, come un mare.

Quando si tuffò nelle tenebre sentì che non ce la poteva fare. Presto avrebbe cominciato a pensare. E allora sarebbe finita.

Si mise a correre. Inciampò, riuscì a rimanere in piedi per un pelo. Aprì il cancelletto con un calcio. Saltò in casa, spinse il portone, chiuse a chiave. Con la schiena contro la porta scivolò a terra, le bottiglie fredde tra le mani.

Alle due del mattino era sdraiato sul letto a controllare quanto ancora gli rimaneva della seconda bottiglia. La videocamera era davanti al letto. Non l'aveva ancora accesa. Lo fece adesso, e si girò su un fianco.

Si svegliò, sbirciò l'orologio. Erano le tre. Doveva essersi addormentato di colpo.

La videocamera ronzava.

Gli sembrava di sentire altri rumori. Qualcosa come una boccia di ferro che rotolava, uno scricchiolare di passi. Allo stesso tempo non dubitò che quei rumori fossero frutto della sua fantasia.

Gli tornò in mente che in quel momento la videocamera lo stava filmando. Lui, e non il dormente. Riguardandosi avrebbe notato la differenza? Se ne sarebbe ricordato?

La vescica premeva. Buttò la coperta da una parte. Passando davanti alla videocamera fece un cenno, sorrise sghembo e disse: « Sono io, non il dormente! »

Attraversò a piedi nudi il corridoio fino al bagno. Al ritorno fece un'altra volta un cenno. Prima di rinfilarsi nel letto pulì le piante dei piedi dalla polvere con una mano. Si tirò la coperta fin sopra le orecchie.

20

Guardò verso la videocamera con gli occhi strizzati. Era lì al suo posto. Anche il resto sembrava tutto immutato. Era il 4 agosto. Dunque, era passato un mese. La mattina di un mese prima aveva aspettato inutilmente l'autobus alla fermata. Era cominciato tutto così.

Aprì le imposte. Una giornata soleggiata. Non si muoveva un ramo, un filo d'erba. Jonas si vestì. Sentì il quaderno nella tasca. Andò alla prima pagina vuota e scrisse: « Mi domando dove sarai il 4 settembre e come te la passerai. E come te la sarai passata le quattro settimane prima. Jonas, 4 agosto, Kanzelstein, camera da letto, in piedi davanti al tavolo, vestito, stanco ».

Osservò il quadretto alla parete. A giudicare dalla cornice usurata e dai colori, doveva essere piuttosto vecchio. Mostrava una pecora da sola in mezzo a un prato. La parte posteriore dell'animale era infilata in un paio di jeans, quella anteriore era avvolta in un maglione rosso. Portava calze sulle zampe e un cappello inclinato in modo sbarazzino da un lato. Quella strana visione gli ricordò il sogno che aveva fatto.

Era nella Brigittenauer Lände e guardava fuori dalla finestra. Arrivava un uccello e si posava sulla spalliera di una sedia che stava sul balcone (anche se l'appartamento non ne aveva). L'uccello lo rendeva felice. Finalmente di nuovo animali!

All'improvviso la testa dell'uccello si trasformava. Si allargava e allungava, assumeva un aspetto cattivo e rabbioso, come se desse a Jonas la colpa di quello che gli stava succedendo. Jonas lo osservava immobile, e l'uccello modificava di nuovo il suo aspetto. Adesso aveva la testa di un riccio. Subito dopo prendeva a crescergli il corpo. Jonas vedeva una testa di riccio piazzata sul busto di un millepiedi lungo un metro e mezzo. Il millepiedi si arrotolava e intanto si grattava il volto. Il volto diventava umano. L'uomo boccheggiava. Tirava fuori la lingua come se lo stessero strozzando. Agitava i suoi mille piedini e ansimava, e dalle narici usciva della schiuma rossa.

La testa si trasformava ancora. Diventava quella di un'aquila e poi quella di un cane. Ma né l'aquila né il cane avevano l'aspetto che avrebbero dovuto avere. Tutti gli animali lo guardavano. Nei loro occhi lui aveva letto che lo conoscevano bene, da molto tempo. E lui conosceva loro.

Fece colazione con pane integrale e caffè solubile. Dopo avere aperto tutte le finestre, si mise a girare per la casa.

Guardò a lungo il paesaggio dal balcone a sud. Rimase meravigliato dalle proporzioni. Tutto gli appariva più piccolo e vicino di come se lo ricordava. Per esempio, il balcone era stato un terrazzo su cui poteva giocare a calcio. Ora invece si trovava su un normale balcone lungo quattro metri e largo uno e mezzo. Lo stesso valeva per il giardino, che aveva attraversato al massimo in un minuto. Una volta la trattoria dei Löhneberger per lui era un grande ristorante. Ora vedeva che nel parcheggio davanti alla casetta non c'era posto per più di quattro macchine. Il giorno prima aveva contato i tavoli nella sala. Erano sei.

E, non da ultimo, la vista dal balcone. Quando aveva ripensato alla prospettiva che si godeva di lassù, gli sembrava spaziasse a centinaia di chilometri di distanza. Ora si rendeva conto che non vedeva molto più in là della vallata successiva. Il suo sguardo si scontrava con una catena di vette che non poteva distare più di una ventina di chilometri. Di veramente esteso c'era solo il bosco che, dietro casa, marcava i confini della proprietà.

Nella stanza del ping-pong riconobbe l'armadio in cui erano riposte le racchette, le palline e una rete di riserva. Cercò segni e ricordi nel legno. Prese una racchetta e si mise a giocare contro se stesso. Teneva la pallina alta per avere il tempo di arrivare dall'altra parte e rispondere al colpo. Il rumore del rimbalzo sul tavolo rimbombava nella stanza quasi vuota.

Era stato suo padre a insegnargli a giocare a ping-pong. All'inizio Jonas aveva commesso l'errore di stare troppo vicino al tavolo, facendo infuriare papà. «Stai indietro! Più indietro!» gli gridava, ed era capitato che la collera per l'allievo disubbidiente gli avesse fatto scagliare la racchetta contro la rete. Gli premeva formare il più in fretta possibile un avversario utilizzabile. Né alla mamma né a zia Lena importava qualcosa di quel gioco; e, per papà, zio Reinhard era troppo forte.

Il manico della racchetta, da cui si era scollato un pezzo di plastica, si appiccicava alla mano. Jonas la ributtò nell'armadio e ne prese un'altra. Diede qualche colpo di prova nell'aria, la rigirò tra le mani. La riconobbe.

Osservò la racchetta quasi con commozione. Ai tempi sceglieva sempre quella perché la trovava particolarmente bella. Il nero del rivestimento, il manico scanalato. Adesso non riusciva più a individuare alcuna differenza degna di nota tra questa e le altre racchette.

Lì. Era successo lì. Suo padre stava là, lui da questa parte.

Si mise in ginocchio per rivedere le cose dalla prospettiva di allora. Saltò a destra e a sinistra facendo finta di tuffarsi per prendere la pallina.

La sua racchetta. E il suo bastone da passeggiata. Risalenti a un tempo che era passato. Che non ci sarebbe più stato. Che lui non avrebbe mai più potuto rivivere, mai più utilizzare.

Nel primo pomeriggio cucinò qualcosa in trattoria. Aveva scoperto la dispensa dietro una porta poco appariscente. Si preparò un piatto di pasta e patate. Mangiò molto. Spillò una birra. Aveva un odore cattivo e un sapore stantio. La buttò via.

Uscì sullo spiazzo con una bottiglia. Si era legato in vita una giacca a vento dell'oste. In testa portava un cappello sfilacciato da contadino che aveva trovato appeso a un gancio. Il sole picchiava, ma tirava un vento forte. Vuotò la bottiglia. Gli venne in mente la ricetrasmittente. Corse dentro. La cercò per una mezz'ora, finché si convinse che non c'era più.

Nell'inverno di quasi venticinque anni prima ce n'era stata una, una ricetrasmittente rotta. Su a Kanzelstein erano rimasti isolati dalla neve, con tutte le strade bloccate, ed era successo un guaio. Leo, il cameriere che aiutava durante il periodo natalizio, si era fatto male spaccando la legna. Avevano detto che non era una brutta ferita, però poi si era infettata. Non era possibile chiamare un medico perché le slavine avevano isolato tutte le linee telefoniche. Leo giaceva nel letto con un'infezione nel sangue. Tutti erano entrati in agitazione, dicevano che sarebbe morto.

Jonas aveva casualmente sentito di una radio rotta. Quando se l'era fatta portare, gli adulti avevano lanciato occhiatacce, come se il piccolo volesse fare scena e rendersi importante. Invece a Jonas era bastato guardare un attimo il relè per capire che avrebbe davvero potuto rendersi utile. Nell'ora facoltativa di fisica che frequentava il pomeriggio a scuola, aveva costruito tanti di quei circuiti elettrici che aveva chiesto immediatamente un pezzo di filo di rame. Gli avevano dato anche un saldatore.

Un paio di minuti più tardi aveva indicato, con un gesto teatrale e il cuore che gli batteva forte, la ricetrasmittente, annunciando che funzionava di nuovo. Inizialmente gli altri non lo avevano preso sul serio, e suo padre era sembrato sul punto di buttarlo fuori dalla finestra insieme alla radio. Ma poi Jonas l'aveva accesa e l'oste, non appena l'aveva sentita frusciare, si era precipitato sull'apparecchio e aveva inviato la richiesta di soccorso. Due ore più tardi era atterrato un elicottero che aveva portato Leo in ospedale.

La moglie dell'oste aveva pianto. L'uomo aveva dato a Jonas una pacca sulla schiena e gli aveva regalato un gelato. Suo padre aveva ordinato da mangiare, perché erano tutti invitati. Jonas aveva creduto che ci sarebbero stati altri complimenti e gelati, invece dopo qualche giorno nessuno aveva più parlato di quanto era successo. Non si era più fatta neanche parola di un giornalista che sembrava volesse pubblicare qualcosa sul giornale locale.

Nel bosco indossò ben presto la giacca a vento e chiuse la cerniera. Sembrava che non piovesse da parecchio tempo. A ogni passo sul sentiero che saliva verso la malga si sollevava una piccola nuvola di terra e polvere. Ricordava che da bambino lì tirava sempre su il cappuccio per paura delle zecche, convinto che si appostassero soprattutto sopra gli alberi. Adesso gli avrebbe dato conforto persino uno di quegli esserini rivoltanti.

Pensava che avrebbe saputo che direzione seguire. Invece, con sua sorpresa, non riconosceva più nulla. Solo quando si trovò al di sopra della baita dove andava a prendere il latte, e dove un giorno aveva ricevuto in regalo il suo bastone da passeggio, gli tornarono alla mente immagini vivide.

Una volta gli avevano permesso di portare in vacanza con sé un amichetto, che naturalmente – il padre voleva così – dovette pagarsi di tasca propria vitto e alloggio. Jonas aveva scelto Leonhard. E un giorno, gli venne in mente, era stato lì proprio insieme a Leonhard. Avevano aggirato la casa facendo finta di essere indiani che volevano attaccare il ranch. Quando il vecchio gigantesco si era affacciato sulla porta, però, il coraggio aveva repentinamente abbandonato gli assalitori, che avevano timidamente salutato il cowboy ed erano scomparsi nel sottobosco.

Con il fucile in spalla e il cappello da contadino in testa, Jonas si guardò intorno sull'altura. Sostò per qualche minuto. Era il caso di introdursi nella casa? Non avendo né fame né sete decise di lasciare la radura e riprese a camminare verso il monte.

Non riconosceva niente.

Ogni tanto gli giungeva all'orecchio uno schianto. Sembrava il rumore di qualcuno che calpestasse un ramo. Jonas si fermava.

Cercò di vincere la paura che sentiva crescere dentro di sé. La notte prima aveva dimostrato che non c'era alcun motivo di averne. Nessuno lo minacciava. Quello che udiva era frutto della sua fantasia, sovreccitazione, caso e natura. O quel che ne rimaneva. Forse era un pezzo di legno che si rompeva da solo. Senza cause esterne. Non c'era nessuno.

«Tu stai uscendo fuori di testa», disse, e intanto non poté fare a meno di guardarsi alle spalle. Ripeté la frase e si ritrovò a ridere ad alta voce, come avesse fatto una battuta divertente.

L'orologio del cellulare segnava le cinque e mezzo. La batteria era quasi scarica. Si accorse di non avere campo. La cosa lo rese inquieto, sebbene non ne avesse motivo: chi poteva mai chiamare? Eppure fu come un segno che si era spinto troppo avanti. Si voltò.

Allungò il passo.

Fu preso dall'ansia. La sentì crescere.

Per distrarsi ripensò a quando da bambino cercava in quei boschi la tomba di Attila. Aveva sentito parlare della leggenda secondo cui il re degli unni era morto durante una marcia attraverso l'Austria ed era stato seppellito in un bosco. Ogni collinetta poteva essere la sua tomba e, se Jonas l'avesse trovata, sarebbe diventato ricco e famoso. L'aveva cercata nel bosco anche insieme a Leonhard. Ogni volta che incappavano in un mucchio di terra di una certa dimensione, si guardavano e discutevano con fare da esperti la verosimiglianza del sito. Da solo, invece, si era limitato a cercare ai margini del bosco, da dove si poteva tenere sott'occhio la casetta o la trattoria.

Il sentiero era pieno di felci. Era impossibile non inciampare in sassi nascosti. Per due volte il fucile gli sbatté forte sul fianco, lasciandolo senza fiato. Si arrabbiò per averlo portato con sé, tanto non gli serviva a niente.

Si fermò come se avesse urtato contro un muro. Per un secondo che gli parve lunghissimo, fu certo di aver sentito una campana. Un campanaccio da mucca.

Là! Il suono si ripeté alla sua sinistra.

«Aspetta: adesso te la faccio vedere io!» urlò.

Si buttò a fucile spianato nella direzione in cui gli sembrava di aver sentito scampanare. Tanto per confonderlo di più, il campanaccio risuonò per la terza volta alla sua sinistra. Riprese la corsa da quella parte. Non pensò a che cosa potesse aspettarlo, né sapeva che cosa avrebbe fatto. Corse semplicemente avanti.

Dopo che il suono riecheggiò per la sesta volta, non capì più se gli stava correndo incontro o scappando via.

«Ehi!»

Non ricevette alcuna risposta. Ammutolì anche il campanaccio.

Jonas fece scorrere lo sguardo intorno. Notò un albero con tre innesti. Qualcosa gli disse che era nel posto giusto. Sorpassò la pianta, si fece largo in mezzo ai cespugli. Sbucò in una piccola radura. Al centro c'era una betulla solitaria. Il campanaccio era appeso a un ramo.

Perlustrò i dintorni, quindi si avvicinò al campanaccio. Pendeva da un filo sorprendentemente sottile. Era di metallo. Sui bordi affioravano macchie di ruggine. Niente permetteva di capire da quanto tempo penzolasse da lì o chi ce l'avesse messo. Solo una cosa era certa: suonava perché il vento lo faceva muovere.

Gli venne un'idea su come poteva essere finito lì. Ma era una teoria troppo orrenda per darle credito.

Cercò il sentiero da dove era venuto. Se ne era allontanato troppo e doveva ritrovare l'orientamento. Presto credette di aver capito dov'era e dove avrebbe rincontrato una pista. Partì in quella direzione. Quando dieci minuti dopo si ritrovò ancora di più nel fitto della boscaglia, riaffiorò in lui la sensazione di poco prima.

« Che c'è, Attila? Sei venuto a prendermi? »

Avrebbe voluto dare alla sua voce un tono ironico. Invece risuonò meno salda di quanto si era augurato.

Guardò indietro. Bosco fitto. Non sapeva nemmeno più da che parte era venuto.

Continuò a camminare dritto. Camminare sempre dritto, cercare punti di riferimento fissi, aiutarsi con la posizione del sole o delle stelle, un tempo aveva imparato che si faceva così. Ma non si era mai perso prima. E aveva dimenticato come si faceva a camminare dritto senza girare involontariamente in cerchio. Dopo un'altra ora arrivò in un punto che gli sembrava di riconoscere. Ma non riuscì a decidersi se fosse passato di lì prima o dopo aver sentito il campanaccio. O vent'anni addietro.

Si stupì di come imbruniva in fretta.

Osservò il luogo che aveva davanti. Una stretta radura di felci e noccioli alti fino al ginocchio. I rami dei faggi intorno erano ricoperti di muschio. C'era odore di funghi, ma non se ne vedevano.

Camminando non l'aveva notato, però ora che si era fermato a riflettere si accorse che stava scendendo il freddo. Si fregò le braccia, il busto e le cosce con movimenti meccanici. Fece qualche passo. Si sentiva le gambe di piombo, gli faceva male la schiena e aveva sete.

Al centro della radura si buttò a sedere. Sopra di sé vide

uno scorcio rettangolare di cielo azzurro che andava tingendosi di rosso. In quel momento capì che la belva sarebbe arrivata quel giorno. Lui sarebbe stato lì seduto, avrebbe sentito uno schianto. Poi dei passi. E allora sarebbe saltata fuori dai cespugli lì davanti e si sarebbe avventata su di lui. Enorme, inesorabile, inumana. Invincibile.

«Ti prego, no», sussurrò debolmente, e gli vennero le lacrime agli occhi.

L'oscurità gli faceva più paura dell'abbassarsi della temperatura. Siccome la batteria del telefono era scarica, non sapeva che ore fossero. Non poteva essere molto più tardi delle sette. Evidentemente si era lasciato condurre nel profondo del bosco.

Tirò fuori di tasca un cartoncino.

«Gridare forte!» lesse.

Il fatto che il caso gli avesse messo in mano un comando adatto alla situazione gli ridiede speranza. Si alzò per poter gridare con più forza.

«Ehi! Sono qui! Qui! Aiuto!»

Si voltò dall'altra parte e ripeté il grido nella direzione opposta. Non osò sparare perché aveva lasciato la sacca delle munizioni sulla vecchia cassapanca. D'altra parte, aveva la sensazione che non avrebbe dovuto affrontare qualcosa o qualcuno da cui ci si potesse difendere con un'arma da fuoco. Eppure era contento di sentire in mano il legno levigato del calcio del fucile. Almeno non era del tutto inerme.

Ma... se non fosse arrivato nessuno? E lui fosse sopravvissuto?

E non avesse più trovato la strada del ritorno?

Guardò in tutte le direzioni. Chiuse gli occhi e ascoltò dentro di sé. Era così che doveva finire? Era così che doveva ritornare alla natura?

Si sforzò di non pensare a niente. Fece un respiro profondo. Immaginò di essere in un altro posto in cui non c'erano pelle d'oca, fame e fruscii sospetti. Con Marie. Nel letto con

Marie. Con le cosce contro le sue. Sentire la sua delicatezza, il suo calore. Percepire il suo respiro e la pressione delle sue mani. Respirare il suo profumo, udirla schiarirsi piano la voce, quando si girava, senza interrompere il contatto con lui.

Non era solo. Marie era con lui. Se voleva, Jonas l'aveva sempre con sé. All'improvviso gli era molto più vicina di due o quattro settimane prima, quando pensava già di averla persa.

Si sentì meglio. La paura era diminuita: ringhiava in un angolo lontano. Jonas era più calmo. Il mattino dopo avrebbe ritrovato il sentiero. Avrebbe ripreso la macchina e sarebbe tornato a casa. E poi avrebbe cercato Marie. Ma adesso non doveva addormentarsi.

Aprì gli occhi.

Era buio.

Doveva essere verso mezzanotte, quando non riuscì più a sopportare i crampi alle braccia e alle gambe. Gettò il fucile nell'erba e si mise a sedere.

I suoi pensieri non gli ubbidivano più da ore. Vagavano, diventavano variopinti, perdevano di nuovo colore. Avvolgevano, venivano avvolti. Vi compariva la belva, e lui non riusciva a scacciarla. La violenza ferina, la determinazione che trapelavano da quell'essere lo torturavano finché a un tratto scompariva senza che lui facesse nulla, lasciandolo con una serenità misteriosa, calda. Jonas ridacchiava tra sé e sé. Avrebbe voluto alzarsi per riprendere a cercare il sentiero. La consapevolezza che presto sarebbe stato nuovamente dominato da sensazioni diverse lo trattenne.

Sollevò la testa. Era convinto che qualcuno lo guardasse, qualcuno seduto a meno di tre metri di fronte a lui, che lui però non poteva vedere. Allo stesso tempo si rese conto che il battito delle sue palpebre durava più a lungo del dovuto. Allungò spaventato la mano sul fucile. Gli sembrò distante due volte tanto, se non tre. Non vedeva la mano, ma sentiva il movimento farsi inesorabilmente più lento. Sprofondò il mento sul petto per far cadere il cappello. Gli sembrava di non muoversi. Dal fruscio tra gli alberi si accorse che ogni rumore consisteva di molti suoni singoli, e che questi consistevano di unità sonore.

Non capì come, ma riuscì a riscuotersi. La sua volontà fu più forte della lentezza. Saltò in piedi, caricò il fucile e... aspettò di vedere che cosa avrebbe fatto adesso.

Rise.

Si sorprese del proprio riso.

Le tre di mattina. Forse le due, forse le tre e mezzo. A dormire non si arrischiava, sebbene gli facessero male le articolazioni e vedesse ballare degli anelli rossi davanti agli occhi. Si mise in ascolto. Ogni rumore che il vento notturno strappava agli alberi rimbombò nelle sue orecchie. Separò la realtà dall'immaginazione, si guardò intorno. Prese a pretesto qualche problema con le stringhe delle scarpe o la cerniera della giacca a vento non sua per potersi lamentare e imprecare.

Ogni volta che aveva riflettuto su Dio e sulla morte, gli era sempre apparsa la stessa immagine: quella di un corpo da cui ogni cosa veniva e a cui tutto tornava. Jonas dubitava di quel che gli raccontava la Chiesa. Per lui Dio non era uno, era tutti. Ciò che gli altri chiamavano Dio, lui lo vedeva come un principio che gli si rivelava in forma di corpo. Un principio che rilasciava ogni cosa perché questa vivesse e poi tornasse a riferire. Dio era un corpo che rilasciava gli esseri umani, ma anche gli animali e le piante, sì, forse persino le pietre, le gocce di pioggia, la luce, per esperire ogni fonte di vita. Alla fine dell'esistenza, tutti facevano ritorno al corpo. Rendevano Dio partecipe della loro esperienza e partecipavano a loro volta di quella degli altri. Così ognuno veniva a sapere che cosa significava essere un coltivatore svizzero di colza o un meccanico di Karachi. Un'insegnante di Mombasa o una puttana di Brisbane. O un arredatore di interni austriaco. Essere un anemone di mare, una cicogna, una rana, una gazzella sotto la pioggia, un'ape in primavera o un uccello. Una donna che gode, un uomo. Uno di successo, un fallito. Grasso o magro, forte o delicato. Essere un assassino. O venire assassinati. Essere una roccia. Un lombrico. Un ruscello. Vento.

Vivere per tornare indietro e regalare il proprio vissuto agli altri. Questo era stato Dio per lui. E ora si domandava se il fatto che ogni vita se n'era andata volesse dire che Dio, che gli altri, non avevano interesse per la sua vita. Se la sua non serviva.

Le sei di mattina. Sentì sopraggiungere l'alba prima ancora di vederla: non arrivò come al solito come un risveglio, una liberazione. Arrivò con freddezza. Quando il chiarore fu sufficiente per non spaccarsi la testa contro gli alberi, Jonas si alzò. Batteva i denti. Aveva camicia e pantaloni appiccicati addosso.

La prima ora cercò ancora di ritrovare il cammino. Seguì quelle che gli sembravano tracce, cercò punti di riferimento. Ma tutto ciò che trovò fu un uniforme avvicendarsi di arbusti, sottobosco, bosco fitto, radure. Niente che gli tornasse familiare.

In tarda mattinata arrivò in un'ampia radura. Ci rimase fino a quando il sole gli scacciò dalle ossa il freddo. Lo fece ripartire la sete, che diventava sempre più forte. La fame non la sentiva più nello stomaco, ma come un senso di debolezza generalizzato. Sarebbe tanto voluto rimanere sdraiato. A dormire.

Da lì in poi procedette senza un piano né una meta. Consultò i cartoncini che aveva in tasca, ma gli ordinarono soltanto «gatto rosso» e «Botticelli». Continuò a camminare a capo chino finché non gli giunse all'orecchio un rumore. Un mormorio. Veniva da destra.

Non si buttò subito; prima si girò in tutte le direzioni. Nessuno che lo osservasse. Nessuno pronto a ridere di lui. Si mise a correre verso destra. Non si sbagliava: il mormorio crebbe di intensità. Jonas si fece largo a fatica nella boscaglia. Strappò i calzoni in un cespuglio spinoso che non gli risparmiò nemmeno mani e braccia. Quindi vide il ruscello. Acqua chiara e fresca. Bevve fin quasi a farsi scoppiare la pancia. Poi si rivoltò ansante sulla schiena.

Affiorarono immagini. Dell'ufficio, di suo padre, di casa. Di Marie. Di prima. Quando portava i capelli in un'altra maniera. Era più giovane e si interessava di un mucchio di cose. Andava nel parco con Inge, discuteva animatamente con gli amici al bar, contava le bottiglie di birra vuote in cucina la mattina. Da ragazzino davanti alle vetrine chiassosamente illuminate di locali proibiti, da piccolo su una bicicletta. Con un sorriso di quelli che si vedono solo sui bambini.

Colpì con i pugni per terra. No, sarebbe uscito da quel bosco.

Si alzò in piedi, ripulì i calzoni. Seguì il corso del ruscello. Da una parte perché non voleva morire di sete, dall'altra perché di solito un ruscello conduceva da qualche parte, e non di rado a delle case.

Camminava dov'era più agevole. A volte il ruscello si faceva più stretto e allora Jonas saltava sull'altra riva, sperando che il corso d'acqua non diventasse un rigagnolo e si perdesse. Altre volte il ruscello spariva sottoterra, ma Jonas trovava sempre il punto in cui l'acqua riaffiorava alla luce. E agitava il pugno.

«Eheheh, la vedremo!»

Non sentiva più fame né stanchezza. Camminò e camminò. Finché a un tratto il bosco finì e lui si ritrovò sul bordo di una parete di roccia da cui il ruscello si gettava nel vuoto quasi senza far rumore.

Davanti si stendeva un ampio panorama. Di fronte, separato da lui da un baratro profondo, vide un insediamento. Sui campi accanto alle case notò dei puntini scuri, in cui solo a un attento esame riconobbe delle balle di fieno. Contò dodici case e altrettante costruzioni minori. Non si registravano segni di vita. Stimò la distanza in dieci chilometri. Forse anche quindici.

Lo strapiombo sotto di lui misurava cento metri buoni: una parete rocciosa verticale e nessun sentiero che conducesse a valle.

Non avrebbe potuto spiegare come mai, ma gli sembrava di riconoscerlo, quel paesino là sotto. Eppure era sicuro di non esserci mai stato.

Si avviò verso sinistra. Tenendosi sempre sul bordo del dirupo, continuò a camminare per un bel po' anche dopo che il paese era scomparso dalla visuale. Non incontrò nessuna strada o sentiero, nessun cartello o segnalazione della forestale o del club alpino. Stava attraversando la terra di nessuno. Presumibilmente era il primo a passare di lì da anni.

Preoccupato di allontanarsi sempre più da Kanzelstein o dalle località vicine, fece dietrofront. Si ritrovò nel punto in cui il ruscello si riversava nella valle tre ore dopo che ci era arrivato la prima volta. Bevve più che poté. Saltò dall'altra parte con un balzo temerario e guardò giù verso le abitazioni. Ogni cosa giaceva in un'immobilità immutata.

C'era qualcosa che lo impauriva, in quella visione. Proseguì ignorando il panorama. Per non essere costretto a vederlo con la coda dell'occhio, tenne il cappello premuto sulla faccia con la mano sinistra. Avrebbe voluto gridare qualcosa, ma era troppo debole.

Aspettò l'arrivo dell'oscurità in un'ampia radura. Non si faceva più alcuna illusione sul suo destino. Provava persino un debole senso di gratitudine che finisse tutto lì, mentre in lui viveva ancora almeno un'idea di ciò che era stato, e non in un ascensore bloccato.

E tuttavia qualcosa dentro di lui dubitava che quella fosse la fine.

Tirò fuori un cartoncino dalla tasca.

« Dormi », lesse.

Lo appallottolò tra le dita.

Aveva riflettuto spesso sulla morte. Per qualche mese riusciva a scacciare quel muro nero che lo aspettava al varco, ma prima o poi il pensiero tornava a occuparlo per giorni e notti. Che cos'era la morte? Uno scherzo che si capiva solo dopo? Un male? Un bene? E come lo avrebbe colto? In un modo orrendo o misericordioso? Gli sarebbe scoppiata una vena in testa e il dolore gli avrebbe fatto perdere il senno? Avrebbe sentito una fitta nel petto, un colpo, e sarebbe crollato? Avrebbe avuto crampi nelle viscere e avrebbe vomitato per la paura di ciò che lo attendeva? Un pazzo lo avrebbe ferito a morte lasciandogli così il tempo di capire che cosa gli stava succedendo? Una malattia lo avrebbe martoriato, sarebbe caduto dal cielo con un aeroplano, si sarebbe schiantato con la macchina contro un palo? Cinque, quattro, tre, due, uno, zero? Oppure cinque. quattro. tre. due. uno. zero? Oppure cinquequattrotredueunozero?

O sarebbe invecchiato e si sarebbe addormentato?

E c'era qualcuno che lo sapeva già adesso?

Era già tutto stabilito? O si poteva ancora cambiare qualcosa?

Non importava, aveva pensato: qualunque cosa fosse successa, ci sarebbero state persone che l'avrebbero ricordato e avrebbero riflettuto sul fatto che per lui la fine era arrivata così e in nessun altro modo. Che lui si era sempre chiesto come sarebbe accaduto e loro adesso lo sapevano. E si sarebbero domandate a loro volta come sarebbero finite loro, quando fosse venuto il momento.

Ma tutto questo non si sarebbe verificato. Nessuno avrebbe riflettuto sulla sua morte. Nessuno avrebbe saputo com'era finito. Chissà se Amundsen si era fatto le stesse domande, nel suo momento estremo sulla lastra di ghiaccio o nell'acqua o sulla sua zattera di ali d'aereo o dovunque fosse accaduto. Oppure lui aveva dato per scontato che avrebbero ritrovato il suo corpo? Invece no, Roald: non l'hanno trovato. Sei scomparso.

Jonas poteva ancora distinguere a malapena la mano davanti ai suoi occhi. Ma non raccolse il fucile che gli giaceva accanto sul prato. Si sdraiò sulla schiena e fissò nel buio.

Come sarebbe finita? si era chiesto allora. La morte l'avrebbe trascinato di là malamente? Oppure sarebbe spirato in pace?

Comunque andasse, c'era una cosa che aveva sempre desiderato. Che il suo ultimo pensiero fosse dedicato all'amore. Amore come parola. Amore come stato. Amore come principio. L'amore doveva essere il suo ultimo pensiero e la sua ultima emozione, un sì, e non un no: sia che lui fosse trasferito altrove, sia che tutto finisse lì. Aveva sempre sperato di riuscire a pensarci. All'amore.

21

Si svegliò per il freddo e perché sentì delle gocce sul viso. Aprì gli occhi senza capire dove fosse. Poi realizzò che si trovava nel bosco e stava piovendo. Era giorno. Il sole appariva come una chiazza smorta dietro una massa di nuvole grigie. Richiuse gli occhi e non si mosse. Qualcosa dentro di lui gli ordinò di alzarsi. Senza riflettere, Jonas imboccò una certa direzione. Appoggiandosi al fucile si trascinò su per colline, scavalcò steccati, incespicò attraverso conche fangose. Arrivò a una baracca, ma non si fermò nemmeno. Aveva la sensazione di non dover deviare dal suo cammino. Percepì come attraverso un velo che la pioggia batteva su di lui con violenza. La percezione del tempo lo aveva abbandonato. Non avrebbe saputo dire se marciava da un'ora o da quattro. Davanti a lui si aprì una valle. Vide delle case. Per prima riconobbe la trattoria. Non provò alcun sollievo. Sentì il vento e la pioggia sulla pelle.

Spalancò gli occhi. Intorno a lui non c'erano più alberi. Non si trovava più nel bosco. Era per terra di fronte allo steccato che cingeva il giardino della casetta delle vacanze. Si alzò, si controllò. I vestiti erano strappati. Gli avambracci coperti di graffi rossi. Le unghie avevano i bordi neri, come se avesse trafficato con dell'olio di motore. Gli mancava il cappello. Ma in sostanza sembrava integro. Non aveva dolori. Il cancelletto del giardino cigolò. Mentre camminava sul sentierino di ghiaia diretto verso il portone, si accorse che il fucile era sparito. Strinse involontariamente i pugni.

«Ehi!»

La voce rimbombò nella casa. Infilò la testa nel riposti-glio, nella stanza del ping-pong. Non era cambiato niente. Si precipitò in tutte le camere da letto. Sembrava che non fosse stato toccato nulla.

In bagno evitò di guardarsi la faccia nello specchio. Ma il breve istante in cui gli sguardi si incontrarono bastò per ve-dere che aveva qualcosa scritto in fronte.

Il vetro era liscio e freddo sotto le dita, quando sollevò gli occhi sul volto riflesso. Qualcuno gli aveva scritto una parola sulla fronte. Da destra a sinistra, in modo che potesse legger-la correttamente nello specchio.

MUDJAS!

Non sapeva che cosa volesse dire «mudjas».

Osservò meglio la scritta. Sembrava avessero usato un pennarello a punta grossa, ed era quasi sicuro di conoscere il pennarello in questione. L'avrebbe trovato lì fuori, nella ca-bina del camion.

Fissò le lettere riflesse.

Forse lui è quello vero, e io sono il riflesso.

Senza staccare le dita dal vetro, lavò la fronte con la mano libera. Prima provò con del normale sapone. Quando vide che la scritta sbiadiva appena, afferrò una spazzola di saggina che era per terra e dovevano aver usato per lavare le piastrel-le. La mise sotto l'acqua calda, quindi si fregò la fronte.

Dopo avere fatto la doccia senza nemmeno pensare alla belva, gettò gli abiti strappati nell'immondizia e indossò biancheria pulita. Quando lo sguardo gli cadde sulle sue co-se, non poté fare a meno di pensare che l'ultima volta che era stato lì in piedi e aveva guardato la valigia ancora non sapeva che cosa lo aspettava. Non sapeva che si sarebbe perso e avrebbe vagato due giorni nel bosco. E la valigia era rimasta lì sul tavolo tutto quel tempo. Non si era mossa, aveva aspettato. Non era stata guardata né usata.

Nella cucina della trattoria attaccò il telefonino al caricabatteria. Notò con stupore che l'orologio digitale dei fornelli segnava già le quattro del pomeriggio. Aveva smesso di piovere, ma nel cielo transitavano nuvole che nascondevano il sole.

Mentre la pentola bagnata con dentro l'acqua per i fagiolini crepitava sul fornello, Jonas cercò oggetti di cui si ricordasse. Gli elettrodomestici in cucina erano tutti nuovi, così come il televisore collegato con un cavo all'antenna satellitare sul tetto. Su uno scaffale c'era una terrina da minestra che gli tornava familiare. La prese, la rigirò tra le mani. Era così alta e larga che ci avrebbe quasi potuto infilare dentro la testa.

Gli capitò in mano un boccale da birra blu con la scritta LOTTA. Stranamente da quando era lì non aveva mai ripensato a Lotta, la domestica zoppa. E dire che aveva spesso dato da mangiare alle galline insieme a lei. Evidentemente quello era stato il suo boccale personale. Che lei bevesse birra se lo ricordava bene.

Fece ancora un lento giro per la casa. A volte toccava un oggetto, chiudeva gli occhi e si imprimeva nella mente quel momento. Di lì a qualche giorno, mese, forse anno, avrebbe chiuso gli occhi e si sarebbe immaginato di quando aveva toccato quella lampada o quel cavatappi. Avrebbe rievocato ciò che aveva pensato e provato mentre lo faceva. E quel momento ormai trascorso da un pezzo era adesso. Proprio così.

Adesso.

Controllò che tutte le finestre fossero chiuse. Dalla credenza prese per ricordo un cucchiaio con il manico di legno. Mise qualche birra in un sacchetto. Con il sedere appoggiato contro la vecchia stufa a legna, mangiò i fagiolini salati e ripassati con un po' di aglio. Lavò i piatti. La campanella sulla porta tintinnò un'ultima volta, e lui fu sullo spiazzo.

Sapeva che non sarebbe mai più ritornato.

Portò il bastone da passeggiata nella legnaia e lo riappoggiò dietro la porta. Lo osservò un momento, quindi lo salutò con un cenno della testa e uscì.

Si chiuse a chiave dentro la casetta. Prese una poltrona dalla stanza del ping-pong e la mise contro il portone. Era conscio che quella misura serviva più che altro a lasciargli l'illusione di avere ancora lui il coltello dalla parte del manico.

Si sedette a bere una birra sulla cassapanca nella cucina abitabile.

Lì davanti aveva giocato a carte e a Memory.

Da quella panca aveva ascoltato i grandi che discutevano bevendo vino.

Dentro quella cassapanca si era nascosto giocando con zio Reinhard.

Mise la bottiglia vuota dietro la porta insieme alle altre e ne prese una piena. Andò nella stanza da letto a prendere la videocamera. La attaccò alla corrente e riavvolse. Mentre trafficava con i cavi gli venne in mente il sogno che doveva aver fatto nelle ultime quarantott'ore, anche se non ricordava più con precisione quando.

Camminavano per un ampio prato. Lui, Marie e centinaia d'altri. Lui non parlava con nessuno, nessuno parlava con lui. Anzi, non vedeva nemmeno le facce degli altri. Però erano là, e camminavano intorno a lui.

C'era in giro un mostro. Si diceva che fosse stato avvistato proprio su quel declivio. Alcuni sostenevano – senza parlare – che stava in un frutteto dall'altra parte della valle. Ogni tanto si sentiva un rintronare sordo, seguito da un tremito del suolo, come per un'esplosione. Allora voleva dire che era nelle vicinanze, a caccia di umani.

Poi l'aveva visto. L'animale aveva una gobba simile a quelle di un dromedario, ma era molto più grosso, più pesante e camminava quasi eretto. Dalla schiena spuntavano ali atrofizzate. Alto più di tre metri, saltava tra le piante di un ridente frutteto. La gente fuggiva urlando in preda al panico. La cosa più spaventosa era la terra che tremava: se ne deduceva che razza di colosso fosse quell'essere e che pericolo rappresentasse.

Jonas era a una ventina di metri di distanza. L'orso alato cacciava uomini con una velocità che per un corpo così gigantesco sembrava impossibile.

No, la cosa più tremenda non era il suo aspetto. E nemmeno il tremare della terra, come aveva pensato prima, né il pericolo di essere ghermiti. La cosa più tremenda era che quella belva esisteva davvero. Che era laggiù a pestare il suolo, contraddicendo tutto quello che Jonas avrebbe mai pensato immaginabile.

« Orso alato », scrisse nel quaderno. « Millecinquecento chili. Niente voci, la terra trema, è vicino. »

Diede una scorsa agli appunti sugli altri sogni. C'erano spesso animali. O esseri simili ad animali. La cosa lo stupì. Gli animali per lui non erano mai stati importanti. Certo, li rispettava come coinquilini del pianeta. Ma, per esempio, non gli sarebbe mai saltato in testa di prendersi un animale domestico.

C'era qualcosa negli appunti che lo irritava. Non riusciva a capire che cosa fosse. Lesse e rilesse. Finalmente gli fu chiaro.

Era la scrittura.

Sembrava cambiata in modo appena percettibile. Era leggermente più inclinata di prima verso sinistra, e più calcata. Vedeva per la prima volta anche alcuni occhielli alle « G » e alle « L ». Che cosa volesse dire e da che cosa dipendesse, proprio non lo sapeva.

Si sentì terribilmente stanco.

Aprì la finestra che dava sul giardino. Si udiva solo il vento. Fece scattare il catenaccio e abbassò le veneziane.

Andò in punta di piedi di là, nella stanza da letto più grande. Chiuse a chiave la porta del balcone. Anche lì mise le spranghe di legno. Controllò tutte le altre finestre, quindi chiuse a chiave la porta che conduceva giù al pianterreno. Sfilò la chiave.

Fece partire la videocamera per rivedere il nastro e sedette sulla cassapanca.

Si vide passare davanti all'obiettivo e infilarsi sotto le coperte. Presto udì un respiro regolare. Il dormente stava là fermo nella posizione in cui si era messo entrando nel letto.

Jonas fissava lo schermo. La birra calmava un po' la sua agitazione. Eppure continuava a lanciarsi occhiate alle spalle. Dietro la schiena, dove c'era il vecchio tavolone. Le quattro sedie. Lo sgabello a tre gambe. La stufa a carbone.

Il dormente si alzò, fece un cenno rivolto alla videocamera e disse: «Sono io, non il dormente!»

Si sentiva aprire la porta. I passi si allontanavano. Un minuto, lo scroscio dello sciacquone. Jonas si vide rifare un cenno verso l'obiettivo e scivolare sotto la coperta.

Riavvolse. Quello che vedeva rialzarsi e andare al bagno non era il dormente. Era lui, lui sveglio e rimuginante. Lui che scendeva dal letto, andava in bagno, tornava a dormire. Eppure non aveva un aspetto diverso dal dormente.

Jonas fece continuare il nastro. Il dormente russava con il braccio davanti agli occhi, come se fosse infastidito dalla luce. Prima della fine della cassetta si voltò due volte dall'altra parte. Di più non accadde.

Riportò la videocamera in stanza da letto. Inserì una cassetta nuova. Si spogliò. Andò in bagno a lavarsi i denti. Non voltò le spalle alla porta nemmeno un secondo. Non guardò nello specchio.

Gli ultimi pensieri prima di addormentarsi li dedicò a Marie. Erano stati spesso separati. A lui era pesato solo quando, tra volo di andata e di ritorno, lei si tratteneva alcuni giorni in Australia. Allora erano così lontani che era impossibile qualsiasi sincronismo. Quando lui alzava gli occhi al sole, non poteva contare sul fatto che in quel momento i loro sguardi si incontrassero. Era la cosa più difficile. Se proprio dovevano stare separati, che almeno potessero unire gli sguardi. Si era consolato pensando che lei gli mandava il sole verso ovest. E ci spediva dietro uno sguardo.

Che i loro sguardi si fossero incrociati nel cielo anche quel giorno?

22

Inghilterra: l'idea gli venne durante il viaggio, dopo che per parecchi minuti non aveva pensato a niente. Adesso aveva un piano. O almeno un'idea. Un'idea di come fare per arrivare in Inghilterra.

Voleva essere a casa nel primo pomeriggio, e ci riuscì. Con un ultimo stridore di freni, il camion si fermò davanti all'edificio accanto. Poi regnò il silenzio.

Strappò il nastro adesivo alla porta d'ingresso. Dentro faceva fresco. Aprì tutte le finestre per far entrare l'aria tiepida. Girò per l'appartamento, aprì armadi e cassetti. Cantò e gorgheggiò Jodel e fischiettò. Raccontò del viaggio, infilandoci di continuo avvenimenti che non avevano avuto luogo. In compenso, non disse nulla dell'avventura nel bosco. Né si fece scappare una sola parola riguardo al mal di denti che lo torturava sempre più spesso.

Scaldò le ultime due scatolette di zuppa di fagioli, quindi prese il fucile da caccia e fece scendere la Toyota dal camion.

La merce esposta era polverosa, ma dall'ultima volta che era stato nel negozio non era cambiato nulla. Prese un fucile a pompa dalla teca, lo caricò e uscì in strada. Sparò in aria. Funzionava alla perfezione. Tornò nell'armeria e si rifornì di munizioni.

Girò senza meta per il centro. Ogni tanto si fermava. Spegneva il motore. Se ne rimaneva lì seduto con lo sguardo posato su un edificio noto o sconosciuto, tamburellava con le dita sul volante, sfogliava i messaggini nella memoria del cellulare.

SONO PROPRIO SOPRA DI TE.

La chiamò. Segnale di libero. Cinque squilli. Dieci squilli. E per la centesima volta si chiese perché non partisse almeno la casella vocale. Sentire la sua voce forse gli avrebbe reso la situazione più facile, gli avrebbe almeno fatto prendere la decisione più in fretta. D'altro canto, non era neppure da escludere che avrebbe reagito alla sua voce come alla musica o ai film, ovvero rimanendone sconvolto.

Lo sguardo gli cadde sui due fucili appoggiati sul sedile accanto. Gli venne un'idea.

Ripartendo guardò come d'abitudine nello specchietto retrovisore. Vide per un secondo i suoi occhi. I *suoi*. Strappò lo specchietto e lo buttò fuori dal finestrino.

Anche nella Rüdigergasse non trovò alcun segno che qualcuno fosse stato lì. Il foglio che aveva lasciato sulla porta era ancora appeso là. Jonas non entrò nell'appartamento. Con il fucile a pompa pronto a sparare e quello da caccia a tracolla, scese in cantina. La porta contro cui aveva sparato era spalancata. Accese la luce.

Il rubinetto sgocciolava.

Si addentrò nella cantina. A parte qualche scatolone, la cella di suo padre era vuota. Sfilò la tracolla del fucile da caccia e lo appoggiò contro la parete in fondo. Fece due passi indietro. Lo osservò. Stava lì solitario, addossato contro il muro sporco.

Non sapeva perché l'aveva fatto. Gli piaceva l'idea che quel fucile rimanesse lì per l'eternità. Il fucile che fino a quattro giorni prima aveva dormito in un armadio a Kapfenberg. Che si trovava in quel negozio da lungo tempo, di certo settimane, forse anche mesi. E adesso stava lì. E magari provava nostalgia per il suo vecchio ambiente. Magari mancava ai suoi vicini nel negozio di Kapfenberg. Prima là, ora qua. Così andavano le cose.

« Arrivederci », disse con voce calma lasciando la cantina.

In un locale nei paraggi si scaldò del cibo congelato. Mentre aspettava, fece un giro in sala.

Sulla copia della *Kronen Zeitung* posata sul bancone avevano disegnato con un pennarello nero la barba alle persone ritratte nelle fotografie. Da alcune teste spuntavano corna, qualche fondoschiena era abbellito con code a ricciolo. Nella sezione delle inserzioni c'erano molti annunci cerchiati, tutti contatti con professioniste. I cinque errori nel raffronto di vignette non erano segnati.

Aveva avuto il giornale tante di quelle volte tra le mani che vide le differenze tra le due vignette con una sola occhiata. Mostravano due detenuti. Quello grasso stava in una gabbia, con la faccia triste. L'altro era così magro che aveva appena guadagnato la libertà scivolando fra le sbarre, e rideva. L'errore numero uno era un dito mancante al grassone nella figura di destra. L'errore numero due era un motivo sbagliato sul pavimento. L'errore numero tre, un'ombra sul berretto del mingherlino. Un doppio mento di troppo nel grassone era l'errore numero quattro, un tacco sporgente alla scarpa del magro il numero cinque.

Posò il giornale. Mangiò, quindi cercò la lavagna del menu. Era un po' nascosta dietro la macchina dell'espresso. Quando si avvicinò per cancellare le scritte con uno strofinaccio, rimase di sasso. Non c'erano elencate sopra pietanze e bevande. Sulla lavagna era disegnata con il gesso una faccia. Naturalmente chi l'aveva disegnata non era un artista, e il volto sulla lavagna assomigliava a quello di molti. Ma c'era quel mento forte, c'erano quei capelli corti. C'era quel naso. Certo, in molti avevano un naso così, e un mento così e una pettinatura così. Ma la faccia sulla lavagna non aveva un solo tratto caratteristico che non avesse anche Jonas. Era lui.

Era così sconvolto che quasi andò a schiantarsi contro una colonnina spartitraffico. Alzò lo sguardo. Si era cacciato in un vicolo cieco nel Primo distretto. Fece retromarcia. La traversa successiva era il Graben. Svoltò a destra. Poco dopo fermò davanti alla cattedrale di Santo Stefano.

Il portale era accostato. Per smuoverlo dovette spingere con forza.

«C'è nessuno?»

L'eco della sua voce suonò estranea. Gridò più forte. Dietro la bussola, si fermò. Senza emettere un suono, rimase immobile due, tre, cinque minuti.

Sulle panche incombeva il silenzio. L'odore di incenso era più debole dell'ultima volta. Sembrava che alcune lampadine si fossero bruciate: la luce era più fioca.

Quando si addentrò, fece un cenno con la testa a destra e a sinistra.

Osservò i santi che sporgevano dalle pareti. Sembravano diventati ancora più inavvicinabili. Né le sculture né i dipinti rivolgevano lo sguardo su di lui. Fissavano vacui nel nulla.

Irritato da un riflesso di luce, andò a guardare da vicino il basamento di San Giuseppe. Si chinò. Sulla pietra era attaccata una figurina adesiva. Anche l'altezza a cui era appiccicata faceva dedurre che l'avesse lasciata un bambino. Mostrava un aeroplano d'epoca. Sotto c'era scritto: FX MESSERSCHMITT.

Sedette su una panca. Non sapeva perché fosse venuto lì. Si guardò stancamente intorno.

Le panche erano vecchie e scricchiolanti. Quanto dovevano essere vecchie? Cent'anni? Trecento? Solo cinquanta? Si erano inginocchiate lì vedove di guerra, rivoluzionari, il *lieber* Augustin?*

---

* Marx Augustin, musicista e poeta di strada del Seicento, leggendario personaggio viennese reso immortale dalla canzone popolare *Oh, du lieber Augustin*. (*N.d.T.*)

«C'è nessuno?»

«U-no?» riecheggiò.

Riprese a camminare. Nella cappella di Santa Barbara visitò il tempietto della meditazione che, come avvertiva una scritta, era riservato alla preghiera. Tornò indietro. Passò davanti al cartello che annunciava una visita guidata alle catacombe. Proseguì. Così arrivò all'ascensore che portava i visitatori alla Pummerin, la campana del duomo. Schiacciò il pulsante di chiamata. Non successe niente. Tirò la porta. Nella cabina si accese la luce.

Entrò esitante. La porta si richiuse. L'interno della cabina era ricoperto di stoffa trapuntata: ricordava la cella imbottita di un manicomio. A una parete era appeso un cartello: PLEASE, PUT YOUR RUCKSACK DOWN. La frase lo fece ripensare all'Inghilterra, a quello che lo aspettava non appena si fosse un po' riposato. Premette il pulsante di salita. Il suo stomaco fece un salto.

Senza accorgersi, trattenne il respiro. Saliva, saliva, saliva. Avrebbe dovuto essere già arrivato da un pezzo. Cercò un pulsante di stop. Non c'era.

La cabina si fermò. Jonas si precipitò fuori. Il sole era accecante, si mise gli occhiali scuri. Cominciò il giro intorno al duomo su uno stretto camminamento. Ai lati erano montate delle sbarre che avrebbero dovuto rendere le cose difficili ai suicidi e disturbavano la vista. Una scala portava alla Pummerin. Era protetta dietro un'ulteriore inferriata. Jonas guardò la campana, ma la visione non lo impressionò.

Sulla piattaforma panoramica fece una sosta. Si stiracchiò, stropicciò la faccia, sbadigliò. Si lasciò rinfrescare dal vento. Scalciò qualche sassolino contro il parapetto. Si dedicò alla vista solo dopo che, buttando intorno uno sguardo distratto, notò qualcosa.

Infilò una moneta nella fessura e puntò verso nord-est il cannocchiale piazzato lì per la gioia dei turisti. La Torre del Danubio. Non girava più. Lo striscione di tovaglie pendeva floscio. Doveva essere successo durante la sua assenza. Probabilmente c'era stato un cortocircuito.

In fondo era lo stesso. La parola che aveva sognato e scritto sul telo era stata una pista sbagliata. Non fosse altro per il fatto che non aveva più trovato UMIROM da nessuna parte.

Mise le mani intorno alla bocca e gridò: «Umirom!» Rise.

Rimase ancora un po' a guardare il panorama. Vide la ruota gigante che girava lentamente. La Torre del Danubio. La Millennium Tower. Vide la UNO-City, vide ciminiere di fabbriche. Vide l'inceneritore di Spittelau. Vide le centrali termiche. Vide chiese e musei. Non era mai stato nella maggior parte di quei luoghi. Vienna era una metropoli piccola, ma pur sempre grande abbastanza perché fosse impossibile familiarizzare con ogni cosa.

La discesa fu ancora più sgradevole. Più che l'essere rinchiuso, lo spaventava l'idea che i freni potessero rompersi facendo precipitare per settanta metri nel vuoto la cabina con lui dentro. Arrivato in basso, si affrettò a uscire dall'ascensore.

Mentre scendeva nelle catacombe, cercò di richiamare alla memoria quel che aveva appreso su quel luogo a scuola e nelle precedenti visite. Non era molto. Ricordava che erano divise in due parti. Le catacombe vecchie del XIV secolo e le nuove del XVIII. Le più antiche, che contenevano le tombe dei cardinali, si trovavano sotto la chiesa, le più recenti erano già un po' oltre i suoi confini. Nel Medioevo quel terreno era stato il cimitero di Vienna, poi abbandonato per mancanza di spazio.

«Ehi?»

Giunse in una piccola stanza con delle panche. La luce era cruda. C'erano lampade accese in ogni angolo. Lungo il pavimento in pietra si allungava una traccia di gocce di cera. La seguì.

In ogni stanza doveva accendere la luce. Se non trovava subito l'interruttore, tossiva e rideva. Non appena si illuminavano le lampade a soffitto, prendeva coraggio e si spingeva più avanti. Ogni tanto si fermava. Non sentiva altro che il proprio respiro corto.

Arrivò a un passaggio stretto sui cui lati erano disposti recipienti di terracotta. Lì la temperatura era notevolmente più bassa che nelle stanze precedenti. Non riusciva a spiegarsi quel fenomeno. Le camere non erano separate da porte. Si passava dall'una all'altra varcando soglie di pietra.

Fece tre passi indietro nella stanza da cui era venuto. Più caldo.

Andò di nuovo avanti. Più freddo. Molto più freddo.

Qualcosa gli diceva che doveva tornare indietro.

In fondo al passaggio si intravedeva il debole bagliore di un'altra stanza. Era sicuro di non avere acceso lui la luce. Si chiese dove fosse arrivato di preciso. Probabilmente era nelle vicinanze dell'altare principale. In ogni caso si trovava ancora entro il perimetro della chiesa.

«Ehilà?»

Ripensò a quello che gli era successo nel bosco. A come avesse perso in fretta l'orientamento. Anche se quello non era un bosco, non aveva voglia di procedere a tentoni attraverso le catacombe della cattedrale di Santo Stefano. Da quel punto sapeva ancora tornare indietro ma, se fosse andato avanti, le cose sarebbero potute cambiare in fretta.

La luce nella stanza in fondo sembrava vacillare.

«Vieni fuori!»

«Ori», gridò l'eco, e zittì all'improvviso.

Tirò fuori di tasca un cartoncino.

«Dormi», c'era scritto sopra.

Rise sarcastico. Prese tutto il mazzo e lo mescolò per bene. Quindi pescò un'altra carta.

«Dormi», lesse.

Com'è possibile? si chiese.

Mescolò di nuovo.

Quando stava per pescare la terza volta, capì di colpo tutto. Prese la prima carta, lesse: «Dormi». Prese la seconda: «Dormi». La terza, quarta, quinta.

«Dormi.»

Su tutte e trenta le carte era scritto: «Dormi».

Le lasciò cadere a terra. Si precipitò alla cieca indietro, attraverso le camere che puzzavano di muffa, risalì le scale, verso l'uscita, in strada. Quando cercò in tasca non trovò subito il mazzo di chiavi. Finalmente riuscì ad accendere il motore. La macchina fece un sobbalzo e partì.

Ai grandi magazzini Steffl nella Kärntnerstrasse salì fino in cima con l'ascensore esterno. Essendo un ascensore panoramico di vetro, gli fece meno paura. Anche se vedeva quanto in alto si trovava da terra, il fatto di poter seguire che cosa succedeva gli rendeva la salita più accettabile.

Miscelò un cocktail dietro il bancone dello Sky-Bar. E se avesse riprovato a mettere un po' di musica? Per paura che potesse farlo uscire di senno, rimise nella custodia il CD che aveva già in mano.

Andò a sedersi in terrazza. Da lì si godeva una vista quasi intima del centro. Davanti a lui si ergeva la cattedrale di Santo Stefano. I tetti di bronzo tutt'intorno luccicavano nel sole calante.

Prima veniva spesso lì con Marie. I clienti eleganti le facevano sognare il giorno in cui sarebbe stata ricca e avrebbe potuto dedicarsi all'ozio, ed era entusiasta del vino bianco che servivano. Jonas non aveva grande simpatia per i giovinastri alla moda né poteva condividere l'entusiasmo di Marie per il vino, perché lui non ne beveva. Ma gli infondeva un pacato ottimismo sedere lì con lei nel primo pomeriggio, quando nel locale c'era poca gente, il giorno prima che lei partisse per un viaggio. Ascoltare tranquilli sulla terrazza di legno i rumori attutiti della città, con lo sguardo sulla vecchia chiesa. Accarezzarsi di tanto in tanto il braccio al di sopra del tavolo. Stare in silenzio insieme. Erano momenti di grande intimità.

Bevve un sorso. Il cocktail gli era venuto troppo forte. Bevve ancora. Fece una smorfia. Prese una bottiglia di acqua minerale. Con lo sguardo fisso sul campanile della cattedrale, all'improvviso sentì il desiderio di essere bambino. Un bimbo a cui davano pane e marmellata e succo di frutta. Che giocava per strada e tornava a casa sporco e veniva sgridato perché aveva strappato i calzoni. E che poi veniva infilato nella vasca da bagno e messo a letto dai genitori. Che non doveva occuparsi né preoccuparsi di niente. Che non aveva nessuna responsabilità, né verso di sé né verso altri. Ma più di tutto avrebbe voluto pane e marmellata.

Fissò i muri anneriti del duomo. Era sicuro che là dietro, sottoterra, nei pressi dell'altare, ci fosse qualcosa di strano. Forse non era pericoloso. In ogni caso, era qualcosa che non capiva.

E adesso le sue carte giacevano là sotto. Alcune di certo con la scritta rivolta verso l'alto, altre a faccia in giù. «Dormi», c'era scritto sopra. Con la sua calligrafia. Quasi la sua calligrafia. Se non fosse più sceso laggiù ci sarebbero rimaste fino a dissolversi in polvere. Nessuno le avrebbe lette. Eppure sarebbero rimaste lì a intimare di dormire. Ai muri. Al cattivo odore. E quando anche l'ultima luce si fosse spenta, all'oscurità.

Fu a casa prima del tramonto. Chiuse la porta a chiave e controllò le finestre. In camera, l'orologio a muro ticchettava in modo netto e regolare.

Andò in cucina. Quando il borbottio della caffettiera ammutolì, si versò una tazza di caffè.

Si era procurato tutto il necessario in una cartoleria. Tagliò il cartoncino in rettangoli grandi uguali con un paio di forbici, e ci scrisse sopra con una grossa penna a sfera. Anche questa volta si sforzò di non pensare a niente, di vuotare la mente, di scrivere in modo meccanico. Gli riuscì così bene che a un certo punto, riaffiorando da una profondità senza tempo, si chiese dove fosse e che cosa stesse facendo. Infine, si riscosse dal torpore con la sensazione che c'era qualcosa che lo infastidiva. Dopo qualche secondo di riflessione capì. Era indispettito dal fatto che erano finiti i cartoncini su cui scrivere.

Sebbene sentisse un pulsare sordo nella guancia, non resistette alla tentazione di sistemare qualche dolce nella metà libera del letto. Montò la videocamera e vi inserì la cassetta della notte precedente. Sedette sul letto a gambe incrociate, con la schiena appoggiata al muro. Aprì con aria di sfida un pacco di bonbon al cioccolato.

Stava già per far partire il nastro quando gli venne in mente che il cioccolato avrebbe potuto sporcare la camicia. E poi in pigiama era più comodo. Perciò si cambiò, sforzandosi di ignorare il dolore crescente nella mascella superiore.

Si vide passare davanti alla videocamera e sprofondare nel letto. Si rigirò per qualche minuto. I movimenti sotto la coperta diventarono più deboli e rari. Dopo un po' si udì russare leggermente.

Jonas svitò il tappo di una bottiglietta di liquore, un Däumling, e la alzò per un brindisi in direzione del televisore.

Il dormente dormiva.

Jonas si infilò un bonbon in bocca. Poco dopo addentò così malamente la nocciola nascosta all'interno che ebbe la sensazione che gli infilzassero un coltello di sbieco nella testa. Con le mani contratte, aspettò tremando che il dolore diminuisse. Quando fu in grado di riaprire gli occhi buttò il sacchetto di bonbon nell'immondizia. Si asciugò le lacrime coi polsi. Buttò giù un antidolorifico.

Il dormente si alzò. Quando passò davanti alla videocamera fece un cenno e disse sorridendo: «Sono io, non il dormente!»

«E adesso cos'è questa roba?» gridò Jonas.

Si mise a frugare nelle tasche della giacca alla ricerca della prima cassetta che aveva registrato a Kanzelstein. Intanto sullo schermo si vide rifare un cenno alla videocamera e rientrare nel letto.

«Ma che razza di...»

Se davvero aveva scambiato le cassette, dov'era finita la seconda, quella della notte prima? Era certo che l'avrebbe trovata nella giacca.

Passò al setaccio la borsa da viaggio. Sul fondo giaceva un nastro. Lesse la scritta. KANZELSTEIN 1.

Fermò la cassetta nella videocamera, la tirò fuori. KANZELSTEIN 2.

Riavvolse.

Si vide scendere dal letto. Quando passò davanti all'obiettivo fece un cenno e disse sorridendo: «Sono io, non il dormente!»

Quegli occhi.

Riavvolse.

Si vide scendere dal letto, andare alla videocamera e fare un cenno, sorridente. «Sono io, non il dormente!»

Quel sorriso.

Quello sguardo.

Riavvolse, schiacciò il fermo immagine.

Scrutò negli occhi immobili del dormente.

23

L'orologio a muro segnava mezzogiorno. Scese dal letto con tutti e due i piedi contemporaneamente. Aveva il torcicollo. Gli faceva male la gamba destra. In compenso, al pulsare nella guancia si era già abituato. Si chiese se aveva ancora dell'antidolorifico.

Come mai aveva dormito tanto? Che sceneggiata c'era stata anche quella notte, perché si svegliasse solo dopo dodici ore? E nemmeno riposato e fresco, ma sfinito come dopo una dura giornata di lavoro?

Guardò dalla parte della videocamera.

Non c'era.

«Calma!» Sollevò le mani in un gesto difensivo. «Un momento, un momento.»

Abbassò la testa, si tirò ciocche di capelli. Cercò di riflettere. Dentro di lui c'era un gran vuoto. Sollevò lo sguardo.

La videocamera era sparita.

Controllò la porta dell'appartamento. Chiusa da dentro. Andò a vedere le finestre. Niente che saltasse all'occhio. Illuminò sotto il letto con la torcia, aprì armadi e cassetti. Ispezionò persino i soffitti delle stanze, il secchio dell'immondizia, il serbatoio del water.

Mentre faceva colazione, cercò di ricordare che cosa aveva fatto prima di addormentarsi. Aveva inserito una cassetta nuova e l'aveva programmata sulle tre del mattino. Poi si era lavato i denti. Aveva avvolto un asciugamano intorno alla testa, perché nella sua disperazione non sapeva che altro fare contro il mal di denti. A mezzanotte si era coricato a dormire.

L'asciugamano! Era sparito anche quello.

Jonas posò la tazza di caffè. Si osservò le mani. Quelle erano le sue mani. Quello era lui.

«Sei tu», disse.

Mentre andava in farmacia, guardò in giro in cerca della videocamera. Non si sarebbe stupito di trovarla sul tetto di una macchina o in mezzo a un incrocio, magari circondata da mazzi di fiori. Ma non la vide da nessuna parte. Buttò giù due Parkemed insieme. Infilò in tasca il resto della scatola. Il Parkemed aveva sempre fatto effetto contro i dolori, non capiva come mai la sera prima non avesse funzionato. La guancia gli pulsava rovente. Se schiacciava anche solo pianissimo quel punto, il dolore guizzava fino al collo. Gli sarebbe piaciuto controllare in uno specchio se per caso si vedesse il gonfiore. Ma non era nemmeno da prendere in considerazione. Si tastò le guance contemporaneamente. Era indeciso. Forse sì. Sì, era possibile.

Quando il dolore diminuì, si avviò a piedi in direzione del centro. Sulla Salztorbrücke si appoggiò al parapetto. Il vento gli gettava granelli di sabbia negli occhi. Guardò l'acqua con le palpebre socchiuse. Gli sembrava più pulita di prima.

Appoggiato lì con le braccia allargate, guardò in basso la passeggiata del lungofiume, disseminata di lattine di bibite e pacchetti di sigarette calpestati, altri rifiuti di plastica e carta. D'estate veniva a passeggiare lì insieme a Marie. Mangiavano un gelato. A volte si fermavano a cenare lì sul canale, dal greco. Al tramonto arrivavano le zanzare. Lui, non lo pungevano. Invece per Marie non c'erano lozioni repellenti o candele che tenessero, e il giorno dopo si svegliava con decine di bitorzoli rossi.

Si voltò di scatto.

Non c'era nessuno.

Il canale del Danubio mormorava piano sotto di lui.

Riprese a camminare. Il mal di denti ritornò. Si tastò la guancia. Adesso era chiaramente gonfia.

Nella cucina di un ristorante sul Franz-Josefs-Kai trovò parecchi cibi congelati. Fece riscaldare qualcosa in una padella. Mangiò con molta cautela. Tuttavia a un certo punto urtò con la forchetta contro il dente malato. Un'ondata di dolore lo fece irrigidire. Riuscì a gridare solo dopo qualche secondo, quando si furono calmate le pulsazioni roventi.

Nella Marc-Aurel-Strasse era parcheggiata una Mercedes con attaccata una scatola nera dietro il parabrezza. Un navigatore satellitare. C'erano dentro le chiavi. Jonas avviò il motore, quindi accese l'apparecchio.

«Buongiorno», gracchiò una voce femminile da robot.

Jonas schiacciò indeciso qualche opzione del menu. Scelse la Mariahilferstrasse e inserì il numero civico del centro commerciale.

«Tra cinquanta metri girare a sinistra», disse la voce del computer. Contemporaneamente sul display comparvero il numero cinquanta e una freccia che indicava a sinistra.

All'incrocio successivo Jonas girò a sinistra. La voce si fece risentire, e il display segnalò che settantacinque metri dopo doveva girare un'altra volta a sinistra. Ubbidì. Nel giro di cinque minuti era davanti al centro commerciale.

Nel negozio di articoli sportivi si procurò un paio di occhialini da nuoto, dalla cartoleria il resto delle cose che gli servivano. Appoggiato al cofano della Mercedes, fabbricò due paraocchi da montare sugli occhialini. Prima di incollarli, colorò con un pennarello nero la plastica trasparente degli occhialini, lasciando libera solo una fessura.

Controllò la visuale. Doveva essere sufficiente a evitare collisioni. Adesso poteva incollare i paraocchi. Infilò gli occhialini. Senza guardare, scelse una strada a caso dall'elenco del navigatore. Compose alla cieca un numero civico.

« L'indirizzo prescelto non esiste. »

Tolse gli occhiali. Aveva scelto la Zieglergasse 948. Evidentemente per il numero civico era meglio schiacciare solo due tasti. Rinfilò gli occhiali. Fece un altro tentativo. Per il numero civico premette un solo tasto.

« Tra centocinquanta metri girare a sinistra », disse la voce del computer.

Perse in fretta l'orientamento. Si era lasciato alle spalle la Ringstrasse, ma non era sicuro di dove fosse finito. Si concentrò per non andare a sfregare contro il bordo del marciapiede e non si preoccupò più di quale strada stesse percorrendo.

In quel momento un satellite scivolava a qualche centinaio di chilometri sopra di lui, fornendo indicazioni all'apparecchio che aveva sotto il naso. Sebbene sapesse che non era così, Jonas lo pensò come una sfera da cui spuntavano antenne in tutte le direzioni. Comunque fosse fatto il satellite, era certo che si trovava là sopra in un'orbita intorno alla Terra. E che nessuno lo vedeva. Era lassù tutto solo, a inviare dati.

Jonas immaginò la sfera. Il modo in cui volava. In cui vedeva tutt'intorno. In cui il pianeta azzurro vi girava sotto. In cui rivolgeva il suo sguardo alla Terra. E tutto questo da sola, senza testimoni umani. Eppure stava avvenendo. La prova era la voce da robot che gli diceva di prendere la successiva svolta a destra, e che la terza casa sulla sinistra era la sua meta.

Il mal di denti si faceva sempre più acuto. Perse ogni voglia di altre esplorazioni. Schiacciò una pillola di Parkemed fuori dalla confezione. Gli rimase attaccata in gola. Si fermò a un chiosco e prese una lattina di limonata. Mandò giù la pillola.

Parcheggiò la Mercedes davanti ai grandi magazzini Steffl. Durante la salita con l'ascensore panoramico salutò in tutte le direzioni con il dorso della mano rivolto verso l'esterno. Sedette allo stesso tavolo del giorno prima con una camomilla. La sua bottiglia di minerale stava ancora lì, intatta. Davanti a lui si ergeva la cattedrale di Santo Stefano. Il cielo era azzurro e terso.

Dopo un po' il dolore diminuì. L'indolenzimento sordo nella guancia rimase, ma Jonas era talmente felice di non avere più male che si mise a far dondolare la sedia lanciando un sottobicchiere dopo l'altro nel vuoto oltre il parapetto.

Di tutti i nastri che aveva visto nelle settimane passate, quello della sera precedente era forse il più enigmatico. Era quasi identico a quello che aveva ripreso tre giorni prima. L'ipotesi che la seconda volta avesse schiacciato per errore il tasto per rivedere il nastro invece di quello per registrare era insostenibile, perché esistevano due cassette. E poi c'erano tre piccole differenze. Primo: lo sguardo del dormente. Secondo: l'ammiccamento. Terzo: la voce. Lo sguardo del dormente era penetrante come Jonas non l'aveva mai visto in se stesso, né allo specchio né in video o in fotografia. E poi ricordava benissimo che lui la prima notte non aveva assolutamente ammiccato alla videocamera.

Che cosa voleva dirgli il dormente facendo così? Era solo uno scherzo? Per deriderlo?

Sentì che stava perdendo coscienza, stava rapidamente scivolando nel sonno. Gli apparvero davanti immagini assurde, alla rinfusa. Niente aveva un senso, ma in tutto regnava un ordine chiaro, che lui capiva.

Si riscosse. Guardò intorno da ogni parte. Saltò in piedi, ispezionò con passo leggero il locale. Non c'era nessuno. O, almeno, nessuno visibile. Non riusciva a liberarsi dalla sensazione che poco prima ci fosse stato qualcuno. Ma la conosceva già. Era suggestione, niente più.

Tornò sulla terrazza. Il sole si era spostato. Non si vedeva più, solo i suoi raggi rilucevano ancora sui tetti.

Chiedersi se oltre a lui ci fossero altri esseri umani, in Sudamerica o in Polonia o in Groenlandia o in Antartide, ormai aveva lo stesso senso che poteva avere, prima, chiedersi se esistevano gli extraterrestri.

Le speculazioni sulla vita intelligente al di fuori della Terra non lo avevano mai davvero interessato. Erano già abbastanza affascinanti i dati reali. Quando su Marte era atterrato un robot, Jonas, collegandosi dal computer dell'ufficio e di casa, era stato tra quelli che avevano fatto saltare i server della Nasa. Avido delle prime immagini riprese sul Pianeta Rosso, aveva cliccato ogni pochi secondi sul tasto per aggiornare l'immagine sul browser. Quello che aveva potuto vedere non era poi così spettacolare. Aveva anzi trovato che Marte somigliasse alla Croazia. Ma che ci fossero quelle immagini, che in quel momento un apparecchio costruito dall'uomo si trovasse su un corpo celeste così lontano a fare fotografie era una cosa che lo affascinava enormemente.

Si era visualizzato il volo della sonda. Mentre si muoveva silenziosa attraverso lo spazio. Mentre scaricava su Marte la capsula con il robot. La capsula che entrava nell'atmosfera e scivolava in basso frenata dai paracadute. Che toccava il suolo.

Nessuno aveva assistito all'atterraggio del robot. Nessuno. Eppure aveva avuto luogo. A milioni di chilometri di distanza da qualsiasi occhio umano, un robot arrancava attraverso la sabbia rossa.

Jonas si era immaginato di essere là. Di vedere l'arrivo del robot. Aveva immaginato di essere il robot. Lontano da tutto ciò che gli esseri umani conoscevano per esperienza personale. Aveva fantasticato su quanto fosse lontana da lì la Terra. Con tutti quelli che conosceva. Con tutto ciò che gli era familiare. Eppure lui viveva lo stesso. Poteva vivere senza che qualcuno se ne accorgesse.

Poi era ritornato con i piedi per terra e aveva pensato al robot. Che cosa avrà provato, da solo su Marte? Si sarà chiesto che cosa succedeva a casa? Provava qualcosa come un senso di solitudine? E Jonas aveva viaggiato di nuovo con il pensiero fino a lui, aveva osservato l'ambiente intorno al robot. Un deserto di pietre rosse. Senza orme nella sabbia.

Anche allora, in quel momento, il robot si trovava su Marte. Nel preciso istante in cui Jonas riportava il bicchiere vuoto al bar, su Marte dormiva un robot.

A casa Jonas prese un'altra pastiglia. La dose massima giornaliera era tre. Se fosse stato necessario, non l'avrebbe rispettata.

Si sentiva a pezzi. Fece ginnastica e mise la testa sotto l'acqua fredda. Forse avrebbe dovuto sdraiarsi. Gli venne in mente la videocamera scomparsa. Sospettava che l'avrebbe rivista. Probabilmente lo aspettava anche una spiacevole sorpresa.

Si allungò sul letto e rimase sdraiato senza fare niente. Si sforzò di ignorare tutti i rumori. Quando guardò di nuovo l'orologio erano le nove e mezzo. La strada era immersa nell'oscurità.

Si costrinse a mangiare qualcosa, perché temeva che altrimenti la medicina non avrebbe fatto effetto. Poi buttò giù un'altra pastiglia. Anche se in quel momento non gli faceva male niente, voleva tenere il dolore alla larga il più a lungo possibile. La guancia pulsava.

Toccò la fronte. Probabilmente aveva la febbre. Non aveva voglia di andare a prendere un termometro per verificarlo. Tirò fuori una birra dal frigorifero.

Che cosa avrebbe fatto se il dolore non fosse passato?

24

Si svegliò con un sapore di sangue in bocca. Aveva tutti i sintomi dei postumi di una sbornia e allo stesso tempo si sentiva ancora ubriaco; era come se la testa gli galleggiasse per aria. Spalancò gli occhi. Passò la lingua sulla fila di denti della mascella superiore. Nel punto in cui il giorno prima il dente malato gli aveva dato il tormento si apriva un varco enorme. Non mancava solo il dente malato, ma anche quelli immediatamente vicini. Il sapore di sangue si fece più intenso quando premette contro la gengiva.

Per un po' rimase semplicemente lì sdraiato. Nella sua testa scorsero immagini, troppo affollate e troppo febbrili per poterle afferrare. Continuavano ad affiorare domande. Quando? Come?

Si mise a sedere. Era mezzogiorno. Il cuscino era coperto di sangue. La videocamera era là dove l'aveva messa prima di andare a dormire. Nella camera non gli sembrò di scorgere alcun cambiamento. Si tastò la guancia. Era gonfia.

Infilandosi i calzoni cadde quasi per terra. Si chiese che cosa avesse. Si sentiva come dopo un'orgia.

Sul bordo della vasca da bagno scoprì delle gocce di sangue ripulite frettolosamente. Il secchio dell'immondizia non conteneva niente che non ci fosse già il giorno prima. Anche in cucina non notò nulla di strano. Siccome aveva le vertigini, si mise a sedere. Cercò di ritornare in sé. Rifletté su quanto gli stava accadendo. Non c'erano dubbi: era completamente ubriaco.

Caricò un fucile e scese in strada. La Mercedes era parcheggiata dietro la Toyota, la Toyota dietro il camion. Il contachilometri segnava ovunque lo stesso numero della sera prima.

Quando fece per riavvolgere la cassetta si accorse che era sparita. Cercò dappertutto. Scomparsa.

Trovò la scatola di Diclofenac nel mobiletto delle medicine. Stando al foglietto illustrativo, era un antinfiammatorio e antidolorifico. Si sconsigliava l'assunzione di più di tre pillole al giorno. Ne schiacciò due fuori dalla confezione e le buttò giù con dell'acqua del rubinetto. Subito dopo prese un'Alka-Seltzer. Doveva essersi ubriacato come non gli capitava da anni. Cambiò la federa e si rimise a letto.

Due ore più tardi la ferita ricominciò a far male. Prese altri due Diclofenac. Poi si riscaldò una scatoletta. Fu più volte sul punto di gettare il piatto nel cortile. Si costrinse a mangiare tutto.

Dopo l'ultimo boccone mise le mani davanti alla faccia. Ebbe un rigurgito. Sudò e ansimò per lo sforzo di trattenere in sé il cibo. Rimase qualche minuto così, immobile. Poi si sentì un po' meglio.

Tirò fuori di tasca una carta.

« Fuori! » lesse.

Guidò per le strade indossando gli occhialini muniti di paraocchi stretti intorno alla testa. Mentre seguiva le indicazioni della voce del computer, si diede da fare per distrarre i pensieri, per non registrare niente del percorso.

All'improvviso si chiese se era sveglio. Non era sicuro che quello che stava pensando e provando fosse reale. Era davvero lì? Quel volante, quell'acceleratore, quella leva del cambio facevano parte della realtà? Il chiarore che percepiva attraverso le fessure negli occhialini era il vero mondo?

Si udì un rumore di attrito. La macchina strusciò contro il bordo del marciapiede. Jonas frenò, riprese a guidare più piano. Fu sul punto di strapparsi gli occhialini dalla testa. Ricacciò indietro l'impulso.

«Al prossimo incrocio, girare a destra.»

Risuonò un segnale acustico. Girò a destra, accelerò.

Una volta aveva letto che inizialmente gli occhi vedevano tutto ruotato di centottanta gradi, trasmettendo al cervello un'immagine del mondo per così dire capovolta. Siccome però il cervello sapeva che la gente non andava a spasso sulla testa e che le montagne non si allargavano dal basso all'alto, aveva imparato a rigirare l'immagine. In qualche modo, gli occhi imbrogliavano e la ragione fungeva da correttore. Che fosse vero o no, questo poneva in ogni caso una questione fondamentale: come poteva Jonas essere certo che quel che i suoi occhi vedevano fosse davvero là?

In fin dei conti, lui era un grumo di carne che vagava per il mondo. Ciò che sapeva lo acquisiva soprattutto tramite gli occhi. Grazie a loro si orientava, prendeva decisioni, evitava di andare a sbattere. Ma niente e nessuno potevano garantirgli che dicessero la verità. Il daltonismo era un esempio innocuo di come l'inganno fosse plausibile. Forse il mondo aveva quell'aspetto, ma poteva anche averne un altro. Eppure per Jonas esisteva in una sola maniera possibile, ovvero nella forma consentita dai suoi occhi. Il suo Io era un Qualcosa cieco in una gabbia. Il suo Io era tutto ciò che si trovava all'interno della sua pelle. Compresi gli occhi... o forse no.

La voce del computer annunciò che aveva raggiunto la meta richiesta. Si tolse gli occhialini.

Periferia. O quartiere residenziale. Davanti alle recinzioni dei giardini erano parcheggiate macchine costose. Sui tetti delle casette unifamiliari svettavano parabole satellitari, i balconi erano abbelliti da fioriere. All'incrocio successivo Jonas vide la barra spezzata di un passaggio a livello riversa sulle rotaie.

Quella strada non gli era nuova. Lesse l'indirizzo. In lui affiorò un ricordo indistinto, inafferrabile. Solo dopo essere sceso dalla macchina capì. La villa davanti alla quale si trovava era a cento metri da quella che aveva perlustrato settimane prima. Alla quale era stato condotto dalle proprie istruzioni telefoniche e dove c'era una stanza in cui non aveva trovato il coraggio di entrare.

Lesse il nome sul cancello del giardino. DOTT. AUGUST LOM. Suonò, abbassò la maniglia. Il cancello si aprì con un rumore sferragliante.

Per un secondo vide un animale dal pelo lungo e arruffato che ballava nel giardino dall'altra parte della casa. Gettava di qua e di là la sua lunga lingua facendola sbattere contro le orecchie e aspettava solo che lui si avventurasse all'interno.

Davanti alla porta di casa, a cui era appesa una corona di rami di abete intrecciati, prese il fucile dalla spalla. Ascoltò nel silenzio. Caricò l'arma. Si concentrò.

Qualcosa gli disse che adesso aveva via libera.

Scosse la porta. Chiusa a chiave. Spaccò una finestra. Partì un allarme. Jonas lo percepì per un istante, poi diventò un rumore in sottofondo. Quando mise un piede sulla moquette del salotto, già non sentiva più nessun suono e nessun odore. Si muoveva con passo spedito.

Una stanza. Mobili, televisore, quadri.

Un'altra stanza. Mobili, piante. Qualcosa di strano, irritante. Disordine.

Stanza successiva. Materassini da ginnastica, punching ball, cyclette.

Stanza successiva. Doccia, vasca da bagno, stendibiancheria.

Esplorò la casa con sguardo fisso e movimenti bruschi, spense il sistema d'allarme, calpestò tappeti, toccò oggetti, scese in cantina e salì in solaio. Ogni tanto una parte lucida della sua coscienza gli inviava un segnale di pericolo che gli faceva ritrarre la mano o lo spingeva a indietreggiare.

Quando fu di nuovo davanti alla casa e ritornò lentamente in sé, si convinse che là dentro non c'era nulla che potesse aiutarlo. E questo era quanto voleva sapere.

Risalendo in macchina si accorse di puzzare di sudore. Era l'odore acre che emanava quando era molto teso. Si arrabbiò. Non c'era alcun motivo di avere paura. L'aveva dimostrato quella notte a Kanzelstein.

Gli venne l'idea di infilare gli occhialini e rientrare nella casa. Senza fucile.

«Neanche per sogno», esclamò e fece inversione con l'auto.

Guardava fisso la cattedrale dalla terrazza dello Sky-Bar. Non aveva ancora toccato la tazza di caffè accanto a sé sul tavolino. Senza quasi rendersene conto, prese due Diclofenac. Qualcosa lo disturbava. Solo dopo qualche minuto capì che gli erano rimasti attaccati in gola. Gli succedeva di continuo e lo faceva arrabbiare sempre più. Li mandò giù con dell'acqua.

Vagò in giro per la terrazza battendo le braccia contro il corpo. Sputò giù dal parapetto e guardò la saliva spiaccicarsi sulla tettoia poco più in basso.

Bene. Era arrivato il momento. Doveva partire. Meglio oggi stesso. No, oggi non ce l'avrebbe fatta, ma forse poteva completare i preparativi per l'indomani.

A guardare le cose in modo oggettivo, per lui almeno un terzo del mondo era irraggiungibile. Poteva andare a Berlino, a Parigi, a Praga, a Mosca. Poteva visitare la Grande Muraglia cinese, aveva via libera fino ai campi petroliferi dell'Arabia Saudita, poteva andare a vedere i campi base dell'Everest (se aveva abbastanza forze per una marcia a piedi di due settimane e si abituava all'altitudine). Ma non sarebbe mai arrivato in America. Né in Australia. Né in Antartide.

Ripensò con un senso di invidia al suo sogno giovanile. Almeno una volta nella vita, aveva giurato a se stesso, si sarebbe ritrovato in mezzo ai ghiacci e avrebbe toccato con la mano il cartello su cui era scritto GEOGRAPHIC SOUTH POLE.

Comunque ci fosse arrivato, con una classica spedizione (ma ne venivano organizzate sempre meno e difficilmente l'avrebbero preso con sé) o accompagnato da un aereo militare russo preso a nolo, lui voleva toccare quel cartello. Nel farlo avrebbe chiuso gli occhi e avrebbe pensato a casa. A Marie che in quel momento faceva commissioni, a suo padre che guardava giocare a scacchi nel parco, a Martina che respingeva un progetto in ufficio. Alla sveglia che ticchettava in casa sua. Inosservata, perché in casa non c'era nessuno. Alla sveglia non importava se Jonas era al polo Sud o di là in cucina. Ma lui non c'era. E la sveglia era sola.

Toccare quel cartello, nel bianco nulla. Con la civiltà non a distanza di due passi o di un breve tragitto in macchina, ma a quindici ore di aereo. Era stato quello, il suo sogno. Arrivare più a sud possibile. Un desiderio di lontananza massima. Invece non avrebbe mai visto il polo.

Tornò a sedere e appoggiò i piedi sul parapetto. Fece scivolare lo sguardo sui tetti. Quanto dovevano essere vecchie, quelle case? Centocinquant'anni? Trecento? E quante persone le abitavano? Il mondo cambiava di poco, almeno quello che aveva conosciuto lui. In compenso, lo faceva in modo incessante e persistente. Ogni secondo nasceva qualcuno, ogni secondo qualcuno moriva.

Austria. Che cos'era l'Austria? Gli esseri umani che vivevano nel Paese. Quando uno moriva non era un cambiamento decisivo. Almeno, non per il Paese. Solo per l'interessato. E per i suoi congiunti. Non è che l'Austria diventasse un'altra cosa, quando moriva qualcuno. Ma se si paragonava l'Austria di qualche settimana prima con quella di cent'anni prima, non si poteva certo affermare che non ci fossero differenze. Nessuno di coloro che un tempo avevano vissuto in quelle case era ancora vivo. Tutti morti. Tutti spirati, l'uno via l'altro. Una grande differenza per loro. Nessuna differenza per il Paese.

«Austria.» «Germania.» «Stati Uniti.» «Francia.»

Le persone vivevano nelle case che avevano ereditato e camminavano su strade che altri avevano lastricato molto tempo prima di loro. Poi un giorno si mettevano a letto e dovevano morire. Fare spazio a un'altra «Austria».

Ognuno moriva per sé soltanto. Statistiche, cittadini, comunità, noi, televisione, stadio di calcio, giornale. Tutti leggevano quello che uno scriveva sul giornale. Quando questi moriva, tutti leggevano quello che scriveva il suo successore. Tutti pensavano, ah, è quello lì che scrive così e cosà. E quand'era sottoterra dicevano, ah, è uno nuovo che scrive così. Andavano a casa ed erano ancora parte di un tutto. Poi si mettevano a letto e morivano e allora a un tratto non erano più parte di un tutto. Non erano più membri del club alpino e dell'accademia delle scienze e dell'ordine dei giornalisti e della società di calcio. Non erano più clienti del miglior parrucchiere e pazienti di una dottoressa gentile. Non più: concittadino. Ma: uno. Uno che moriva.

Per gli esseri umani che erano scomparsi non faceva alcuna differenza. Oppure sì? Faceva differenza solo per lui, l'unico rimasto?

Sgombererò completamente il pianale del camion. Con scopa e spazzolone pulì pavimento e pareti finché la lamiera riacquistò quasi il suo colore originario. Poi ricoprì la parte più in fondo con un tappeto antisdrucciolo che non avrebbe permesso a niente di quello che ci avrebbe messo sopra di scivolare.

Trascinò fuori da un negozio di arredi sul Lerchenfelder Gürtel un divano e un sofà aggiuntivo. Caricò tutto sul camion e lo sistemò in fondo. Ci aggiunse un tavolino basso e massiccio, un portatelevisore richiudibile su cui mise una TV e un videoregistratore, due lampade a stelo con una base larga e una poltrona extra. Gettò coperte e un cuscino sul sofà. Accanto posò una pila di giornalini di *Mortadella e Filemone* legati insieme. Spinse un frigorifero contro una parete. La spina, la attaccò a una centralina di corrente che si era procurato nel parcheggio autocarri Sud. Prese con sé anche due generatori.

Riempì il frigorifero di acqua minerale, succhi di frutta, birra, bibite, cetriolini in salamoia e altri generi alimentari che erano più buoni se mangiati freddi. Lì vicino, sistemò cassette di scatolame, pane integrale, torte, fette biscottate, latte a lunga conservazione e roba simile. Non scordò nemmeno le spezie, sale e pepe, olio e aceto, farina e zucchero.

Gli servivano altre cassette. Una per le posate e le stoviglie, un'altra per le batterie, il fornelletto a gas e le cartucce. Parecchie per le videocamere che andò a prendere nella Brigittenauer Lände. Le svitò dai cavalletti, che appoggiò a terra dove c'era posto. Lungo le pareti libere allineò pacchi da sei bottiglie di acqua minerale.

Controllò la stabilità del carico. Quel che minacciava di rovesciarsi, lo fissò con delle cinghie di sicurezza.

Il DS lo legò alla barra di carico verticale. Di fronte, alla barra orizzontale, fissò una Kawasaki Ninja che aveva spinto direttamente dal salone del concessionario a un distributore vicino e poi al ponte elevatore, e il cui contachilometri segnava quattrocento metri percorsi. Per ultima fece salire sul pianale la Toyota, anche quella con il serbatoio pieno. Lo spazio bastò giusto giusto, nemmeno avesse lavorato con un righello.

Dopo avere infilato i piatti nella lavastoviglie, accese la luce. Andò alla finestra. Il sole era sprofondato dietro le case. Le nuvole risplendevano in varie tonalità di rosso. Lanciò ancora un'occhiata al camion pronto, quindi chiuse la finestra.

Aveva la sensazione che il viaggio che gli si prospettava davanti fosse l'inizio dell'ultimo atto. All'improvviso fu tutto chiarissimo. Sarebbe partito per cercare Marie. Poi sarebbe ritornato lì, con o senza di lei. Verosimilmente senza.

25

A Linz uscì apposta dall'autostrada per andare a trovare la spider. Entrò nel salone del concessionario attraverso la vetrina distrutta. La sua spider stava là, nel posto in cui l'aveva lasciata. Il contachilometri segnava la stessa cifra. Sedette al volante. Toccò la leva del cambio. I bottoni del riscaldamento, dell'aerazione, dell'impianto antifurto. Schiacciò i pedali. Con gli occhi chiusi, ricordò.

Era stranissimo. Credeva che non avrebbe mai considerato suo quel veicolo. Invece, ecco che stava ripensando ai viaggi che ci aveva fatto. A com'era stato essere il Jonas che girava per Vienna seduto in quella macchina sportiva.

Ripensò al giorno in cui l'aveva riportata lì. Mentre caricava la Toyota, si era detto che non sarebbe più tornato in questo posto. Per tutto il tempo la spider se n'era rimasta lì da sola, invece Jonas era stato in altri luoghi.

Sgranò gli occhi e si tempestò di colpi la fronte con i palmi delle mani. Se fosse rimasto ancora seduto si sarebbe addormentato in pochi minuti. Quel mattino si era svegliato così stanco che con il camion aveva dovuto viaggiare nella corsia di mezzo per paura di un colpo di sonno.

Ripartendo diede un colpo di clacson e salutò ancora una volta la spider con la mano.

Poco dopo Passau si presentò un'ottima opportunità per piazzare un'altra videocamera. Dai muri cadenti di un magazzino della manutenzione autostradale sporgeva una tettoia sotto cui d'inverno venivano messi al riparo i sacchi di sale. Sistemò la videocamera sotto la tettoia. Puntò l'obiettivo nella direzione da cui era venuto. Programmò l'inizio della registrazione per le 16.00 del giorno dopo.

Lesse la marcatura del chilometro su un picchetto nel terreno. Così poté annotare sul suo quaderno il punto in cui si trovava. Ci aggiunse il numero tre e lo cerchiò.

Il due poco più sopra contrassegnava un parcheggio vicino ad Amstetten, l'uno un cartello stradale tra Vienna e St Pölten. Entrambi si trovavano a cielo aperto. Jonas sperò che non piovesse prima del suo ritorno. E, se succedeva, si augurò che almeno le cassette non rimanessero danneggiate.

Si rovesciò una bottiglia d'acqua sopra la testa. Vuotò una bottiglia di una bibita energetica che vantava di contenere la caffeina di nove tazzine di espresso.

L'aria era tersa. Le temperature erano chiaramente al di sotto di quelle cui era abituato a Vienna. Tutt'intorno si stendevano campi di mais. Su un sentiero in un campo c'era un trattore abbandonato.

«Ehi!»

Jonas attraversò la strada e, arrampicandosi al di là del guardrail, raggiunse la carreggiata opposta. Nessuna auto parcheggiata. Nessun segno di vita. Niente.

«Ehi!»

Per quanto forte gridasse, all'aperto la sua voce risuonava debole. Già un istante dopo il suo urlo, sembrava che lì non si udisse una voce umana da un'eternità.

Pranzò a Regensburg. Per fortuna nella stazione di servizio trovò cipolle, pasta e un paio di patate, così non dovette intaccare le sue scorte. Dopo mangiato scrisse su una lavagna da menu: «Jonas, 10 agosto».

Ai distributori piazzò la quarta videocamera. Prese nota del posto, quindi programmò la cassetta per il giorno dopo alle 16.00. Fece benzina. Nel punto vendita trovò una tazza da caffè su cui campeggiava il suo nome. La prese insieme ad alcune bibite fredde.

Era stanco da svenire. Gli bruciavano gli occhi, gli facevano male le mascelle e si sentiva la schiena come se avesse trasportato sacchi di cemento per giorni. Quando sedette al volante stava quasi per cedere alla tentazione della cuccetta dietro il sedile. Ma, se si metteva a dormire adesso, il giorno dopo avrebbe dovuto percorrere un tratto molto più lungo, e non voleva viaggiare assillato dalla fretta. Le videocamere successive le piazzò vicino a Norimberga, una prima e una dopo. La numero sette la sistemò all'uscita per Ansbach, la numero otto a Schwäbisch Hall. Senza preoccuparsi di possibili piogge, montò la nona in mezzo alla strada presso Heilbronn. Anche la decima la lasciò senza riparo né cavalletto prima di Heidelberg, semplicemente appoggiata sull'asfalto.

Guidò come in un incubo attraverso luoghi che non aveva mai visto prima e che non destavano in lui alcun interesse. A volte si accorgeva che stava attraversando paesaggi rigogliosi di boschi e campi verdeggianti e paesi con piccole casette graziose vicino all'autostrada. Altre volte gli sembrava che la desolazione non avesse fine, vedeva grigio su grigio, catapecchie cadenti, campi riarsi, brutte fabbriche, centrali elettriche. Non gliene importava nulla. Con movimenti precisi e sempre uguali delle mani, posizionava le sue videocamere e risaliva a bordo del camion.

Arrivato a Saarbrücken, non ce la fece più. La sua meta per quel giorno era Reims, che gli avrebbe lasciato un'agevole tabella di marcia per il giorno seguente. Ma anche così si era spinto abbastanza avanti da poter contare di arrivare a destinazione per le 16.00.

Fermò nella corsia di mezzo. Andò nel retro con la cassetta che aveva registrato la notte prima. Aveva le gambe così deboli che non riuscì a scalare il pianale con un salto ma dovette ricorrere al telecomando. Il ponte elevatore lo sollevò ronzando.

Inserì la cassetta. Prese dagli scaffali dei salatini e una tavoletta di cioccolato da sgranocchiare. Anche se la ferita dei denti estratti non gli faceva male, buttò giù due Diclofenac. Si lasciò cadere sul sofà con un sospiro di sollievo.

Chiuse gli occhi. Voleva rimanere così solo per un secondo, ma gli riuscì difficile riaprirli. Gli bruciavano dalla stanchezza. Accese il televisore e selezionò il canale AV. Lo schermo diventò azzurro. Era tutto pronto. Però Jonas esitò a far partire la cassetta. C'era qualcosa che non gli piaceva. Si guardò intorno. Non riuscì a trovare nulla. Si alzò. Lasciò vagare di nuovo lo sguardo intorno.

Era l'entrata. Non riusciva a vederla, perché la Toyota ostruiva la visuale. Aveva lasciato il portellone aperto per far entrare la luce, ma così non riusciva a rilassarsi. Accese tutte le lampade disponibili. Schiacciò il pulsante alla parete. Per qualche secondo gli parve di cadere in avanti. Invece era davvero il portellone che saliva verso di lui.

Una stanza vuota. Niente mobili, nemmeno una finestra. Pareti bianche, pavimento bianco. Era tutto bianco.

La figura a terra era nuda, e anch'essa bianca. Bianca e così immobile che per un minuto Jonas aveva creduto di vedere una stanza davvero vuota. Solo quando notò del movimento guardò meglio. Cominciò a riconoscere via via i contorni. Un gomito, un ginocchio, la testa.

Dieci minuti dopo, la figura si alzava e si metteva a vagare. Era ricoperta da capo a piedi di colore bianco, o forse indossava una maglia bianca. I capelli non si vedevano, come fosse calva. Aveva tutto bianco: le sopracciglia, le labbra, le orecchie, le mani. Si aggirava per la stanza come se non avesse una meta precisa, come se fosse assorta nei suoi pensieri o aspettasse qualcosa.

Non si sentiva alcun suono.

Dopo più di mezz'ora, la figura si girò lenta verso la videocamera. Quando alzò la testa, Jonas vide per la prima volta gli occhi. Il suo sguardo lo inchiodò. Dovevano essere coperti da lenti a contatto bianche. Non si vedevano né iride né pupilla. La figura fissava la videocamera con quelle due palle bianche. Immobile. Per minuti. Pronta all'agguato.

Poi sollevava un braccio e bussava con la nocca dell'indice contro la lente. Sembrava che bussasse da dentro il televisore. Bussò. E ribussò. Fissava con le palle degli occhi bianche e bussava muta contro lo schermo.

In qualche modo Jonas riuscì a schiacciare il telecomando. Voleva spegnere, invece schiacciò l'avanzamento rapido. Il nastro finì un'ora dopo.

Quando aprì il portellone posteriore, in quello spazio soffocante entrò l'aria fresca. Jonas respirò a fondo. Saltò in strada con il binocolo. Osservò a lungo i dintorni con lo strumento accostato agli occhi.

C'erano gruppi di case prive di vita. Macchine con le ruote affondate nella terra fangosa. Uno spaventapasseri allargava le braccia di manici di scopa su un prato infestato di erbacce. Nel cielo passavano nuvole solitarie. L'unico rumore era quello dei suoi passi sull'asfalto sbriciolato.

Nella cabina del camion prese nota della cifra sul contachilometri. Mise la sicura alle portiere. Non montò alcuna videocamera. Si buttò nella cuccetta senza spogliarsi. Scivolò con le ultime forze sotto una coperta. Gli bruciavano gli occhi.

Saarbrücken, pensò. 10 agosto. Adesso dormo. Subito. Domani si va avanti. È tutto a posto. Andrà tutto bene.

Tranquillo, pensò.

L'autostrada. Macchine che viaggiavano in autostrada. Nelle macchine sedevano esseri umani che le guidavano. Stavano rigidi con le scarpe sui pedali. Nelle scarpe erano infilati i piedi. Piedi austriaci. Piedi tedeschi. Piedi serbi. I piedi avevano dita. Le dita avevano unghie. Ecco cos'era l'autostrada.

Smettila di pensare, si disse.

Sprofondò la faccia nel vecchio materasso che puzzava del sudore d'altri, come se gliela pigiassero.

Si girò dall'altra parte e si domandò perché il sonno non volesse arrivare.

Sentiva rumori che non riusciva a inquadrare. Per un po' ebbe l'impressione che sul tetto della cabina rotolassero delle biglie. Poi gli sembrò di sentire qualcosa che girava di soppiatto intorno al camion. Jonas non era in grado di fare alcun movimento. La coperta era scivolata a terra. Aveva freddo.

Appoggiato al sedile di guida, guardò fuori con gli occhi socchiusi. Il sole spuntava rosso dietro una collina all'orizzonte. Davanti a lui sulla strada c'era un oggetto.

Una videocamera.

Si sentiva come se non avesse dormito affatto. Mezzo intontito dalla stanchezza, si calò fuori dalla cabina. In lui riaffiorò un sogno della notte prima. Quindi, almeno per un momento, doveva essersi appisolato.

Vacillando come un ubriaco, fece un giro del camion. Nessuno in vista. Si ritirò alla svelta nella cabina con la videocamera. Dopo un po' si accorse che era seduto al posto di guida e fissava la strada. Che cosa ci faceva lì? Doveva essere dietro. Voleva vedere la cassetta.

La videocamera. La ispezionò. Dalle riprese della corsa con la spider, tutte le sue videocamere erano numerate. Controllò. Aveva il numero di quella che gli era sparita qualche giorno prima.

Qualcosa gli diceva che avrebbe fatto meglio a lasciare subito quel posto. A non scendere un'altra volta per guardare la cassetta. Mise la sicura alla portiera. Prese qualcosa da bere dal portaoggetti, quindi partì.

Riaffiorò il sogno. Questa volta le immagini erano più chiare. Lui era nel bagno della Brigittenauer Lände. Vedeva nello specchio la sua faccia che cambiava, anzi, tutto il suo corpo. Da un secondo all'altro si avvicendavano sul suo collo teste di animali diversi. Eccolo con una testa d'orso, di avvoltoio, di cane. Una testa di maiale, di cervo, di mosca, di toro, di ratto. A ogni battito di ciglia la metamorfosi era completa, testa dopo testa.

Vicino a Metz posizionò sulla strada l'undicesima videocamera. Programmò anche quella per le 16.00. Fece colazione dietro, sul divano, con i piedi comodamente allungati sul tavolino. Il caffè solubile che bevve dalla tazza con il suo nome aveva un sapore amaro. In compenso mangiò la composta di pesche con appetito. Era del tipo che gli davano spesso quand'era bambino. Quando aveva scoperto il vasetto al supermercato, ne aveva subito risentito il sapore sulla lingua.

Saltò in piedi ancora masticando e si schiacciò contro la parete per raggiungere la portiera della Toyota. Lesse il contachilometri. Trenta chilometri in più del giorno prima.

La stanchezza tornò con una violenza inattesa. Adesso non doveva assolutamente dormire. Si versò dell'acqua fredda sulla testa. La camicia si infradiciò, rivoletti gelidi gli corsero lungo la schiena. Fece qualche esercizio di ginnastica per riattivare la circolazione. Tirò fuori da un sacchetto alcune caramelle al caffè. Invece di succhiarle, le buttò giù intere con una bevanda energetica.

Il video sconosciuto era in bianco e nero. Mostrava un paesaggio collinoso di boschi e vigne, ma senza strade. La pano-

ramica andava a concludersi su una figura femminile. Zoo-
mava su di lei. Il volto si avvicinava sempre più.

Qualcosa nel suo cervello si rifiutava di capire. Perciò ci
vollero alcuni secondi, prima che realizzasse la portata di ciò
che vedeva. Scattò dritto in piedi sul sofà, con lo sguardo fisso sullo schermo.

La donna sul video era sua madre.

L'inquadratura si fermava qualche secondo sul suo volto,
poi scivolava a sinistra e puntava su un'altra persona.

Sua nonna.

Muoveva muta le labbra, come se gli parlasse. Come se la
distanza che le parole dovevano percorrere fosse troppo
grande.

Jonas strappò dalla videocamera il cavetto che la collegava
al televisore. Mentre si precipitava tra la Toyota e la Kawasaki diretto alla rampa, si fece un taglio nel braccio con uno
spigolo metallico. Sentì solo un breve bruciore. Lanciò la videocamera, che teneva con la punta delle dita, lontano nel
campo di mais a lato della strada.

Ciondolando nervosamente da un piede all'altro, guardò
il portellone posteriore mentre si chiudeva con una lentezza
straziante. Tirò il chiavistello, quindi saltò in cabina.

Guidò quasi avesse inserito in sé un pilota automatico. La
sua mente era distaccata. Ogni tanto registrava qualcosa del
mondo esterno. Si accorgeva di bruschi cambiamenti del
tempo, che però non lo toccavano: era come se li vedesse in
televisione. Leggeva nomi di città. Reims. St Quentin. Arras.
Non gli dicevano niente. Solo il cambiamento di odore lo fece riscuotere. L'aria era diventata pesante e salmastra. Presto
sarebbe arrivato al mare.

Quella certezza gli fece tornare in mente perché si trovava
lì, infondendogli un po' di coraggio. Ormai aveva ricacciato
il video nella zona più remota della sua coscienza. Si accorse

di avere fame. Non sapendo se avrebbe trovato un'altra area di servizio, si fermò nella corsia di emergenza, dove altissimi salici piangenti donavano un po' di ombra. Il sole era alto nel cielo. Faceva un caldo soffocante.

Mentre si fasciava la ferita al braccio seduto sul sofà, osservò scuotendo la testa il disastro causato dalla sua partenza precipitosa. Il burro era per terra, così come la scodella con la composta. Su divano e poltrona erano distribuiti spicchi di pesche. Ma era stato soprattutto il caffè a mettere a dura prova i mobili imbottiti. Jonas asciugò e sfregò. Poi accese il fornelletto a gas e scaldò due scatolette.

Come al solito, dopo mangiato tornò la stanchezza. Era l'una, non poteva permettersi un sonnellino.

Con l'acqua minerale sciacquò pentola e piatto sul bordo della strada. Gettò le lattine vuote nel fosso. Era già seduto nella cabina quando sferrò un colpo al volante, scese di nuovo sulla strada e recuperò le lattine. Per il momento le infilò sotto la Toyota.

Prese l'uscita successiva. Da lì in poi guidò seguendo la cartina. Era aggiornata e dettagliata, perciò non gli fu difficile orientarsi. Alle due del pomeriggio si fermò vicino al punto in cui si spalancava il tunnel sotto la Manica.

A Calais, che un tempo avrebbe visitato volentieri, non dedicò nemmeno un pensiero. Al momento non riusciva a immaginare di traversare città di una certa dimensione. Desiderava meno case possibile, meno cose grandi e opprimenti possibile.

Cominciò subito con i preparativi. Portò il DS sullo stradino non asfaltato che correva lungo la recinzione della linea ferroviaria. Armato di piede di porco e cesoie, si mise alla ricerca di un punto di accesso. Lo trovò poche centinaia di metri più in là. Nella recinzione c'era una porta che serviva ai manutentori delle ferrovie per portare materiale da lavoro, ed era aperta. Riportò piede di porco e cesoie al camion.

Considerò che cosa mettere nello zaino. Sicuramente da

mangiare e da bere, poi munizioni per il fucile. Una torcia, fiammiferi, un coltello, una corda. Ma un impermeabile e un secondo paio di scarpe facevano parte dell'equipaggiamento indispensabile? Erano più importanti cartine stradali e bende. E doveva portarsi anche una tanica di benzina o poteva contare di trovare presto dall'altra parte un nuovo mezzo di trasporto?

Quando chiuse le cinghie dello zaino, l'orologio segnava le tre e mezzo. Si sedette nel retro del camion, dove non era riparato dal calore, ma almeno dal sole diretto. Le sue dita cercavano qualcosa con cui tenersi occupate. Avrebbe chiuso volentieri gli occhi un momento, ma temeva di riaprirli soltanto dopo molte ore.

Tirò fuori il cellulare. Si era agganciato a un operatore chiamato Orange. Quindi in teoria poteva telefonare anche da lì.

Lesse dal primo all'ultimo i messaggini conservati in memoria. Erano tutti di Marie, senza eccezione. Il più vecchio risaliva a molti anni prima. Ogni volta che aveva cambiato cellulare, Jonas si era ansiosamente ingegnato per conservarlo. Era la loro prima dichiarazione d'amore. L'aveva scritta Marie, perché nel colloquio che avevano avuto poco prima, in cui in realtà si erano già detti e dichiarati tutto, lei era stata troppo timida per farla a voce. Era San Silvestro e avevano in programma di passare il capodanno insieme. Invece, all'improvviso, lei aveva dovuto prendere un aereo per andare da sua sorella che stava male, in Inghilterra. Marie gli aveva inviato il messaggino alle 0.00 in punto.

Approaching, pensò Jonas.

Un minuto prima delle quattro si arrampicò sul tetto del camion. Seguì la lancetta dei secondi dell'orologio da polso. Alle quattro in punto allargò la braccia.

Adesso.

In quel momento partivano una decina di videocamere. Filmavano un paesaggio che in quel momento esisteva solo per loro. In quel momento il pezzo di autostrada vicino a Heilbronn e il parcheggio ad Amstetten erano lì solo per se stessi, eppure lui in seguito li avrebbe visti. Quel momento esisteva ovunque nel mondo. In undici posti, lui lo stava catturando. Adesso.

E lì. Adesso.

Di lì a qualche giorno, forse qualche settimana, avrebbe guardato il film di Norimberga e Regensburg e Passau e avrebbe pensato che in quel momento lui era in piedi sul camion. E che dopo era partito. E che, nel momento registrato quindici minuti dopo l'inizio del nastro, lui si trovava già sotto terra. Diretto in Gran Bretagna.

Si fermò tra le rotaie, che per fortuna non correvano su traversine ma su una soletta liscia di cemento armato. Nei primi cento metri il tunnel era largo, poi le pareti presero ad avvicinarsi sempre più. Il fanale rischiarava la galleria davanti a lui. Il rombo del motore veniva amplificato dallo spazio ristretto, e Jonas si pentì presto di non avere indossato un casco. Non aveva con sé nemmeno dei fazzoletti di carta da cui strappare una striscia per turarsi le orecchie.

Era così stanco che continuava a trasalire e a mollare l'acceleratore credendo di vedere un ostacolo. Gli sembrava anche di scorgere immagini, volti e figure sulle pareti.

«Eeehi!»

Stava andando in Inghilterra. Lo stava facendo davvero. Dovette dirlo ad alta voce, per crederci. Ci stava andando sul serio.

«Eeehi! Arrivo!»

Accelerò al massimo. Non si lasciò infastidire o rallentare nemmeno dalla stanchezza che quasi gli chiudeva gli occhi, già strizzati a causa dell'aria. Era libero da qualsiasi paura.

Era il lupo, la belva.

Niente poteva fermarlo. Avrebbe superato ogni cosa. Non

aveva paura di nessuno. Stava percorrendo il cammino che era stato tracciato per lui.

Tra un po' crolli, disse qualcuno accanto a lui.

Per lo spavento Jonas diede uno strattone al manubrio. La ruota anteriore sfiorò le rotaie. All'ultimo momento riuscì a riprendere il controllo. Diminuì la velocità. Non appena arrivava dall'altra parte, doveva subito mettersi a dormire, fosse anche in mezzo a un campo, senza protezione, sotto la pioggia battente.

Poi davanti a lui spuntò un ostacolo.

All'inizio lo prese per uno scherzo dell'immaginazione, ma quando fu più vicino i catarifrangenti che riflettevano la luce del suo fanale non lasciarono più dubbi. Davanti a lui c'era un treno.

Scese dal mezzo. Lasciò il motore acceso per poter vedere. Posò una mano sul respingente del vagone.

Intanto la stanchezza lo aveva reso talmente confuso che prese in considerazione l'idea di proseguire il viaggio sul tetto del treno. Finché dovette riconoscere innanzitutto che non sarebbe riuscito a portare lassù il motorino, e poi molto più semplicemente che sul tetto non c'era spazio per una persona in moto.

Controllò ai lati. La distanza fra il treno e le pareti del tunnel era al massimo di quaranta centimetri.

Di lì non sarebbe passato nessun motorino.

Solo un pedone.

Secondo la sua valutazione si trovava a metà del tunnel. Doveva fare i conti con una quindicina di chilometri a piedi. Procedendo con una torcia in mano e in uno stato in cui le gambe quasi non lo sorreggevano più.

Si incamminò. Metro dopo metro. Passo dopo passo. Con un cono di luce davanti a sé. Gli vennero in mente racconti di esperienze di guerra. Di soldati in grado di dormire camminando. Probabilmente lo stava già facendo anche lui. Senza rendersi conto.

Marie.

«Eehi», voleva urlare, ma non fu in grado di emettere più di un rauco sussurro di suoni inarticolati.

Udì uno scricchiolio dietro di sé. Si fermò. Silenzio. Illuminò alle spalle. Niente. Solo rotaie.

Con uno sforzo indicibile, fece ancora qualche passo. Così dovevano sentirsi gli scalatori d'alta quota poco prima della vetta. Un passo al minuto. O forse non era un minuto, forse erano secondi. Forse andava a velocità normale. Aveva perso il senso del tempo.

Gli parve di nuovo di sentire un rumore. Sembrava che qualcuno si stesse muovendo nella sua stessa direzione, una cinquantina di metri dietro di lui nel tunnel. Quando udì il calpestio per la terza volta, non gli sembrò più che venisse da dietro. E non veniva nemmeno da davanti. Era nella sua testa.

La decisione di sdraiarsi non fu presa dalla sua mente. Le gambe si piegarono, la pancia toccò il suolo, le braccia si allargarono.

Intorno era tutto nero. Sgranò gli occhi. Nero.

Non sapeva che potesse esistere un'oscurità del genere. Buio totale, senza nemmeno un briciolo di luce. Così avvolgente che gli veniva voglia di addentarlo.

Cercò la torcia. L'aveva appoggiata accanto alla testa, ma non c'era più. Tastò intorno in cerca dello zaino. Non lo trovò.

Si mise a sedere e raccolse le idee. Quando si era addormentato aveva lo zaino sulla schiena. Ora era sparito insieme alla torcia, e questo non significava solo che doveva cavarsela senza i rifornimenti, ma anche che da quel momento avrebbe dovuto camminare nella più assoluta oscurità.

Gli sarebbe piaciuto sapere che ora era. Ma aveva un orologio analogico, senza luce.

Si alzò.

Nonostante la stanchezza, partì a passo di corsa. Aveva la sensazione che se si fosse fermato un'altra volta sarebbe stata la fine. All'improvviso sarebbe arrivato qualcosa. Anzi, in realtà era già lì, lo sentiva. E nel momento in cui si fosse seduto gli sarebbe stato addosso.

Davanti a lui baluginò l'immagine dei cento e più metri d'acqua che aveva sopra la testa. Riuscì a scacciarla. Ma presto fu di nuovo lì. Pensò a qualcos'altro. L'immagine ritornò. Lui in un tubo di cemento, e sopra di lui un gigantesco blocco d'acqua.

È un normalissimo tunnel.

Che sopra il tunnel ci sia acqua o roccia o granito, non cambia niente.

Si fermò. Ascoltò. Gli sembrò di sentire dell'acqua gocciolare, anzi, scorrere. Allo stesso tempo ebbe la sensazione che qualcosa gli portasse via il respiro. Come se l'ossigeno nel tunnel venisse aspirato. O scacciato da qualcos'altro.

Proseguì appoggiandosi con la mano alla parete della galleria.

In lui crebbe sempre più la paura dei rumori. Temeva che da un momento all'altro potesse verificarsi un'esplosione proprio accanto al suo orecchio, spaccandogli il timpano.

Qui non ci sono esplosioni. È tutto tranquillo.

Aveva la sensazione che ormai avrebbe già dovuto essere all'uscita. Non è che durante il sonno si era voltato e aveva preso la direzione sbagliata?

O che si era svegliato in un altro posto? O che il tunnel in cui si era cacciato non portava da nessuna parte? Avrebbe continuato a marciare lì dentro senza fine?

«Ehi! C'è nessuno? Ehi!»

Pensare a qualcosa di bello.

Una volta i suoi più bei sogni a occhi aperti lo portavano

in terre lontane. Immaginava di trovarsi su una passeggiata lungo una spiaggia a guardare il mare con un bicchiere in mano. Non gli importava di essere in tenda o in un albergo a quattro stelle, di essere in viaggio con la macchina o nella suite di cristallo di un piroscafo di lusso. Nella sua fantasia c'era odore di salsedine, il sole gli scaldava la pelle e niente lo opprimeva. Non aveva obblighi nei confronti di altri o di se stesso. Tutto quello che doveva fare era stare in pace e godersi il mare.

Oppure si trasportava in Antartide. Dove nella sua fantasia non faceva mai troppo freddo. Là camminava sul ghiaccio eterno, sotto un sole splendente. Arrivava al polo, abbracciava i ricercatori barbuti che passavano l'inverno nella stazione e toccava il cartello. Pensava a ciò che in quel momento stava succedendo a casa.

Una volta, quando le cose gli andavano male, in periodi di sfortune personali o di insoddisfazioni professionali, sognava di essere in terre lontane. Nelle ultime settimane, invece, ci aveva pensato il meno possibile. Lontananza voleva dire perdita del controllo. E quando uno aveva la sensazione che tutto gli stesse sfuggendo di mano non si buttava in avventure.

Come stava facendo lui adesso.

Doveva essere matto, del tutto fuori di testa, a barcollare nell'oscurità più assoluta. Che cosa diavolo...

Pensa all'Antartide.

Vide monti ghiacciati, blu e bianchi. Il ghiaccio attraverso cui trascinava il suo zaino era bianco, infinitamente bianco. Sopra di lui il cielo era blu.

Una volta, in un documentario TV, aveva visto alcuni ricercatori che estraevano un cilindro di ghiaccio da una profondità chilometrica. Quel pezzo di ghiaccio che riportavano alla luce doveva servire a capire i cambiamenti climatici. Jonas era rimasto meno affascinato da quell'aspetto che dal cilindro stesso.

Un pezzo di ghiaccio lungo mezzo metro, con un diametro di dieci centimetri. Che fino a pochi minuti prima era ancora seppellito sotto milioni di metri cubi di ghiaccio. Tornava alla luce per la prima volta da... già, da quando?... da centinaia di migliaia d'anni. Qualche eternità prima quell'acqua si era congelata e poi si era allontanata sempre più da questo mondo. Cinque centimetri sotto. Quindici. Due metri. Dieci. Chissà quanto tempo era già passato dal giorno in cui aveva lasciato la superficie a quello in cui era giunta a dieci metri di profondità. Un lasso di tempo che Jonas non poteva nemmeno immaginare. Ma uno schiocco di dita, se confrontato a quello intercorso tra i dieci metri e il chilometro.

Adesso eccolo là, quel pezzo di ghiaccio. A rivedere il sole. Buongiorno, sole. Sono tornato. Come te la sei passata? Che cosa pensava? Capiva che cosa gli era successo? Era contento? Era preoccupato? Ripensava al periodo in cui sprofondava? Confrontava il prima e il dopo?

Jonas non aveva potuto fare a meno di pensare al ghiaccio che stava ancora là sotto. I vicini diretti del pezzo portato in superficie. Ne sentivano la mancanza? Erano invidiosi, si dispiacevano? E aveva dovuto pensare a tutto l'altro ghiaccio, a due chilometri di distanza, a tre. A come ci era arrivato. Se sarebbe mai potuto tornare, quando, e che aspetto avrebbe avuto allora la Terra. A che cosa pensava e provava, là sotto, al buio.

Gli sembrò di sentire un rumore. Uno scorrere d'acqua. Si fermò. Non era la sua immaginazione. Davanti a lui scorreva dell'acqua.

Si voltò dall'altra parte e si mise a correre. Inciampò, cadde. Provò un dolore al ginocchio.

Mentre era là disteso gli sembrò che le rotaie inclinassero leggermente verso il basso. Subito dopo gli parve il contrario. Si alzò e fece qualche passo. Non riusciva a capire se era una salita o una discesa. Un momento sembrava che la strada scendesse, subito dopo che puntasse in alto. Poi Jonas si accorse che i passi erano più faticosi nella direzione da cui era venuto.

Proseguì. Il rumore crebbe di intensità. Corse. Sotto i suoi piedi schizzava dell'acqua. Il rumore diventava sempre più forte. Risuonò un tuono. Pochi secondi dopo, Jonas era all'aperto.

Era notte. Sopra di lui si accendevano fulmini a cui un istante dopo seguivano rombi furiosi. La pioggia si abbatteva con violenza sulla sua testa. Il vento arrivava a raffiche così potenti che quasi lo buttavano a terra. Non una sola luce in giro.

Nonostante le intemperie, Jonas si affrettò a lasciare la ferrovia. Dopo un po' trovò una porta aperta nella recinzione. Si mise a correre verso sinistra, dove riteneva più probabile trovare delle case. Avrebbe potuto benissimo prendere la direzione opposta: era buio pesto e non aveva la minima idea di dove stesse andando. Sperò solo di non cadere dritto in mare, di cui tra un tuono e l'altro gli sembrava di sentire la risacca.

Si mise a correre tra l'erba alta di un campo. Qualche metro più in là, di fianco a sé, vide qualcosa luccicare. Era una moto. Accanto, il vento batteva contro i teli di una tenda.

All'ingresso della tenda, Jonas scavalcò zaini fradici, calpestò scarpe e batté un piede contro una pietra che teneva fermo un materassino. Siccome le dita gli tremavano per il freddo e la stanchezza, ci volle un po' prima che riuscisse a tirare su la cerniera per entrare al riparo. Sgattaiolò all'interno e poi, per poter vedere fuori, chiuse soltanto la lampo della zanzariera.

Tastò intorno con una mano. Trovò un sacco a pelo. Un piccolo cuscino. Una sveglia. Un altro sacco a pelo. Sotto il secondo cuscino c'era una torcia elettrica. La accese. In quel preciso istante esplose un tuono sopra di lui, anzi, tutto intorno a lui. Dallo spavento gli cadde la torcia di mano.

Sentiva che presto avrebbe dovuto dormire.

Raccolse la lampada, illuminò la tenda. In un angolo c'erano lattine di conserve e un fornelletto a gas. Dall'altra parte c'era un discman, accanto una pila di CD. In un angolo vicino all'ingresso trovò articoli da toeletta: rasoi, schiuma da barba, crema per la pelle, un contenitore per lenti a contatto, soluzioni, spazzolini da denti. Tra i due sacchi a pelo c'era un giornale bosniaco del 28 giugno e una rivista pornografica. Aveva la sensazione che nelle vicinanze ci fosse qualcosa di strano. Immaginazione, si disse.

Spense la torcia. Nel buio si sfilò i vestiti fradici. Aprì la zanzariera e li strizzò all'esterno. Distese camicia, pantaloni e calze in un angolo dall'altra parte della tenda. Si infilò nudo in uno dei sacchi a pelo. Usò il secondo come una coperta. Girò la testa in direzione dell'entrata. Tremava.

Mentre ascoltava il temporale e la pioggia, si chiese se nei paraggi ci fosse qualcosa di più alto o se doveva mettere in conto che un fulmine avrebbe potuto colpirlo. Poco dopo ci fu un lampo che illuminò a giorno l'interno della tenda. Jonas chiuse gli occhi. Non pensò a niente. Poi, alcuni secondi più tardi di quanto si aspettasse, arrivò il tuono.

Jonas si girò e rigirò da una parte all'altra. Era così stanco che batteva i denti, ma non riusciva a rilassarsi. Il temporale si allontanò piano. La pioggia continuò a battere sul tetto della tenda, a inzuppare il prato, a picchiettare nelle pozzanghere. Il vento strattonava i paletti della tenda, e più di una volta Jonas credette che sarebbe rimasto sepolto sotto i teli.

A un tratto gli sembrò che qualcuno passasse la mano sulla parte esterna della tenda. Jonas sollevò la testa. Udì dei passi. Spiò fuori. Oscurità senza contorni. Non si vedeva nemmeno la motocicletta. «Vattene!»

Niente più passi. Solo il vento.

Jonas tornò a sdraiarsi. Scivolò nel sonno. Tutto si fece lontano.

Voci? Erano voci? Passi?

Chi stava arrivando?

26

Si svegliò per il caldo e l'aria soffocante. All'inizio non riconobbe quello che aveva intorno. Poi capì di essere nella tenda e che il sole l'aveva surriscaldata. Toccò i calzoni. Erano ancora umidi. Afferrò i vestiti e buttò tutto fuori alla rinfusa. Poi uscì anche lui, con il fornelletto e due lattine. In cielo non c'era una nuvola. Tirava un forte vento, faceva fresco. L'erba sotto i suoi piedi era ancora bagnata e fredda. Guardò intorno. Non si vedevano case.

Da uno degli zaini che i campeggiatori avevano lasciato all'ingresso della tenda tirò fuori un paio di pantaloni, che dovette rimboccare, e una maglietta che tirava sulle spalle. Infilò anche un maglione. Le calze che trovò erano troppo piccole. Con un coltello fece dei buchi in punta. I sandali gli erano stretti ma potevano andare, bastava far spuntare le dita sul davanti.

Mentre le scatolette si scaldavano in un tegame sul fornello, Jonas fece un giro lì intorno. Cinquanta metri più in là c'era un gruppo di alberi. Si avviò da quella parte, ci ripensò, tornò indietro. Qualcosa lo aveva turbato.

Osservò la moto.

Aveva le gomme a terra.

Le esaminò. Erano state tagliate.

Si aggirò nei paraggi alla ricerca di un paese. Gli si chiudevano in continuazione gli occhi. Era così stanco che si sarebbe buttato a terra lì dove stava, in mezzo al campo, con le mani intrecciate dietro la testa.

Aveva camminato per un'oretta buona quando arrivò a una casa. Davanti era parcheggiata una macchina. Senza chiavi dentro. In compenso il portone di casa non era chiuso. «*Hello*», gridò nel corridoio semibuio. «*Somebody at home?*»

«Ovviamente no», si rispose da solo in tono educato.

Cercando di non pensare ai rumori nella casa, che era buia e con le travi scricchiolanti, vagò per le stanze in cerca delle chiavi della macchina. Quando incrociava uno specchio con lo sguardo, lo distoglieva subito. A volte con la coda dell'occhio coglieva i propri movimenti nello specchio di un armadio o a una parete. Nella semioscurità delle stanze sembrava che qualcuno gli stesse dietro, anzi, che gli stesse tutt'intorno. Jonas sferrava colpi alla cieca con le braccia. Ma intanto rimaneva fermo, per quanta fatica gli costasse.

Trovò le chiavi nella tasca di un paio di jeans. C'era appiccicata sopra una gomma da masticare. Jonas sentì l'impulso di vomitare. Non capì perché.

Guidò. Senza accorgersi del passare del tempo. Senza degnare di alcuna attenzione il paesaggio che gli scorreva a fianco. Quando arrivava a un cartello di indicazioni sollevava la testa. Controllava se era ancora sull'autostrada giusta e tornava ad accasciarsi sul volante. Non pensava a niente. La sua mente era occupata da immagini che gli giungevano senza che lui potesse farci nulla e sparivano veloci com'erano arrivate. Senza lasciare impressioni. Jonas era vuoto. Tutto concentrato a non addormentarsi.

Gli riuscì di arrivare a nord di Londra girandoci intorno. Quando fu certo di avere la città alle spalle fermò in mezzo all'autostrada, reclinò il sedile e chiuse gli occhi.

Quattro di mattina. Abbassò il finestrino. L'aria era fredda e umida. C'era un odore sgradevole di corna bruciate o gomma fusa. Il silenzio era rotto solo dal raschiare delle sue unghie contro il rivestimento della portiera. Normalmente a quell'ora avrebbe sentito cinguettare gli uccelli.

Quando fece per partire, la macchina non si mosse di un centimetro. Ci fu uno scossone e accanto al veicolo si levarono scintille gialle e rosse. Allo stesso tempo si udì un rumore come di smerigliatura.

Jonas scese. Illuminò con la torcia elettrica le immediate vicinanze dell'auto. Solo allora indirizzò il fascio sulle ruote.

Erano state tolte tutt'e quattro le gomme. L'asse giaceva nudo sull'asfalto.

Poco dietro la macchina si imbatté in un cumulo fumante in cui riconobbe le gomme. In mezzo spuntava un cric mezzo fuso. Non si vedeva in giro nessun'altra auto. L'area di servizio successiva era lontana. Non aveva idea di quando sarebbe arrivato all'uscita. Doveva per forza mettersi in marcia nella direzione da cui era venuto.

Guardò indeciso i resti del falò puzzolente, quindi la macchina. Si sentiva senza forze. Era stato faticoso arrivare fin lì, e gli sarebbe costato ancora molti sforzi raggiungere Smalltown e poi tornare a casa. Quell'incidente di percorso era un duro colpo.

Con le mani ficcate in tasca, partì nella direzione da cui era venuto.

Quando dall'autostrada riconobbe una provinciale con dietro qualche casa, si arrampicò su per il pendio. Verso le sei di mattina trovò una macchina in cui erano infilate le chiavi. Si chiese se fosse il caso di mangiare qualcosa, ma prima voleva arrivare più a nord. Essere vicino a Londra non gli piaceva. Era convinto che la città fosse deserta e che se finiva in quel dedalo di strade rischiava solo di smarrirsi e perdere tempo.

Non viaggiava a molto più di centoventi. Gli sarebbe piaciuto procedere più alla svelta, ma non osava aumentare la velocità. Forse dipendeva dalla faccenda delle ruote smontate, forse era solo un presentimento. Gli sembrava che schiacciando più a fondo l'acceleratore si sarebbe soltanto messo in un pericolo inutile. Le otto. Le nove. Le undici. Le dodici. Le due del pomeriggio.

I nomi di città che vedeva sui cartelli li conosceva soprattutto dalla sua infanzia, quando ancora si interessava di calcio e leggeva sui giornali anche gli articoli riguardanti il campionato inglese. Luton. Northampton. Coventry. Birmingham. West Bromwich. Wolverhampton. Stroke. Nomi che indicavano città vuote. Gli erano indifferenti. Lui sui cartelli voleva soltanto leggere quanto mancava alla Scozia. Smalltown era quasi sul confine, meno di cinque chilometri prima.

Liverpool.

Fin da bambino, quel luogo gli aveva dato da pensare. Non tanto perché non gli piaceva la sua squadra. E nemmeno perché era la città dei Beatles. Ma per il suono particolare del nome. C'erano parole che a osservarle bene o ad ascoltarle mentre le si pronunciava sembravano trasformarsi. C'erano parole il cui significato, a guardarle, sembrava svanire. C'erano parole morte e parole vive. Liverpool era viva. Liver-pool. Bella. Una bella parola. Come anche, per esempio, la parola «spazio», utilizzata nel significato di universo. Lo spazio. Così sonora, così azzeccata. Così bella.

Scozia, Germania: parole normali. Inghil-terra. Una parola normale. Ma Italia. Italia, questa era una parola con un'anima e una musica. E non c'entravano le sue simpatie per quel paese: Jonas pensava alla parola in sé. L'Italia era la nazione con il nome più bello, seguita da Perù, Cile, Iran, Afghanistan, Messico. A leggere la parola Irlanda o la parola Finlandia non succedeva niente. A leggere Italia si sentiva morbidezza, calore. Era anche vero che se uno diceva Eire o Suomi, suonavano già molto meglio.

Aveva notato spesso che una parola poteva farlo ammattire, se la leggeva molte volte di seguito. Non di rado cominciava a chiedersi se per caso non l'aveva scritta male. Una parola qualsiasi, niente di straordinario, per esempio «guizzo». Guizzo. G. U. I. Z. Z. O. Guì-zzo. Guizzo. Gu. Izzo. Guizzo. In ogni parola c'era qualcosa che non si poteva sviscerare. Era come se la parola fosse una falsificazione, non avesse niente a che fare con ciò che descriveva.

Bocca.

Piede.

Collo.

Mano.

Jonas. Jo-nas.

Gli era sempre riuscito difficile leggere il suo nome e credere che quella parola indicasse lui. Il nome Jonas su un pezzo di carta. Quei tratti, quelle lettere significavano: quell'uomo. Uomo. Ecco un'altra parola di quelle. U-omo. Uuomo. Uhhhhh.

Poco dopo Bolton, nel tardo pomeriggio, reclinò il sedile. Scese ancora una volta dall'auto e si assicurò che nel bagagliaio non ci fosse un cric e di non avere con sé un coltello. Risalito, mise la sicura a tutte le portiere.

Quando aprì gli occhi, era buio. Sedeva in macchina. Sembrava che il paesaggio intorno fosse cambiato. Tre di mattina. C'era odore di pioggia. Sentiva freddo ma non aveva né fame né sete. Accese la luce interna. Si fregò la faccia. Si sentiva unto. Guardò le mani. Aveva un pezzo di spaghetto appiccicato alla base del pollice. Un sapore di carne al sangue sulla lingua. L'alito aveva un odore, un odore di... vino. Un odore sgradevole. Frugò nelle tasche. Niente gomme da masticare. Niente con cui scacciare quel sapore che aveva in bocca.

Girò la chiavetta di avviamento. Il motore non partì. L'indicatore della benzina era sullo zero.

Scese. A terra era bagnato. Piovigginava. A qualche centinaio di metri c'era una finestra con una luce accesa. Si avviò da quella parte. Mentre camminava si stupì di vedere i contorni di un aereo. Dietro ne scoprì un altro, e un altro ancora. Si chiese se per caso stesse sognando. Raggiunse il primo, toccò il carrello e le ruote. Era vero.

«Eeehi!» voleva gridare, ma non osò.

Più si avvicinava alla finestra, più la situazione si faceva incomprensibile. Dov'era? Su un campo di volo o in un aeroporto, questo era evidente. Ma dove? A Bolton? A Liverpool? Rallentò l'andatura. Guardò in alto verso la finestra. Sembrava appartenere a un ufficio. Attraverso le veneziane mezzo abbassate gli sembrò di intravedere anche delle piante da appartamento.

Non era sicuro che là sopra lo aspettasse qualcosa di buono. Si voltò. Non vide nessuno. Nell'oscurità non riusciva nemmeno a distinguere qualche sagoma. Intuì solo vagamente la direzione in cui si trovava la macchina.

Non aveva la sensazione che nelle vicinanze ci fosse qualcuno. Al contrario, si sentiva così lontano da tutto come mai in vita sua. E tuttavia pensò che fosse meglio levarsi di lì. Così percorse una cinquantina di metri, facendo scarti improvvisi. Arrivò a un grande cartello sulla parete dell'edificio.

EXETER AIRPORT.

Exeter, non era possibile. Conosceva Exeter, almeno di nome, perché ci producevano dei materiali speciali che servivano per la lavorazione di masselli per mobili. Non c'era mai stato, ma sapeva grosso modo dove si trovava. E cioè molto più a sud, quasi sul mare.

Aveva viaggiato tutto il giorno per niente.

Ebbe un rigurgito. Sentì in bocca il sapore del vino.

Le gambe presero a tremargli. La stanchezza arrivò all'improvviso. Era stanco, stanco, stanco. Voleva soltanto distendere il corpo e sprofondare nel sonno. Voleva levarsi di dosso quella profonda debolezza che lo pervadeva, e in quel momento gli era indifferente se si riconsegnava un'altra volta a un processo che non capiva e che ancor meno riusciva a controllare. Voleva riposare, coricarsi, dormire. Non lì sull'asfalto bagnato di pioggia. In un posto comodo. O almeno morbido. In ogni caso, non freddo.

Con la mano tesa avanti come un cieco, barcollò verso la macchina.

Quando si svegliò, poco prima delle sette di mattina, non si sentì riposato, ma la stanchezza era un po' meno opprimente. Scrisse su un biglietto: «Jonas, 14 agosto». Prima di metterlo dietro il parabrezza osservò le lettere. Jonas. Era lui. Jonas. E il 14 agosto, era oggi. Quel 14 agosto non sarebbe mai più tornato. Veniva una volta sola, e dopo lo si poteva soltanto ricordare. Il fatto che ci fossero stati altri giorni con quella data, un 14 agosto 1900, uno nell'anno 1930, uno nel 1950, 1955, 1960, 1980, era una semplificazione degli uomini, era una menzogna. Nessun giorno tornava indietro. Nessuno. E nessuno era uguale agli altri. Che lo si vivesse o no. Il vento soffiava verso nord, il vento soffiava verso sud. La pioggia cadeva su quella pietra, su quell'altra no. Cadeva quella foglia, quel ramo si spezzava, quella nuvola traversava il cielo.

Per l'ennesima volta, Jonas dovette mettersi alla ricerca di una macchina. Marciò per un'ora, poi trovò una vecchia Fiat con il sedile posteriore coperto di animali di pezza dentro involucri di plastica. C'erano in giro lattine di birra, vuote e piene. Aveva ancora il sapore di carne sulla lingua. Sciacquò la bocca.

Allo specchietto retrovisore era appesa una catenina da cui

penzolava un medaglione. Lo aprì. Conteneva due immagini. Una di una giovane donna sorridente. E, nascosta sotto, quella della Vergine Maria.

In mattinata arrivò all'uscita per Bristol. Combatté di nuovo contro il sonno. Si fermò più volte, fece qualche passo, un po' di ginnastica. La sosta non durava mai a lungo: ogni volta il vento lo strappava quasi da terra, Jonas si sentiva osservato, aveva la sensazione che fosse meglio non allontanarsi troppo dalla macchina.

Arrivò mezzogiorno, e poi il pomeriggio. Continuò a guidare. Non voleva addormentarsi. Voleva andare avanti, avanti.

Liverpool.

Gli tornò in mente il video misterioso. Quello in cui aveva visto sua madre e sua nonna. Non voleva pensarci, ma le immagini si imponevano. Rivide il volto cereo della donna anziana. Che sembrava parlare a lui, senza suoni.

Preston.

Lancaster.

Centocinquanta chilometri al confine. Ma non ce la faceva più. Sapeva che mettendosi a dormire commetteva un errore, ma era troppo tardi. Ogni sua fibra desiderava ardentemente di riposare. Non riusciva più a governare la macchina.

Fermò, abbassò il finestrino. Gridò fuori qualcosa. Ripartì.

Non sapeva quanto avesse guidato ancora, quando si accorse di avere l'occhio sinistro chiuso. Non riusciva più a controllare nemmeno la palpebra del destro. Aveva il mento appoggiato al volante. Si chiese dove stesse andando.

Dove andava? Perché si trovava in quella macchina?

Doveva dormire.

Aprì gli occhi, ma tutto rimase buio. Cercò di orientarsi. Non riusciva nemmeno a ricordare di essersi addormentato. L'ultima cosa che gli era rimasta impressa erano immagini dell'autostrada. Il nastro grigio davanti, sempre uguale a se stesso.

Si alzò di scatto, batté violentemente la testa, imprecò, tornò a sprofondare. Si massaggiò la fronte.

La sua voce era risuonata in un luogo cavo. Dov'era finito? Aveva in una mano qualcosa che sembrava un coltello. Lo tastò con l'altra. Era proprio un coltello da caccia, o qualcosa del genere.

Quando cercò di girarsi sbatté su ogni lato contro qualche ostacolo. Non c'era spazio, non riusciva quasi a muoversi. Aveva le gambe piegate, il busto curvo.

Dov'era?

«Ehi!» gridò.

Sferrò un pugno contro la parete. Si udì un rumore attutito, cui non seguì alcuna eco.

«Ehi! Che succede?»

Puntò gli avambracci contro l'ostacolo sopra di sé, ma non si mosse.

Una bara.

Era sdraiato in una bara.

Batté i pugni contro le pareti della sua prigione, gridò. Suonava sordo, tremendamente sordo. Qualcosa sembrò esplodergli nella testa. Vide colori di cui non aveva mai supposto l'esistenza. Davanti ai suoi occhi ballavano immagini inspiegabili, mescolandosi a rumori. La cassa in cui giaceva era satura di un odore penetrante di colla. Agitò i piedi. Colpirono la parete. Presto ebbe la sensazione che i piedi e la punta delle dita gli bruciassero.

Che ci fosse un fuoco acceso sotto di lui? Si trovava sdraiato in una pentola, stava arrostendo?

Pensò all'Antartide. Al cartello al polo Sud. Cercò di mandare laggiù la sua mente. Non importava dove fosse adesso. Esisteva l'Antartide. Esisteva il cartello. Un po' nella sua testa. E del tutto nella realtà. Avrebbero continuato a esistere anche dopo che non fosse più esistito lui.

«Non è possibile!» urlò. «Aiuto! Aiuto!»

Con la bocca spalancata, tirò letteralmente l'aria dentro di sé. Era conscio che stava iperventilando, ma non poteva farci niente. Né gli era meno chiaro che stava sprecando ossigeno prezioso.

In quell'istante, durante un respiro violento, il tempo rallentò improvvisamente. Jonas si accorse che la contrazione del respiro si rilassava, che tutto si quietava e si livellava. Lui era ancora lì, con il secondo del respiro dilatato in un'eternità, e sentiva uno scroscio che si andava gonfiando.

«No!» disse qualcuno, forse lui, e riemerse.

Si passò una mano sul viso madido di sudore.

Cercò di riflettere. Se il responsabile di tutto quanto era accaduto negli ultimi giorni era davvero il dormente, allora si trattava solo di un bluff. Nessuno poteva mettersi da solo in una bara e poi seppellirsi. Se il dormente si era cacciato da solo in quella situazione, doveva esserci il modo di uscirne.

Jonas diede un calcio. Senza conseguenze.

Quanto ci voleva perché in uno spazio ristretto si consumasse tutto l'ossigeno? Due ore? Mezza giornata? Che cosa gli sarebbe successo? Si sarebbe sentito stanco, i sensi si sarebbero confusi? Probabilmente non avrebbe vissuto il soffocamento coscientemente.

Sentirsi stanco? Era già stanco. Stanco da morire.

Aprì gli occhi. Tutto nero.

Gli facevano male le membra per il fondo duro e per la tensione. I piedi erano intorpiditi. La mano contratta intorno al manico del coltello.

Non aveva idea di quanto avesse dormito. Gli sembravano dieci minuti, o forse quattro ore. Eppure, ancora non era in grado di tenere gli occhi aperti, il che indicava che non doveva aver riposato tanto a lungo. Inoltre, non era soffocato. Uno spazio così ristretto non poteva contenere abbastanza ossigeno per molte ore, questo era certo.

A meno che non ci fosse un afflusso nascosto di aria.

A meno che le cose fossero diverse da come apparivano.

Il coltello che aveva in mano che cos'era, un gentile invito? Forse, e più probabilmente, faceva parte della commedia? Il dormente non si sarebbe chiuso volontariamente in una cassa, no di certo.

Oppure sì?

No. A Jonas era sfuggito qualcosa.

Ispezionò ancora una volta la sua prigione. Dalla parte della testa, come anche da quella opposta, non c'era alcun margine di manovra. A destra picchiava contro una parete. Un'apertura, un coperchio non c'erano. O, almeno, lui non li trovò.

A sinistra invece le cose andavano diversamente. La parete sinistra della cassa era la più massiccia. Ma, soprattutto, non era uniforme: c'erano degli interstizi. Passò con difficoltà il coltello dalla mano destra alla sinistra e si mise a rovistare negli interstizi. Sembrava che non si trattasse di un muro vero e proprio, bensì di due cilindri metallici appoggiati l'uno sull'altro. Jonas spinse e fece leva nel tentativo di creare una fessura. La lama si spezzò. Gli rimase in mano soltanto il manico, privo di qualsiasi utilità.

Si costrinse a non cedere alla rassegnazione. Doveva prenderlo come un gioco.

Tastò il cilindro più in alto. Là, tra il cilindro e il soffitto, c'era una fessura, grande abbastanza da infilarci la punta delle dita. Premette la mano contro il metallo e tirò. Il cilindro si mosse in modo quasi impercettibile. Jonas afferrò più in basso, tirò di nuovo. Sentì un'altra volta un piccolo sussulto.

Con un lavorio estenuante smosse il cilindro superiore dal suo incastro fra quello inferiore e il soffitto. In quel modo il suo corpo finiva sempre più sotto il pesante pezzo di metallo. Cercò di non pensarci.

Fece rotolare il cilindro sopra di sé. Boccheggiò. Dopo aver distribuito meglio il peso sul suo corpo, riuscì a respirare. Così fu in grado di sollevare il pezzo inferiore e di infilarcisi sotto. In quel modo a destra si creò spazio per il primo cilindro. Jonas fece rotolare il secondo sopra di sé e lo posò con laboriose spinte e strattoni sul primo.

Dalla parte liberata sulla sinistra sentì della stoffa. Qualcosa di morbido, arrotondato. Se ci premeva contro il pugno, affondava.

In quel momento capì.

La sua mano cercò la fessura, la trovò. Cercò la levetta, la trovò. Tirò. Allo stesso tempo spinse contro la parete di stoffa. Il sedile si ribaltò in avanti. Jonas sgusciò fuori dal bagagliaio e finì sul sedile posteriore della macchina.

Era notte. In cielo brillavano le stelle. Jonas era in piedi in quello che sembrava un campo. Davanti a lui non c'erano strade, né sentieri. Guardò a destra. Vide la tenda, ma non capì subito. Solo quando riconobbe la moto con le gomme tagliate gli fu chiaro dove si trovava.

All'alba si fermò a un distributore, dove scaldò due scatolette con un misero fornelletto a gas nella stanza sul retro. Bevve del caffè e riprese a guidare.

Era così stanco che si appisolava in continuazione. Una volta sterzò il volante all'ultimo momento prima di andare a sbattere contro il guardrail. Non si spaventò. Pigiò sul pedale a tavoletta. Rifletté su come fare a sfuggire a quella trappola. Non gli venne in mente niente. Non gli rimaneva che continuare a provarci. Guidare in direzione della Scozia e sperare di farcela prima che il sonno lo sopraffacesse.

Forse poteva prendere delle pillole. Ma dove procurarsele? Come fare a sapere quali gli servivano?

Guidò. Gli facevano male le mascelle, gli lacrimavano gli occhi. Si sentiva le articolazioni come fossero piene di schiuma. Le gambe erano trampoli insensibili.

Superò Londra. Watford. Luton. Northampton.

A Coventry era talmente stravolto dalla stanchezza che si domandò che momento del giorno fosse. Vedeva il sole, ma non sapeva se si stesse arrampicando in alto o calasse verso l'orizzonte. Si sentiva la febbre. Aveva la faccia calda. Le mani tremavano a tal punto che non riuscì a strappare la linguetta a una bibita in lattina.

Era prigioniero di un limbo in cui sognava e andava, sognava e vedeva, sognava e agiva. Avvertiva rumori e immagini. Sentiva l'odore del mare. Leggeva scritte che un momento dopo si trasformavano in brandelli di ricordo, in contenuti onirici, perfino in canzoni che gli venivano cantate all'orecchio. Alcune cose le teneva strette più a lungo, ci combatteva, lo facevano disperare. Altre, più astratte, erano così fugaci che dubitava di averle vissute.

Spacey Suite.

Gli sembrava di aver letto. Ma poi quelle due parole diventarono il muro di una casa che veniva innalzato da muratori. Fuoriuscì, si liquefece, lo avvolse. «Non ho niente a che spartirci», disse una voce dentro di sé. Per un momento gli sembrò di soffocare. Tossì bolle di cristallo, quindi tornò a respirare liberamente.

Sognò di salire scale, centinaia di scale, più in alto, sempre più in alto. Poi gli parve non di sognare ma di ricordare un sogno o qualcosa di realmente vissuto, che risaliva a minuti o ore o anni prima. Non riuscire a capire quale di quelle ipotesi fosse vera fu sul punto di dilaniarlo.

«Non mi credi?» gli disse sua nonna.

Era in piedi davanti a lui e gli parlava, senza muovere le labbra.

«Smettila», risuonò la voce di sua madre. Jonas non la vedeva, e non capiva a chi si rivolgesse.

Si accorse che il sole completava il suo arco nel cielo in pochi secondi. Continuava a riapparire all'orizzonte, correva nel cielo, uno due tre quattro cinque, tramontava a occidente e si lasciava dietro la notte. Poi ritornava solo per affrettarsi a scomparire un'altra volta. Notte. La notte rimaneva. Rimaneva e lavorava.

Fu svegliato dal freddo e dagli ululati del vento. Aprì gli occhi aspettandosi di trovare una strada. Invece stava volando. O forse galleggiava nell'aria. Di fronte a lui si apriva un'ampia visuale. Si trovava ad almeno cinquanta metri di altezza. Davanti e dietro di lui luccicava il mare.

Dopo qualche secondo capì che non stava volando né galleggiando, ma che si trovava su una barca, su una nave gigantesca ormeggiata in un grande porto. Non ebbe però il tempo di rifletterci sopra perché fu travolto da un'altra scoperta.

Era seduto su una sedia a rotelle. E non riusciva a muovere le gambe. Sul suo grembo era distesa una coperta di lana come quelle che si vedevano nei film quando portavano i paraplegici a prendere aria.

Cercò di nuovo di muovere le gambe. Non si spostarono di un millimetro. Riusciva a piegare e agitare a volontà solo le dita dei piedi.

Il vento soffiava con violenza. Jonas gelava. Allo stesso tempo si sentiva avvampare. Era talmente atterrito dalla paralisi che non voleva dire niente, non voleva pensare niente. Presto il suo umore cambiò: da atterrito si fece triste, da triste rabbioso.

Non poter più camminare.

Il fatto che da paralitico non sarebbe più potuto scendere da quella nave, per non parlare poi di raggiungere il confine scozzese o tornare a Vienna, gli fu improvvisamente chiaro in tutta la sua portata. Ma la cosa che lo sconvolgeva era che gli era successo qualcosa di irreversibile. Qualcosa non sarebbe mai più stato come prima. Era una meta a cui in fondo aspiravano tutti gli esseri umani: tutti volevano fare qualcosa di definitivo. Era per quello che si sentiva l'impulso di spingere una persona ignara sotto la metropolitana in arrivo. Per quello ci si immaginava di sterzare all'improvviso mentre la macchina viaggiava a centottanta. E durante una visita ad amici ci si immaginava di buttargli il cane dal sesto piano. Non bisognava essere un assassino o un suicida, per pensarlo. Bastava essere umani.

E ora gli era successo. Adesso la sua vita aveva un prima e un dopo. Quella sedia a rotelle in qualche modo era ancora peggio che svegliarsi in un mondo privo di esseri umani. Perché lo colpiva in modo diretto. Nel suo corpo, nel suo confine ultimo.

Guardò in lontananza sul mare. Molti metri sotto di lui le onde si infrangevano contro la nave con un tonfo sordo, sempre uguale. Il vento portava il rumore in alto fino a lui, sbatacchiava lungo un telo, faceva tremare delle stoviglie lì vicino.

« Sì. »

Dovette schiarirsi la voce.

« Sì, sì, è così. »

Davvero un paraplegico poteva muovere le dita dei piedi? Davvero poteva sentire dolore quando si colpiva le gambe?

Tirò la coperta. Era incastrata sotto di lui, e riuscì a liberarsene solo con una certa difficoltà. Ma alla fine riuscì a strapparsela di dosso con uno strattone.

E vide che aveva le gambe fissate strette alla sedia con del nastro adesivo.

Sotto i piedi luccicava qualcosa. Era la lama spezzata di un coltello. Contorcendosi dolorosamente gli riuscì di piegarsi in avanti e raccoglierla. Tagliò i legacci. Il sangue si gettò con un tale impeto nelle gambe che Jonas gridò per il dolore.

Ci volle qualche minuto prima che le membra si sentissero un po' meno intorpidite. Jonas si alzò. Riusciva a stare in piedi. Doveva trascinare la gamba sinistra, che era addormentata. Zoppicò fino alla cabina.

Non aveva mai visto prima una suite così lussuosa. In nessun albergo e men che meno su una nave. L'arredamento era in legno pregiato e pelle. Non avevano lesinato sulle lampade. C'erano un accogliente angolo salotto, un grande televisore con lo schermo al plasma alla parete, un'elegante scala a chiocciola che conduceva al piano superiore.

Sul secrétaire c'era della carta da lettera. Jonas lesse il nome della nave: *Queen Mary 2*.

Il porto di Southampton era il più grande che Jonas avesse mai visto. Le dimensioni presentarono un vantaggio: poté trovare in fretta un'auto con dentro le chiavi.

Girò lentamente per le strade abbandonate. Stava cercando una libreria. A un certo punto un camion gli ostruì il passaggio. Jonas non osò scendere per ispezionare il veicolo. Muoversi in quella città per lui era come aggirarsi in un campo minato. Non che ci fosse qualcosa dall'aspetto più pericoloso o enigmatico che nelle altre città vuote in cui era stato. Però attraversare l'immobilità lì, in una città costiera inglese, lo metteva ancora più a disagio. Molto più a disagio che a Vienna, dove almeno conosceva le strade.

Una libreria. Jonas scese dalla macchina. Raccolse un sacco pieno di bottiglie di vino che era abbandonato sul marciapiede. Picchiò alla cieca con le bottiglie contro alcune vetrine. Incassò le spalle, saltò pesantemente intorno e si comportò come un hooligan ubriaco.

La porta della libreria era aperta. Era un negozio spazioso, su due piani, con gli scaffali che arrivavano fino al soffitto, contro cui erano appoggiate scale di alluminio. C'era odore di carta, di libri, di aria chiusa.

Impiegò un quarto d'ora a trovare il settore della letteratura specialistica, e altri dieci minuti per individuare un prontuario farmaceutico. Ora iniziava la parte più difficile. Non avrebbe saputo che cosa cercare nemmeno in un prontuario tedesco. Doveva pur esserci una medicina contro i disturbi del sonno. Gli sembrava di ricordare che quello di cui soffriva si chiamava narcolessia. Dunque *narcolepsy*. Ma sotto *narcolepsy* non trovò nulla. «Narcolon», «Narcolute», «Narcolyte» erano le prime voci della pagina.

Di ognuna di quelle medicine venivano spiegati con cura principi ed effetti, e Jonas dovette dedicare tempo e concentrazione a ogni spiegazione, prima di essere sicuro che non facevano per lui. Quelli non erano inibitori del sonno, ma sonniferi. Ma come si sarà chiamata una medicina per la narcolessia? Antinarco? Narcostop? Si morsicò le labbra e continuò a sfogliare.

Sebbene fosse ancora mattina, sentì che la stanchezza stava già riaffiorando. La cosa gli diede nuova determinazione. Quel che stava facendo adesso avrebbe dovuto farlo il giorno prima, o quello prima ancora. Se permetteva al dormente di lasciarlo sveglio soltanto per brevi periodi, dove e quando pareva a lui, prima che il sonno lo sopraffacesse un'altra volta, Jonas era...

Sì, era perduto.

Perduto.

No, lo era già adesso. Perduto. Se il dormente gli metteva il giogo non era perduto, ma qualcos'altro. Che cos'era, allora?

Si accorse di avere lo sguardo fisso avanti a sé, e si riscosse.

Lo trovò nel pomeriggio. Fu un impulso a spingerlo a cercare quella pagina. Inizialmente credette di sbagliarsi, pensò che quello che stava leggendo fosse un miraggio dovuto all'opacità dei suoi pensieri. Ma a furia di leggere e rileggere si convinse che, stando al prontuario, l'Umirome conteneva diversi principi attivi stimolanti, come l'efedrina, ed era uno dei medicinali più forti disponibili contro la narcolessia.

In farmacia avevano l'Umirome. Jonas prese un sacchetto e lo riempì di scatole, in tutto dieci confezioni contenenti sedici pillole ciascuna. Se fosse stato necessario, avrebbe inghiottito ogni singola pastiglia.

Nella stanza sul retro c'era un frigorifero. Jonas cercò dell'acqua minerale ma, a parte un panetto di burro e un pezzo di carne sigillato nel cellofan, conteneva solo lattine di birra, almeno due dozzine se non di più. Scrollò le spalle e aprì una lattina. I medicinali moderni tolleravano l'alcol. E poi in quel momento un mal di stomaco o una leggera alcolemia erano l'ultima delle sue preoccupazioni. Buttò giù una pillola e si mise la scatola in tasca.

Dose massima raccomandata: due confetti al giorno.

Ritirò fuori la scatola e prese un'altra pillola.

27

A Jonas sembrava di rimanere fermo sul posto mentre la strada gli correva incontro. La macchina non faceva alcun rumore, le righe della carreggiata gli scivolavano a lato, il paesaggio cambiava, ma lui aveva l'impressione di non muoversi. L'auto senza ruote gli passò sparata di fianco. Jonas sollevò rigido un braccio. Non riuscì ad agitare la mano in un saluto. Si voltò e osservò la macchina senza ruote diventare più piccola. Quando guardò avanti si accorse che ora il paesaggio scorreva molto più lento. Premette di nuovo il piede sull'acceleratore e tutto tornò com'era.

Poco prima che facesse buio si fermò a mangiare qualcosa nelle vicinanze di Northampton. Frugò nella cucina di un locale, ma trovò soltanto del pane per toast secco e del bacon vecchio, oltre a qualche uovo che non osò nemmeno toccare. Quando si voltò per andarsene, scoprì alcune scatolette su uno scaffale. Senza neanche guardare che cosa contenessero, ne vuotò il contenuto in una pentola.

Era buio. Si accorse che stava guidando. Sembrava si stesse abituando agli effetti della medicina. Anche a quelli collaterali. Era sveglio e lucido, senza nemmeno un'ombra di stanchezza. Il cuore batteva all'impazzata e aveva la fronte costantemente coperta di sudore. Quando la asciugava, dopo dieci secondi era di nuovo madida. Ben presto detergersi diventò un'abitudine.

Pian piano ricominciò a ragionare. Sapeva che stava guidando in direzione nord, sapeva che era notte e che era in viaggio da ore. Sapeva che aveva fatto sosta vicino a Northampton e che aveva mangiato. Però gli sfuggiva che cosa avesse mangiato, e se avesse bevuto. Se si fosse fermato a lungo e se avesse fatto anche qualche altra cosa. Ma non era poi così importante.

Continuò a guidare.

A un certo punto sentì l'esigenza di fare una pausa. Fermò l'auto in mezzo alla strada. Reclinò il sedile. Non c'era alcun pericolo che si addormentasse: non aveva sonno e aveva solo bisogno di rilassare le membra.

Incrociò le braccia sul petto e chiuse gli occhi.

Si riaprirono.

Li richiuse.

Si aprirono di nuovo.

Serrò strette le palpebre. Gli bruciavano gli occhi. Sulle tempie gli pulsavano le vene: le percepiva e le udiva.

Gli occhi si riaprirono.

Rimase lì sdraiato per un po' come una civetta, con gli occhi sbarrati incollati al tettuccio della macchina. Poi riportò il sedile in posizione eretta e riprese a guidare. Si asciugò la fronte e gli occhi.

Quando si fermò a un distributore di benzina vicino a Lancaster, sull'orizzonte si intravedeva l'alba. Scese dalla macchina. Faceva freddo. Cercò nel retro qualcosa da indossare. Il bagagliaio conteneva solo un telo di nailon sporco.

Saltellando da un piede all'altro e strofinandosi le braccia, attese che il serbatoio si riempisse. La faccenda andava per le lunghe. C'era qualcosa che non funzionava con l'erogatore. Si sedette in macchina sul sedile posteriore e chiuse la portiera. Da dentro osservò i rulli dei numeri che giravano nella pompa.

Gli sembrava ci fosse qualcosa di strano.

Aveva la sensazione di essere già stato lì una volta, cosa che naturalmente non era possibile. Ma non riusciva a liberarsi dell'impressione di aver già visto quel piccolo distributore di benzina con il tetto piatto di cemento armato e il comignolo a forma di imbuto... quando era ancora da un'altra parte. Era come se qualcuno avesse strappato un luogo che gli era familiare e lo avesse trapiantato lì.

Guardò fuori attraverso i vetri. Niente. Per quel che poteva vedere, nei paraggi non c'era nulla e nessuno. Da sei settimane nessuno era più stato lì.

Una trappola. Quella pompa di benzina incredibilmente lenta era una trappola. Per lui. Non doveva assolutamente più scendere dalla macchina. Doveva andare via di lì.

Abbassò il finestrino posteriore, si voltò di scatto. Dietro di lui non c'era nessuno. Si sporse dal finestrino, si ritrasse subito. Nessuna mano si era infilata nella macchina. Ricacciò fuori la testa. Si girò di soprassalto. Nessuno dietro di lui. Nessun essere sconosciuto, niente belva. Sebbene lui l'avesse *vista*. Nella frazione di secondo in cui guardava fuori dal finestrino, qualcosa gli sedeva alle spalle. *Dietro di lui sedeva qualcosa e gli osservava la schiena.*

Si sporse dal finestrino, sfilò l'erogatore e lo lasciò cadere a terra. Richiuse lo sportello del serbatoio senza avvitare il tappo. Tirò su il finestrino, scavalcò per raggiungere il sedile anteriore e partì a tutta velocità.

Controllò nello specchietto retrovisore.

Nessuno.

Accese la luce nell'abitacolo, si voltò.

Fodere sporche. Rifiuti. Un CD.

Spense la luce. Diede un'occhiata nello specchietto.

Si asciugò la fronte.

Rimase in ascolto.

Otto del mattino. Smalltown. Il sole splendeva in cielo, ma Jonas aveva l'impressione che fosse un sole cinematografico, un pezzo di scenografia. Come se il firmamento fosse il telone dipinto di un teatro di posa. Non sentiva i raggi sulla pelle. Non sentiva il vento.

Osservò la casa, il numero civico, il recinto. Su un tabellone pubblicitario una ragazza reclamizzava un prodotto di cui non aveva mai sentito parlare.

Senza rendersene nemmeno conto, buttò giù un'altra pillola. A un tratto si chiese come avesse fatto ad arrivare fin là. Non che non si ricordasse del viaggio, ma era diventato tutto così irreale. Non c'era più niente che gli sembrasse vero: né il viaggio, né la macchina, né quello che gli stava intorno. Quelle pillole. Forti.

Posò le mani sul volante. *Tu. Questo sei tu. Ora e qui.*

Smalltown. Lì vivevano la sorella di Marie, che aveva sposato un sagrestano, e la madre, che alla morte del marito si era trasferita dalla figlia più piccola. Lì Marie era venuta per una breve vacanza due volte l'anno. Jonas non l'aveva mai accompagnata. Aveva preso a pretesto il lavoro. In realtà, aveva sempre provato avversione all'idea di incontrare i genitori della sua compagna.

La casa era quella. Il numero civico era giusto e l'edificio corrispondeva alla descrizione che gliene aveva fatto Marie. Una casetta di mattoni a due piani in un quartiere periferico.

Jonas aprì la portiera della macchina con un calcio, ma non scese. Osservò la ragazza sul manifesto. Gli ricordava un'attrice che lui una volta ammirava molto. Per lei, ai tempi in cui ancora non esistevano i videoregistratori, aveva spostato appuntamenti e cancellato impegni. Era sempre stato pervaso da un sentimento di gratitudine per il fatto di essere un suo contemporaneo.

Spesso si era immaginato come sarebbe stato se fosse nato in un'altra epoca, con altri contemporanei. Nel XV secolo, o intorno all'anno Quattrocento, o mille anni prima di Cristo. In Africa, o in Asia. Se sarebbe stato lo stesso uomo.

Era un caso che ci si trovasse a vivere con certe persone. Il cameriere del bar, il carbonaio, l'insegnante, il venditore di macchine, la nuora. Erano i contemporanei che uno si ritrovava. La cantante, il presidente, lo scienziato, l'amministratore delegato erano gli esseri umani con cui uno condivideva il pianeta nel proprio tempo. Cento anni dopo gli uomini sarebbero stati diversi e avrebbero avuto altri contemporanei. A ben guardare, i contemporanei, anche quando vivevano dall'altra parte del mondo, erano quasi dei nostri intimi. Avrebbero potuto benissimo vivere cinquecento anni prima o cinquecento dopo. Invece lo facevano adesso, con lui. Così aveva pensato Jonas, ed era semplicemente grato di essere nato nella stessa epoca di certi suoi contemporanei, di aver respirato la loro stessa aria, di aver visto gli stessi mattini e gli stessi tramonti. E avrebbe tanto voluto dirglielo.

A volte gli era capitato di ragionare così: Marie era la donna che gli era stata predestinata? L'avrebbe incontrata comunque? Avrebbero potuto conoscersi anche dieci anni dopo? E ne sarebbe scaturito lo stesso risultato? Esisteva forse da qualche parte nel mondo una donna che gli era stata predestinata? E a lui magari era capitato di mancarla per un pelo? Si era trovato con lei su un autobus? Magari i loro sguardi si erano anche incrociati per poi non rivedersi mai più? Si chiamava Tanja, viveva insieme a Paul, con Paul aveva figli, con Paul era infelice e si chiedeva se avrebbe potuto avere un altro uomo?

Oppure la donna con cui avrebbe dovuto legarsi apparteneva a un'altra epoca? Magari era già vissuta, era stata contemporanea di Haydn o di Schönberg? Oppure doveva ancora nascere e lui era arrivato troppo presto? Da tutte quelle riflessioni non aveva tratto niente. A pensarci bene, più che la risposta gli interessava la domanda.

Fece un respiro profondo e scese dalla macchina. Andò al portone della casa, lesse sul citofono i nomi degli inquilini.

T. GANE / L. SADIER

P. HARVEY

R. M. HALL

ROSY LABOUCHE

PETER KAVENTMANN

F. IBÁÑEZ-TALAVERA

HUNTER STOCKTON

OSCAR KLIUNA-AI

P. MALACHIAS

Il nome era quello. Malachias. Così si chiamava l'uomo che aveva sposato la sorella di Marie. Il sagrestano.

Jonas fece un altro respiro e spinse il portone. Non pensò a procurarsi un'arma. Sebbene là dentro fosse buio e la luce sui pianerottoli fosse fioca, non aveva paura. A muoverlo era per metà la nostalgia e per metà la disperazione, ma non c'era niente che avrebbe potuto fargli fare dietrofront, quand'anche lo aspettasse qualcosa di sgradito.

L'appartamento era al secondo piano. Abbassò la maniglia. La porta era aperta.

Accese la luce. La prima cosa su cui gli cadde lo sguardo furono le scarpe di Marie. Ricordò all'istante che le avevano comprate insieme, in un negozio nella Judengasse. Si stropicciò gli occhi.

Quando li riaprì, vide la giacca di lei appesa all'attaccapanni. La afferrò. Accarezzò la stoffa. Ci seppellì la faccia, inspirò il suo profumo.

«Ciao», disse inespressivo.

Non poté fare a meno di ripensare al resto dei suoi abiti. Ai vestiti che in quel momento erano nella Brigittenauer Lände. A quanto erano lontani. Migliaia di chilometri.

Era un appartamento ampio. Dalla cucina passò in salotto, da lì in una camera da letto che doveva essere quella della sorella di Marie e di suo marito. La stanza successiva era chiaramente abitata da una donna anziana. Lo si capiva da diversi oggetti, ma anche dall'ordine e dall'odore.

L'ultima stanza era in fondo al corridoio. Gli bastò un'occhiata per esserne sicuro. La valigia di Marie era appoggiata contro il muro. La sua borsa dei cosmetici era sul comodino. Le sue pantofole, che si portava dappertutto, davanti al letto. Sopra, la sua camicia da notte. I suoi jeans, la sua camicetta, i suoi gioielli, il suo reggiseno, il suo profumo. Il suo cellulare. Che lui aveva chiamato tante volte. Nella cui casella vocale aveva lasciato messaggi. La batteria dell'apparecchio era scarica. E lui non conosceva il PIN di Marie.

Spalancò gli armadi, gettò la valigia sul letto e ci buttò dentro tutto quello che gli capitò fra le mani. Senza preoccuparsi di stropicciare la stiratura o che le suole delle scarpe potessero sporcare le camicie.

Fece un giro. Non trovò nient'altro. Si chinò sulla valigia e chiuse la cerniera.

Era sdraiato sul letto di Marie, con la testa sul suo cuscino. Una coperta lo riscaldava. L'odore di lei era tutt'intorno. Trovò strano che lei fosse molto più presente lì che nell'appartamento in cui avevano vissuto insieme. Probabilmente dipendeva dal fatto che lì era esistita per l'ultima volta.

Jonas sentì un rumore. Non capiva da dove provenisse. Ma non aveva paura.

Non aveva guardato l'orologio, perciò non poteva dire quanto fosse rimasto sdraiato. Era mezzogiorno passato. Portò la valigia alla macchina, tornò un'ultima volta indietro, cercò qualcosa che potesse essergli sfuggita. Nel cestino della carta straccia trovò una lista della spesa scritta a mano. Era la calligrafia di Marie. Stirò il biglietto con la mano e lo infilò in tasca.

Guidò in modo costante, indifferente. Ogni tanto si voltava, non perché fosse preoccupato che dietro di lui fosse seduto qualcuno, ma per assicurarsi che la valigia fosse veramente là. Fece sosta per mangiare e bere, e ammucchiò bottiglie di acqua minerale sul sedile accanto al guidatore. Dal mattino lo tormentava una sete quasi inestinguibile, probabilmente un altro effetto collaterale delle pillole. Quando urinava, il getto aveva un colore rossastro. Scuotendo la testa, Jonas schiacciò fuori un'altra pillola dalla confezione. Aveva le spalle intorpidite.

Presto non seppe più da quanto stava viaggiando. Le distanze sembravano relative. Le scritte dei cartelli stradali non avevano alcun significato. Era appena passato da Lancaster, e poco dopo era arrivata l'uscita per Coventry. Invece, per il tratto fra Northampton e Luton gli sembrò che ci volessero ore. Lanciò un'occhiata ai piedi che pigiavano i pedali.

Quando era giovane, i suicidi delle star del cinema o della musica lo avevano lasciato perplesso. Perché si uccideva uno che aveva tutto? Perché si davano la morte persone che avevano milioni in banca, che se la spassavano bevendo cocktail con altre celebrità, che andavano a letto con gli esseri umani più famosi e invidiati del pianeta? Perché erano soli, diceva la risposta standard, soli e infelici. Che stupidi, aveva pensato: non ci si uccide per una cosa simile. Quella cantante, ai tempi, invece di tagliarsi le vene avrebbe dovuto chiamare lui. Lui sarebbe stato un buon amico. L'avrebbe ascoltata, l'avrebbe consolata, sarebbe andato con lei in vacanza. Lei avrebbe avuto in lui un amico come non poteva trovarne fra i suoi colleghi famosi. Jonas avrebbe superato ogni difficoltà, le avrebbe messo la testa a posto, l'avrebbe riportata con i piedi per terra.

Così almeno aveva pensato. Solo più avanti aveva capito perché quelle persone si uccidevano. E, cioè, per lo stesso motivo per cui lo facevano i poveri e i non famosi. Non potevano contare su se stessi. Non sopportavano di restare soli con se stessi e avevano capito che stare insieme agli altri modificava solo leggermente il problema, senza risolverlo. Essere sempre e solo se stessi ventiquattr'ore al giorno in alcuni casi era una grazia, in altri una condanna.

A Sevenoaks, a sud di Londra, scambiò la macchina con uno scooter. Offriva spazio a sufficienza per incastrare la valigia tra le gambe e il manubrio. Se avrebbe retto cinquanta chilometri a quel modo, era un'altra questione. Ma aveva bisogno di un veicolo a due ruote: non voleva attraversare il tunnel a piedi. Per ora la luce della sera aiutava ancora la sua ricerca. Voleva risparmiarsi di attraversare Dover nell'oscurità.

Mentre viaggiava con lo scooter a ottanta, novanta chilometri l'ora sull'autostrada, ogni tanto cercava di trovare una posizione più comoda per le gambe. Le tirò al petto e appoggiò i piedi con cautela sulla valigia, posò le cosce sulla valigia e lasciò penzolare i piedi, infilò persino una gamba piegata sotto il sedere. Ma non trovò una posizione davvero riposante. Quando diventò buio, costrinse le gambe tra la valigia e il sellino. E lì rimasero.

Era come se il vento gli rinfrescasse i pensieri. Ben presto si sentì più lucido, non ebbe più la sensazione di muoversi sott'acqua. Poté riflettere su quello che lo aspettava. Prima il tunnel, poi la Francia e la Germania. Doveva riprendere le videocamere. Avrebbe fatto tutto con l'aiuto delle pillole. La miccia ormai bruciava.

E non avrebbe più dormito.

Poco prima della meta, nonostante l'oscurità, riconobbe un silos di granaglie. Da lì all'ingresso del tunnel c'erano due chilometri scarsi. Se invece girava a destra, finiva nel prato in cui aveva passato la notte.

Non sapeva perché, ma qualcosa dentro di lui lo fece girare. Quando il fascio di luce dello scooter passò sul prato, Jonas rilassò involontariamente tutti i muscoli. Il vento si fece più forte. Il silenzio sembrò diventare più naturale, e fu proprio quello che Jonas trovò sgradevole. Però non se ne andò. Qualcosa lo attirava lì. Allo stesso tempo era conscio del fatto che si stava comportando in modo irragionevole, che non c'era motivo per quel colpo di testa.

Davanti alla tenda spense il motore. Lasciò la luce accesa. Scese.

La moto con le gomme tagliate. L'ingresso della tenda. Stuoie sparse in giro, un materassino gonfiabile sgonfio, una cartina stradale lacera. Due sacchetti di immondizia. E i suoi vestiti, quelli che aveva lasciato lì. Li toccò. Erano quasi asciutti. Si liberò degli abiti non suoi e infilò calzoni e camicia. Solo le sue scarpe erano diventate inutilizzabili. L'umidità aveva ristretto il cuoio e non riuscì nemmeno a infilarle.

Spense la luce dello scooter perché la batteria non lo lasciasse in panne in quel posto.

Sebbene in lui tutto si opponesse, entrò nella tenda. Cercò a tentoni la torcia elettrica. L'accese. Due zaini. Scatolame. Il fornelletto a gas. Il discman e i CD. Il quotidiano. La rivista pornografica.

Lì aveva passato la notte cinque giorni prima.

Quel sacco a pelo era rimasto lì da solo cinque giorni. E in precedenza, prima che lui arrivasse la volta scorsa, c'era rimasto un mese. Il sacco a pelo. Da solo. E d'ora in poi sarebbe rimasto da solo per sempre.

Qualcosa sfregò contro il telo esterno della tenda.

«Ehi!»

Sentì un tramestio. Sembrava che qualcuno cercasse di entrare dalla parte sbagliata. Jonas aguzzò la vista, ma non riuscì a distinguere nulla: non una figura, nessun contorno. Sapeva che era il vento, che poteva essere solo il vento. Tuttavia dovette deglutire. Tossì.

Di tutto ciò che ha una voce non bisogna aver paura, si disse.

Sforzandosi di muoversi senza scatti, Jonas uscì a gattoni

dalla tenda. All'esterno l'aria era tersa. Inspirò ed espirò profondamente. Senza guardarsi intorno, fece partire lo scooter. Alzò il braccio in un saluto.

Mai più. Mai più in vita sua sarebbe tornato in quel luogo.

Ecco i pensieri che gli occupavano la testa mentre andava verso il tunnel, mentre si infilava nella galleria nera e all'improvviso il rombo rauco del motore riempì lo spazio intorno a lui. Quella tenda, quei sacchi a pelo, quei CD, li aveva visti per l'ultima volta, non li avrebbe rivisti mai più, erano andati, passati, una cosa finita. Era conscio che si trattava di oggetti casuali, irrilevanti. Eppure per lui avevano un significato, fosse anche solo quello conferito loro dalla circostanza che li ricordasse meglio di altri. Erano oggetti che lui aveva toccato. La cui sensazione sotto le mani percepiva ancora, che ricordava ancora vividamente come se li avesse davanti. E che non avrebbe mai più toccato. Fine. Passato.

Si insinuò fra il treno e la parete del tunnel. Dietro l'ultimo vagone mulinò le braccia finché toccò il manubrio del DS. Quando si sedette, dal sellino uscì come al solito un sibilo d'aria. Un rumore che conosceva bene. Sorrise.

«Ciao», mormorò.

Quel motorino aspettava lì da quando lui l'aveva abbandonato. Era rimasto in quel posto sotto il mare mentre lui girava per l'Inghilterra. Non aveva sentito né visto niente, era rimasto lì dietro il treno. Era rimasto lì al buio mentre lui arrivava a Smalltown. Era rimasto. Lì. Con quella manopola e quel sellino e quel poggiapiedi. *Clac-clac.* Quel cambio. Lì. Mentre lui era stato via, lontano.

E dall'altra parte del treno adesso c'era lo scooter. E ci sarebbe rimasto a lungo. Finché non si sarebbe sbriciolato su se stesso per consunzione. O finché non sarebbe crollato il tetto del tunnel. Molti anni. Da solo al buio.

Jonas incastrò la valigia tra sé e il manubrio. Sullo scooter c'era più spazio, ma per guidare dritti dentro un tunnel andava bene anche così. Saltò sul pedale di avviamento. Il motore partì, si accese la luce.

« Ah », disse piano Jonas.

Quando arrivò dall'altra parte, sopra di lui brillavano le stelle, ed ebbe la sensazione di doverle ringraziare una per una. La luna splendeva, l'aria era mite. Regnava la calma.

Trovò il camion dove l'aveva lasciato. Diede un pugno contro la parete. Dentro non si mosse nulla. Attese un minuto, poi aprì con circospezione il portellone posteriore. Sbirciò all'interno. Buio.

Si arrampicò sul piano di carico. Grosso modo sapeva dove trovare una torcia elettrica. Mentre la cercava a tentoni, cantò a squarciagola una canzone di guerra che aveva imparato da suo padre. Dove non ricordava più il testo, improvvisò con parolacce da caserma.

Accese la torcia. Ispezionò ogni angolo del piano di carico, illuminò persino sotto i divani. Non si sarebbe stupito di imbattersi in un pacco di esplosivo o finire in un bagno di acido. Invece non trovò nulla. Nulla che gli apparisse sospetto.

Spinse il DS nel retro del camion. Mentre stava per legarlo a una stanga, gli sembrò che il terreno oscillasse sotto i suoi piedi. Allo stesso tempo udì un tintinnio.

Con un salto fu giù a terra, dove sentì tremare ancora più forte. Gli vennero le vertigini. Si sdraiò.

Un terremoto.

Mentre lo pensava, ecco che era già passato. Però rimase immobile a terra con le gambe e le braccia allargate. Aspettò così alcuni minuti.

Un terremoto. Soltanto uno leggero. Ma un terremoto in un mondo in cui esiste un solo essere umano non poteva non dare da pensare. Era un banale fenomeno naturale nell'ambito di un processo che non sarebbe finito nemmeno di lì a milioni di anni, cioè la deriva dei continenti? O era un messaggio?

Dopo essere rimasto dieci minuti sulla nuda terra, bagnando di nuovo i vestiti nell'erba, Jonas riprese coraggio e tornò sul camion. Fece subito salire il montacarichi. Accese tutte le luci. Si tolse di dosso gli indumenti bagnati. Prese calzoni e scarpe da un mobiletto.

Mentre si cambiava, gli venne in mente un altro terremoto di cui aveva sentito parlare anni prima. Non si era verificato sulla Terra ma sul Sole. La sua intensità era stata stimata al dodicesimo grado della scala Richter. Il terremoto più violento mai registrato sulla Terra aveva raggiunto il grado 9,5. Siccome nessuno riusciva a immaginare che cosa volesse dire dodicesimo grado, gli scienziati avevano spiegato che il terremoto sul Sole era paragonabile a quello che si sarebbe verificato se tutti i continenti della Terra fossero stati ricoperti con un metro di dinamite che veniva fatta saltare nello stesso istante.

Un metro di dinamite. Su tutto il mondo. Che esplode nello stesso istante. Ecco il dodicesimo grado. Sembrava devastante. Ma chi poteva davvero immaginare lo sconvolgimento causato dall'esplosione di quasi centocinquanta milioni di metri cubi di dinamite?

Lui aveva provato a immaginarlo, il terremoto sul Sole. Nessuno lo aveva vissuto in prima persona. Il Sole l'aveva sperimentato per sé soltanto. Del dodicesimo grado. Comunque. Senza storie. Nessuno aveva assistito a quel terremoto, allo stesso modo in cui nessuno aveva visto atterrare il robot su Marte. Però era avvenuto lo stesso. Il Sole aveva tremato, il robot era atterrato sulla superficie di Marte. Era successo. Quelle cose erano avvenute e ne avevano influenzate altre.

A Metz, verso l'alba, raccolse la prima videocamera. Esultò nel constatare che non aveva piovuto e che l'apparecchio funzionava ancora. Riavvolse. Sembrava che avesse registrato. Gli sarebbe piaciuto guardare subito il nastro, ma non c'era tempo.

Anche se gli bruciavano sempre più gli occhi, continuò a guidare. Per il momento rinunciò a prendere un'altra pillola. Non era stanco: quelli contro cui il suo corpo doveva combattere erano problemi di carattere meccanico. Gli occhi. Le giunture. Si sentiva come se gli avessero succhiato via il midollo dalle ossa. Buttò giù un Parkemed.

Fissò il nastro grigio davanti a sé. Era lui, Jonas. Lì sull'autostrada diretto a Vienna. A casa. Con la valigia di Marie. Con i propri enigmi.

Gli vennero in mente i suoi genitori. Chissà se in quel momento lo vedevano. Se erano tristi.

A lui era sempre successo così, quando vedeva soffrire qualcuno: pensava ai genitori di quella persona. Si immaginava che cosa avrebbero provato vedendo il loro bambino in quelle condizioni.

Quando osservava una donna delle pulizie al lavoro si chiedeva se sua madre si disperasse perché la figlia aveva dovuto adattarsi a svolgere un'attività così umile. E lo stesso quando vedeva le calze sporche e bucate di un barbone che aspettava appisolato che gli passasse la sbronza; anche lui aveva avuto una madre e un padre, ed entrambi avevano sicuramente sognato un futuro diverso per il loro figlio. O l'operaio che spaccava l'asfalto di una strada con un martello pneumatico. O una ragazza timida che aspettava impaurita la diagnosi nella sala d'aspetto di un medico. I genitori non erano lì ma, se avessero potuto vedere che cosa succedeva ai loro figli, avrebbero avuto il cuore spaccato dalla pena. I figli erano una parte di loro. Erano gli esseri umani che avevano cresciuto, a cui avevano cambiato i pannolini, a cui avevano insegnato a parlare e a camminare, con cui avevano affrontato le malattie infantili, che avevano accompagnato a scuola. La cui vita avevano seguito da vicino fin dal primo giorno, che avevano amato dal primo all'ultimo secondo. Quell'essere umano adesso era in difficoltà. Non faceva la vita che loro si erano augurati per lui.

Aveva sempre pensato ai genitori, quando aveva visto un bambino nel recinto della sabbia che subiva le angherie di un compagno più grande. Quando osservava gli operai con le facce stravolte, le unghie sporche, e con la tosse. I corpi logorati, gli spiriti ottenebrati. Quando vedeva i falliti. I sofferenti. Gli impauriti. I disperati. In quelle persone si poteva leggere non solo il loro dolore, ma anche quello dei genitori.

Chissà se i suoi genitori lo vedevano in quel momento.

Dopo che ebbe raccolto un'altra videocamera vicino a Saarbrücken, prese ancora una pillola. Sentì il rumore di una cascata d'acqua che esisteva solo nella sua testa. Si guardò intorno. Era seduto sul bordo del pianale e faceva dondolare le gambe. Una bottiglia di minerale che aveva accanto era caduta, l'acqua si era rovesciata sulla strada. Bevve e richiuse il tappo.

Guidò e raccolse le videocamere. Ogni tanto si concentrava sulle difficoltà che lo aspettavano, poi però lasciava di nuovo che i pensieri vagassero. Così facendo gli capitava di scivolare in un mondo che lo faceva stare male, da cui doveva strapparsi con violenza, richiamando alla mente immagini e soggetti che si erano dimostrati efficaci. Immagini di un deserto di ghiaccio. Immagini di una spiaggia.

Viaggiò alla massima velocità. Sapeva che di notte non avrebbe trovato facilmente le videocamere piazzate sulla strada. Però dovette fermarsi tre volte: una per andare al gabinetto, un'altra perché aveva fame e la terza perché non riusciva più a stare seduto e aveva la sensazione che se non fosse sceso subito a fare qualche passo sarebbe impazzito.

Arrivò a Regensburg. Caricò la videocamera. Nella stazione di servizio in cui si era fermato a mangiare all'andata, fece un giro nel punto vendita del distributore e osservò gli scaffali colmi di dolciumi e bevande. Non aveva voglia di niente di tutto ciò, voleva soltanto camminare e far correre i pensieri. Sfogliò qualche giornale sportivo. Cercò di capire di che cosa parlava l'articolo di un quotidiano turco. Giocò con i pulsanti del quadro di comando delle luci. Spinse un cesto di metallo pieno di bottiglie di lubrificante per motori davanti alla pompa di benzina e lo osservò sullo schermo della telecamera a circuito chiuso. Si mise davanti all'obiettivo e fece delle smorfie. Tornò al monitor. Vide il cesto con le bottiglie.

Prima ancora che si iniziasse a presagire l'alba, Jonas risalì nella cabina del camion. Vicino a Passau faceva già così chiaro che per fortuna riconobbe il magazzino della manutenzione delle autostrade mentre lo stava sorpassando.

Al confine austriaco si sentì liberato da un fardello. Gli era capitato spesso anche prima, ma solo quando viaggiava nell'altra direzione. Ormai aveva quasi finito. Ancora due videocamere e poi Vienna. E poi il resto.

Diede un'occhiata alla valigia posata nella cuccetta dietro di lui. Quella era stata Marie. La donna che gli aveva fatto provare la sensazione di essere parte di qualcosa di più grande. Che Marie fosse quella giusta, non c'era bisogno che glielo confermasse nessuno. Per altre cose, invece, gli avrebbe fatto piacere avere a disposizione un simile oracolo. Per esempio, per sapere quando si era trovato in serio pericolo di morte senza saperlo. E la risposta sarebbe stata qualcosa tipo: 23 novembre 1987, per puro caso non hai aperto la cassetta di un quadro elettrico privo di salvavita. Oppure: 4 giugno 1992, volevi dirne quattro al tizio aggressivo nel bar e, se non avessi deciso che era meglio far sbollire la rabbia, alla fine saresti morto nella rissa. Gli sarebbe piaciuto sapere anche cose più banali: che lavoro avrebbe dovuto scegliere per diventare ricco? Quale donna, quando e dove sarebbe andata subito a casa con lui? Gli era già capitato di incrociare Marie prima dell'incontro in cui si erano conosciuti ufficialmente e non se ne ricordava? Oppure, da qualche parte al mondo c'era una donna che cercava uno proprio come lui? Risposta: Esther Kraut, via Pinco Pallino, Amsterdam. Ti avrebbe visto e si sarebbe innamorata di te all'istante.

No, troppo *cheap*. La risposta sarebbe stata: l'hai già trovata.

Domanda: quale donna famosa si sarebbe innamorata di me, se io avessi fatto una certa cosa? Risposta: la pittrice Mary Hansen, se la sera del 26 aprile 1997 nel foyer dell'Hotel Orient di Bruxelles le avessi regalato in un impeto spontaneo e senza profferire parola un portafortuna.

Domanda: chi sarebbe diventato il miglior amico che avrei mai potuto avere? Risposta: Oskar Schweda, Liechtensteinstrasse 23, 1090 Vienna.

Domanda: quante volte mi ha tradito Marie? Risposta: mai.

Domanda: con chi avrei potuto fare i bambini più carini? Risposta: con la tua massaggiatrice Lindsay. Avreste messo al mondo Benny e Anne.

Ma che ne sapeva, lui?

Schiacciò un'altra pillola fuori dalla scatola e la buttò giù con della birra.

28

Fece un giro dell'appartamento. Non notò alcuna novità.
Aveva lo stesso aspetto di prima che partisse. Tornò al camion.

Sedette sul sofà, allungò i piedi, si rialzò. Non gli pareva
vero che il suo viaggio fosse finito. Gli sembrava di essere
partito anni prima. Che il viaggio per Smalltown fosse qualcosa che in senso stretto non aveva mai avuto luogo, ma che
viveva da sempre dentro di lui. Eppure sapeva che c'era stato. Quella tazza con il suo nome era caduta, aveva dovuto
pulire quel mobile dal caffè. Però era come se gli oggetti
avessero perso qualcosa delle loro caratteristiche. La poltrona
a bordo di un camion che stava su un'autostrada francese era
un'altra cosa rispetto alla poltrona che vedeva lì e in quel
momento. Il televisore in cui aveva guardato quel video tremendo era lo stesso che stava lì davanti nell'armadietto. Eppure sembrava averci rimesso qualcosa. Importanza, forse,
significato, grandezza. Era solo e semplicemente un televisore. E Jonas non era più in viaggio. Era tornato.

L'aria in Brigittenauer Lände era viziata. Jonas girò per le
stanze senza dire una parola. Lì non c'era stato nessuno. Persino la bambola di plastica giaceva ancora nella vasca da bagno, sporca di malta e polvere di mattoni.

Mise una videocamera davanti allo specchio a muro nella
stanza da letto. Controllò la qualità della luce, guardò nel
mirino. Osservò la videocamera davanti allo specchio con

dietro se stesso ricurvo. Infilò la cassetta e fece partire la registrazione.

Chiuse la porta. Fuori posizionò la seconda videocamera proprio davanti al buco della serratura. Guardò nel mirino. Dovette regolare la distanza. Adesso si vedeva bene il comò su cui era appeso il quadro della lavandaia. Schiacciò il tasto per registrare.

Stava per andarsene quando notò una videocassetta sul televisore in salotto. Era il nastro su cui aveva riversato la sua corsa lungo il canale del Danubio. La prese con sé.

Per sgranchirsi le gambe anchilosate dal lungo viaggio andò a passeggio nel giardino del Belvedere. I pensieri tornavano a confondersi. Si picchiò le mani sulla faccia. Era ancora troppo presto per un'altra pillola. Meglio mettersi al lavoro.

Con l'aiuto del carrello da trasloco trasportò lì i dodici televisori che aveva caricato in un negozio di elettrodomestici nelle vicinanze. Con lentezza costante li sistemò l'uno dopo l'altro in fila sul vialetto di ghiaia. Voleva fare le cose con calma. Non voleva più fare niente di fretta.

Il quinto apparecchio lo posò sul primo, il sesto sul secondo, il settimo sul terzo. L'ottavo finì sul quinto, il nono sul sesto. Il decimo sull'ottavo. L'undicesimo sul decimo. Il dodicesimo lo sistemò di fronte, per usarlo come sedile. Si accomodò piano, per provare come si stava. I televisori davanti a lui formavano una bella scultura.

Collegò fra loro decine di prolunghe finché riuscì ad allacciare i televisori con le prese nel palazzo dell'Oberes Belvedere. Li accese. Funzionavano tutti. Nello spiazzo si levò un crepitio moltiplicato per undici.

Collegò tutte le videocamere agli apparecchi TV. L'uno dopo l'altro, gli schermi diventarono azzurri. Attaccò le videocamere ai trasformatori e infilò anche le loro spine nel Belvedere.

Mancava poco alle due e mezzo. Programmò le videocamere in modo che partissero tutte insieme alle 14.45. Pur facendo le cose con calma, alle due e trentacinque aveva già finito.

Con una precisione che lo lasciò esterrefatto, le videocamere si accesero tutte nello stesso istante. Un solo *clic* e partirono frusciando. Un momento dopo gli undici televisori mostrarono immagini diverse.

St Pölten, Regensburg, Norimberga, Schwäbisch Hall, Heilbronn. Francia.

Undici volte l'11 agosto alle 16.00. Undici volte lo stesso momento ripreso in varie parti del mondo. A St Pölten il cielo si era coperto, a Reims soffiava un vento forte. Ad Amstetten l'aria tremolava per il caldo, a Passau piovigginava.

In quel preciso istante Jonas, in piedi sul tetto del camion vicino al tunnel della Manica, aveva pensato alle videocamere. A quella ad Ansbach. Eccola lì: buongiorno. A quella a Passau, eccola. A quella a Saarbrücken. A quel pezzo di Saarbrücken che ora vedeva qui. A quel pezzo di Amstetten. Che ora vedeva qui.

Chiuse gli occhi. Ripensò ai minuti sul tetto. Sentì il camion sotto di sé. Percepì la calura. Annusò l'odore. Allora
questo
– aprì gli occhi –
era successo qui.
Questo qui.
Era successo
allora.

E adesso era passato. Succedeva ancora solo su quei nastri. Ma lì succedeva per sempre. Che venisse riprodotto o no.

Mise il fermo immagine a tutte e undici le videocamere.

In Hollandstrasse si sedette sul pavimento e aprì la valigia. Le cose di Marie, buttate dentro alla rinfusa, strariparono da tutte le parti. Infilò la mano tra le stoffe morbide. Tirò fuori un capo dopo l'altro, lo annusò. Camicie fresche, lisce. Il suo profumo. Lei.

Soppesò il cellulare di Marie. Nessun oggetto lo legava di più a lei, né le sue chiavi, né le magliette, gli slip, il rossetto, il passaporto. Quel telefono gli aveva inviato i suoi messaggini. Quell'apparecchio era sempre stato con lei. E quell'apparecchio conteneva gli SMS che lui le aveva mandato. Prima e dopo il 4 luglio.

E lui non conosceva il codice PIN.

Rimise tutto dentro. Appoggiò la valigia vicino alla porta.

Infilò gli occhialini con i paraocchi. La voce del computer lo condusse attraverso la città. Più volte percepì un sobbalzo e al tempo stesso sentì uno sfregamento.

La casa davanti a cui si tolse gli occhialini era un edificio moderno nella Krongasse, a solo qualche strada di distanza dall'appartamento abbandonato di suo padre. Aveva un aspetto simpatico. Il portone era aperto, perciò non dovette tirare fuori il piede di porco dal bagagliaio.

Salì al primo piano. Abbassò le maniglie. Tutto chiuso. Proseguì al secondo piano. La porta numero quattro si spalancò. Lesse il nome sul campanello.

ILSE-HEIDE BRZO / CHRISTIAN VIDOVIC

C'era corrente d'aria. Sembrava che davanti e dietro di lui ci fossero finestre aperte. Andò a sinistra. Camera da letto. Lenzuola aggrovigliate. Alla parete, una gigantesca cartina del mondo. Jonas misurò la distanza che aveva ricoperto nel suo viaggio per l'Inghilterra. Non era affatto così grande. L'Africa, quella sì che era distante. L'Australia, quella sì che era lontana. Ma da Vienna all'Inghilterra era solo una gita.

Smalltown. Ecco dov'era stato. In quel puntino.

Lo studio. Due scrivanie. Una con un computer. L'altra con sopra una macchina da scrivere meccanica. Scaffali di libri alle pareti. La maggior parte dei titoli non li conosceva. Su una delle mensole c'era una dozzina di copie di tre libri diversi. Jonas lesse i titoli. Un libro di scacchi, un giallo, un manuale di autoaiuto.

Si rivolse alla macchina da scrivere. Una Lettera 32 dell'Olivetti. Lo lasciò basito che ci fosse ancora qualcuno che scrivesse con un mostro meccanico del genere. A che servivano allora i computer?

Batté qualche tasto. Guardò i caratteri scattare in avanti. Infilò nel rullo un foglio di carta. Scrisse una frase.

«Sono qui e scrivo questa frase.»

Una macchina da scrivere. Tutte le lettere dell'alfabeto erano lì. Battute nella sequenza corretta, potevano esprimere ogni cosa. Ci si potevano scrivere i romanzi più spaventosi, la Teoria del tutto, libri sacri, versi d'amore. Bisognava solo conoscere la sequenza giusta. Lettera dopo lettera. Parola. Parola dopo parola. Frase. Frase dopo frase. Tutto.

Ricordò quello che credeva da bambino a proposito delle lingue straniere. Non era arrivato a pensare che potessero esistere cose come vocaboli e grammatiche differenti, e perciò si era convinto che a una certa lettera dell'alfabeto tedesco corrispondesse una diversa lettera dell'inglese o del francese o dell'italiano. Magari quella che in tedesco era una E, in inglese era una K. Una L tedesca era una X francese. Una R tedesca era una M ungherese. Una S italiana una F giapponese.

E Jonas in inglese si chiamava Wilvt, in Spagna Ahbug, in Russia Elowg.

Il salotto con angolo cottura. Divani, tavolo, mobiletti da cucina. Fotografie alle pareti. In una si vedevano una donna e un uomo con un bambino. La donna sorrideva, il bambino rideva. Una bella donna. Con gli occhi azzurri, un viso armonioso, un bel fisico. Il bambino, con un pezzo di pane in mano, indicava qualcosa. Un bambino gentile, con gli occhi buoni. Questo Vidovic era stato fortunato ad avere una famiglia così. Non aveva motivo di fare quell'espressione tesa.

Sorrideva, ma a ben guardare non sembrava del tutto a suo agio.

Era un appartamento piacevole. Lì avevano vissuto in armonia.

Jonas si sedette sul divano e sollevò le gambe.

Sul soffitto della cattedrale di Santo Stefano, le lampade accese erano rimaste poche. L'odore di incenso invece non era ulteriormente diminuito. Jonas camminò lungo i corridoi tra le panche, diede un'occhiata nella sagrestia, chiamò. La sua voce riecheggiò contro le pareti. Le figure dei santi guardavano fisso in un punto che non era mai quello in cui si trovava lui.

Si accorse che stava diventando sempre più stanco. Prese una pillola.

Il cuore gli batteva forte. Non era agitato, anzi: provava un'indifferenza rilassata. Il batticuore gli veniva dalle pillole. Aveva l'impressione che finché avesse continuato a prenderle regolarmente gli avrebbero permesso di rimanere in piedi ancora per giorni. L'unico inconveniente, oltre alla tachicardia, era la sensazione che gli pompassero la testa; a volte la provava più forte, altre meno.

Si guardò intorno. Pareti grigie. Vecchie panche scricchiolanti. Statue.

Prese le due videocamere nella Brigittenauer Lände. Fece un ultimo giro per l'appartamento. Tutto ciò su cui gli cadeva l'occhio, lo guardava con la consapevolezza che non l'avrebbe mai più rivisto.

Si sentì un po' male. Diede la colpa alle pillole.

«Good-bye», disse rauco.

Aveva guardato l'edificio del *Kurier* migliaia di volte dalla sua finestra, ma non ci era mai entrato. Sfondò la porta. Cercò una piantina dell'edificio nello stanzino del portiere. Non la trovò, in compenso scoprì due mazzi di chiavi. Li mise in tasca. Come aveva immaginato, una parte dell'archivio era lì in cantina, e per sua fortuna era la parte più vecchia. I giornali dall'1.1.1981 venivano conservati in un'altra sede.

Procedette fila dopo fila. Spinse di lato scale a rotelle ed estrasse massicci cassetti metallici sicuramente capaci di resistere a un incendio, almeno per un po'. Molte delle etichette sugli archivi erano ingiallite, e per stabilire l'anno di uscita doveva tirare fuori il cassetto e controllare sul giornale. Finalmente arrivò nella sezione in cui erano conservati i giornali del suo anno di nascita. Cercò il mese. Aprì il cassetto corrispondente. Prese il quotidiano del giorno in cui era nato e anche quello del giorno dopo.

«Grazie mille», disse. «E buonanotte.»

Recuperò la valigia di Marie in Hollandstrasse. L'intenzione originaria era di sparire subito, ma quando vide l'ambiente familiare si fermò.

Fece un giro. Toccò alcuni oggetti. Chiuse gli occhi, ricordò. I suoi genitori. La sua infanzia. Qui.

Andò nella stanza accanto, dove aveva messo gli scatoloni non ancora svuotati. Infilò una mano in quello in cui c'erano delle fotografie e ne estrasse una manciata. Prese anche il carillon.

Sulle scale gli venne in mente il baule. Posò la valigia e corse di sopra.

Fissò il baule con le braccia conserte. Era il caso di andare a prendere un'ascia? O doveva sottoporlo a giustizia sommaria e farlo saltare per aria?

Quando lo portò più vicino alla luce spingendolo sul pavimento sporco del solaio, gli sembrò di sentire sbatacchiare qualcosa. Cercò tutt'intorno senza trovare nulla che potesse aver provocato quel rumore. Sedette sul baule, si mise le mani davanti alla faccia.

«Ah! Che stupido!»

Capovolse il baule. La faccia rivolta verso il basso era proprio l'apertura, ecco la maniglia. Sollevò il coperchio. Il baule non era nemmeno chiuso a chiave.

Trovò delle fotografie. E poi vecchi piatti di legno, acquerelli sporchi senza cornice, una serie di pipe e un astuccio d'argento che non conteneva niente. Ma a elettrizzarlo furono due bobine di film. Vedendole gli tornò subito in mente la cinepresa Super8 che zio Reinhard aveva regalato a suo padre alla fine degli anni '70. Per qualche anno l'avevano usata spesso, in ogni occasione speciale, come Natali, compleanni, escursioni vinicole nella Wachau. Suo padre non era mai più salito nella macchina di zio Reinhard senza quella cinepresa.

Jonas prese in mano una bobina. Era convinto che in quelle pellicole ci fossero gite di famiglia. Gite nel Weinviertel. Riprese di sua madre e di sua nonna. Film girati prima del 1982. In cui sua nonna parlava rivolta alla cinepresa senza che si sentisse una sillaba, appunto perché quei filmini erano senza sonoro. Era sicuro che avrebbe trovato quel genere di pellicole. Ma non aveva più alcuna voglia di accertarlo.

Spinse un letto matrimoniale su rotelle fuori dall'uscita delle consegne del negozio di mobili. Nella Schweighoferstrasse gli diede una spinta. Il letto rotolò giù per la Mariahilferstrasse, dove andò a sbattere con un colpo secco contro una macchina parcheggiata. Lo spinse avanti con il piede in direzione Ringstrasse. Poco prima della Museumplatz, all'inizio della salita, spinse il letto come un bob e, quando prese velocità, ci saltò sopra. Si alzò. Si mise in piedi. Cavalcò il letto

matrimoniale a rotelle come fosse un surf per tutta la Baben-
bergerstrasse fino al Burgring. Non era facilissimo mantenere l'equilibrio.

Sistemò il letto sulla Heldenplatz, poco più in là del punto in cui un mese e mezzo prima aveva dipinto per terra il
suo grido di aiuto. Si diresse da quella parte con l'intenzione
di cancellare la scritta. La pioggia aveva già fatto il lavoro al
posto suo. Dove prima c'erano le lettere era rimasta soltanto
una macchia chiara.

Portò lì il camion, che riteneva irrinunciabile per la notte
che lo aspettava. In un raggio di cinque metri dal letto sistemò alcune fiaccole. Spinse due televisori fino ai piedi del
letto. Li collegò alle videocamere con cui nel pomeriggio
aveva filmato nella Brigittenauer Lände e allacciò queste al-
l'accumulatore. Per sicurezza controllò che fosse carico. Era
a posto. Almeno per quella notte non ci sarebbero stati
black-out.

Distribuì a caso su tutta la piazza dei riflettori. Li rivolse
verso l'alto perché non voleva essere illuminato direttamente. Ben presto il prato e la pavimentazione in cemento furono ricoperti da un tale groviglio di cavi che inciampava in
continuazione. Soprattutto perché si stava facendo sempre
più buio.

Sistemò la valigia di Marie accanto al letto. Infilò i giornali e le fotografie che aveva portato dalla Hollandstrasse in
una tasca laterale in modo che non volassero via per il vento.
Buttò sul letto il cuscino e la coperta che aveva preso dalla
cuccetta. I riflettori immersero la piazza in una luce irreale.
Gli sembrava di trovarsi in un parco incantato.

Da quella parte c'era la Hofburg, da quell'altra il Burgtor.
Là dietro, gli alberi lungo la Ringstrasse. Sulla destra si ergeva un monumento. Due basilischi, testa contro testa, ginocchio contro ginocchio, lottavano e spingevano. Ma sembrava anche che si sostenessero a vicenda.

Al centro della piazza, il suo letto. Si sentiva come in una scenografia cinematografica. Persino il cielo aveva un aspetto irreale. In quella penombra arancione sembrava che ogni cosa avesse solo due lati. Gli alberi, le inferriate alle Porte, la stessa Hofburg, tutto era naturale e vero, e allo stesso tempo impietosamente piatto.

Accese le fiaccole e fece partire i video. Con le mani intrecciate dietro la testa, si allungò sul letto e guardò in alto il cielo notturno colorato di arancio.

Eccolo lì sdraiato.

Senza la belva a tormentarlo.

Senza fantasmi.

Senza oppressioni.

Solo per essere assolutamente certo – dopotutto era coricato su un letto – inghiottì un'altra pillola. Osservò l'immagine nei televisori. In uno, la videocamera su cui lampeggiava una spia rossa e sullo sfondo uno scorcio del letto in cui aveva dormito per anni. Nell'altro, un pezzo di comò con sopra un quadro a ricamo.

A parte la spia lampeggiante, entrambe le immagini erano immobili.

La piazza era tranquilla. Ogni tanto un colpo di vento faceva stormire le foglie, coprendo il ronzio delle videocamere.

La prima fotografia mostrava lui da bambino insieme al padre, la cui testa naturalmente era tagliata a metà. Il papà aveva il braccio sinistro posato sulla spalla di Jonas, e con la mano destra gli teneva stretti i polsi, come se si stessero azzuffando. Jonas aveva la bocca aperta come strillasse.

Quelle mani, le mani di suo padre. Mani grosse. Se le ricordava. Vi si era raggomitolato tante volte. Mani grandi, ruvide.

Se le ricordava. Ne sentì la ruvidezza sulla pelle, la forza dei muscoli. Per un momento percepì persino l'odore di suo padre.

Quelle mani lì sulla foto. Una volta c'erano. Dov'erano, adesso?

L'immagine che stava guardando non era semplicemente una fotografia scattata da sua madre. Quello che stava guardando era ciò che sua madre aveva visto nell'istante in cui la scattava. Guardò con gli occhi di sua madre. Vide ciò che una persona morta da tanto tempo aveva visto anni prima in un determinato istante.

Ricordava ancora bene la telefonata. Era seduto in Brittenauer Lände, nella casa in cui era entrato poco tempo prima. Stava procedendo attraverso un cruciverba difficile, aveva stappato una birra e si preparava a una serata tranquilla quando era squillato il telefono. Suo padre aveva detto con una chiarezza che gli era inusuale: «Se vuoi vederla viva ancora una volta, devi venire subito».

Lei era malata da tanto tempo, e tutti e tre sapevano che sarebbe successo. Tuttavia quella frase era esplosa nelle sue orecchie come un colpo di fulmine. Aveva lasciato cadere la biro ed era corso in Hollandstrasse, dove l'avevano riportata dall'ospedale per sua volontà.

Mamma non riusciva più a parlare. Lui le aveva preso la mano, e lei l'aveva stretta. Non aveva nemmeno aperto gli occhi.

Jonas si era seduto su una sedia accanto al letto. Suo padre dall'altra parte. Jonas aveva pensato al fatto che era nato lì in quella stanza, su quel letto. E adesso su quel letto giaceva sua madre, e stava morendo.

Era successo alle prime ore del mattino. Erano stati tutti coscienti che stava succedendo in quel momento. Sua madre aveva rantolato forte. Era ammutolita. Si era irrigidita.

Jonas aveva pensato che, se si doveva credere ai racconti di chi aveva avuto esperienze di quasi morte, ora lei si trovava sopra di loro. Li guardava dall'alto. Guardava quello che stava lasciando. Guardava se stessa.

Jonas aveva alzato gli occhi al soffitto.

Aveva aspettato che arrivasse l'ufficiale sanitario a dichiararne la morte. Aveva aspettato gli addetti delle pompe funebri. Mentre caricavano la salma c'era stato un colpo sordo, come se la testa avesse sbattuto all'interno della bara di zinco. I necrofori erano rimasti impassibili. Non aveva mai incontrato persone più silenziose e inavvicinabili.

Aveva aiutato il padre con la burocrazia, a depositare il certificato di morte in un ufficio tetro e a registrarsi per il funerale. Quindi era andato a casa.

Tornato alla sua scrivania nella Brigittenauer Lände, aveva ripensato al giorno prima. Quando lei era ancora viva. Quando lui ancora non sapeva quel che sarebbe accaduto. Aveva camminato per la casa, osservato gli oggetti nelle stanze e pensato: L'ultima volta che ho visto queste cose, lei era ancora viva. L'aveva pensato davanti alla macchina per il caffè, l'aveva pensato ai fornelli, di fronte alla lampada sul comodino. E lo aveva pensato davanti al giornale. Aveva ripreso a risolvere il cruciverba, aveva lanciato un'occhiata alle lettere inserite la sera prima e aveva ripensato al giorno prima.

C'era un prima. E un adesso.

Verso mezzanotte gli venne fame. Nella corsia semibuia di un supermercato spalmò alcune fette di pane integrale con della marmellata.

Gli schermi mostravano la solita immagine. Aveva messo le videocamere in ripetizione automatica, perciò la ripresa davanti allo specchio e quella attraverso il buco della serratura scorrevano già per la terza volta. Jonas stirò la schiena indolenzita, fece una smorfia di dolore. Si sdraiò sul letto e prese in mano il giornale.

Ricordava bene quei caratteri, quel layout. Quando era bambino il *Kurier* era fatto così.

Lesse gli articoli del quotidiano uscito il giorno della sua nascita. Il contenuto trapelava fino a lui in modo frammentario. Ma lo affascinava il fatto di leggere quel che la gente aveva letto il giorno in cui sua madre lo aveva messo al mondo. Ecco che cosa aveva avuto in mano la gente, allora.

Studiò con attenzione ancora maggiore il giornale del giorno seguente. Dopotutto, lì stava leggendo quello che era accaduto il giorno della sua nascita. A quel modo scoprì che negli Stati Uniti c'erano state proteste contro la guerra in Asia, che in Austria si era in pieno clima di campagna elettorale, che a Brigittenau un ubriaco era finito con la macchina nel Danubio senza però ferire nessuno, che le squadre di Vienna avevano vinto gli incontri e che la gente, visto il bel tempo, si era riversata a frotte nelle piscine all'aperto.

Quello era stato il giorno della sua nascita. Il suo primo giorno sulla Terra.

Al mattino spense tutti i fari e infilò in un secchio d'acqua le fiaccole, che sibilarono sollevando nuvole di vapore. Collegò al televisore il videoregistratore che si era procurato in un negozio di elettrodomestici lungo la strada. Vi inserì la cassetta della corsa per Schwedenplatz, che dopo il montaggio non aveva mai rivisto.

Sedette sul letto, la fece partire.

Vide la spider venirgli incontro. La macchina fece la curva, imboccò il ponte. Percorse la Brigittenauer Lände. Passò davanti alla Caserma di Rodolfo, puntò verso Schwedenplatz. Corse sul ponte, lungo la Augartenstrasse. Ebbe un incidente a Gaussplatz.

Il guidatore scese, barcollò verso la parte posteriore, infilò la mano nel bagagliaio. Risalì, ripartì.

Jonas spense.

Era finito un'altra volta al Prater. Mancava poco a mezzo-giorno. Aveva alle spalle una lunga passeggiata, di cui però non ricordava i particolari. Sapeva solo che a un certo punto si era incamminato. Era sprofondato in pensieri che gli sfug-givano da molto tempo.

Trascinava una gamba. Non sapeva perché. Cercò di cam-minare normalmente, e con qualche difficoltà ci riuscì.

Attraversò il Prato dei gesuiti. Non sapeva bene che cosa andasse cercando, ma proseguì. Il sole era quasi perpendico-lare sopra di lui.

Gli venne in mente che aveva deciso di visitare ancora una volta la trattoria. Quella in cui aveva lasciato un messaggio. Per richiamare alla memoria quel pasto, quel giorno. Ma adesso non ne aveva più voglia.

Si sentiva come se avesse alle spalle una lunga battaglia. Una battaglia tanto lunga e tremenda che ormai non aveva più alcuna importanza chi l'avesse vinta.

Buttò giù una pastiglia. Passò dall'altra parte, nell'area del Prater adibita a luna park. Al noleggio delle biciclette si se-dette in un risciò, uno di quei veicoli a quattro ruote coperti da un tettuccio con cui ai turisti piaceva girare per il Prater. C'era una cosa che doveva ancora fare.

Spingendo a ritmo costante sui pedali arrivò al cimitero cen-trale. Accanto a lui, la vanga che aveva preso al deposito dei giardinieri del cimitero batteva contro il telaio del risciò. Soffiava un vento dolce, e il sole si era ritirato dietro un pic-colo banco di nubi, il che rendeva la pedalata ancora più gra-devole. A differenza di quello in città, il silenzio di questo luogo lo tranquillizzava. O almeno non lo innervosiva.

Cercando un mucchio di terra che fosse smosso da poco passò davanti alle tombe di molte persone famose. Alcune ricordavano i mausolei dei principi. Altre erano semplici, niente più che una lastra poco appariscente con sopra il nome del morto.

Jonas si stupì di quante celebrità fossero sepolte lì. Di alcuni nomi si chiese come mai stessero nella zona delle personalità, visto che non li aveva mai sentiti. Di altri si stupì di leggere che erano deceduti solo qualche anno prima: li credeva morti da decenni. E di altri ancora si sorprese perché non aveva mai saputo della loro morte.

Quel lento viaggio attraverso il parco gli piacque tanto che a tratti dimenticò perché ci era venuto. Ripensò a quando da bambino veniva spesso lì in tram con la nonna per curare la tomba dei bisnonni. Più tardi ci era venuto per accompagnare la madre alla tomba della nonna. Mamma accendeva un lumino, strappava erbacce e sistemava fiori freschi mentre lui passeggiava lì intorno e respirava a fondo l'odore di cimitero, quel tipico profumo di pietra, fiori, terra ed erba appena tagliata.

Ai morti lui non pensava, nemmeno alla nonna. Guardando gli alberi, immaginava i giochi meravigliosi che avrebbe potuto fare lì con i suoi amici, e quanto ci sarebbe voluto prima di essere scovati a nascondino. Quando la madre lo chiamava per andare a riempire l'annaffiatoio alla fontanella, Jonas tornava controvoglia nel mondo reale.

In un certo senso era stato più vicino ai morti che ai vivi che gli stavano intorno. I morti sotto i suoi piedi, infatti, erano compresi nella maniera più naturale nei suoi sogni a occhi aperti, mentre gli adulti che trascinavano chini le loro borse lungo i vialetti, li cancellava. Nelle sue fantasie era solo con i suoi amici.

Doveva per forza essere una fossa fresca? Non è che lì la terra fosse poi molto meno compatta.

Gli venne un'idea.

I dati posteriori al 1995 erano inseriti nel computer. Gli anni precedenti erano riportati in pesanti registri che avevano odore di muffa, con i fogli in parte staccati. Jonas dovette cercare in uno di quei tomi. L'anno lo conosceva con precisione: era il 1989. Del mese non era altrettanto sicuro. Gli sembrava che fosse maggio, o giugno.

La ricerca fu resa più difficile dalle calligrafie diverse degli impiegati che avevano annotato la destinazione dei lotti. Alcune, soprattutto quelle in corsivo, erano quasi impossibili da decifrare. Altre erano sbiadite. A quello si aggiungeva il graduale acuirsi degli effetti collaterali delle pillole. Jonas sentiva la testa stretta in una morsa, e le righe gli ballavano davanti agli occhi. Ma era deciso a continuare la ricerca, anche se fosse dovuto restare fino al giorno dopo su quella sedia girevole sformata.

Alla fine lo trovò. Data di morte: 23 aprile. Sepoltura effettuata: 29 aprile.

Lui non era venuto al funerale.

Annotò su un foglietto la posizione della tomba e rimise ordinatamente il registro sugli scaffali. Il risciò lo aspettava fuori dall'edificio dell'amministrazione cimiteriale; partì. La vanga sobbalzava. C'era un forte odore di erba.

Bender Ludwig, 1892-1944 ∞
Bender Juliane, 1898-1989

La vecchia signora Bender non aveva mai accennato a un marito. Ma adesso non importava. Jonas scaricò la vanga e cominciò a scavare.

Un quarto d'ora dopo per poter continuare a lavorare dovette scendere nella buca. Un'ora dopo aveva delle vesciche scoppiate sulle mani. La schiena gli faceva così male che continuava a chiudere gli occhi e a lamentarsi tra sé e sé. Non smise di scavare finché, quasi due ore dopo il primo colpo di vanga, colpì qualcosa di duro. All'inizio pensò che fosse una pietra, come altre che aveva già buttato fuori dalla buca. Invece si accorse con sollievo che a ogni nuova palata di terra che lanciava in alto liberava un pezzo di bara.

Il coperchio era schiuso. Da una fessura gli sembrò di vedere un lembo di stoffa in cui luccicava qualcosa di grigio. Probabilmente era un brutto scherzo della sua fantasia.

Si raddrizzò, fece un respiro profondo. Si stupì di non sentire alcun odore tranne quello della terra.

Chiedo scusa, ma devo farlo.

Spostò il coperchio. In una cassa di legno deteriorata, che aveva perso ogni colore e struttura, giaceva lo scheletro di un essere umano, avvolto in alcuni stracci.

Buongiorno.

Ecco quello che era rimasto della signora Bender. Quella mano lo aveva toccato, quando ancora era coperta di carne. Quello era il volto che Jonas aveva guardato. Quando era ancora un volto.

Arrivederci.

Rimise a posto il coperchio, si arrampicò fuori dalla fossa e ributtò sopra la bara la terra che aveva spalato. Lavorò a velocità costante. Si chiese se ne fosse valsa la pena.

Sì. Almeno adesso sapeva che i morti erano morti. Quelli morti prima del 4 luglio erano andati sottoterra e ci erano rimasti. Dove fossero finiti i vivi, rimaneva un mistero. Di certo non erano sottoterra, ma non riusciva nemmeno a pensare a un altro posto dove potessero essere. I morti invece erano rimasti. Ed era comunque una scoperta.

Eppure, che ne era dei morti sopra la terra?

Che ne era di Scott, nella tenda che era crollata su di lui e i suoi compagni in Antartide? Su cui ormai doveva essersi formata una calotta di ghiaccio? Valeva come un morto sottoterra? Il suo cadavere era ancora là?

Che ne era di Amundsen? Se i suoi resti avevano trascorso gli ultimi ottant'anni su una lastra di ghiaccio, erano ancora là?

Che ne era di tutte le persone che erano morte per un incidente in montagna e non avevano mai ricevuto sepoltura? Avevano fatto la stessa fine dei vivi? O erano ancora là?

Saperlo non gli importava più.

Con in mano la valigia di Marie e una sedia pieghevole, entrò nella cattedrale di Santo Stefano. L'odore di incenso era debole quanto l'ultima volta. Sul soffitto erano rimaste ancora accese solo due lampade.

Bilanciando davanti a sé valigia e sedia, passo dopo passo, si incamminò lento verso l'ascensore. Si voltò indietro ancora una volta. Ascoltò.

Silenzio.

Posò sedia e valigia nell'ascensore. Si girò di nuovo indietro.

Silenzio.

Aprì la sedia e si sedette. Avvicinò a sé la valigia. Guardò in basso, la città distesa sotto il tramonto. Ogni tanto un colpo di vento gli sferzava il viso.

Speriamo di non prendere un raffreddore, pensò.

E rise.

Raccolse un sassolino da terra. Lo osservò. Sentì al tatto la polvere che c'era attaccata. Guardò le rotondità della pietra, gli spigoli, le rientranze, le minuscole crepe. Non c'era un altro sassolino come quello. Così come non c'erano due persone identiche in ogni dettaglio, allo stesso modo non c'erano due pietre che si uguagliassero esattamente per forma, colore e peso. Quel sassolino era un pezzo unico. Un altro come quello che aveva in mano proprio

adesso

non esisteva.

Lo buttò oltre il parapetto.

Sapeva che non avrebbe mai più rivisto quel sassolino. Mai più. Anche se ci avesse provato e si fosse messo a cercarlo per tutta la piazza della cattedrale, non l'avrebbe mai più ritrovato. E se ne avesse raccolto uno che somigliava a quello che aveva gettato, non sarebbe mai stato sicuro di avere in mano proprio quello giusto. Nessuno avrebbe potuto confermarglielo. Non esistevano certezze. Solo vaghezza.

Ripensò a come l'aveva tenuto in mano. Alla sensazione che gli aveva dato. Ricordò il momento in cui l'aveva avuto fra le dita.

Gli tornò in mente il dormente e una cosa che prima aveva sempre pensato riguardo ai combattimenti corpo a corpo. Quando due uomini lottavano perché uno dei due voleva strozzare o accoltellare l'altro, erano così vicini che dal punto di vista dello spazio non c'erano quasi differenze tra l'uno e l'altro, tra l'assalitore e la vittima. Certo, solo dal punto di vista dello spazio.

Erano pelle contro pelle. Una era pelle d'assassino, l'altra era pelle di vittima. Un Io attaccava e l'altro, a distanza di due millimetri, veniva ucciso. Così vicini, così attaccati, eppure così grande la differenza tra essere l'uno o l'altro.

Nel suo caso, con il dormente, non era così.

Si mise a lanciare pillole nel vuoto, facendole schizzare con uno scatto dell'indice al di là del parapetto.

L'Io. L'Io degli altri. Percepire gli altri. Percepire ciò che accadeva loro.

Perché il 4 luglio lui non si era svegliato urlando?

Quella domanda se l'era fatta spesso anche prima. Se da qualche parte nel mondo una grande quantità di persone moriva a causa di un incidente, di una catastrofe naturale, di bombe, tutti nello stesso momento, perché lui non avvertiva niente? Com'era possibile che così tanti perissero senza che lui ricevesse da loro un messaggio? Come mai centinaia di migliaia di Io venivano strappati alla vita contemporaneamente senza che inviassero un segnale? Com'era possibile che in quel preciso istante uno mangiasse un pezzo di pane o guardasse la TV o si tagliasse le unghie senza essere percorso da un brivido, senza sentire una scarica elettrica? Tanto dolore e nessun segno?

Poteva significare soltanto una cosa: contava il principio, e non il singolo. O erano tutti condannati. O nessuno.

O nessuno. E allora che cosa ci faceva lui lì? Perché si era svegliato da solo? In tutto l'universo non c'era niente che volesse averlo?

Marie. Marie lo voleva.

Con la valigia in mano, si arrampicò sul parapetto. Lontano sotto di sé vide il camion parcheggiato nella piazza.

Guardò la città. Vide la Millennium Tower, la Torre del Danubio, le chiese, le case. La ruota del Prater. Aveva la bocca asciutta, le mani umide. Puzzava di sudore. Si sedette di nuovo.

Doveva farlo in piena coscienza? O era meglio ubbidire a un impulso?

Sfogliando il suo quaderno arrivò al punto in cui chiedeva a se stesso di ripensare, il 4 settembre, al giorno in cui aveva scritto quelle righe. Era stato il 4 agosto, le aveva scritte nella sua stanza a Kanzelstein. E adesso era il 20 agosto.

Pensò al 4 settembre. A quello tra due settimane. E a quello fra mille anni. Non ci sarebbe stata alcuna differenza tra i due giorni, niente che fosse degno di nota. Una volta aveva letto che se l'umanità fosse riuscita ad annientarsi ci sarebbero voluti solo cento anni perché non rimanesse più alcuna traccia di civiltà. Perciò il 4 settembre fra mille anni tutto quello che aveva davanti sarebbe scomparso. Ma già il 4 settembre fra due settimane non ci sarebbe stato più nessuno a osservarlo. E, dunque, che differenza c'era tra le due date?

Marie. Rivide il suo volto. Il suo essere.

Tenne stretta la valigia fra le gambe e tirò fuori di tasca il vecchio carillon. Prese in mano il telefonino di Marie.

Tirò il cordino del carillon.

Pensò a Marie.

Si lasciò andare.

In avanti.

Piano.

Sempre più piano.

Si lasciò andare.

Il rumore che si gonfiava in lontananza lo conosceva già. Solo che questa volta sembrava montare dentro di lui. Dentro di lui eppure lontano. Allo stesso tempo fu avvolto da un chiarore che sembrava sostenerlo. Si sentiva afferrato e stretto e gli sembrava di poter accogliere dentro di sé tutto ciò che gli veniva incontro.

Una vita. Uno era se stesso solo per uno o due o tre anni, dopo di che aveva sempre meno in comune con la personalità precedente, quella di quattro anni prima. Era come su una fune tesa nell'aria o come su un ponte sospeso. La fune si incurvava maggiormente nel punto esatto in cui uno gravava, dove esercitava la maggior parte del peso. Nel punto del passo precedente o successivo, la fune si incurvava già meno. E da una certa distanza l'effetto del peso sulla fune lo si vedeva appena. Quello era il tempo, era la personalità nel tempo. Una volta aveva trovato delle lettere che aveva scritto dieci anni prima a una ragazza, ma non le aveva mai spedito. Chi le aveva scritte era un altro. Una personalità del tutto diversa. Non un altro Io. Perché quello rimaneva sempre lo stesso.

Vide davanti a sé il viso di Marie. Diventò grande, sempre più grande, finché si posò sopra di lui, si allargò sulla sua testa, scivolò dentro di lui. Stava già cadendo? Cadeva?

Il rombo dentro di lui sembrò farsi liquido. Sentì l'odore

e il sapore della vicinanza di un rumore. Vide davanti a sé un libro, che gli veniva incontro. Entrava dentro di lui. Jonas lo accolse.

Un libro. Veniva scritto, veniva stampato. Veniva portato in libreria. Veniva esposto sullo scaffale. Ogni tanto veniva tirato fuori e osservato. Dopo qualche settimana, tra gli altri libri, tra James e Marcel o tra Emma e Virginia, veniva comprato. Veniva portato a casa dall'acquirente. Veniva letto e messo sulla libreria. E lì rimaneva. Forse dopo anni veniva letto una seconda e terza volta. Però stava lì, lì sullo scaffale. Cinque anni, dieci anni, dodici, quindici. Poi veniva regalato o venduto. Finiva in altre mani. Veniva letto una volta e finiva di nuovo su uno scaffale. Stava là il giorno, quando era chiaro, e la sera quando si accendevano le luci, e la notte al buio. E quando spuntava un nuovo giorno, eccolo ancora lì sullo scaffale. Cinque anni. Trenta. E veniva venduto un'altra volta. O regalato. Ecco che cos'era un libro. Una vita sullo scaffale, vita racchiusa in sé.

Cadeva. Eppure non gli sembrava di muoversi.

Non immaginava che il tempo potesse essere così tenace.

Aveva l'impressione che intorno a lui partissero centinaia di elicotteri. Voleva toccarsi la testa con una mano, ma non riusciva a vederla muoversi, tanto era lenta.

Morire vecchio o giovane. Aveva pensato spesso alla tragedia di una morte prematura. Eppure in un certo qual modo, più il tempo passava, più la tragedia si ridimensionava. Due uomini nati nel 1900. Uno moriva nella prima guerra mondiale. L'altro continuava a vivere, compiva vent'anni, trenta, cinquanta, ottanta. Nell'anno 2000 moriva. E allora non aveva più alcuna importanza che il più vecchio avesse visto molte più estati di quello che era morto giovane, che avesse vissuto questa o quell'esperienza che al giovane non era capitata perché era stato colpito da una pallottola russa, o francese o tedesca. Perché ora non contava più. I giorni di primavera, i tramonti, le feste, gli amori, i paesaggi invernali, erano tutti finiti. Era finito tutto.

Due persone, entrambe nate nel 1755. Una morta nel 1790, l'altra nel 1832. Quarantadue anni di differenza. All'epoca, molto. Duecento anni dopo, statistica. Tutto lontano. Tutto piccolo.

Dentro di lui, intorno a lui pianti. Pianti raggelati.

Vide un albero volargli incontro. Accolse l'albero. Conosceva l'albero.

Sottoterra venivano stoccate scorie atomiche. In molti luoghi del mondo erano interrate barre radioattive. Avrebbero emanato radiazioni a lungo, per trentaduemila anni. Jonas si era chiesto spesso che cosa avrebbero pensato gli uomini di sedicimila anni dopo riguardo a chi aveva causato quel problema. Avrebbero pensato che allora, sedicimila anni prima, erano vissuti esseri umani che non capivano che cosa fosse il tempo. Trentaduemila anni. Mille generazioni. Ognuna avrebbe rimuginato e lavorato e pagato per un guaio commesso da due o tre o dieci generazioni per un breve vantaggio immediato. Il tempo non era fatto di momenti successivi, ma di momenti contigui. Generazioni diverse erano limitrofe. Tra mille anni, tutti gli abitanti del condominio avrebbero imprecato contro il teppista mentalmente ritardato che gli rovinava la vita.

Così la pensava Jonas. Ma a tutto ciò ormai non si sarebbe più arrivati. Le barre avrebbero continuato a emettere radiazioni e un giorno si sarebbero esaurite, eppure non sarebbe trascorso che il tempo di uno schiocco di dita da quando sul pianeta aveva cominciato a regnare il silenzio.

Cadde sempre più lentamente. Il suo corpo sembrava parte di ciò che ancora aveva davanti, così come lui diventò parte dell'istante e così come il rumore dentro e intorno a lui gli apparteneva.

Paradiso e inferno, dicevano. Il paradiso ai buoni, l'inferno ai cattivi. Era vero, sulla terra c'erano bene e male. Forse avevano ragione, forse il paradiso e l'inferno esistevano. Ma non bisognava suonare arpe e non si veniva arrostiti in pentola da esseri muniti di corna. Paradiso e inferno, lui la pensava così, erano espressioni soggettive dell'Io passato. Chi si era chiarito con se stesso e con il mondo si sentiva meglio. Nel lungo, lunghissimo secondo avrebbe trovato la pace. Ecco che cos'era il paradiso. Chi aveva uno spirito impuro si sarebbe bruciato. Ecco l'inferno.

Da lassù lo vedeva in modo così chiaro.

La felicità era un giorno estivo, da bambini, in cui gli adulti guardavano i mondiali di calcio in televisione e in piscina distribuivano i salvagente. In cui faceva caldo e c'erano gelato e limonata. Grida. Risate.

La felicità era un giorno invernale in cui invece di essere a scuola si era su un treno notturno diretto in Italia, insieme ai genitori. Neve e nebbia e una stazione imponente, uno scompartimento e un fumetto da leggere. Freddo fuori. Caldo dentro.

Vide volarsi incontro uno specchio. Si guardò. Entrò dentro di sé.

Vide il monumento della Secessione avvolto nel nastro adesivo. La Torre del Danubio. La ruota del Prater. Vide il letto sulla Heldenplatz, minuscolo. Vide la scultura di televisori nel giardino del Belvedere, quasi irriconoscibile.

La felicità era anche essere spinti nel passeggino da piccoli. Guardare gli adulti, ascoltare le loro voci, stupirsi di tante cose nuove, essere salutati con un sorriso da visi sconosciuti. Stare lì seduti e però intanto muoversi, con qualcosa di dolce in mano e le gambe scaldate dal sole. E magari incontrare un altro passeggino, con sopra la bambina con i riccioli ed essere spinti l'uno incontro all'altra e salutarsi con la mano e sapere: eccola, è lei, è lei quella che si amerà.